Com o coração nas nuvens

CB009390

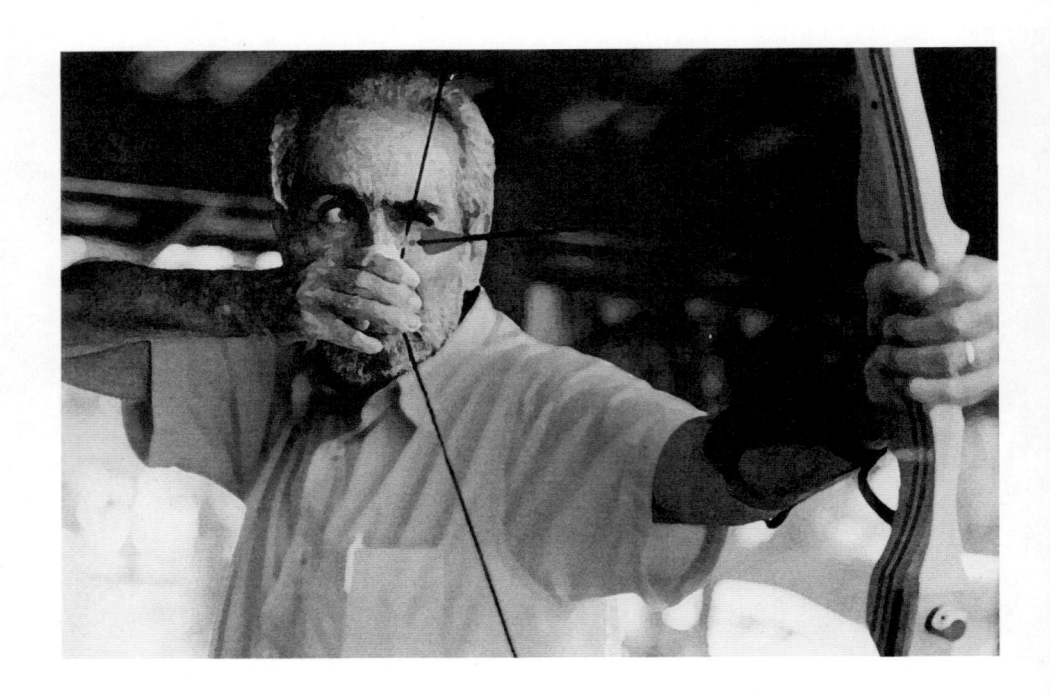

O Arqueiro

Geraldo Jordão Pereira (1938-2008) começou sua carreira aos 17 anos, quando foi trabalhar com seu pai, o célebre editor José Olympio, publicando obras marcantes como *O menino do dedo verde*, de Maurice Druon, e *Minha vida*, de Charles Chaplin.

Em 1976, fundou a Editora Salamandra com o propósito de formar uma nova geração de leitores e acabou criando um dos catálogos infantis mais premiados do Brasil. Em 1992, fugindo de sua linha editorial, lançou *Muitas vidas, muitos mestres*, de Brian Weiss, livro que deu origem à Editora Sextante.

Fã de histórias de suspense, Geraldo descobriu *O Código Da Vinci* antes mesmo de ele ser lançado nos Estados Unidos. A aposta em ficção, que não era o foco da Sextante, foi certeira: o título se transformou em um dos maiores fenômenos editoriais de todos os tempos.

Mas não foi só aos livros que se dedicou. Com seu desejo de ajudar o próximo, Geraldo desenvolveu diversos projetos sociais que se tornaram sua grande paixão.

Com a missão de publicar histórias empolgantes, tornar os livros cada vez mais acessíveis e despertar o amor pela leitura, a Editora Arqueiro é uma homenagem a esta figura extraordinária, capaz de enxergar mais além, mirar nas coisas verdadeiramente importantes e não perder o idealismo e a esperança diante dos desafios e contratempos da vida.

Com o coração nas nuvens

Um romance de Natal

CATHERINE WALSH

Traduzido por Fernanda Abreu

ARQUEIRO

Título original: *Holiday Romance*

Copyright © 2022 por Catherine Walsh
Copyright da tradução © 2024 por Editora Arqueiro Ltda.

Publicado originalmente na Grã-Bretanha em 2022 por Storyfire Ltd, negociado como Bookouture.

Todos os direitos reservados. Nenhuma parte deste livro pode ser utilizada ou reproduzida sob quaisquer meios existentes sem autorização por escrito dos editores.

preparo de originais: Taís Monteiro

revisão: Ana Sarah Maciel e Juliana Souza

diagramação e adaptação de capa: Gustavo Cardozo

capa: Nic and Lou

impressão e acabamento: Lis Gráfica e Editora Ltda.

CIP-BRASIL. CATALOGAÇÃO NA PUBLICAÇÃO
SINDICATO NACIONAL DOS EDITORES DE LIVROS, RJ

W19c
    Walsh, Catherine
        Com o coração nas nuvens / Catherine Walsh ; tradução Fernanda Abreu. - 1. ed. - São Paulo : Arqueiro, 2024.
        320 p. ; 23 cm.

    Tradução de: Holiday romance
    ISBN 978-65-5565-715-9

    1. Romance irlandês. I. Abreu, Fernanda. II. Título.

24-93762
                        CDD: 828.99153
                        CDU: 82-31(417)

Meri Gleice Rodrigues de Souza - Bibliotecária - CRB-7/6439

Todos os direitos reservados, no Brasil, por
Editora Arqueiro Ltda.
Rua Artur de Azevedo, 1.767 – Conj. 177 – Pinheiros
05404-014 – São Paulo – SP
Tel.: (11) 2894-4987
E-mail: atendimento@editoraarqueiro.com.br
www.editoraarqueiro.com.br

Este aqui é para Áine.

Prólogo

Chicago

– A senhora tem certeza?

A vendedora nem tenta disfarçar a cara feia ao seguir o dedo que aponto para a prateleira atrás dela, a última de baixo. Aninhado entre os perfumes mais delicados e mais caros, está um frasco verde pequeno que parece ter sido deixado ali por engano.

– Ele está me chamando – digo.

A mulher, Martha de acordo com o crachá, hesita, mas quando eu esboço um sorriso ela dá um suspiro, e seus brincos em formato de flocos de neve cintilam quando ela se abaixa para pegar o frasco.

– Acho que o Armani seria uma escolha melhor – afirma enquanto eu puxo a manga da minha blusa para cima. Nós já borrifamos cinco perfumes diferentes no meu outro braço, e minha área de pele disponível para testes está acabando. – Ele está com vinte por cento de desconto.

– Aquele era discreto demais – digo, estendendo o pulso.

Ela borrifa obedientemente e me inclino para cheirar, franzindo o nariz ao sentir o aroma artificial de maçã. Enjoativo e doce, com um forte odor químico subjacente. Minha irmã odiaria.

Ou seja: está perfeito.

– Vou levar.

Martha tosse quando o cheiro a alcança.

– Se a sua preocupação for o preço, nós temos várias opções mais em conta.

– Não é, não – garanto. – Vai ser esse. Sem dúvida.

Ela abre a boca para contra-argumentar ao mesmo tempo que uma música começa a tocar nos alto-falantes, algo sobre sininhos de trenó, renas e diversão. Um estremecimento visível a percorre, e me encolho em solidariedade. Não posso nem imaginar quantas vezes ela já foi obrigada a escutar isso.

– Eles nunca mudam essa playlist?

– Infelizmente não. – Ela olha de relance para o perfume, em seguida para a fila que já começou a se formar atrás de mim. Vejo o momento exato em que ela me rotula como uma causa perdida. – É para presente?

– Por favor.

Ela esconde o frasco num bolo de papel de seda como se ele fosse uma ofensa pessoal, e mentalmente risco o último item da minha lista de coisas a fazer. Agora que o presente de Zoe está comprado, posso ir para a casa dos meus pais passar o feriado. Ou, para ser mais exata, passar uma semana no mês de dezembro. Apesar de a minha família não ligar muito para o Natal, todo mundo espera que eu vá para casa nesta época do ano, então eu vou. Pelo menos isso significa que por alguns dias posso ser a filha preferida.

Ter me mudado para os Estados Unidos para fazer faculdade me confere um certo ar de novidade toda vez que volto para casa, o que basicamente quer dizer que não preciso ajudar em nada. No ano passado, Zoe ficou para morrer quando teve que lavar a louça três noites seguidas. Mamãe insistiu que eu ainda estava sob efeito da mudança de fuso e, sinceramente, que tipo de filha eu seria se discutisse com minha própria mãe?

– Tem *certeza?* – pergunta Martha, desfazendo o sorriso calculado para clientes enquanto aperta com força a sacola plástica na mão.

Entrego o dinheiro tentando não rir da sua relutância.

– Absoluta.

Começo a me afastar bem na hora em que meu celular começa a tocar, e meu bom humor evapora quando o nome de Hayley aparece na tela. Por um instante de delírio, penso em não atender. Assim que atendo, me arrependo de não ter seguido esse impulso.

– Estou precisando de um favor.

Eu me viro e vou abrindo caminho pelo duty free lotado do aeroporto de O'Hare enquanto a voz dela soa no meu ouvido. Hayley foi a primeira amiga que fiz na Northwestern. Ela morava a três quartos do meu no alojamento estudantil no nosso primeiro ano de faculdade, e eu me agarrei a ela como qualquer caloura em busca de um rosto amigo. E embora os primeiros poucos meses não tenham acendido nenhum alerta, quanto mais eu me jogava na minha nova vida, mais me dava conta de que havia outras pessoas muito mais legais com quem eu poderia passar meu tempo. Pessoas que tinham mais a ver comigo do que a menina para quem eu sempre precisava pagar o café porque ela tinha esquecido a carteira na outra bolsa. Mas Hayley não largava o osso, colando em mim de um jeito que eu achava ao mesmo tempo incompreensível e lisonjeiro, embora estivesse claro que era complicado manter essa amizade.

Zoe sempre disse que eu sou meio banana, mas o problema é que esse não é o tipo de coisa que ensinam para a gente na escola. Eu tinha recebido vários folhetos coloridos sobre como fazer amizades no primeiro dia de faculdade, mas nenhum sobre como me livrar delas.

– Não posso falar agora – expliquei. – Estou no aeroporto, lembra?

– É um favor bem urgente.

– Duvido. – Tento não soar tão mal-humorada quanto estou me sentindo.
– Mas o que está pegando?

Ouço um estalo alto de chiclete quando ela responde.

– Posso pegar seu vestido azul emprestado pra um lance hoje à noite? Aquele de alcinha nas costas, sabe?

– Estou com ele na mala.

– E aquele verde que faz parecer que você tem peito?

– Eu tenho peito – retruco, bufando. Uma mulher às vezes precisa de uma ajudinha para realçar seus atributos. – De toda forma, o Andrew não vai ligar pra roupa que você estiver usando.

– Andrew?

– Seu namorado, lembra dele? – debocho, fazendo uma careta ao pensar nela mandando ver com uma roupa minha.

Faz alguns meses que eles estão juntos, e eu mal o vi sem que ele estivesse com a língua enfiada na garganta de Hayley. Eu e ele batemos um papo assim que fomos apresentados, felizes por conhecer outra pessoa da Irlanda tão longe de casa, mas acho que a Hayley não gostou muito da ideia de nós dois criarmos um vínculo e fez questão de nos manter afastados desde então. Para ser sincera, estou começando a achar que ela não gosta que ninguém da sua vida faça nada que não seja só com ela. Mas agora não há nem sinal dessa tendência ao ciúme enquanto ela faz "hmmm" do outro lado da linha.

– Que foi? – respondo, sabendo que ela queria que eu fizesse exatamente essa pergunta.

– Estou pensando em terminar com ele.

Hayley pronuncia as palavras num tom casual, como se ele fosse um par de sapatos velhos que ela estivesse pensando em jogar fora.

– Desde quando? Achei que você gostasse dele.

– E gostava. – Uma pausa. – Ele faz piada com tudo.

Reviro os olhos e volto a andar, desviando dos outros passageiros.

– Mas eu não podia dar um pé na bunda dele na véspera do Natal – continua ela. – Não sou nenhum monstro.

– Não, tem razão. Em janeiro, quando estiver bem frio e escuro, vai ser bem melhor. – Coitado. Ele parecia perfeitamente legal nas poucas vezes em que conversamos. Ou vai ver estou me sentindo tão mal pela lealdade em relação a um conterrâneo. – Aonde você vai hoje à noite?

– Jantar com o Rob. – Ela mal consegue esconder a felicidade. – A gente ficou ontem depois que ele...

– Como é que é?

– Aquele amigo do Billy.

– Não, quem o Rob é eu sei – digo, visualizando o mauricinho marombado que andava babando por ela. – Como assim, vocês ficaram?

– A gente foi pra casa dele depois do lance da Kendra, e Molly, você não vai *acreditar* no que ele sabe fazer com a...

– Então você já terminou com o Andrew? – interrompo, sem entender.

– Falei que estou pensando em terminar.

... É, eu preciso de umas amigas novas.

– Você chifrou ele?

– Não é chifre se eu terminar.

– É, sim!

– Ai, meu *Deus* – geme ela. – Não é tão grave assim.

– Hayley, você tem que terminar com ele se estiver saindo com outra pessoa. Isso é crueldade.

– Tá – bufa ela. – Tá bom. Vou fazer isso agora.

– Não, *agora* não. Espera as aulas voltarem.

– Mas você acabou de dizer...

– Eu sei o que eu disse. – Puxo minha mala para mais perto de mim ao entrar numa das esteiras rolantes, captando meu reflexo na parede espelhada em frente e alterando a cara feia que vejo ali até torná-la algo mais digerível. Talvez ela estivesse certa desde o início: quem quer levar um pé na bunda na véspera do Natal? – Que tal você não sair com o Rob até terminar com o Andrew?

– Mas eu vou sair com ele hoje – diz ela, como se eu fosse uma idiota. – Olha, se você faz tanta questão, eu mando uma mensagem de texto pro Andrew.

– Hayley, você não pode fazer isso! – disparo, surtada com a ideia de ela terminar o namoro por mensagem.

Nem conheço o cara tão bem assim, mas um pouco de decência não faz mal a ninguém.

Ela fica em silêncio, e quando acho que finalmente se deu conta da mancada que seria fazer isso, ela dá um muxoxo.

– Tá bom, *mãe*.

– Hayley...

– Preciso desligar. – Seu tom muda para um tédio colossal. – A gente se vê quando você voltar.

– Eu deixei a chave contigo pra você regar minhas plantas, não pra pegar meu vestido emprestado pra poder trair o...

– *Tchau!* – diz ela, e desliga logo em seguida.

Cambaleio ao sair da esteira e fico encarando o celular, indignada. Preciso de amigas novas. Essa pode ser minha resolução de ano-novo. Amigas novas. Amigas novas que não sejam horríveis.

Estou tão abalada depois da ligação que levo cinco minutos para me dar conta de que andei na direção errada, e, quando consigo chegar ao meu portão, toda suada e vermelha, o embarque já está em andamento.

O avião é pequeno. Dois assentos de cada lado e dois no meio, todos bem espremidos. A fila anda terrivelmente devagar à medida que as pessoas avançam a passos minúsculos, enfiando as malas nos compartimentos superiores e tentando se livrar dos pesados casacos de inverno.

Ajusto meus passos aos do passageiro à minha frente, tão concentrada em não esbarrar com a mala no cotovelo de ninguém que só quando paro ao lado da minha fileira e relaxo meus dedos doloridos é que olho de relance para o assento ao lado do meu. Gosto de pensar que tenho padrões aceitáveis no que diz respeito a viajar. Tudo que desejo e espero é alguém que não tire os sapatos nem roube minha comida quando eu for ao banheiro. Apenas um desconhecido educado e normal, que eu possa ignorar por sete horas enquanto tento dormir um pouco. Então você pode imaginar meu horror quando, em vez de cumprimentar alguém com esses requisitos, eu me pego encarando o futuro ex-namorado de Hayley.

Andrew Fitzpatrick parece tão surpreso quanto eu. No entanto, em vez de morrer por dentro e fazer uma cara de *você só pode estar de brincadeira comigo*, como eu, ele apenas sorri. O tipo de sorriso que Hayley não parava de elogiar depois do primeiro encontro deles. Um sorriso surreal de tão branco, com covinhas, daqueles que fazem a pessoa derreter por dentro. E ele direciona a força desse sorriso para mim.

Droga.

– Molly?

Droga, droga, droga.

– Oi! – respondo, um pouco alto demais.

Relaxa, Moll. E vê se fala mais baixo.

– É você aqui? – Ele aponta para o assento a seu lado, e olho em volta esperando algum outro assento milagroso aparecer. É claro que não aparece. O voo está lotado há dias. Ele também sabe disso, e sequer espera minha resposta para se levantar e me dar passagem. – Que loucura – continua. – E você ainda conseguiu o assento da janela.

Mais conhecido como o assento sem saída.

Guardo a mala no compartimento superior antes de me espremer desconfortavelmente para passar por ele. Sete horas. Vou ter que mentir pelas próximas sete horas. Sete horas e meia, contando o tempo da decolagem e do pouso. Talvez eu possa fingir que estou dormindo. Talvez eu possa...

– Como vai a faculdade? – Andrew se deixa cair no assento ao lado do meu enquanto coloca a sacola do duty free debaixo da poltrona da frente. Ele afivela imediatamente o cinto de segurança, embora as pessoas ainda estejam embarcando. – Você está fazendo administração, né?

Papo furado. Em geral não me importo com papo furado. Mas nesses tipos de situação um papo furado tende a conduzir a uma conversa importante.

– Economia.

Ele deixa escapar um assobio baixo.

– Mais chique ainda. Você quer ser economista?

– Advogada. Eu acho.

– Acha?

– Nota pra isso eu tenho.

Ele me olha como se eu tivesse dito alguma coisa engraçada.

– Mas você *quer* ser advogada? – pergunta ele quando não digo mais nada.

– Ainda não decidi. – As palavras saem num tom mais defensivo do que eu pretendia, e um instante de silêncio se estende o suficiente para fazer com que eu me sinta grosseira. – E você? Como vão os... os seus estudos?

Seus lábios estremecem quando ele me ouve hesitar.

– Fotografia. Estão indo bem. Talvez a Hayley já tenha comentado que eu vou me candidatar a estágios no próximo verão, pra ver se consigo ficar em Chicago. Talvez não seja a decisão mais inteligente, considerando que são todos não remunerados. Tipo, *zero* remunerados. Mas eu vou continuar na casa do meu tio até ele se encher de mim. Alguns meses de moradia grátis se eu trabalhar na loja dele no turno da noite. – Andrew se inclina na minha direção enquanto uma aeromoça fecha com força nosso compartimento de bagagens. – Está sentindo um cheiro de fio dental sabor chiclete?

Que ótimo.

– Sou eu. Foi mal. – Cheiro meu braço direito para me certificar. – É que eu estava escolhendo um perfume – explico ao vê-lo se animar.

– Sério? Então quem sabe você pode me ajudar. Eu queria comprar um presente pra Hayley. Ela não quis que a gente trocasse presentes de Natal, mas tecnicamente, quando a gente se encontrar de novo, já vai ser janeiro... O que foi?

– Nada.

Sorrio e puxo a revista de bordo do bolso da poltrona da frente. Por que ela foi me contar sobre o Rob? Por quê? Por que por que por que por que....

– Estava pensando neste aqui.

Vejo-o abrir a própria revista, folheá-la até a página de sugestões de presentes e apontar para um pequeno frasco de Chanel.

– Diz aqui que é um clássico – comenta ele, estreitando os olhos para o texto diminuto ao lado da imagem. – Oitenta e nove dólares. O que você acha?

Eu acho que vou matar a Hayley.

Oitenta e nove dólares. Uma pessoa que trabalha no turno da noite na loja do tio e viaja na classe econômica num voo promocional para a Irlanda não pode gastar oitenta e nove dólares com uma garota que vai lhe dar um pé na bunda daqui a uma semana.

– Você não pode comprar um presente pra ela no avião – digo, ao mesmo tempo que ele saca a carteira. – Melhor comprar num lugar especial.

– Eu não digo nada se você não disser.

– E o preço parece bem salgado.

Ele estende a mão para o botão de chamar os comissários.

– Eu juntei dinheiro.

– Mas...

– Com licença. Sr. Fitzpatrick? – Ambos nos viramos e vemos uma comissária se aproximando por trás com uma expressão brincalhona no rosto. – Seu irmão ligou avisando – diz ela, e um ar de total incompreensão cruza o semblante de Andrew. – Chegamos a pensar num coro de "Parabéns" – continua ela, entregando-lhe um pequeno envelope quadrado. – Mas o senhor aceitaria, em vez disso, um drinque de cortesia?

– Com muito prazer – diz ele, soando aliviado e voltando o olhar para mim. – Podem ser dois?

– Claro – responde a comissária. – O que desejam?

– Ahn... – Olho para Andrew, que fica apenas aguardando. – Vinho branco?

– A mesma coisa pra mim – diz Andrew, mostrando a revista para ela. – E eu queria também...

– Vamos começar nossas vendas do duty free depois da decolagem – interrompe ela com um sorriso radiante. – O cinto – acrescenta para mim.

Afivelo o cinto, como solicitado, esperando que ela desapareça atrás da cortina. Como se o dia já não estivesse ruim o suficiente.

– É seu aniversário?

Para minha surpresa, ele dá uma gargalhada.

– Não. Meu irmão é que gosta de fazer esse tipo de gracinha. O

Christian adora me fazer passar vergonha. – Seu sorriso vacila quando ele olha para mim. – Ei, tá tudo bem? Você ficou branca feito um fantasma.

– É a luz – minto.

Tá. Pelo menos ela não está chifrando o cara no dia do aniversário dele. Ai, meu *Deus*, isso não deveria ser parâmetro para nada!

– Eu sabia que ele iria tentar alguma coisa do tipo – prossegue Andrew enquanto tento me acalmar. – Você tem irmãos?

– Uma irmã, só.

– Mais velha ou mais nova?

– Mais velha. Uns três minutos.

Ele franze a testa antes de entender.

– Vocês são gêmeas?

– Idênticas.

– Sério?

Assinto, reprimindo uma careta diante do entusiasmo dele.

– Nossa, mas que...

E *lá* vamos nós.

– Que coisa totalmente normal e nada impressionante – continua ele, sorrindo quando meus olhos tornam a fitá-lo. – Você deve estar de saco cheio de lidar com as pessoas enlouquecidas quando ficam sabendo.

– Só um pouquinho – reconheço.

– Foi mal.

– Não, eu entendo. Quando elas começam a perguntar se a gente sente a dor uma da outra é que eu perco a vontade de viver.

Ele ri, e eu relaxo um pouco.

– Lá em casa nós somos quatro – diz. – O Liam é o mais velho. Depois venho eu, depois o Christian. E agora tem a Hannah, que está com 6 anos.

– Seis?

– Ela foi uma surpresa bem-vinda. – Ele abre o envelope e sorri ao encontrar nada além do desenho grosseiro de um dedo do meio no cartão.

– Quanta elegância. Você se dá com a sua irmã?

– Sim. Na maior parte do tempo.

– Aposto que é difícil morar tão longe dela.

– Na verdade eu nunca pensei nisso – digo, sincera. – Quer dizer, a gente se fala por mensagem o tempo inteiro, então...

– Mesmo assim – insiste ele. – Vai ser bom estar junto no Natal.

– Acho que sim.

– *Acha* que sim? – Ele volta a sorrir. O cara sorri bastante.

– A gente não liga muito pro Natal – explico.

Ele me lança um olhar cético.

– Você está literalmente indo pra casa *voando* na véspera de Natal.

– É coincidência. Eu trabalho em meio período numa loja de sapatos, e ia trabalhar no feriado, mas a minha chefe não conseguiu me colocar na escala e a Zoe queria que eu levasse umas coisas, então... – Interrompo a frase no meio enquanto ele me encara. – Aqui estou eu.

– Molly, você tá me deixando deprimido.

– Não é que eu seja *contra* o Natal! – exclamo. – Eu só não curto muito todo esse...

– Amor? – sugere ele. – Reconforto e alegria?

– Brinquedos. Gastos. As mesmas doze músicas tocando sem parar.

– Ah, o argumento comercial.

Franzo a testa ao ver a rapidez com que ele o descarta.

– A menos que você tenha crianças em casa, o Natal não passa de algumas semanas de estresse e de gastos que vão inevitavelmente acabar em decepção. É tanta expectativa envolvida que não tem como não acabar assim.

– Caramba. Então devo dizer que você *é* inimiga do Natal.

– Eu não sou inimi...

– A arqui-inimiga do Natal.

– Eu sou prática.

– Estou entendendo – diz ele, com cara de quem está se divertindo. – Mas me parece também que você está comemorando errado o Natal.

– Pra você é diferente. Você mesmo acabou de dizer que tem uma criança na sua família. Aí é outra coisa.

– Com ou sem criança, não existe idade-limite pra passar uns dias enfurnado na casa da sua família comendo até passar mal. Sem falar no lado fashion da coisa. – Ele faz um gesto para indicar a própria roupa, e pela primeira vez reparo na rena sorridente bordada na frente.

– Renas não dão tchauzinho – digo a ele.

– O Rudolph dá. O Rudolph adora dar tchauzinho.

Solto o ar pelo nariz.

– Agora entendi.

– Entendeu?

– Aham. Sua família é *daquele* tipo.

Isso só o diverte ainda mais.

– Qual tipo?

– Aquele de comercial. De pijama combinando. Presentes embaixo da árvore.

– Exatamente, e com orgulho. Deduzo então que a sua não seja, tô certo?

– Como eu disse, a gente não liga muito pro Natal. – Enrugo a testa quando ele continua a me encarar, com um brilho novo nos olhos que imediatamente me deixa nervosa. – Que foi?

– Nada. Só estava pensando no que eu posso fazer pra te transformar numa fã da época mais maravilhosa do ano.

– Que tal começar não dizendo coisas assim?

Ele sorri.

– Eu vou te fazer mudar de ideia em relação ao Natal.

– Bem seguro de si, você, né?

– É claro que eu sou. Tão seguro que aposto que até o final deste voo você já vai ter mudado essa sua mentalidade antinatalina.

– Aposta valendo dinheiro mesmo? – Pressiono os lábios um no outro para reprimir um sorriso. – De quanto a gente está falando?

– Um milhão...

– *Um* dólar – digo, erguendo um dedo. – E vou logo avisando que eu sou extremamente competitiva.

– E eu vou logo avisando que eu posso ter cara de inocente, mas não tenho nada contra jogar sujo.

– Inocente, é?

Ele faz um gesto vago em direção ao próprio rosto.

– Eu tenho essa cara de menino bonzinho e tal, conheço meus pontos fortes.

Isso me faz rir, e ele brande o cartão falso de aniversário entre nós dois.

– E aí? – diz. – Quer ver quanta coisa de graça a gente consegue com isto aqui?

O celular dele vibra antes que eu consiga responder, e dou um pulinho de susto. Em algum momento dos últimos minutos, nós dois ficamos um de frente para o outro, e ao ver quem está ligando sinto meu estômago se embrulhar como se tivéssemos acabado de entrar numa turbulência. De algum jeito, tinha me esquecido da Hayley durante a nossa conversa, mas ela agora volta gritando para o primeiro plano dos meus pensamentos ao mesmo tempo que Andrew leva o celular ao ouvido, sem reparar no meu pânico.

– É a Hayley – diz ele enquanto minha pulsação começa a se acelerar. – Ela anda estudando tanto que nem conseguimos nos ver antes de eu viajar. – Ele se vira para a frente com um largo sorriso no rosto. – Oi, amor! Você não imagina quem...

Arranco o telefone da mão dele antes de conseguir pensar e toco na tela para encerrar a ligação.

Silêncio. Um silêncio muito, muito constrangedor por intermináveis instantes enquanto Andrew só me encara. Então:

– Mas o q...

– Você não pode atender ao celular durante o voo.

– Mas ainda nem decolamos – diz ele, devagar. – As portas ainda estão abertas.

– Mesmo assim, pode afetar o sistema.

A boca dele se abre e se fecha; qualquer indício de brincadeira desapareceu.

– Pode me devolver meu celular? – pede ele, por fim.

Penso em dizer que não. Em salvá-lo do que sei que está a ponto de acontecer, mesmo correndo o risco de passar por esquisita. Ele é um cara legal. Um cara legal e festivo, e, se for para aquilo acontecer, não quero que seja logo depois de ele passar vários minutos elogiando o Natal. Mas a expressão indiferente em seu rosto me informa que ele está prestes a chamar a segurança, e eu realmente, *realmente* não gostaria de ser presa.

– Tá certo. Foi mal. – Devolvo o aparelho. – É que eu fico nervosa em aviões.

– Hmmm... – Ele vira as costas para mim o máximo que consegue nesse espaço exíguo, mas eu não desisto.

– Mas e a tal aposta, hein? Você não ia tentar me convencer?

– Olha... – começa ele, mas o celular torna a vibrar, e ao baixar os olhos nós dois vemos uma mensagem pular na tela.

Acho que vou passar mal.

Por mensagem, não.

Não na véspera do Natal.

Ela não faria isso.

Ao meu lado, Andrew fica muito, muito parado.

Faria, sim.

– Vinho branco? – Sem saber nada sobre o que está acontecendo, a comissária reaparece ao lado dele com dois copos de plástico nas mãos. – Só íamos abrir o bar depois da decolagem, mas...

– Sim! – exclamo, me levantando parcialmente e dando um susto na pobre mulher. – Sim, por favor.

Andrew não se mexe enquanto pego as bebidas, e tampouco nossa nova amiga, que parece um pouco satisfeita demais consigo mesma.

– Sei que dissemos que iríamos poupar o senhor dessa vergonha – diz ela enquanto Andrew segue encarando a mensagem. – Mas como este é nosso último voo antes do Natal, não podemos abrir mão da oportunidade de constranger nossos passageiros.

Olho para trás dela e vejo duas outras comissárias vindo na nossa direção. Ai, não.

– Eu não acho que...

– *Parabéns pra você...*

Ai, *não*.

Um rubor de um rosa vivo sobe pelo pescoço de Andrew enquanto a tripulação, depois a maioria dos passageiros, começa a cantar.

– *Nessa data querida...*

Enquanto todos se esforçam ao máximo para dar o salto de uma oitava, Andrew levanta a cabeça devagar e olha para mim.

– Feliz aniversário – digo com um sorriso fraco, e esvazio meu copo em um gole só.

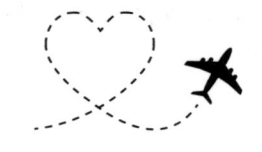

Capítulo 1

Chicago

Outro dia eu fiz um desses testes para saber "o que você deveria fazer da vida, sua idiota indecisa". Todas as perguntas eram bobas demais (escolha uma cor, escolha um molho de salada) e entremeadas por memes de celebridades que eu não sei mais quem são. O resultado foi que eu deveria virar professora de jardim de infância. Não gostei, então refiz. O outro resultado foi que eu deveria fazer medicina. Como se eu fosse tomar uma decisão dessa assim, do nada.

Bom, a questão é que eu tinha decidido largar meu emprego. Não, eu tinha decidido largar minha *carreira*. Vários anos de faculdade, quatro anos exercendo a advocacia, e cinco semanas atrás eu estava sentada em frente à minha mesa havia várias horas, em vez de ter ido para casa, aí abri um documento, abri outro, então me dei conta de que não só estava totalmente infeliz, como já estava assim fazia algum tempo.

Foi tipo o chuveiro do meu primeiro apartamento: quentinho e normal num segundo, uma chuva de farpas geladas no outro. Não me entenda mal: foi um alívio enfim reconhecer isso, mas felizes são os ignorantes, e quando o estágio seguinte de iluminação não aconteceu, quando eu não percebi de repente minha paixão pela salsa ou meu sonho oculto de virar contadora, a única coisa que me restou foi uma sensação de náusea e um embrulho no estômago enquanto duas palavrinhas ecoavam sem parar na minha mente.

E agora?

Ainda estou sem resposta.

Quando decidem mudar de vida, as pessoas em geral *sabem* o que querem. Se mudam para uma cabana em ruínas no sul da França, decidem ser assistentes sociais, vendem tudo que têm e passam a viver em um convento.

Elas não costumam falar em coisas como aluguel, empréstimo estudantil e plano de saúde. Nunca tem um vídeo em quatro partes no YouTube sobre todas as coisas que eu vou ter que continuar pagando de uma forma ou de outra. Ou então um blog sobre como recomeçar do zero de um jeito realista que não signifique abandonar completamente minha vida anterior.

– Molly.

Talvez eu comece a jogar na loteria.

– *Molly.*

Ou eu poderia arrumar um gato.

– Ei!

Ergo os olhos ao ouvir as batidas rápidas na parede e vejo minha amiga Gabriela parada na porta.

– Você não tinha que ter saído dez minutos atrás? – pergunta ela. – Achei que já tivesse terminado.

– Eu já terminei. – Eu não terminei. Nunca termino. – Mas não tem problema. – Olho de volta para o laptop e para o contrato ali aberto, e pisco ao ver as palavras flutuando diante de mim. – Tenho uma janela de quarenta minutos para atrasos.

– É claro que tem. – Ela entra na sala com os braços cruzados. Pela sua aparência, ninguém diria que ela começou a trabalhar hoje às sete da manhã. Seu vestido azul-marinho continua sem nenhum vinco, a maquiagem permanece perfeita, os cachos escuros presos num rabo de cavalo que deixa à mostra seu rosto em formato de coração. Um desses cachos se solta quando ela se aproxima, estreitando os olhos para as pilhas de papel na minha frente. – É o contrato da Freeman?

– Alguma vez não é o contrato da Freeman? – resmungo. – Ou a gente agora tem mais de um cliente? – Porque é essa a sensação que eu tenho. Nas últimas semanas foi só nisso que eu trabalhei. Ou nos últimos anos, talvez. A essa altura já nem lembro mais. Um vai e volta sobre a venda de uma empresa que já deveria ter sido fechada meses atrás. – É como se eu estivesse sendo paga para desperdiçar o tempo de todo mundo.

– Contanto que você seja paga – murmura ela, puxando uma das pastas na sua direção.

Gabriela também fez faculdade de direito. Está há cinco anos advogando. Foi ela quem fez as honras da casa no meu primeiro dia no elegante escritório Harman & Nord, localizado num arranha-céu da LaSalle Street. O mesmo em que estamos agora. Gabriela não quer largar o emprego. Gabriela, assim como o restante do nosso pequeno grupo de amigas, adora o que faz e não se importa com a pressão, com as horas extras ou com a exigência de ser implacável de uma forma que cada vez mais eu vejo que é impossível para mim.

– Mas não tem problema – repito enquanto ela começa a ler. – Para ser bem sincera, eu estou... – Não concluo a frase; ela me encara. – ... estou lendo a mesma página faz uma hora – confesso.

– Você precisa tirar férias.

– Eu vou tirar.

– Não, você vai pra casa da sua família – diz ela enfaticamente. – Isso não é tirar férias. Principalmente durante as festas de fim de ano. Principalmente se você odeia as festas de fim de ano.

– Eu não odeio as festas de fim de ano – resmungo, arrancando minha pasta da mão dela. – Só não ando por aí com arquinho de rena na cabeça. Existe um meio-termo.

– Ano que vem você deveria ficar por aqui e pronto.

– Não dá – digo, esfregando meus olhos cansados por exatos dois segundos antes de lembrar que estou de rímel. – Eu tenho que ir.

– É sempre você que vai. Fala pros seus pais virem pra cá. Mostra a cidade pra eles, deixa eles verem como você está bem de vida. – Ela inclina a cabeça e me abre um belo sorriso. – A gente pode sair pra jantar e você pode dizer pra eles que eu sou uma mentora maravilhosa.

– É isso que você é?

– Pais e mães me adoram. Eu sou supereducada.

– Você é puxa-saco, é diferente. – Fecho meu laptop e começo a juntar minhas pilhas para formar uma pilha gigante, mas Gabriela simplesmente continua onde está e me observa com uma expressão pensativa. – Que foi?

– Nada. – Ela passa um dedo por cima da madeira escura da mesa antes de baixar os olhos para a minha barriga. – Você tá grávida?

– *Como é que é?*

– Pode me falar se estiver.

– Não!

– Não, não está grávida, ou não, não vai me contar se estiver?

– As duas coisas – respondo, ríspida.

– Tá.

– Eu não estou nem saindo com ninguém.

– *Tá.* – Ela abaixa a voz até um sussurro. – Mas é esse o problema? Você tá precisando transar? Isso a gente pode resolver.

– Ai, meu Deus. – Empurro minha bolsa do laptop para ela e junto meus papéis. – Para de falar. A gente não é mais amiga.

– É que você anda tão estranha ultimamente... – diz ela, se apressando para me acompanhar enquanto eu saio da sala a passos largos. – E quero que saiba que se estiver acontecendo alguma coisa, você pode falar comigo. Eu sou uma ótima ouvinte. Várias pessoas desabafam comigo.

– Quem desabafa com você?

– O Michael.

– O Michael é seu marido, é natural que desabafe com você.

– É, mas eu realmente sou ótima nisso. E como nós somos as duas minas no clube dos manos, precisamos unir forças.

– Duas minas no... Você andou escutando aqueles podcasts outra vez, né?

– Mulheres apoiando mulheres – insiste ela. – Isso significa que a gente precisa conversar sobre as coisas.

– Não sobre o meu útero, Gab.

Andamos até a outra ponta do andar pelo corredor comprido margeado dos dois lados por salas de reunião com paredes de vidro. Para um escritório de advocacia, nós ironicamente temos pouca privacidade. Eu sempre detestei isso. Principalmente nos meus momentos de maior ansiedade, quando tenho a sensação de estar dentro de um aquário. Como se houvesse olhos cravados em mim o tempo inteiro, esperando eu dar um escorregão. Apesar do horário, o andar está movimentado; a maioria das pessoas já saiu, jantou e voltou para ficar trabalhando até tarde da noite.

– Você transou com alguém desde o Brandon? – pergunta Gabriela, ainda segurando minha bolsa do laptop quando chegamos à minha mesa.

– Que importância isso tem? – pergunto, grunhindo, fazendo uma careta ao escutar o nome do meu ex. – Quando foi a última vez que *você* transou?

– Hoje de manhã.

– Isso é... eu não precisava saber disso.

– Então por que perguntou?

– Porque você... – Expiro com força e pego as pastas de que preciso antes de vestir meu casaco. – O problema não é esse.

– Mas você admite que existe um problema.

– Sim – digo, pondo os documentos dentro da bolsa. – Mas não é nada sério, e eu estou bem. Tão bem quanto posso estar depois da semana que eu tive.

E das semanas que estou prestes a ter. Pego a pequena mala que tinha enfiado debaixo da mesa pensando em todo o trabalho que me aguarda. Não é que eu nunca fale com Gabriela sobre esse tipo de coisa, mas sei que ela não iria entender. Tanto sua mãe quanto seu pai são advogados. Seu irmão é advogado, e seu avô era advogado. Todos os seus amigos são advogados. Jamais teria lhe ocorrido fazer outra coisa. Jamais teria lhe ocorrido que *existe* outra coisa, e sei que ela vai tentar me convencer a deixar pra lá o que quer que eu esteja sentindo e, para ser sincera, ela é melhor no que faz do que eu. Vai ganhar a discussão.

– Eu só quero que você saiba que eu estou aqui – continua ela. – E que estou pronta para escutar ativamente se você precisar.

Meu divertimento supera minha irritação com a insistência dela.

– Eu sei – digo, pegando a bolsa das suas mãos e pendurando no ombro. – E eu sou grata a você por isso. Você sabe. Mas estou bem.

– Eu só quero ajudar.

– Pode me ajudar a achar meu casaco.

– Ele está em você.

É. Está mesmo.

– Tá, talvez eu esteja *um pouco* preocupada. – Verifico as horas enquanto puxo meus cabelos louros para trás e os prendo. Janela de trinta minutos para atrasos. – Não sai daí.

Tiro uma caixa de papelão branca da minha última gaveta, e sorrio quando do Gabriela solta um arquejo regozijante.

– Pensei que a gente não fosse trocar presentes este ano! Você disse que ia naquela aula de samba pra iniciantes comigo e que não ia zombar da minha cara.

– E vou – prometo.

Gabriela e eu em geral trocamos pequenas lembrancinhas nas festas de fim de ano: favores ou presentes com rígidos limites de valor. Duas semanas atrás, ela me ajudou a subir três lances de escada com meu colchão novo. Algo que para duas garotas não tão altas assim é bem mais difícil do que parece.

– Este é pra você e pro Michael – explico. – São brownies de café daquela padaria em Little Italy. – Abro uma frestinha da caixa e a deixo ver os deliciosos quadradinhos bem-cortados. – Lembra que eu levei na sua festa de aniversário e você comeu seis?

– Não, porque tenho quase certeza de que bebi uma garrafa de champanhe junto.

Ela estende a mão para o brownie mais próximo e dá um gemido ao mordê-lo.

– Coloca num pote hermético quando chegar em casa – instruo enquanto ela pega a caixa. – E deixa em temperatura ambiente. Eles ficam mais gostosos com um pouco de creme. E talvez um pouquinho de açúcar de confeiteiro. Ou um pouquinho de...

– Adoro que você ache que estas belezinhas vão durar até eu chegar em casa – interrompe ela, lambendo as migalhas dos lábios. – Você deveria ter sido chef.

– Eu não faço comida. Eu como comida.

– Nenhum trabalho e toda a recompensa. Máximo respeito. – Ela enfia metade do brownie na boca e ergue um dedo. – *Xperãqui* – diz, com a boca cheia, o que interpreto como "espera aqui", e fico olhando curiosa enquanto ela abre uma das gavetas da própria mesa, em frente à minha, e tira lá de dentro um ursinho de pelúcia do Chicago Cubs.

– É pro neném – diz ela. – Pra sua irmã poder criar o filho direito.

– Gab! Não precisava.

– Eu sei, mas eu sou legal. – Ela fica por perto enquanto guardo o presente na mala, encaixando-o ao lado de todas as outras comidas e das poucas peças de roupa que vou levar. – Como é que você só vai levar isso?

– São só alguns dias.

– Tudo bem, mas é Natal – protesta ela. – E os presentes?

– Eu dou dinheiro de presente pra maioria das pessoas. É o que elas esperam e é o que elas querem.

– Não é muito o espírito do Natal.

– Mas mesmo assim continuo sendo a parente preferida de todo mundo.

Eu me endireito e percorro minha lista mental das coisas mais importantes. Roupas, carteira, passagem. Chaves, passaporte, celular.

– Tudo certo? – pergunta Gabriela quando finalmente a encaro.

Assinto.

– E, se não estiver, agora já era – digo. – Estarei no celular se você precisar de mim. E a partir de amanhã vou estar on-line. E...

– Molly, *tchau* – diz ela, me empurrando porta afora.

– Tchau – respondo automaticamente. – E Feliz Natal, né.

– Como é bom ouvir você dizer isso com uma voz tão triste. Realmente desperta meu espírito festivo.

Ela espera comigo o elevador chegar, acenando alegremente enquanto come a outra metade do brownie. O elevador demora um século para descer, parando a cada dois andares antes de chegar ao lobby. Lá fora, os arranha-céus em volta se avultam acima de mim, e as ruas estão cheias de gente indo para restaurantes, bares e boates. Pelo menos a essa hora do dia não é tão difícil conseguir um táxi, e em dois tempos estou atravessando depressa a cidade na direção oeste, a caminho da interestadual.

Neva forte à nossa volta, e a neve se acumula de um jeito a que ainda não estou totalmente acostumada, embora more na cidade há anos. Eu ainda era adolescente quando cheguei, e me considerava incrivelmente madura mesmo estando apavorada. Passei aquele primeiro voo inteiro me perguntando se estava cometendo um erro colossal e caro, mas quaisquer dúvidas que eu tivesse desapareceram assim que desci do avião. Assim que fiz isso eu soube que Chicago era a minha cidade. E eu tinha sorte que fosse assim. Às vezes não há como prever o que vai atrair você e o que não vai. Mas, do mesmo jeito que pessoas em busca de uma casa podem entrar por uma porta e saber na hora se aquelas quatro paredes são para elas ou não, eu já sabia, quando estava me aclimatando tantos anos atrás à minha vida aqui, que este era o meu lugar.

É um sexto sentido. Uma intuição.

Ou vai ver foi o destino.

Meus pais imaginavam que depois do primeiro ano de faculdade eu fosse me mudar de volta para Dublin, mas isso nunca me passou pela cabeça, e as desculpas vinham naturalmente toda vez que eles perguntavam. Eu passava os verões com amigos e namorados. A faculdade foi seguida por um emprego. E junto com tudo isso havia uma vida que eu construíra do zero. Um apartamento que posso chamar de meu, amigos que adoro e uma cidade que hoje conheço como a palma da minha mão. Adoro os parques, os festivais e as praias. Adoro a arquitetura, as pessoas e a facilidade para se deslocar. Adoro ter algumas das melhores comidas do mundo bem na porta de casa. E adoro o fato de tudo isso ser meu.

Até hoje acho que a minha família ainda imagina que eu vá voltar para a Irlanda. Mas como? Minha casa agora é aqui. E não consigo me imaginar morando em nenhum outro lugar.

> Então, eu andei pensando...

A mensagem de texto da minha irmã chega quando estamos nos aproximando do aeroporto, seguida por uma série de emojis que ela adora usar em toda mensagem.

> Ai, não.

> Em vez de você vir passar o Natal aqui, por que nós duas não fugimos e pegamos o primeiro voo pra alguma ilha na Grécia?

> Acho que não vão deixar você embarcar grávida desse jeito.

> Eu ponho um casacão bem grande. Ninguém vai nem notar.

Zoe está grávida de oito meses e vai ter o bebê no começo de janeiro. Acho que meus pais estão ainda mais animados do que ela em relação a isso, e recentemente a obrigaram a se mudar de volta para a casa deles, para poderem paparicá-la.

> Veio um pessoal cantar músicas de Natal aqui na porta de casa mais cedo. Papai tentou fazer graça e pediu pra eles cantarem Hotel California. Mamãe deu pra eles uns pacotes de M&Ms que tinham sobrado como se fosse Halloween.

Depois as pessoas perguntam por que eu sou assim. Já posso imaginar como vão ser os próximos dias. As grandes reuniões de família (sim, eu trabalho muito; não, ainda não casei) e os jantares menores em casa nos quais nós quatro encenamos canhestramente nossa estranha versão do Natal. Mamãe vai para a cama mais cedo, Zoe vai sair para encontrar uma amiga e papai vai me encurralar na sala e me fazer as mesmas perguntas rabugentas, porém bem-intencionadas, sobre meus planos para a aposentadoria, o isolamento térmico do meu prédio, e se eu segui ou não seu conselho de investir numa boa caixa de ferramentas, tudo isso porque ele na verdade não sabe mais conversar comigo, mas continua querendo tentar. Todo ano é como se nós quatro estivéssemos interpretando sem entusiasmo algo que vimos na televisão, e eu cada vez mais me pergunto por que nos damos ao trabalho de fingir qualquer coisa.

Meu celular vibra e chega uma foto da minúscula cama da minha infância, arrumada com cobertores que tenho quase certeza que meus pais já tinham antes de eu nascer.

#Glamour, escreve Zoe abaixo da foto, e dou um suspiro, pedindo desculpas mentalmente para meus pobres músculos das costas. Vou ter que marcar uma massagem assim que voltar.

O tráfego desacelera conforme chegamos ao aeroporto, mas nessa época do ano imagino que devêssemos agradecer pelo simples fato de chegar. Dou uma gorjeta para o taxista, despacho minha mala e fico com a bolsa do laptop na mão. Quando consigo passar pelo raio x, não tenho mais nenhuma janela para atrasos e sigo direto para o duty free como uma mulher com uma missão.

– Com licença – digo, parando a vendedora mais próxima, com um crachá em volta do pescoço. – Qual é o perfume que vocês menos vendem?

Cinco minutos depois, saio de lá recendendo a uma mistura detestável de fragrâncias com nome de pop star e com um frasco rosa cintilante balançando dentro da sacola pendurada no pulso.

Finalmente chego ao meu portão de embarque, desviando de famílias cansadas e mal-humoradas e de adultos sozinhos com olhares perdidos, até ver um homem de cabelos escuros debruçado sobre uma *National Geographic*. Não consigo ver seu rosto, mas visualizo sua testa franzida enquanto ele lê e a forma como ele articula uma a cada duas palavras, embora jure não fazê-lo.

Passo alguns instantes só olhando para ele, então dou um passo, depois outro e mais outro, e a cada um deles sinto o mundo lá fora desaparecer lentamente. Sem preocupações, sem planejamento, sem trabalho, sem nada. Vou ter que lidar com tudo isso quando voltar. Caramba, vou ter que lidar com tudo isso assim que *pousar*. Mas agora não. Essa é a única época do ano em que coloco o trabalho em segundo plano.

Estou sorrindo quando chego até ele e nem pisco ao estender a mão para tirar a revista dele.

– Com licença, cavalheiro – digo quando ele recua, espantado. – Acho que o senhor está no meu assento.

A expressão chocada de Andrew Fitzpatrick some assim que ele me vê. Ele sorri com aqueles olhos cor de mel como se eu fosse a melhor coisa que aconteceu no seu dia. Sei que ele é a melhor coisa que aconteceu no meu.

– Oi, sumida – diz ele, reclinando-se na cadeira. – Você por aqui? Que coincidência!

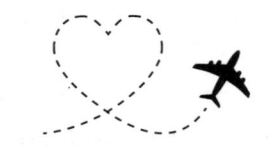

Capítulo 2

Voo 2, Chicago

É só não cruzar olhares com ele. Não cruzar olhares com ele, e nem sequer olhar na direção dele. Olha pra baixo! Olha pra baixo, para o celular, e finge que está ocupada como a covardona que você é. Olha pra baixo pra baixo pra baixo.

Olho para cima e vejo Andrew dizer algo engraçado para uma comissária enquanto avança lentamente na minha direção.

Ele raspou o cabelo todo, o que não lhe caiu bem. Eu diria que mal o reconheço, só que com certeza reconheço. Reconheceria esse rosto em qualquer lugar. Pensei bastante nele nos últimos meses, colocando nosso voo no mesmo nível de quando chamei minha professora de mãe ou de quando esqueci de trancar a porta do banheiro num trem e uma pobre mulher me viu de um jeito que nós duas teríamos preferido evitar.

Ou seja: foi altamente constrangedor, e fiquei repassando na mente, no mínimo uma vez por semana, o instante em que arranquei o celular da mão dele. Depois do incidente envolvendo Hayley, nós não trocamos mais uma única palavra, e quando pousamos ele desapareceu no corredor antes mesmo de abrirem as portas do avião. A última vez que o vi foi junto à esteira de bagagens no aeroporto de Dublin, onde ele estava gritando com alguém pelo telefone. Adivinhem com quem.

Com a Hayley eu só me encontrei mais uma vez, na festa de algum cara aleatório para a qual ela me arrastou uma semana depois que eu voltei. Mandei a real para ela sobre o que tinha acontecido e ela riu, mas parou de me procurar logo em seguida e eu deixei pra lá. Fiz novos amigos, me readaptei, segui em frente.

Mas agora? *Agora??*

Quer dizer, eu sei que nós dois somos de um país pequeno, mas caramba.

Afundo mais no meu assento e finjo estar lendo um artigo no celular ao mesmo tempo que estou extremamente consciente do assento vazio ao meu lado. Consciente porque ele é um dos poucos ainda livres.

E Andrew continua vindo.

Meu coração dispara quando, pelo canto do olho, o vejo se aproximar. Enfim, que coisa mais ridícula. Existe coincidência, e existe a boa e velha injustiça do universo. Ele poderia ter reservado qualquer assento em qualquer avião em qualquer data, então por que tinha que ser nesse? Por que tinha que...

– Com licença, a senhora se importa se eu mudar seu casaco de lugar?

Andrew para bem ao meu lado, e não tenho outra escolha a não ser erguer os olhos, agarrada à tênue esperança de ele ter me esquecido.

Não esqueceu.

Ele fica me encarando com as mãos paradas no ar, prestes a enfiar sua bolsa no compartimento superior. Assim que cruzamos olhares, todo aquele constrangimento é multiplicado por dez, e eu fico vermelha enquanto ele continua ali parado.

– Olá – digo, com o sorriso mais largo e mais falso do mundo.

A palavra parece despertar alguma coisa nele, e sua expressão se esvazia ao mesmo tempo que ele abaixa os braços e torna a trazer a bolsa para junto do corpo. Depois, segue em frente pelo corredor como se não tivesse sequer me visto.

Tá, isso não foi muito legal.

Torno a me virar para a frente, desanimada, fingindo não ouvir a conversa educada acontecendo poucas fileiras atrás. Um minuto depois, uma mulher com ar confuso aparece e sorri para mim com empatia enquanto se acomoda no assento ao meu lado.

– Brigou com seu namorado? – pergunta ela.

Cerro os dentes, arrisco uma olhadela por cima do ombro e vejo Andrew olhando direto para mim.

Imediatamente torno a me virar, e afundo no assento para ele não conseguir ver nem a minha nuca.

Mas não faz diferença, porque sinto os olhos dele me observando o voo inteiro.

AGORA

Torno a jogar a revista no colo de Andrew, reparando resignadamente no seu suéter, uma combinação monstruosa de vermelho e verde.

– Que diabo é isso? – pergunto, indicando seu rosto.

– Ah, isso? – Andrew passa a mão no queixo. – Minha máscula barba por fazer, porque eu sou um homem másculo.

– Tá deixando a barba crescer?

– O fato de você ter que perguntar isso me faz querer mentir e dizer que não.

Ele vai ficar ótimo de barba, e nós dois sabemos. É que eu nunca o imaginei de barba. Sempre achei que seu rosto fosse franco demais para ter barba, com aquela covinha idiota na bochecha esquerda e aqueles olhos ridículos que parecem mudar de cor sempre que querem.

– O que vai acontecer quando você estiver bronzeado, mas aí decidir tirar a barba e sua cara ficar de duas cores diferentes?

– Acredita que eu não pensei nisso?

Sorrio, mas não consigo manter o sorriso por muito tempo.

– Desculpa o atraso. Tinha umas coisas no trabalho que eu precisava terminar.

– Sem problema, atraso seria eu no avião e você fora dele. O avião ainda não decolou, caso você não tenha visto aquele tubão lá fora.

– Eu queria te fazer uma surpresa.

Eu me jogo na cadeira ao lado dele e lhe dou o envelope que vinha guardando no bolso nos últimos dias.

– Pelo *formato* não parecem diamantes – brinca ele, sentindo o peso com as mãos.

– É um upgrade para a primeira classe.

Seu bom humor desaparece enquanto ele me encara.

– Como é que é?

– Acho que a sala vip vai estar lotada, mas a gente pode ver se...

– Quanto custou isso? – Ele soa horrorizado ao abrir o envelope e retirar as passagens como se Willy Wonka em pessoa as tivesse mandado.

– Não se preocupa com isso. Custou menos do que você pensa.

– Moll, os preços no Natal já são caros à beça...

– Eu disse pra não se preocupar – interrompo. – Sabe quantas milhas eu tinha? Precisava gastar com alguma coisa. Além do mais, a gente está fazendo dez anos de amizade.

– Dez? – Ele franze a testa ao mesmo tempo que começo a ficar um pouco magoada. – Tem certeza?

– Tenho! Nosso primeiro voo tem dez anos. Isso configura uma data comemorativa.

– Acho que não passa de sete.

– São dez! Foi no...

Minha boca se fecha quando ele ergue o punho fechado, com uma correntinha de ouro pendurada entre os dedos. Na ponta da corrente, reluzindo à luz fluorescente, está um pequeno pingente azul.

– Feliz dez anos de amizade – diz ele quando pego a joia.

– Seu besta – resmungo, mas a frase sai sem convicção enquanto admiro meu presente.

Simples, pequeno e perfeito para mim.

– Cuidado – diz ele enquanto abro o fecho. – O velhinho de sotaque carregado do antiquário me disse que esse colar era amaldiçoado.

– Sério?

– Ele disse algo sobre três fantasmas na véspera de Natal. Ou talvez um duende. Voltei no dia seguinte pra confirmar, mas a loja tinha desaparecido misteriosamente. – Ele ajuda a afastar os cabelos da minha nuca enquanto eu ponho o colar. – Posso te garantir que não custou tanto quanto essas passagens. Não custou quase nada, pra ser sincero. Mas essa é só a primeira parte.

Isso, sim, chama a minha atenção.

– Eu vou ganhar um presente em duas partes?

– Um de aniversário de amizade e outro de Natal.

– A gente não se dá presente de Natal.

– Eu sou malcriado, Molly, só faço o que eu quero. Quando a gente pousar eu te dou, está na mala.

Ele coça o queixo enquanto ajeito a correntinha no lugar, posicionando o pingente na frente do pescoço para lhe mostrar.

– Na loja parecia maior – diz Andrew, como se eu fosse ligar para uma coisa dessas.

– É lindo, obrigada.

– Não há de quê. – Seus olhos se erguem para encarar os meus ao mesmo tempo que um sorriso se espalha por seu rosto. – Feliz Natal, Moll.

E com isso eu me sinto feliz como não me sentia há semanas.

– Feliz Natal, Andrew.

– Então, alguma nova mulher na sua vida sobre quem eu deva saber?

Eu me ajeito no banco do bar enquanto tiro mais uma camada de roupa. Nosso voo está com quarenta minutos de atraso, então estamos sentados num dos barzinhos espalhados pelo portão de embarque. Eu com um copo de água com gás, Andrew com um de ginger ale. Tentamos a sala vip da primeira classe, mas estava lotada por causa da quantidade de aviões tentando entrar na pista. A neve está particularmente pesada este ano, mas não me preocupo com isso. Enquanto dois centímetros de neve causariam o caos na Irlanda, Chicago sabe se virar.

– Só uma – responde ele, estendendo a mão para a pequena tigela de tortilhas entre nós. – O nome dela é Penny.

Tento não demonstrar minha surpresa enquanto tomo um gole da água, sentindo as bolhas queimarem na língua. Ele convenientemente deixou *isso* de fora dos últimos e-mails que me mandou.

Zoe uma vez comentou que Andrew e eu tínhamos a amizade mais estranha que ela já tinha visto. Mas eu não achava. Nós morávamos em lados opostos da cidade, e ele vivia viajando a trabalho enquanto eu passava o dia inteiro *no* trabalho. Raramente nos víamos, a não ser durante aqueles voos. E embora eu acredite de verdade que uma amizade basicamente on-line possa ser tão real quanto uma amizade ao vivo, com minha carga de trabalho nós provavelmente já teríamos perdido o contato não fosse essa pequena tradição.

Mas só porque não nos víamos, não queria dizer que não nos falávamos.

Mensagens de texto, e-mails, telefonemas. Ele foi a primeira pessoa para quem contei que Zoe estava grávida, quando fiquei sabendo. Quando consegui meu apartamento e meu emprego, também. Ele parecia mais interessado em me mandar memes e fotos de móveis com manchas suspeitas que encontrava abandonados na calçada. (*Achei um futon pra você*, escrevia ele. Ou a sua preferida: *Vamos brincar de isso é sangue ou ketchup*.) Mas em geral me mantinha atualizada em relação às namoradas. Na verdade, chegara até a me apresentá-las nas raras vezes em que nos encontramos entre um Natal e outro, provavelmente para elas não se preocuparem com o fato de o seu novo namorado viver mandando fotos de poltronas detonadas para outra mulher.

– Há quanto tempo? – pergunto, tentando não soar magoada com o fato de ainda não saber.

– Uns dois meses – responde ele, casual. – Ela é bonita, mas ronca. E acorda muito cedo.

– Você conheceu ela há dois meses e ela já está morando na sua casa?

– Bom, parecia crueldade deixar ela na rua nesta época do ano.

Eu o encaro enquanto ele gira seu celular em cima do balcão, esperando eu entender. Levo pelo menos cinco segundos a mais do que gostaria de admitir.

– Você arrumou uma *cachorra*?

– Meu colega de apartamento arrumou uma cachorra – corrige ele, abrindo uma foto.

– Você arrumou uma cachorra! – digo, extasiada ao ver a pequena salsicha. – O nome dela é Penny?

Ele assente.

– A gente está superfeliz.

– E eu estou feliz por você. Sei que você queria um cachorro.

– Contanto que os vizinhos não reclamem, acho que vamos ficar bem. Mas não tenho certeza em relação ao cara do outro lado do corredor. Ele tem cara de dedo-duro.

Devolvo-lhe o telefone e hesito, tentando avaliar sua disposição.

– Quer dizer que a Marissa já era?

– Quem?

Faço uma careta, e ele dá de ombros. Marissa é uma executiva de marketing magrinha de cabelos bem pretos que ele tinha conhecido na internet e com quem passara o ano anterior terminando e reatando.

– A gente tentou – diz ele. – Mas no fim das contas não adiantou.

– Eu sinto muito. Ela era legal.

Ele dá um muxoxo.

– Você só encontrou com ela uma vez e nem gostou dela.

– Não é verdade!

– Você nunca gosta de ninguém que eu namoro.

– Eu gostava daquela professora.

– "Aquela professora" – repete ele com uma voz inexpressiva. – Nem o nome dela você lembra.

Como se as ex dele fossem tão esquecíveis por minha culpa.

– Soph...

– Emil...

– Emily! – Bato com a mão no bar, vitoriosa. – Emily. A professora, Emily. A da voz inacreditavelmente baixa.

Ele me olha com ternura.

– Você é bem megera.

– A Emily foi anos atrás – lembro a ele. – E ela não te trocou por aquele cara casado? Eu nem deveria gostar dela.

– Quem me largou pelo cara casado foi a Alison. A Emily simplesmente sumiu.

– Você tem um gosto péssimo para mulheres.

– Ei – diz ele, levando uma das mãos ao peito. – Magooou. Talvez as mulheres péssimas simplesmente gostem de mim. Mas olha só quem fala. O que houve com o Brandon? Você nunca me disse por que terminou com ele.

– Ele mastigava de boca aberta.

– Um bom motivo.

Forço um sorriso de ironia enquanto encaro minha água, girando um dos anéis no dedo.

– Ele arrumou um emprego novo em Seattle – explico. – Foi embora da cidade.

– E vocês deixaram por isso mesmo?

– Era um bom emprego – digo, casualmente. – Mas eu não curto namoro à distância e não estava disposta a me mudar com ele. Fazia só alguns meses que a gente estava junto. Eu ainda ficava constrangida de fazer o número dois quando ele estava lá em casa.

– A verdadeira prova de fogo.

Chuto a perna dele debaixo do balcão e tomo outro gole.

– Eu pedi pra ele ficar – digo depois de alguns instantes.

O bom humor desaparece do rosto de Andrew na mesma hora.

– Ô, Moll...

– Eu estou bem. Sério, já estou tão acostumada a ficar sozinha que nem sei se vou gostar quando encontrar alguém com quem *realmente* queira ficar. Não tenho certeza se eu ainda sei me abrir desse jeito.

– Eu não quero saber da sua vida sexual.

– Estou falando em termos de compromisso, palhaço. – Olho por cima do ombro dele quando o quadro de partidas muda. O status do nosso voo continua o mesmo. Atrasado. Não que eu me importe de passar um tempo a mais com Andrew, mas preferiria mil vezes fazer isso sentada em poltronas da primeira classe. – Falta quanto tempo pra eles serem obrigados por lei a nos pagar uma pizza?

– A advogada é você.

– Eu não sou advogada especializada em pizza.

– Verdade. Como vai o trabalho, aliás? – pergunta ele. – Enriqueceu alguém esse mês?

– Três pessoas, para o seu governo.

– Elas mereciam?

– Todos os meus clientes merecem. – Termino minha água, ansiosa para mudar de assunto. – Quanto tempo de folga você tem este ano?

– Só duas semanas. Depois disso estou com a agenda lotada.

– E pelo visto está só um pouco metido por isso.

Ele sorri.

– Estou tentando ser uma pessoa mais humilde.

– Sei. E como está indo?

– Não é tão divertido – diz ele, e eu rio.

Quando nos conhecemos, Andrew tinha o sonho de viajar o mundo como fotojornalista. Sonhava com lugares distantes e imagens da vida em todos os seus formatos. E ele tentou. Passou anos tentando. Só que os trabalhos eram poucos e muito espaçados, e, como no caso da maioria das pessoas, o lado prático acabou vencendo o sonho. O que pagava suas contas eram os casamentos, e as formaturas e bar mitzvahs garantiam uma renda regular. Ele não parecia ressentido com isso. Tinha me dito certa vez que encontrava muita alegria nas coisas comuns, que adorava o trabalho que fazia e as pessoas que conhecia. Eu acreditava nele. E, se não acreditasse, só precisaria olhar suas fotos para ver que era verdade.

– Estou pensando em mandar fazer um site novo – continua ele. – Conheço um cara que...

– *Que merda.*

Ambos olhamos para o executivo exausto ao nosso lado.

– Desculpem – diz ele ao notar que chamou nossa atenção. – Eu sinto muito, me desculpem. Meu voo acabou de ser cancelado.

Ele desce do banco sem dizer mais nada ao mesmo tempo que leva o celular ao ouvido.

– Que droga – murmura Andrew, e assinto, subitamente preocupada enquanto olho as horas.

– Vai ficar tudo bem – diz ele, adivinhando meus pensamentos. – É uma noite movimentada. A gente já passou por isso antes.

Já mesmo. Ano passado foram cinco horas de atraso, não o suficiente para precisar voltar para casa, mas o suficiente para todo mundo ficar *muito* irritado. Foi o mais perto que chegamos de ter um bate-boca de verdade, até que finalmente, só para passar um pouco o tempo, decidimos ir comer alguma coisa. Pedi uma porção de batata frita com queijo, só que tinha acabado, e eu estava tão cansada e com tanta fome que comecei a chorar. Nessa hora, a raiva que Andrew estava sentindo de mim passou. Ele parecia prestes a marchar cozinha adentro e fritar ele mesmo as batatas.

– Que foi? – pergunta ele agora, e percebo que a lembrança me fez sorrir.

– Você é um bom amigo, sabia?

Ele me olha desconfiado.

– Está precisando de um rim ou coisa parecida?

– Estou falando sério – digo, com uma risada. – Olha, vamos tomar um drinque de verdade. É o jeito, se estamos presos aqui.

– Eu estou bem.

– Eu insisto. O que vai querer?

Ele leva tanto tempo para responder que paro de tentar atrair a atenção do barman e me viro para ele.

– Eu pago – digo.

– Na verdade, eu parei.

– Parou o quê? Ah! – Faço uma careta. – Tipo um detox pré-natalino? Outra pausa.

– Não.

Um constrangimento se abate sobre nós, tensionando o silêncio quando mais uma vez demoro uma vida para somar dois e dois.

– *Ah...* – digo, devagar. – Tipo... pra sempre?

– O plano é esse. Ontem completei dois meses sóbrio.

Relaxo um pouco ao ouvir isso. A palavra "sóbrio" soa séria demais. É uma palavra que se aplica a viciados, alcoólatras e...

Fico encarando-o enquanto ele me encara de volta, com um ar tenso. Ai, meu Deus.

– Por que você não falou nada?

– Não tem nada de mais.

– Tem, sim – digo, agora abalada. – Que... que legal, Andrew. Meus parabéns.

Ele sorri de leve.

– Para de surtar.

– Eu não estou surtando! Está tudo bem. – Levo meu copo d'água até a boca, apenas para perceber tarde demais que não tinha mais água nenhuma. – Então é um programa com padrinho ou algo do tipo?

– Eu estou num programa, mas basicamente sozinho. Eu estava ficando um pouco... – Ele balança a cabeça. – Enfim. Está tudo certo. Estou vendo como as coisas caminham. Mas e você? Você merece um champanhe.

– Não, eu posso simplesmente...

– É Natal – interrompe ele com firmeza. – E eu prometo que, por mais tentador que seja, o fato de você tomar uma bebida borbulhante na minha frente não vai me fazer escorregar.

– Eu estou bem, sério...

– Foi por isso que eu não te contei – diz ele com uma voz suave. – Por favor, não dá tanto peso a isso. Bebe alguma coisa, Moll.

A sinceridade na voz dele me faz hesitar.

– Bom, agora vai ser esquisito se eu beber e esquisito se eu não beber – resmungo, e ele sorri.

– Então minha missão está cumprida. – Ele ergue uma das mãos, fazendo contato visual com o barman na mesma hora. – Além do mais... – acrescenta ele, olhando por cima do ombro para a neve que segue caindo sobre a pista. – Pelo visto a gente ainda vai ficar um bom tempo aqui.

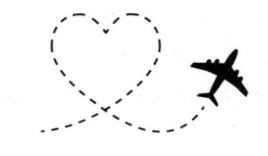

Capítulo 3

Um drinque se transforma imperceptivelmente em dois quando nosso voo começa a ser adiado cada vez mais. Famintos demais para esperar a comida do avião, acabamos pedindo hambúrgueres, e Andrew me mostra tantos vídeos de Penny que só reparo como nosso terminal ficou lotado ao me levantar para ir ao banheiro e constatar que a fila está passando das máquinas de venda automática. O lugar está abarrotado, e os outros passageiros encontram espaço onde podem rente às paredes e janelas, distraindo crianças emburradas com livros, iPads e tudo que conseguem encontrar.

Quando consigo voltar para o bar, ele está ainda mais lotado, mas ali as pessoas não parecem tão irritadas quanto seria de se esperar no caso de um voo atrasado tão perto do Natal. Elas já passaram desse ponto. Agora parecem *preocupadas*. E pela primeira vez desde que cheguei, eu começo a sentir a mesma coisa.

Ergo os olhos para o quadro de partidas perto do bar e para a longa coluna de *Atrasado* ao lado de cada voo. Meu Deus. Se a situação se estender pela madrugada, vou acabar dormindo no avião e os upgrades não terão adiantado nada. O que eu mais queria não eram os pequenos luxos, embora eles certamente fossem uma vantagem. É que o Andrew leva tão a sério essa parte da nossa tradição que eu, egoísta, queria ver a reação dele a tudo. Eu queria fazê-lo feliz.

Sóbrio. Franzo a testa ao pensar nas últimas vezes em que estive com ele. Em que momento ele deixou de ficar sóbrio? Sim, em geral havia bebidas alcoólicas entre nós, mas era sempre só um copo ou dois em restaurantes e bares. Nenhum sinal de alerta. Acho que eu nunca o vi bêbado. Já vi Gabriela bêbada várias vezes. *Eu* já fiquei bêbada várias vezes. Mas o Andrew?

Uma vez? Duas, talvez? E ele nem ficou tão ruim assim. Quer dizer, era *Natal*. Era algo esperado.

Um assobio curto atrai minha atenção de volta a ele, e quando me viro o vejo sentado com as costas apoiadas no balcão do bar, olhando para mim.

– Tudo bem aí, Moll?

– Gostei do seu suéter.

– Você odiou meu suéter.

Odiei mesmo. Sempre odeio os suéteres dele. Ele é superligado nas últimas tendências do vestuário natalino, e o suéter da vez não foge à regra, verde-vivo e salpicado de bengalinhas de doce vermelhas e brancas. Todo ano ele usa uma roupa nova, e, quanto mais berrante a roupa, mais feliz ele fica.

– Gostei de saber que você gostou do seu suéter – explico.

Ele abre um sorriso tênue, mas não sai do lugar.

– Posso falar com você um segundo?

– Depende – brinco, e saltito até ele.

– Depende?

– Depende do assunto.

Eu me inclino por cima do balcão e olho meu celular. A tela está cheia de notificações, o que não me deixa imediatamente preocupada, porque eu optei por uma vida caótica cheia de alertas de aplicativos, só que em vez das atualizações usuais de chats de grupo e das newsletters de um salão de manicure no qual estive uma vez cinco anos atrás, noto que várias mensagens parecem muito urgentes.

– ... e você não está me escutando.

– Ahn? – Ergo os olhos e vejo Andrew me encarando com um olhar exasperado. Eu tinha me distraído completamente. – Foi mal! – Faço uma careta. – Foi mal. É que... olha só isso.

Ele franze a testa quando mostro meu celular, antes de tirar o próprio aparelho do bolso.

– Uma tempestade? – pergunta, passando os olhos pelo noticiário.

– Mas uma tempestade *daquelas*. – Bem acima do Atlântico. – Você acha que a gente vai conseguir embarcar? – Olho para o resto dos passageiros para tentar perceber se a notícia está começando a se espalhar. Uma em cada duas pessoas está agora olhando para o celular com uma expressão tensa. – Com certeza eles conseguem *desviar* da tempestade e pronto, não?

Andrew está com uma expressão muito séria.

– Você acha que a gente deveria dar essa ideia aos pilotos?

Dou um soquinho na sua coxa.

– Bom, a gente pode esperar, né? Na verdade não temos mais nada pra fazer, a sala vip logo vai esvaziar e alguns lugares vão vagar, e...

– Mais uma taça de champanhe, por favor – pede Andrew ao barman. – Para a senhora que está surtando.

– Eu não estou surtando. Estou só... *preocupada*. – Preocupada parece a palavra certa. – A gente nunca deixou de ir pra casa no Natal.

– Bebe seu suco – diz Andrew, interrompendo meu pânico enquanto empurra uma taça cheia na minha direção. – E calma. Estou ficando nervoso só de ficar do seu lado.

Mostro a língua para ele, mas tomo um gole.

– Sobre o que você queria falar? – pergunto, distraída pelo número cada vez maior de pessoas começando a se mover.

Será que elas sabem alguma coisa que nós não sabemos? Algumas estão fazendo fila. Será que eu deveria estar indo para alguma fila?

– Essa conversa pode esperar – diz Andrew.

– Que conversa?

– Meu Deus do céu. – Olho para ele ao mesmo tempo que ele começa a rir. – Você pirou de vez.

– Foi mal! Estou *cansada*.

Ele balança a cabeça, mas está sorrindo.

– Vai, vira esse troço aí e vamos ver se abriu algum espaço na sala vip. Vai ver você só está incomodada por estar no meio da plebe.

Não respondo, porque nessa hora um silêncio aterrador se abate sobre o terminal. Um clarão surge perto do portão de embarque quando as portas do túnel se abrem. Eu e Andrew nos viramos e vemos uma tripulação de cabine, a *nossa* tripulação de cabine, sair por elas. Centenas de cabeças se viram na sua direção enquanto eles, como os profissionais que são, desviam dos olhares de desespero gerais, como se soubessem que, assim que fizessem contato visual com alguém, seriam imediatamente cercados.

Um homem de ar soturno usando um colete amarelo se encaminha para o guichê do check-in e estende a mão para o microfone, mas o que quer que ele fosse dizer é rapidamente suplantado pelo enorme grunhido que se espalha pela multidão quando o quadro de partidas ganha vida uma última vez.

Cancelado.

Cancelado. Cancelado. Cancelado.

O saguão entra em polvorosa.

Portão após portão, os passageiros frustrados começam a recolher suas bagagens e seus acompanhantes até o lugar virar um formigueiro de ansiedade. Voo após voo vai mudando no quadro, todos dizendo a mesma coisa.

Ai, meu Deus.

– Tá – diz Andrew com uma voz ridiculamente calma. – Plano B.

– Você tem um plano B?

– Daqui a uns dois minutos, vou ter – garante ele, desbloqueando a tela do celular.

Desço do banco e esvazio minha taça de champanhe ao mesmo tempo que o comissário de bordo tenta acalmar a multidão. Estou a dois segundos de me juntar a ela.

O que vamos fazer? Se todos os voos forem cancelados, nós podemos... o quê? Ir para outra cidade e tentar pegar um voo de lá? Nessa época do ano? E, mesmo assim, como a tempestade está acima do Atlântico, isso quer dizer que todos os aviões que estiverem indo para essa direção vão ser afetados. E ainda por cima... Faltam quatro dias para o Natal. Nenhum deles está desesperado tentando preencher os assentos.

– A gente não vai conseguir outro voo – digo a ele.

– Você não tem como saber.

– Não vai, Andrew.

Quando ele não responde mais, eu me viro e me deparo com ele olhando o celular com a testa franzida. E eu sei por quê. Família é a prioridade número um para o Andrew. Não que eu não ame a minha, mas minha irmã, meus pais e eu somos do tipo que passa perfeitamente bem por meses sem dar notícias além da ocasional *Estou vivo*. Andrew não poderia ser mais diferente. Na casa dele, o Natal é superimportante. Sei disso porque ele não para de falar no assunto. Ele diz que é por causa da Hannah, a caçula da família, mas pelos meus cálculos a menina já está com uns 16 anos e eles continuam se dedicando à data com força total. Ele nem finge ficar encabulado com isso. Adora o Natal. Eu sei que adora. E *sempre* passa o Natal na casa da família.

Por alguns instantes, só consigo ficar olhando para ele, sentindo meu coração se partir em mil pedaços ao ver a frustração refletida em seu rosto. Apesar de todo o meu planejamento, em nenhum momento considerei que isso pudesse acontecer, e não tenho a menor ideia de como agir.

– Melhor a gente reservar alguma coisa para amanhã de manhã – diz ele, ainda mexendo no celular. – Aí a tempestade já vai ter passado. A gente pode... – Ele não completa a frase, e sua tela muda quando entra uma ligação. – É a minha mãe – fala, encarando o telefone. – Ela costuma ficar acordada até eu embarcar.

Ficamos os dois esperando o aparelho parar de tocar, apenas para recomeçar logo em seguida. Andrew solta um enorme suspiro antes de clicar em "aceitar chamada" e se afastar alguns passos.

– Oiê! – diz, com uma alegria fingida. – É, estou... É, infelizmente as chances não são favoráveis. Não, a gente vai dar um jeito. Com a Molly, sim.

Pouso minha taça e começo a me sentir mal ao recolher meu casaco e minha bolsa. Preciso entrar numa daquelas filas, e estou prestes a fazer isso quando meu próprio celular começa a tocar.

O alívio me invade quando vejo o nome na tela.

Zoe. Minha irmã vai saber o que fazer. Ela sempre sabe o que fazer.

– O seu voo foi cancelado.

– Não me diga – respondo, bufando, permanecendo junto à relativa segurança do bar. A toda minha volta há pessoas em movimento, conduzindo crianças e amigos na direção de qualquer um com cara de estar no comando. – O que está fazendo acordada?

– Ah, Molly, sei lá, vai ver é porque tem um ser humano crescendo dentro de mim e eu preciso fazer xixi de meia em meia hora. O que você vai fazer?

– Em relação ao voo ou ao xixi?

– Não tem graça. A engraçada sou eu.

– Há controvérsias – resmungo. – E eu ainda não sei. Isso aqui tá um pesadelo.

– Segundo a BBC, setenta por cento dos voos marcados pra cruzar o

Atlântico norte hoje à noite já estão cancelados, e os outros trinta por cento provavelmente vão ser.

– E você está me ligando com uma solução, certo?

– Estou ligando pra te lembrar que se você não der um jeito de chegar aqui, eu te mato. Você não pode me deixar sozinha com a mamãe e o papai. Essa é a única época do ano em que a pressão toda sai de cima de mim, porque fica todo mundo te paparicando, e você *não vai* tirar isso de mim. Com certeza tem algum voo com conexão no Canadá ou algo do tipo.

– Mesmo assim, teríamos que atravessar o oceano. – Olho por cima do ombro e vejo Andrew massageando a própria testa. Ele me falou muito sobre a mãe, uma mulher impressionante, cheia de energia e boa vontade, que nunca lidou muito bem com o fato de ele morar tão longe dela. Posso apenas imaginar a conversa dos dois. – Acho que a gente simplesmente vai ter que esperar a tempestade passar.

– Estão dizendo que vai demorar mais um ou dois dias, no mínimo.

– Quem está dizendo?

– O cara da meteorologia – responde ela, na defensiva. – O da gravata.

– Todos eles usam gravata!

– Molly?

Andrew anda na minha direção, com os cabelos espetados em ângulos diversos nos pontos em que ele os estava puxando.

– A gente vai dar um jeito – digo a Zoe. – Dá a notícia pra mamãe quando ela acordar, tá?

– Ah, claro, deixa comigo a tarefa de estragar o Natal.

– Será que você pode só...

– Te amo!

Volto a atenção a Andrew quando ela desliga.

– Tudo bem?

– Mamãe está entrando em pânico – diz ele, pegando o casaco. – Vou entrar na fila para checar quais são nossas alternativas. Você se importa de ficar aqui olhando nossas coisas?

– Claro que não!

– E quem sabe pode pesquisar se tem algum...

– Já estou cuidando disso – respondo, segura. – Não se preocupa. A gente vai dar um jeito.

Ele assente, já com a atenção voltada para o outro lado do terminal, onde as pessoas estão começando a se juntar.

– Nem estamos numa época movimentada do ano – diz ele, tentando fazer piada.

O sorriso que dou em resposta não engana ninguém, mas consigo mantê-lo até ele se afastar. Me sento no bar e ligo para Gabriela.

– Tá – diz ela ao atender. – Então, quando você falou que estaria no celular, não pensei que quisesse realmente dizer...

– Meu voo foi cancelado.

– *Nããão* – diz ela baixinho. – Está de brincadeira... Por causa da tempestade? Não achei que fosse ficar tão ruim.

– Acho que ninguém achou.

– Você está bem?

– Acho que sim. Quer dizer, sim, estou chateada, mas bem. Estou preocupada é com o Andrew. Ele ama o Natal. Nunca tinha visto ele no modo pânico.

– Que Andrew?

– Aquele meu amigo, lembra? – Seguro o telefone entre o ombro e a orelha enquanto abro o laptop e logo no wi-fi. – Meu amigo do avião! – acrescento, com relutância.

– *Ah*. Aquele com quem você voa de econômica mesmo sem precisar?

– Esse mesmo.

– Que fofo vocês ainda fazerem isso – continua Gabriela, e faço uma careta quando meu e-mail ganha vida na minha frente, atualizando automaticamente com dezenas de mensagens acumuladas nas poucas horas desde a última vez que chequei.

– Só queria avisar que talvez eu fique off-line amanhã – digo. Nenhuma das duas estranha o fato de amanhã ser sábado. – A gente talvez só consiga sair daqui de manhã. Mas eu te mantenho atualizada.

– Sinto muito, Molly. Me avisa se eu puder fazer alguma coisa.

– Você sabe pilotar avião?

– Não, mas adoro desafios.

Nós nos despedimos, Gabriela com a voz cheia de empatia, e eu então abro uma planilha nova e começo a procurar coisas no Google.

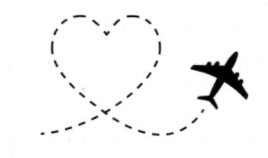

Capítulo 4

SETE ANOS ATRÁS

Voo 3, Chicago

Fico beliscando minhas batatas com queijo, empurrando-as de um lado para outro do prato enquanto tento reunir apetite para comer mais uma. Não sei por que aceitei isso. Bom, saber, eu sei. Entrei em pânico. Mas o que mais uma garota deveria fazer quando Andrew Fitzpatrick viesse marchando na direção dela como se ela fosse o último chefão de um videogame que ele simplesmente não consegue derrotar? Como se estivesse esperando você?

Eu com certeza não o estava esperando. Então a única coisa que pude fazer foi ficar ali sentada no meio do terminal e surtar enquanto ele vinha se aproximando, perguntando a mim mesma o que eu tinha feito para o universo me odiar tanto assim.

– 11C. – Foi a única coisa que ele disse, empurrando sua passagem na minha direção.

Eu havia ficado cinco segundos completos sem entender nada antes de cair a ficha.

– 34B – devolvi então, mostrando meu próprio número de assento.

Isso o havia deixado surpreso. Talvez irritado, até. E então, como se houvesse decidido simplesmente parar de sentir ambas as coisas, ele havia se sentado ao meu lado, abraçando a mochila junto ao peito.

– Quer ir comer alguma coisa? – perguntara.

Apesar de estar sem fome, eu tinha respondido que sim.

E agora aqui estamos.

Fico espiando Andrew discretamente, e o vejo me ignorando propositalmente, assim como eu a ele. Andrew parece diferente visto de perto. Mais velho. Verdade seja dita, eu também estou mais velha, mas tem dias em que ainda acho que pareço uma adolescente. Todos os seguranças e barmen de Chicago aparentemente também acham isso. Meu rosto redondo e meus olhos grandes não ajudam, e quando não estou de salto sou confundida com uma estudante do ensino médio com mais frequência do que gostaria. Mas Andrew parece ter amadurecido. Perdeu um pouco da gordurinha de menino em volta do maxilar, e seus cabelos castanhos estão mais compridos, penteados para trás de um jeito bagunçado que é quase estiloso. Digo "quase" porque ele ainda se veste supermal. Hoje, por exemplo, está usando uma camiseta azul com um elfo de desenho animado na frente que é impossível parar de olhar.

– Então você agora é uma advogada de sucesso?

Desvio o olhar do seu peito quando ele finalmente diz alguma coisa.

– Como é?

– Você disse que queria ser advogada.

– Ainda estou na faculdade – digo, surpresa por ele se lembrar. – E você? Fotografia, né?

Ele assente.

– Estou trabalhando num estúdio na Michigan Avenue. Bebês. Famílias. Esse tipo de coisa.

– Você gosta?

– Adoro – diz ele, e pisco os olhos ao ouvir seu modo simples de pronunciar as palavras. – Principalmente as crianças. Eu pareço um encantador de crianças. Você nunca viu uma criança de 4 anos ficar sentada tão paradinha. – Ele limpa a boca com o guardanapo após dizimar seu hambúrguer. – Você podia aparecer lá. Eu te arrumo um desconto.

– Ah, não – digo depressa. – Odeio tirar foto.

– A gente ouve muito isso. Mas nunca é tão assustador quanto as pessoas acham.

Balanço a cabeça e bebo um gole da minha cerveja. Apesar dos meus fracos protestos, Andrew comprou uma bebida para nós dois. Ele já acabou a dele, e as regras de quem paga a rodada exigem que eu me apresse.

– A irmã do meu namorado acabou de ficar noiva – digo, achando que é grosseria mudar de assunto. – Vou indicar vocês pra ela.

– Seu namorado?

– O Daniel.

Sinto uma onda de felicidade só de dizer o nome dele. Eu o conheci num aplicativo, durante o verão, e estou ligeiramente (extremamente) apaixonada. Ele mora num apartamento perto do Lincoln Park e quer trabalhar com animais. Estou tentando ir com calma, mas não tem como. Não existe calma no presente momento quando o assunto é Daniel.

– A gente está junto há alguns meses – digo, tomando outro gole. – Ele é... que foi?

Andrew ri enquanto eu me remexo.

– Você está dando aquele sorriso de gente apaixonada.

– Não tô nada!

– Ei, assume. Faculdade de direito, namorado... Você está vivendo o sonho americano.

Dou uma bufada e termino a garrafa antes de pousá-la com força na mesa enquanto o silêncio torna a se abater entre nós. Nossos olhares se cruzam por cima da mesa, e ambos reconhecemos que a situação é estranha, mas também não tão estranha quanto poderia ser. Provavelmente graças a Andrew. Ele sempre foi uma pessoa de conversa fácil, e com certeza parece ter me perdoado por qualquer participação indireta que eu tenha tido no seu namoro com uma pessoa péssima.

Um anúncio ecoa chamando nosso voo, e ao olhar em volta vejo alguns outros clientes do restaurante começarem a se movimentar e me pergunto qual seria a coisa mais educada a fazer.

– Quer ver se a gente consegue sentar junto?

– Ahn?

Viro de volta e me deparo com Andrew me encarando, com um sorriso hesitante no rosto.

– Eu convenço a pessoa que estiver do seu lado. Você nem precisa conversar comigo nem nada – acrescenta ele com um dar de ombros. – Quer dizer, eu vou conversar com você, então seria estranho você...

– Tá, tá. – Abro um sorriso de ironia ao pensar no assunto. É um voo noturno, mas estou sem sono nenhum, e um pouco de companhia não parece a pior coisa do mundo. – Certo. Vamos ver você colocar todo o seu charme em ação.

– Ah, eu não preciso colocar nada em ação – diz ele casualmente enquanto juntamos nossas coisas. – Estou sempre exalando charme naturalmente.

– Hmmm.

– Eu sou muito charmoso – argumenta ele. – Cinco pratas que levo menos de trinta segundos.

– Aposto dez que leva mais. E tenho quase certeza de que você ainda me deve um dólar pela nossa última aposta.

– Ah, então você quer falar sobre isso, é?

Ele dá um passo na minha frente e gira até ficar de frente para mim enquanto seguimos na direção do portão. Eu falei sem pensar, mas ele não parece nem um pouco irritado. Na verdade, parece estar me provocando.

– Foi você que disse que me faria mudar de ideia em relação ao Natal – assinalo.

– É, foi mesmo. – Ele parece encantado com o fato de eu estar entrando no jogo. – Tá. Deixa eu tentar compensar minhas perdas. Coloca mais um dólar e uma escolha de filme de lambuja.

– Filme? Achei que você quisesse conversar.

– Eu converso durante o filme. As pessoas adoram.

Ele sorri quando eu rio e coloca as mãos no bolso da calça jeans.

– É um voo de sete horas – continua ele. – Precisamos dividir em partes.

Sete horas. Na última vez em que tive que sentar ao lado dele por tanto tempo, a simples ideia de fazer isso tinha me enchido de horror. Agora eu estou estranhamente animada com a perspectiva.

– Então, negócio fechado? – Ele estende a mão, e não hesito em apertá-la.

– Negócio fechado – digo, e uma expressão de superioridade cruza o seu semblante.

– Trinta segundos – me lembra ele, sacando o passaporte.

Ele consegue em quinze.

AGORA

Estou começando a achar que não vamos sair de Chicago hoje. Talvez nem amanhã. Andrew ainda está aguardando na fila com pelo menos vinte pessoas na sua frente, e eu estou sentada junto ao bar cercada por outras vinte, assistindo às notícias sobre a tempestade enquanto checo periodicamente o celular em busca de voos diurnos.

Nada.

Volto a checar o e-mail do trabalho, mas ainda não tive retorno sobre a porcaria do contrato que estou esperando, o que significa que amanhã bem cedo alguém vai receber um telefonema. Em geral não gosto de trabalhar quando estou com Andrew. Ele é bem compreensivo em relação a isso, encorajador até, mas nós quase saímos metaforicamente no tapa da última vez que tivemos um atraso desses, e eu não quero tornar a noite de hoje ainda pior do que já está.

Checo de novo os voos e disparo alguns e-mails, tentando inutilmente dar conta do que está acumulado. Em geral não fico tão atolada assim, mas Spencer pegou mononucleose como se estivéssemos em 1952 e Caleb se acha importante demais para trabalhar em qualquer coisa que seja de fato a sua obrigação. Gabriela já me ajuda demais, não vou recorrer a ela. Então estou por conta própria.

Enviar e-mail. Checar voos.

Buscar no Google opções de carreira para garotas cansadas que querem continuar podendo pagar o aluguel do seu apartamento bacana.

– Meu namorado embarcou ontem.

O homem ao meu lado fala num volume normal, mas não está se dirigindo a mim. Está com um olhar perdido, quase pesaroso, e encara sem ver a fileira de garrafas de cerveja na nossa frente.

– É a primeira vez que ele vai estar com a minha família – continua ele. – Só que na última hora eu tive que trabalhar, então ele embarcou sozinho, e agora eu estou aqui e ele lá. Com os meus pais. Sozinho. No Natal. – Ele inspira brevemente e enfim olha para mim. – Você acha que eu fiz alguma coisa na minha vida passada e agora estou sendo castigado?

– Tenho certeza de que eles vão se dar superbem – digo, constrangida, mas o homem balança a cabeça.

– Meus pais não sabem sobre ele. Quer dizer, sabem que ele *existe*, mas não que ele é... que a gente é... – Ele não completa a frase e torna a assumir uma expressão pesarosa.

Estendo a mão para afagar suas costas.

– Gay?

– O quê? – Ele balança a cabeça. – Não. Isso eles sabem. Que a gente é vegano.

Ah.

Ele dá um grunhido e abaixa a cabeça no balcão.

– Eu estava com todo um discurso preparado. A gente ia sentar e conversar sobre o assunto. O Steven é educado demais pra lidar com eles. Vai acabar comendo e repetindo peru e tender se eu não estiver lá. Ele é um cara magrinho, sabe? Se recusar, minha mãe vai achar que a gente não tem dinheiro pra comprar comida.

Continuo afagando suas costas até Andrew aparecer junto ao meu ombro segundos depois e olhar com um ar de preocupação para meu novo amigo.

– Tudo bem com ele? – pergunta.

– Ele é vegano – explico, enquanto o homem bate com a cabeça de leve no balcão do bar.

– Ahn. – Andrew volta o olhar para mim. – Posso falar com você? A sós?

Nós nos afastamos alguns passos até um quiosque fechado. O aeroporto agora está mais tranquilo, mas ainda movimentado com outras almas desesperadas como nós.

– Conseguiu alguma coisa? – Me sinto ridícula assim que faço a pergunta.

Ele faz que não com a cabeça.

– A gente vai dar um jeito – diz, como se fosse ele quem estivesse prestes a me consolar.

Ergo os olhos para ele, detestando seu ar resignado. É uma expressão que não estou acostumada a ver no seu rosto. A pessimista dessa amizade sempre fui eu, e posso ser assim à vontade porque ele definitivamente não é. Então isso que está rolando não pode rolar.

– Vai ficar tudo bem – continua ele, e nem sequer tenta soar seguro.

– Vai, sim – digo, e devo parecer tão determinada quanto estou fingindo estar, pois parte da tensão se esvai da expressão dele. Juro por Deus que ele quase sorri.

– Eu conheço essa cara.

– A minha cara de "deixa comigo"? Porque é isso mesmo. Eu vou resolver isso.

– Você não tem como controlar a meteorologia.

– Não, mas tenho como contornar. Nem todos os voos estão cancelados. A gente vai encontrar alguma coisa. Só me deixa... me deixa pensar. Tá bom? Vou fazer você chegar em casa.

– Molly...

– Dez anos de amizade – lembro eu, sacando meu celular. Tem que haver *alguma coisa*. – Eu já estraguei a sala vip da primeira classe. Não vou estragar o Natal também.

– E lá vai você outra vez, como se fosse responsável pelo espaço aéreo dos Estados Unidos. Larga esse celular – acrescenta ele, mas balanço a cabeça.

– A gente vai embarcar num avião ainda hoje – digo. – Vai e pronto. É Natal, tempo de milagres. Milagres felizes e contentes de Nat...

Ele se move tão depressa que não tenho tempo de reagir. Num segundo está parado no final do balcão do bar, no outro está bem na minha frente, arrancando o celular da minha mão.

– Ei!

Andrew me ignora e enfia meu celular no bolso antes de me segurar pelos ombros. Arquejo de surpresa enquanto ele me olha bem nos olhos.

– Está tudo bem – diz. – Isso está fora do seu controle. As companhias aéreas não sabem nada além do que a gente já sabe. Mas hoje ninguém vai a lugar nenhum. O melhor que eles podem fazer é nos arrumar um quarto, e para ser sincero não quero passar a noite num hotel qualquer de beira de estrada. Conversei com meus pais e eles concordaram.

– Concordaram com o quê?

– A gente ficar aqui. – Ele inspira para se acalmar e me solta, com um sorriso tenso no rosto. – Um monte de gente gasta rios de dinheiro para passar as festas de fim de ano em cidades como Chicago. Além disso, todas as nossas coisas estão aqui. Não seria tão ruim assim.

– Você quer passar o Natal aqui? – pergunto, tentando entender. É a última coisa que eu esperava. – Mas a sua família...

– Eu sei. – Ele não tenta esconder a decepção que atravessa seu rosto. – Se algum voo aparecer, eu vou ser a primeira pessoa a embarcar. Mas no momento não tem nada que a gente possa fazer a não ser perder nosso tempo. Eles vão sobreviver a um Natal sem mim.

Que mentiroso, esse cara. Pelo menos considerando o que ele me contou sobre a sua família nos últimos dez anos. E ele sabe disso. Tanto que, quando não me deixo convencer, Andrew muda de tática.

– Não quero passar os próximos dias atualizando minha tela e ficando com raiva de atendentes de call center sobrecarregados. A tempestade não vai durar pra sempre, eles vão dar conta dos pedidos acumulados, e a gente vai conseguir alguma coisa. Se for daqui a alguns dias, paciência.

– Mas você...

– Vai ser divertido – insiste ele. – A gente pode pedir toneladas de comida, assistir a uma porção de filmes... Vamos fazer dar certo.

– Você não pode simplesmente... – Peraí. – "A gente"?

– É, *a gente*. – Ele me olha como se eu fosse uma idiota. – A não ser que você queira passar o Natal sozinha.

Não é algo que me apavore necessariamente, mas essa nova alternativa parece bem melhor. Natal em Chicago? Natal em Chicago com *Andrew*?

– E aí?

Ele soa nervoso. Quase como se pensasse que vou dizer não.

– Você quer mesmo fazer isso? – pergunto.

– Não é nada mau para um plano B.

Não é nada mau para plano nenhum.

– A gente pode comprar queijo – digo a ele, quase sem ar diante de tal perspectiva.

– Eu diria que essa é uma possibilidade concreta.

– E aquele pão de frutas cristalizadas da Dinkel's. E mais queijo. A gente pode ir patinar no gelo!

– *Você* pode ir patinar no gelo – corrige ele. – Eu vou ficar de pé por mais ou menos trinta segundos antes de cair de bunda, aí vou te largar lá pra ir tomar um chocolate quente.

Tento não parecer feliz demais. Mesmo consciente de que essa não é nem de longe a primeira escolha dele, fico conformadíssima com o desenrolar dos acontecimentos. E vai ver eu estava errada. Vai ver ele não está tão arrasado assim com a tempestade, porque está parecendo bastante satisfeito com nosso novo plano também.

– Então tá – diz ele, passando uma das mãos pelo cabelo. – Agora como é que a gente sai daqui?

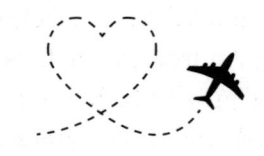

Capítulo 5

É mais difícil do que se poderia imaginar. Outra meia hora se passa antes de finalmente chegarmos ao outro lado do controle de segurança, e mais vinte minutos depois disso enquanto esperamos a mala ridiculamente grande de Andrew ser liberada.

– Tem um corpo aí dentro? – pergunto enquanto ele pega o casacão lá dentro.

A mala dele é no mínimo três vezes maior do que a minha.

– Só roupas, presentes e todo tipo de muamba americana que será trocada por muamba irlandesa na volta.

– Você poderia inaugurar um pequeno mercado paralelo – digo, olhando para as dezenas de pessoas se acomodando para passar a noite no chão do aeroporto.

Sinto uma pontada de culpa só de olhar para elas. Será que deveríamos estar fazendo isso? Talvez pudéssemos...

– Para – diz Andrew.

– Parar o quê?

– Isso que você está pensando, seja lá o que for.

– Eu não estou...

– Está, sim. Eu sempre percebo. – Ele se endireita enquanto fecha o zíper do casaco. – De manhã eles vão disponibilizar mais voos, aí a gente pode verificar. Enquanto isso, sabe o que a gente deveria fazer?

– Marcar uma massagem?

– Ir comer uma tábua de frios.

A seriedade dele me faz soltar o ar com força pelo nariz.

– A gente pode comer o que quiser – respondo.

– Eu quero um panetone – diz ele. – E uma fatia de cheesecake. E você?

– Tortinhas de carne moída. Mas nunca vi vendendo por aqui.

Ele faz uma careta.

– Porque na verdade ninguém gosta de tortinha de carne moída.

– Eu gosto.

– E você está errada.

Ignoro-o, e vamos abrindo caminho lentamente por entre os outros passageiros em direção à saída. Estou bem mais calma agora que temos um plano. Eu fico ótima quando tenho um plano.

– Pra onde a gente vai? – pergunto, tentando não pisar em ninguém. – Pra minha casa ou pra sua?

– Pra sua – responde ele imediatamente. – E não é porque lá é mais legal, embora seja. Mas meu colega convidou a namorada pra passar a semana, e eu prefiro não ficar escutando eles transarem enquanto a gente assiste *Milagre na Rua 34*.

Assinto, secretamente aliviada. Minha casa é *mesmo* mais legal. Há três anos eu moro num apartamento de dois quartos bem digno em Uptown. Cheguei a alugar o segundo quarto para amigos de amigos algumas vezes, ou então o usava para hospedar algum parente que estivesse visitando a cidade, mas nas últimas semanas fiquei com o apartamento inteiro só para mim, e inclusive fiz uma faxina caprichada ontem à noite, o que significa que não há louça suja nem calcinhas espalhadas.

Pelo menos eu espero que não.

– A gente vai precisar comprar comida normal também – digo, quando paramos logo antes de sair pela porta. Andrew tira da bolsa um cachecol verde grosso e o enrola no pescoço. – Além das besteiras. Eu esvaziei o freezer ontem à noite, então você quer parar em algum lugar no caminho? Senão eu conheço alguns lugares onde a gente pode...

– Ei, pombinhos!

Eu me viro, espantada, e vejo um homem de rosto vermelho do outro lado da porta, sentado em cima de uma mala. Ele está sorrindo para nós, e parece excessivamente alegre para alguém cujo voo deve ter acabado de ser cancelado.

– Posso ajudar? – pergunto, mas ele só fica apontando para cima.

Olho para trás na direção de Andrew com a sobrancelha erguida como quem pergunta "esse homem vai nos matar?", mas ele não está olhando para mim. Está olhando para cima e sorrindo, e sigo seu olhar até um arranjo de folhas verdes logo acima de nós.

– O que é isso? – pergunto, sem entender.

Andrew se volta para mim.

– É visco, sua idiota.

– *Isso* é visco? – Não pode ser. – Parece espinafre. Parece um ramo de espinafre.

– Como é que você não sabe o que...

– Eu sei o que *é*, só nunca tinha visto. Eu não passo o mês de dezembro olhando pro alto por aí, né?

– Você tem um metro e cinquenta. Você passa a maior parte da vida olhando pro alto.

– Pois para seu governo, eu tenho um metro e *sessenta*. E consigo ver o mundo muito bem daq...

– Deixem de ser estraga-prazeres! – interrompe o homem. – É a tradição!

– Calma! – grito de volta.

Andrew não consegue parar de rir, e algumas pessoas pararam por causa da comoção, de repente nós temos uma plateia.

– Essas coisas são tão bobas... – resmungo, tentando não cruzar olhares com ninguém enquanto Andrew saca um gorro da mesma cor do cachecol e enfia na cabeça. – E meio sinistras, você não acha?

– Vou exercer meu direito de ficar ao silêncio.

– Em silêncio.

– Ou isso.

Outro casal passa por nós, olha para cima e vê o visco. Sem sequer diminuir o passo, eles se viram um para o outro e se beijam, arrancando alguns assobios dos observadores.

Minha boca se abre enquanto os dois se afastam como se nada tivesse acontecido.

– Dá azar não beijar! – grita o homem alegre, tornando a prestar atenção em nós.

– Não dá, nada! – exclamo. – Você acabou de inventar isso!

Ainda com cara de quem está achando tudo divertido, Andrew se remexe ao meu lado.

– Molly...

– Ele inventou isso.

– Ignora ele e pronto.

– Não dá pra ignorar. Ele me chamou de estraga-prazeres. Por que todo mundo vive me chamando de estraga-prazeres? – Observo, cada vez mais irritada, um casal mais velho provocar uma nova rodada de assobios ao unir os lábios bem ao nosso lado. – Então é isso. Você vai ter que me beijar.

– Você é muito competitiva, sabia? Vamos encontrar nosso motorista e ir embora.

Agarro sua manga, e a conhecida necessidade de provar meu valor para completos desconhecidos me proporciona um foco e uma alegria que passei o dia inteiro sem sentir, e, antes que eu consiga pensar duas vezes no que estou fazendo, passo o braço ao redor do pescoço de Andrew e ergo o rosto em direção ao dele.

Eu não estava mentindo quando disse a Gabriela que não ficava com ninguém desde o Brandon. Mas a questão é que eu já não estava propriamente *ficando* com o Brandon. Pelo menos nas últimas semanas. Nosso término fora um daqueles bem lentos, constrangedores e incertos, em que cada beijo se torna um ponto de interrogação e cada toque podia ser o nosso último. Até pararmos por completo tanto de nos beijar quanto de nos tocar.

Então, talvez por eu estar tão ávida por contato humano, no instante em que Andrew e eu nos tocamos, as coisas começam a ficar... diferentes.

O calor que emana dele é a primeira coisa que me atinge, muito diferente do ar frio que entra pelas portas. A leve aspereza de sua barba na minha pele é uma surpresa, principalmente se comparada à maciez dos seus lábios. Homens não têm lábios macios no inverno. Homens no inverno ficam com os lábios rachados, porque não sabem usar hidratante labial. Mas os de Andrew são macios. Macios e calorosos ao se demorarem nos meus. E se demoram porque ele está retribuindo meu beijo. Isso não é nenhum beijinho no rosto, nenhuma brincadeira entre amigos debaixo do visco. Ele está aqui parado retribuindo meu beijo, e de repente eu sinto uma vontade imensa de chegar ainda mais perto.

Sinto um frio na barriga que deve ser por causa do champanhe, e preciso me esforçar mais do que deveria para soltá-lo. Tento me afastar, mas Andrew se aproxima, eliminando o curto espaço que abri entre nós dois para encostar em mim mais uma vez antes de se afastar por completo.

Meu coração bobo está aos pulos quando abro os olhos, e me pego encarando o ombro dele enquanto ele torna a se virar para o homem que agora aplaude como quem diz: *Pronto, amigo. Feliz Natal.*

– Satisfeita? – pergunta Andrew a mim após fazer uma curta reverência. – Vai começar a comer bengalinhas de doce e entrar pro clube dos suéteres temáticos?

Pigarreio, sabendo que é a minha vez de fazer piada sobre o bafo dos anéis de cebola que ele comeu ou sobre precisar lavar minha língua com sabão, mas minha boca fica subitamente seca, e é como se eu não conseguisse forçar as palavras a saírem.

– Moll?

Meu celular vibra com a chegada de uma notificação, e aproveito essa brecha para escapar do seu olhar de interrogação.

– O carro chegou – murmuro, mal olhando para a tela, e saio para a rua sem esperar Andrew, ávida por um pouco de ar puro, ainda que frio.

E o ar está frio *à beça*. Mesmo assim, respiro fundo, até sentir os pulmões doerem.

Bom, isso foi bem esquisito.

Andrew esbarra no meu braço um segundo depois, e corro os olhos pelo ponto de parada dos carros de aplicativo em busca do nosso.

– Você pirou no meu beijo, né?

Ergo os olhos para ele com um movimento brusco, mas ele está sorrindo. Está *brincando*.

– Porque preciso dizer, se esse for o seu jeito de finalmente encarnar o espírito natalino...

– Tá – interrompo, e ele ri.

O som da sua risada faz com que eu me sinta melhor.

– Acho que estou ficando com fome outra vez – digo.

Não é mentira. Todo aquele pânico demanda muita energia.

– A gente compra um panetone bem grande – promete ele enquanto me concentro em localizar Trevor e seu Toyota branco. Não vou mentir: estou me concentrando principalmente no quesito *branco* da descrição. – O maior panetone do país inteiro.

– Para de falar "panetone" – resmungo, e nessa hora o celular dele toca.

– Deve ser o cara do panetone. – Ele se esquiva do meu tapa enquanto tira o aparelho do bolso, e seu sorriso se desfaz quando olha para a tela. – É o Christian. Só ele pra estar acordado a esta hora.

– Ele não mora em Londres? – pergunto, enterrando o queixo no casaco enquanto tremo de frio.

O irmão mais novo de Andrew se mudou para lá alguns anos atrás, a trabalho.

– Ele não dorme muito bem.

– Dez pratas que ele está ligando pra gritar com você.

Andrew me lança um olhar fulminante enquanto aceita a chamada.

– Oi – diz, enquanto torno a estremecer. – Sim, está totalmente impossível voar.

Ele tira o cachecol do pescoço e o estende até mim, e quando não aceito ele o joga na minha cabeça.

Coloca, articula ele com a boca, e eu reviro os olhos, agradecendo secretamente enquanto obedeço. Estou usando meu casaco de viagem irlandês, não o meu de Chicago, e, olha, a diferença é gritante.

Andrew fecha a cara ao ouvir o que quer que seu irmão esteja dizendo, mas mantém os olhos fixos em mim até eu enrolar bem apertado o cachecol.

– Não é que a gente não tenha tentado... Eu *sei* que a mamãe está chateada, mas o que eu posso fazer? Sim, ela está aqui. Não, eu estou... – Ele baixa a voz enquanto vira de costas para mim e se afasta alguns passos. – Não foi por isso que eu... Nossa, como você é *maduro*.

Eu me viro e fico fingindo não escutá-lo enquanto subo o cachecol para cobrir o queixo.

A peça está com o cheiro dele. Não, dele não. Do sabonete dele. Do *sabonete* dele, Molly. Meu Deus. Olho com raiva para a fila de carros, irritada comigo mesma, ao mesmo tempo que fico inspirando esse cheiro.

Mas sério, que cheiro é esse? Sândalo? *Pinho?* Existe sabonete de pinho?

– A senhora é a Molly?

Me assusto com o grito do outro lado da rua e vejo um homem grande de cara feia gesticulando para mim do banco do motorista do seu Toyota branco.

– Vai entrar ou não? – pergunta ele, rude, quando faço que sim com a cabeça.

Pego no braço de Andrew, que está com uma cara tensa, e ele desliga a ligação enquanto nos apressamos até o carro. O que quer que Christian tenha lhe dito acabou com seu bom humor, e por consequência com o meu. Ele não diz nada enquanto nos acomodamos no banco traseiro, e mantém a cabeça baixa enquanto os dois seguem se falando por mensagem de texto.

Estamos na interestadual quando ele finalmente sai do transe e larga o celular com um ar de frustração ao mesmo tempo que se recosta no banco e olha pela janela. O impulso de consolá-lo é avassalador, e, como para provar a mim mesma que tudo está como sempre, seguro sua mão livre e dou um apertão.

– A gente pode fazer uma chamada de vídeo com a sua família – digo. – O dia inteiro, se precisar. Colocar o apartamento em streaming ao vivo. Tudo, menos o banheiro.

Ele dá um suspiro dramático.

– Mas será que é mesmo Natal sem um dos meus irmãos invadindo o banheiro quando estou no chuveiro?

– Vocês têm umas tradições esquisitas.

Ele abre um sorriso meio a contragosto antes de retribuir meu aperto e me soltar.

– E o pessoal da sua família? – pergunta ele enquanto apoio a mão no meu colo, sem graça. – Eles vão ficar de boa com a situação?

– Eles vão entender – digo, automaticamente. Para ser sincera, estava tão focada nele que nem sequer pensei na minha família. – Mais tarde eu ligo pra eles, quando meus pais estiverem acordados mas preocupados com a Zoe, não comigo.

– O bebê é pra daqui a pouco, né?

– Umas duas semanas.

– E aí você vai ser titia. – Isso parece alegrá-lo. – Vou ter que te dar todas as minhas dicas de padrinho.

– Não vou precisar. Ela escolheu uma das amigas pra ser madrinha. Passei o dia inteiro emburrada quando descobri.

– E está no seu direito. Que injustiça.

– Foi o que eu disse. E ela simplesmente... – Paro de falar quando a tela do meu celular se acende no banco entre nós.

O nome de Gabriela está piscando na escuridão.

– Coisa de trabalho – explico antes de ele perguntar. Dou um suspiro e levo o celular à orelha. – Se for pra falar do...

– Só quero avisar que eu aceito – interrompe Gabriela depressa.

– Aceita o quê?

– O cargo de melhor pessoa do mundo inteiro.

– Não entendi.

– O sócio de um amigo do Michael trabalha na Delta.

Pisco os olhos enquanto fico encarando a parte de trás da cabeça do nosso motorista.

– Tá...

– O amigo do Michael nos deve um favor gigantesco, porque o Michael *apresentou* o tal amigo pra namorada.

– Eu realmente não estou...

– Eu cobrei esse favor e consegui duas vagas das listas de espera pra hoje.

Sinto o ar me faltar ao perceber o que ela está dizendo.

– Você conseguiu passagens pra gente ir pra casa?

– Bom, não – responde ela. – Consegui passagens pra Buenos Aires.

– *Buenos Aires?*

– Onde vocês fazem conexão num voo para Paris – continua ela, e dou um gemido enquanto encosto a cabeça na parte de trás do banco. – Dando a volta pela tempestade na Costa Leste.

– Gabriela...

– Não, espera, vai dar certo – diz ela, toda animada. – Voo noturno hoje até a Argentina. Com parada obrigatória em Atlanta. Aí, amanhã às sete no horário de lá, vocês pegam outro voo noturno até Paris.

– Paris não é a Irlanda.

– Eu sei, bobona, mas é mais perto, não? Vocês chegam dia 23. Sim, vão estar dois zumbis, mas bem mais perto do que estão agora. Ah, Moll... – diz ela quando não falo nada. – Eu consegui! Você tem as milhas, e de qualquer forma vai conseguir o reembolso do primeiro voo.

Vou mesmo. E de fato tenho as milhas. Muitas milhas. Venho juntando milhas há anos, com alguma ideia maluca de que vou sentir um súbito impulso de viajar. E seguir para o sul para evitar a tempestade que não dá o menor sinal de trégua é a única alternativa no momento. Só que isso significa dois ou três dias inteiros viajando, e tudo apenas para estar com minha família num feriado que sequer consideramos importante. Tudo isso só para...

Olho de relance para Andrew e o pego me encarando. Ele não está se mexendo – mal está *respirando* –, e a esperança refletida em seu rosto me dá uma dor no peito.

Ah, droga.

– Eu sei que é muita coisa, mas vocês precisam decidir logo – diz Gabriela. – O avião decola daqui a pouco menos de duas horas, e ainda precisa fazer a reserva. Ainda estão no aeroporto?

– Hoje à noite? – sussurra Andrew, e assinto freneticamente.

– Acabamos de sair de lá – digo a ela, sem conseguir tirar os olhos dele. – Mas podemos voltar.

Andrew me abre um sorriso, e um tipo estranho de decepção se mistura com uma determinação renovada enquanto desvio os olhos dele.

– Pode ir em frente – digo. – Coloca a gente no voo. Nossos dados estão aí no meu computador. A pasta se chama...

– Voos de Natal/Concluídos – completa Gabriela. – Porque é claro que estariam concluídos.

– Você sabe a senha do meu computador?

– É o sanduíche que você sempre pede naquela delicatéssen aqui na rua – diz ela casualmente enquanto gaguejo diante dessa clara invasão de privacidade. – Você é meio previsível, sabia?

– Põe a gente no voo.

– Pois não, senhora – diz ela, e posso ouvir o sorriso na sua voz. – Estou me sentindo incrível. É a minha boa ação do ano.

– A melhor pessoa do mundo inteirinho – concordo, ao mesmo tempo que Andrew recomeça a mandar mensagens freneticamente, os dedos voando pela tela. – Aviso quando a gente chegar ao aeroporto.

Ela me deseja um "*Bon voyage*" radiante, nós desligamos, e eu me inclino para a frente na direção do motorista.

– Não sei se o senhor escutou, mas...

– Estamos a dez minutos do seu destino – diz ele sem olhar para mim.

– Hmm, eu sei – respondo. – Mas é que nós precisamos mesmo voltar para o aeroporto.

– E eu preciso voltar pra casa – retruca ele. – É minha última corrida de hoje.

– Mas eu...

– É minha última corrida do ano – emenda ele. – Minha mulher comprou uns bifes.

– Ahn, Trevor...

– Uns bifes bem grandes.

Fico encarando sua nuca enquanto ele mantém o olhar teimosamente fixo à frente.

Então tá.

Então tá!

Pego minha bolsa no chão do carro e pego o dinheiro que deveria custear a maior parte dos presentes de Natal da minha família.

– O que você está fazendo? – sussurra Andrew.

– Dando um jeito de você chegar em casa. – Conto quanto tenho, então me inclino para a frente outra vez. – Eu pago cem dólares se o senhor der meia-volta com este carro agora mesmo.

Na mesma hora o motorista cruza olhares comigo no espelho retrovisor.

– Duzentos – diz ele ao ver que estou falando sério. – Em dinheiro.

Andrew solta o ar pelo nariz e eu assinto.

– Fechado.

– *O quê?* – Andrew olha alternadamente para mim e para o motorista, chocado. – Não!

– Não tem problema – digo enquanto entrego as notas. – De que adianta ganhar esse dinheiro todo se não é pra gastar?

Ele segue protestando enquanto Trevor, rápida e com certeza ilegalmente, dá meia-volta com o carro e recebe algumas buzinadas de irritação.

Eu me agarro à porta para me segurar até estarmos na direção certa.

– Molly...

– Agora já era – interrompo, num tom alegre.

Andrew bufa, mas noto que está ficando mais animado.

– Eu vou te pagar – promete ele enquanto Trevor pisa no acelerador.

– Acho bom.

– Buenos Aires? – pergunta ele, com um ar atarantado.

– Ouvi dizer que o aeroporto de lá é maravilhoso nessa época do ano.

– E depois Paris. – Um sorriso se espalha pelo seu rosto. – De Paris a gente consegue chegar – diz ele, confiante.

Então começa a falar sobre voos de conexão e abre o relógio do telefone para calcular as diferenças de fuso, e bastam apenas alguns segundos para a animação dele amplificar a minha. Vai ser uma aventura, não vai? Ou então uma aventurazinha divertida ou possivelmente a coisa mais estúpida que eu já fiz. E olha que eu já tentei depilar minhas próprias sobrancelhas com cera.

Quando estamos chegando de novo ao aeroporto, praticamente pulamos dos assentos, e Andrew abre a porta do carona antes mesmo de o carro parar.

– Foi um prazer fazer negócio com vocês! – grita Trevor enquanto saímos do carro.

Andrew vai depressa até o porta-malas enquanto olho para a entrada, tentando calcular o tempo que vamos levar para despachar a bagagem e passar pelo controle de segurança. Graças a Trevor, provavelmente vamos conseguir com uma boa meia hora de folga, contanto que as filas não estejam muito longas.

– Ei, Molly?

Eu me viro e vejo Andrew bem atrás de mim. Antes de eu conseguir reagir, ele segura meu rosto com as duas mãos e me dá um beijo com força na testa. Não dura nem um segundo, mas meu pulso desembesta como o traidor excessivamente dramático que é.

Andrew se afasta e sorri para mim.

– Você acabou de salvar o Natal.

Tecnicamente quem salvou o Natal foi a Gabriela, mas não sou eu quem vai corrigi-lo. Não enquanto ele está segurando meu rosto. Não enquanto está me olhando desse jeito.

– Vamos esperar até estarmos dentro do avião – digo quando ele se vira para pegar nossas malas. – Ou melhor: vamos esperar até estarmos no continente certo.

Tornamos a entrar correndo no aeroporto e passamos direto pelo visco sem sequer vê-lo. Bom, eu vejo. Estou extremamente consciente do visco, mas, como Andrew parece não estar, finjo que nem vi e o sigo por entre as pessoas.

– Com licença. Desculpem. Me perdoem. Eu sinto mu... *cuidado* – digo, ríspida, quando um executivo quase me atropela.

Junto-me a Andrew em frente ao painel de partidas, ambos com os olhos erguidos para os vários voos ainda marcados.

– Não estou vendo o nosso – diz ele, ofegante. – Você está?

Vasculho sucessivamente as colunas, mas não vejo nada com destino a Atlanta.

– Vai ver o painel só precisa atualizar – digo, com mais segurança do que de fato sinto, mas o painel permanece exatamente igual.

Andrew fica tenso e saco meu celular, tentando não entrar em pânico enquanto ligo para Gabriela.

Ela atende no terceiro toque.

– Chegaram?

– Chegamos. Mas tem certeza que você reservou o voo certo?

– Absoluta. Verifiquei duas vezes.

– Não estou vendo nada – digo, enquanto Andrew encara tão fixamente o painel que é um milagre não ficar com dor de cabeça.

– Molly, eu juro. Estou olhando o site aqui.

– Lê pra mim o número do voo.

– Com certeza está confirmado – insiste ela. – Delta DL676. De Chicago Midway para...

– *Midway?* – pronuncio a palavra guinchando tão alto que um bebê por perto quase começa a chorar. – A gente tá no O'Hare!

Segue-se uma longa pausa do outro lado da ligação.

– Ah.

Desanimo na hora, e meu pico de adrenalina despenca ao mesmo tempo que viro as costas totalmente para Andrew. Não consigo nem olhar para ele.

– Eu deveria ter falado o nome – diz Gabriela num tom desolado.

– *Eu* deveria ter te falado – retruco depressa. – A culpa não é sua.

– Deixa eu continuar procurando.

– Gab...

– Tem que ter alguma coisa. Se não for hoje, amanhã de manhã.

Ela continua a falar, mas sinto um puxão no casaco e, quando me viro, deparo com um Andrew de cara fechada.

– Eu te ligo de volta – digo a Gab quando ele gesticula para eu desligar. – Ela vai ver se a gente consegue...

– Quanto tempo a gente tem antes de o embarque encerrar? – interrompe ele, e checo a hora no celular.

– Uma hora, mas.... – Não completo a frase ao entender o que ele está querendo dizer. – Não dá tempo.

– Talvez dê. Quanto demora até Midway? Uns quarenta minutos?

– Não com esse trânsito. E mesmo que o voo atrase, ainda tem a segurança, as bagagens, e...

– Não estou dizendo que não precisamos de um pequeno milagre – reflete ele. – Mas a gente poderia tentar. Eu tenho que tentar.

Eu não quero. *Realmente* não quero tentar. Já foi estressante o suficiente voltar para cá. Não quero atravessar a cidade correndo só para ampliarmos nossa decepção.

Só que ele está olhando para mim com esses olhos de cachorrinho pidão e o cabelo todo bagunçado de tanto ele ter puxado, e eu me lembro de todas as vezes que seu rosto se iluminou com a simples menção à família.

Não sei quando esse homem virou meu ponto fraco. Mas hoje acho que eu sou capaz de fazer tudo que ele quiser.

Respiro fundo, apertando com força a alça da mala enquanto já me arrependo da minha decisão.

– Tá bom – digo. – Vamos.

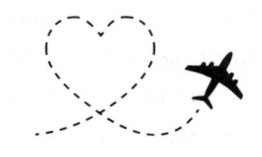

Capítulo 6

O lado de fora do aeroporto está um caos com tantos passageiros, pessoas ainda chegando para voos que foram cancelados. A confusão e a frustração no ar são palpáveis, e o fato de a fila do táxi estar imensa não ajuda. Andrew e eu sequer nos damos ao trabalho de entrar nela, e ficamos os dois olhando em volta como à espera de um milagre.

– A gente vai simplesmente se jogar na frente de alguém? – pergunto enquanto observo uma mulher embarcar num táxi. – Igual num filme?

Andrew faz uma careta mas não diz que não, e é nessa hora que vejo um rosto semiconhecido passar por nós com o quepe bem afundado na cabeça.

– Trevor?

Nosso motorista olha automaticamente ao escutar seu nome, e franze a testa, desconfiado, ao me ver.

– Você não tinha que pegar um voo?

– Tinha. Nós temos! Você precisou voltar pra cá?

Vou atrás dele enquanto ele vira as costas, e quase tropeço de tão apressada.

– Tive que ir ao banheiro.

– Ah, isso não dá pra adiar! – entoo com uma voz alegre que não reconheço. – E que sorte incrível a nossa – acrescento. – Porque acabou que nós viemos para o aeroporto errado, e vamos precisar dos seus serviços outra vez.

Ele sequer se vira.

– Não.

Minha boca se escancara e olho para Andrew atrás de mim, fazendo o impossível para manobrar nossas duas malas.

– Eu acabei de te dar duzentas pratas – lembro a ele.

– Por uma transação combinada e concluída.

– Ah, por favor! – suplico. Não é o melhor argumento da minha carreira, mas realmente é a única coisa que consigo no momento. Temos no máximo cinco minutos para pegar um táxi, caso contrário não adianta nem tentar. – A gente só quer chegar em casa.

– Eu também – bufa ele. – E vocês já me atrasaram uma hora.

– E pagamos lindamente por isso. Nós somos da Irlanda – torno a tentar, exagerando no sotaque de um jeito que faria todo mundo lá em casa torcer o nariz. Mas às vezes precisamos lutar com as armas que a gente tem. – O senhor tem algum parente lá?

– Não – responde Trevor com uma voz inexpressiva. – Mas um irlandês uma vez mijou no meu táxi.

– Entendi. É, eu concordo que não é um ótimo...

– Tchau.

– Espera! – Giro o corpo, quase colidindo com Andrew enquanto Trevor se detém junto ao seu carro. Pego minha mala e a abro bem ali, no meio da rua, fazendo o ursinho de pelúcia do Cubs cair no concreto molhado até encontrar uma caixinha cor-de-rosa que tinha guardado com todo o cuidado lá dentro. – Deixa eu subornar o senhor – digo, estendendo-lhe a caixa.

Andrew, ao meu lado, pega o ursinho do chão.

– Na verdade, eu acho que quando a gente quer subornar alguém, não é pra avisar isso com todas as letras.

Eu o ignoro e abro a caixinha. Trevor espia lá dentro, sem conseguir conter a curiosidade, mesmo a contragosto.

– Que troço é esse? – pergunta ele, e eu sei que consegui atrair sua atenção.

O que é isso? São trufas artesanais da minha chocolateria preferida na cidade. Ou seja: caras pra caramba. Uma suntuosa seleção de caramelo *latte*, maracujá com gengibre, coco tostado ao rum, e uma dezena de outros punhados de alegria praticamente perfeitos. Eu ia dividi-las com Andrew quando estivéssemos nos nossos assentos da primeira classe. Nós as comeríamos com nosso champanhe grátis. Faríamos um brinde ao nosso décimo voo de Natal.

Mas Trevor não precisa saber de tudo isso.

– Chocolates – digo, aproximando mais a caixa dele.

Ele olha com desconfiança para os doces, mas sua expressão fica mais suave quando os vê. E por que não ficaria? Os chocolates são lindos. Sei do que estou falando. Eu mesma os escolhi.

– Minha mulher adora chocolate – admite ele de má vontade, desgrudando os olhos com relutância das trufas e olhando de volta para mim. – Minha filha também. Ela tem mais ou menos a sua idade.

– Tenho certeza que o senhor deve amar mu...

– Ela é um pé no meu saco.

– Certo, bom...

– Entrem logo, então.

Pisco os olhos, surpresa, enquanto ele pega a caixa da minha mão.

– Sério?

– Não contrarie o homem – murmura Andrew enquanto torno a fechar depressa minha bolsa.

Nós causamos um *pequeno* engarrafamento atrás de nós, e levanto uma das mãos para pedir desculpas enquanto seguimos Trevor de volta até seu carro.

– Eu deveria ter me aposentado anos atrás – resmunga ele enquanto embarcamos no banco traseiro. – Vocês têm certeza que estão indo para o lugar certo dessa vez?

– Sim, Midway – digo, enquanto Andrew passa uma das mãos pelo rosto. – E eu pago feliz qualquer multa que o senhor levar.

– Aposto que paga – murmura Trevor ao sair da vaga, mas as palavras saem sem ênfase, e ao olhar para trás, na nossa direção, ele parece quase determinado. – Ponham o cinto – diz. – Vou dar o meu melhor.

O trajeto até o segundo aeroporto de Chicago é rápido, mas tenso. Nem Andrew nem eu dizemos uma palavra enquanto Trevor avança pela intempérie climática e pelo tráfego, desrespeitando a lei apenas *de leve* ao fazer máximo jus às trufas de chocolate.

Quando ele para com um cantar de pneus no ponto de desembarque, estamos com uma janela de três minutos para atrasos, e Andrew salta ata-balhoadamente para ir até o porta-malas enquanto me inclino para a frente e falo com Trevor.

– Se o senhor não se importar em esperar dez minutos só para o caso de perdermos o...

– Desçam.

– Certo. Tá bom. Feliz Natal!

Com as malas na mão, entramos correndo, parando apenas para verificar rapidamente o quadro de partidas antes de ir despachá-las.

– Eu sinto muito – diz a mulher assim que lhe mostro meu cartão de embarque. – O despacho de bagagem para esse voo encerrou há vinte mi-nutos. O embarque já vai começar – acrescenta, como se não estivéssemos *totalmente cientes* disso.

– Eu entendo – digo, usando um tom que passa credibilidade. – Mas o avião ainda está aqui, e eu não acho que a mala gigante do meu amigo vá caber no compartimento superior da cabine.

– As malas já devem ter sido colocadas na aeronave.

– O avião ainda não decolou! – enfatizo, batendo as mãos no guichê a cada palavra. – Por favor!

– Só estamos tentando ir passar o Natal com a nossa família – diz An-drew. – A irmã dela está prestes a ter neném, e eu sou a única pessoa que gosta da couve-de-bruxelas que minha mãe faz. É realmente muito impor-tante chegarmos em casa.

A mulher parece sentir por nós uma empatia genuína, mas só balança a cabeça enquanto resisto ao impulso de me deixar cair no chão e fingir que nada disso está acontecendo.

– A gente deixa elas aqui – diz Andrew para mim, com uma expressão desesperada. – Vamos largar nossas coisas aqui e pronto.

– Mas todos os seus presentes... – protesto. – E o meu molho Tabasco.

– Seu o quê?

– A gente não pode deixar nossas malas aqui – continuo, ignorando-o. – É uma loucura.

– Você tem alguma sugestão melhor?

– Óbvio que não, mas...

– A gente vai perder o avião.

– E eles vão destruir nossas coisas se a gente...

– Vão lá.

Nós nos viramos de volta para o guichê ao mesmo tempo que a atendente, segurando o fone de um aparelho de mesa, gesticula com a outra mão para eu despachar minha mala.

– Vão – repete. – Eu embarco essas malas e aviso no portão.

Ai, meu Deus.

– Sério?

– Meu pai era militar – diz ela. – Sabem quantas vezes ele não conseguiu embarcar para passar o Natal em casa? – Ela balança a cabeça e digita um número no mostrador. – Vão. Vão ficar com as suas famílias. Mas eu não posso prometer nada.

Andrew dá um tranco na direção dela, como se fosse lhe dar um abraço, mas felizmente desiste, se vira e começa a correr em direção ao controle de segurança.

Demoro mais um instante para segui-lo enquanto tiro da carteira um pedacinho de cartolina preta.

– Em Ravenswood tem um restaurante tailandês sensacional – balbucio. – Eles me deram esse cartão especial de cinquenta por cento de desconto porque já comi lá toda noite durante duas semanas. Quero que você fique com ele.

A atendente só me encara.

– ... tá bom.

– Porque é Natal.

– Molly!

– Experimenta a salada de mamão – digo a ela enquanto o grito de frustração de Andrew chega do outro lado do saguão. – E obrigada!

Chego ao seu lado em tempo recorde, sentindo o coração pular a cada passo.

Pronto. Agora só precisamos passar pelo raio x. Só precisamos passar pelo raio x e...

Merda.

Paramos abruptamente antes de quase trombar na parede de pessoas esperando para passar pelo controle de passaportes. Uma tela anuncia que a espera é de 45 minutos, e até a fila preferencial está empacada. Apesar da nossa pressa, durante alguns segundos ficamos apenas encarando as filas ordenadas e as pessoas cansadas na nossa frente, e sinto meu último pedacinho de esperança se esvair. O portão de embarque vai fechar daqui a poucos minutos, e duvido que eles o mantenham aberto para nos esperar por muito mais tempo.

Andrew expira com força, e seu corpo se tensiona enquanto ele corre os olhos por todas as filas à procura da mais curta.

– Vou pedir para eles deixarem a gente passar – murmura ele, e eu o sigo anestesiada enquanto ele aborda um agente de segurança nacional parado por ali e começa a explicar nossa situação.

Não tenho coragem de lhe dizer que não adianta. Tenho certeza de que várias pessoas pedem a mesma coisa a esses agentes.

Engulo com dificuldade, sentindo o embate entre a adrenalina e mais uma decepção ao ver cada vez mais pessoas entrando nas filas. Sinto uma queimação no peito que sobe para a garganta, e minha respiração encurta a cada segundo que passa. Nós vamos perder o voo. Conseguimos chegar ao aeroporto, e agora vamos perder o voo.

– Andrew – balbucio, mas ele não escuta.

Para ser sincera, nem sei se falei em voz alta ou só dentro da minha cabeça.

Meu Deus, como está quente aqui.

– Vocês vão ter que esperar na fila como todo mundo – diz o agente, parecendo seguir um roteiro.

– Eles estão segurando o portão aberto para nós – insiste Andrew. – Se o senhor puder só...

– Andrew – chamo.

– Senhor, todo mundo está na mesma...

Eu começo a chorar.

Sempre fui meio chorona. Choro de tristeza, de alegria, de raiva. O choro é a reação-padrão do meu corpo, independentemente da situação ou da época do mês. E em geral não é tão ruim assim. Uma pausa de alguns segundos, um lenço de papel debaixo dos olhos. Eu ponho para fora, retoco a maquiagem e sigo em frente.

Mas essas lágrimas não são desse tipo.

As de agora são ruidosas, copiosas e soluçantes, e fazem todo mundo ao redor nos encarar. Encarar *a mim*.

– A gente... vai perder... o *voo* – uivo, enquanto o agente de segurança recua horrorizado.

Até Andrew parece alarmado, e ele com certeza já me viu chorar antes.

O agente se remexe, constrangido, com uma das mãos erguida entre nós, como se não soubesse se me consola ou me encurrala no canto.

– Senhora...

– A minha irmã... vai ter neném – arquejo, quase engasgando ao forçar as palavras para fora.

– Deixem ela passar! – grita alguém lá da frente, e em seguida várias vozes se erguem a favor da causa.

– É Natal!

– Ela está grávida!

– Ela não... – O agente fica tenso. – É a irmã dela que vai...

Mas sua voz é abafada pelas outras, ainda em defesa da minha pobre e altamente histérica pessoa. Um soluço particularmente violento arranca uma careta dele enquanto Andrew traça lentos círculos nas minhas costas com as mãos.

– Está bem, está bem – resmunga o agente, nos fazendo avançar depressa até o começo da fila. – Só andem logo.

Ele não precisa pedir duas vezes. Nós corremos para passar pelo controle de passaporte e praticamente jogamos nossas coisas nas máquinas de raio x. Por algum milagre nossas bolsas não são escolhidas para uma revista aleatória, e então nós atravessamos o terminal correndo na maior velocidade possível e acumulando vários protestos irritados em nosso encalço ao desviar de malas com rodinhas e pessoas distraídas fazendo compras.

– Corre – diz Andrew, soando só um pouco em pânico ao virarmos depressa numa quina. – Corre, corre, corre.

Em algum lugar acima de mim, ouço o que parece ser meu nome sendo chamado no sistema de som e apresso o passo, sentindo a bolsa do laptop bater desconfortavelmente no meu quadril conforme vai escorregando pelo meu ombro a cada passo. Em *Esqueceram de mim* isso parece *bem* mais fácil.

– Chegamos! – berro quando nos aproximamos do nosso portão. Não há mais ninguém esperando, mas as portas estão abertas e ainda há uma funcionária no guichê. – Estamos aqui!

Uma atendente com ar contrariado fala rapidamente num walkie-talkie antes de dar a volta no balcão.

– Srta. Kinsel...

– Sim! Oi, sou eu.

Paramos cambaleando na sua frente enquanto lhe mostro as passagens no celular.

– Estávamos chamando vocês – diz ela, séria.

– E nós viemos correndo – emenda Andrew, sorrindo para a mulher.

O olhar dela se suaviza quando olha para ele, porque é claro que isso iria acontecer, mas é a mim que ela torna a se dirigir enquanto verifica nossos passaportes.

– Está tudo bem, senhora?

O sorriso aliviado de Andrew se desfaz quando ele olha para mim. Só então me dou conta de que continuo chorando.

– Eu estou bem – digo com uma voz trêmula, pegando de volta meu passaporte, constrangida.

A mulher não parece convencida, mas mesmo assim acena para nos fazer passar e fecha a porta atrás de nós.

– Não sabia que você estava chorando de verdade – murmura Andrew, soando preocupado, enquanto seguimos depressa pelo túnel.

– Eu não estava – sussurro de volta. – Estou bem, de verdade.

Só que, agora que abri as comportas, não tenho a menor ideia de como fechá-las. Ai, meu Deus, será que alguma coisa dentro de mim deu defeito? Será que é assim que eu vou ser agora?

Vou ficar desidratada.

Nós claramente seguramos o voo já atrasado e os outros passageiros nos olham com raiva, mas acho que nenhum de nós dois se importa com isso enquanto seguimos pelo corredor até dois lugares bem ao lado dos banheiros. Não que eu vá reclamar de alguma coisa. Desabo na cadeira enquanto Andrew guarda nossa bagagem de mão. Ele se senta na poltrona ao meu lado ao mesmo tempo que os comissários iniciam as últimas checagens e fecham as portas, e deixo escapar uma expiração trêmula, sentindo o suor esfriar desconfortavelmente no meu corpo devido à súbita sequência explosiva de correrias.

– Então – diz Andrew, abrindo o saquinho com itens de cortesia do avião. Ele encontra um lenço de papel e me estende enquanto as lágrimas continuam a rolar pelo meu rosto. – Você trouxe seu próprio vidro de Tabasco?

– Eu cresci numa casa onde os únicos temperos eram sal e pimenta – digo, fungando e enxugando os olhos. – O que você acha?

– Eu acho que, se você conseguir continuar com esse truque do choro, a gente nunca mais na vida vai precisar entrar numa fila pra nada.

Começo a rir, o que de alguma forma só me faz chorar mais ainda, mas me entrego ao choro e deixo minha adrenalina chegar às raias da histeria até uma das comissárias vir me avisar educadamente que estou assustando os outros passageiros.

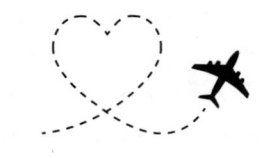

Capítulo 7

SEIS ANOS ATRÁS

Voo 4, Chicago

– Eu quero que você pare de me mandar fotos de luminárias.

– Olha só... – Andrew enfia minha mala dentro do compartimento superior antes de se acomodar no assento ao meu lado. – Agora que você disse isso, eu nunca mais vou parar. Você acabou de me mostrar suas cartas, Kinsella.

– Sua namorada sabe que você fica me mandando fotos de luminárias que encontra na rua?

– A Emily não só sabe, como também me encoraja ativamente, assim posso mostrar pra ela sem precisar levar pra casa.

Eu rio e me abaixo para pegar minha garrafa d'água, o movimento faz meu corpo protestar. Passei metade da noite acordada fazendo pesquisas, e acabei pegando no sono numa posição esquisita que agora está fazendo todos os músculos do meu corpo me punirem.

– Tudo bem aí, moça? – pergunta Andrew quando solto um gemido.

Torno a endireitar as costas na tentativa de ficar mais confortável.

– Preciso de uma massagem.

– Molly, eu tenho namorada.

– Cala essa boca.

Andrew apenas sorri.

Ele está pilhado desde que nos encontramos no controle de segurança. No começo achei que fosse por causa do novo namoro, mas depois senti o cheiro de bebida quando ele se inclinou para me abraçar e confessou ter vindo direto de uma festa.

– Não vai pegar no sono e me deixar sozinha, né? – pergunto enquanto ele afivela o cinto. – Você tem cara de quem fica com sono quando bebe.

– Eu aguento. – Ele observa alguns dos outros passageiros seguirem pelo corredor antes de voltar a atenção para mim outra vez. – Você pode conhecer ela, tá? A Emily. Não quero que pense que não pode.

– Por que eu pensaria isso?

Ele dá de ombros.

– Só não fala com ela nem encara ela nos olhos. Ela fica esquisita com esse tipo de coisa.

– Claro, claro. – Bebo um gole da minha água enquanto o observo com curiosidade. – Está apresentando ela pras pessoas, é? A coisa deve estar ficando séria.

– É, bom...

Ele não termina a frase, parecendo constrangido, e tento ignorar o leve aperto que sinto no peito. O namoro deles está *mesmo* ficando sério. Faz só dois meses que ele me contou sobre ela. Até onde eu sabia, não houvera ninguém firme depois da Hayley, e eu estava meio acostumada com o fato de ele ser solteiro. Ou talvez fosse só por *eu* agora estar solteira. Daniel tinha terminado comigo no outono, apelando para o clássico "não é você, sou eu", e eu estava na fossa desde então. E tudo bem! Curtir uma boa fossa faz parte da vida. Mas quando essa fossa me impede de ficar feliz pelos outros, eu sei que preciso começar a me arrastar para fora do poço.

Sendo assim, faço a primeira coisa que me vem à mente, que por acaso é dar um chute no pé dele.

– *Ai* – diz ele com ênfase.

– Estou feliz por você.

– Que jeito esquisito de demonstrar.

– Estou falando sério, Andrew. Que ótimo. Mal posso esperar pra conhecer sua namorada.

Isso o faz sorrir.

– É ótimo *mesmo*.

– Pois é.

– Porque eu mereço coisas boas.

– Merece mesmo. As melhores.

– Inclusive... – Ele agita as sobrancelhas ao mesmo tempo que aperta o botão para chamar os comissários. – Que tal um champanhezinho?

Eu rio.

– Eles não vão trazer.

– Vão, sim. É Natal.

– E você está bêbado.

– De leve. Confia em mim. Eu vou conseguir.

Ele faz contato visual com uma comissária que está se espremendo pelo corredor e abre um sorriso tão largo que ela chega a pisar em falso.

– Safado – resmungo, mas ele só faz "shhh" e, conforme prometido, consegue nosso champanhe.

AGORA

Buenos Aires é uma cidade linda. Cosmopolita, fervorosa, cheia de comidas, de dança, de *vida*. Ou pelo menos é o que dão a entender os cartazes à nossa volta. Eu na verdade não tenho como saber, uma vez que sem visto nós não podemos sair do aeroporto.

– Meu Deus, sabe o que eu adoraria fazer agora? – diz Andrew, esparramado na cadeira ao meu lado. – Comer aquelas trufinhas do...

– Eu vou te dar um soco na cara – retruco. – Nessa sua carona idiota.

– Quer dizer, o dinheiro eu até entendo. Mas os chocolates? – Ele leva uma das mãos ao coração e me encara com uma expressão magoada. – Eu amo chocolate.

– Eu sei – resmungo, enquanto encaro a imagem de uma dançarina de tango de lábios vermelhos na parede à minha frente. – Foi por isso que eu comprei.

Olho para as luzes do teto enquanto tento decidir se estou com fome, cansada ou ambas as coisas. Nós fomos para Atlanta, onde esperamos quatro horas para voar mais dez até a Argentina, onde estamos agora esperando nossa conexão para Paris, que vai levar mais 780 minutos. Mais treze horas.

Pois é. Bem melhor do que ficar em Chicago, onde estão minha cama, meu chuveiro, minha comida e meu...

Dou um grunhido e afundo na cadeira. Todas as minhas roupas estão na mala que despachei, algo que não estava me preocupando muito, mas agora é a única coisa em que consigo pensar, já que não tenho uma muda de roupas à mão. Devo estar cheirando mal, apesar do desodorante barato que comprei na farmácia desse aeroporto.

– A gente tomou a decisão certa – diz Andrew, interpretando corretamente meu incômodo enquanto rola a tela do celular. – Aquela tempestade não vai passar. A gente nunca teria conseguido um voo direto.

– Ficar em Chicago teria sido tão ruim assim? – pergunto com um suspiro, meio que brincando. – Quer dizer, eu sei que você ama sua família e tal, mas...

Andrew sorri com ironia.

– Eu nunca vou parar de te agradecer por isso. Você sabe, não sabe? Não consigo pensar em mais ninguém que encararia essa situação por minha causa.

– Tá – resmungo, encabulada. – Não precisa exagerar na sinceridade.

Ele ri e imita minha expressão enquanto afunda na cadeira, abrindo as pernas do jeito que os homens costumam fazer. Mas eu não comento nada. Não tem mais ninguém na nossa fileira, e gosto do joelho dele roçando no meu. Gosto mais ainda quando ele não o afasta.

A sensação me faz respirar fundo lentamente, e prendo o ar enquanto tento permanecer relaxada. Nós mal conversamos durante o segundo voo, ambos exaustos demais para trocar mais do que algumas poucas palavras. Mas eu me mantive constantemente consciente da presença dele. Tão consciente quanto agora, enquanto ele está com o olhar perdido à frente e eu o encaro. Com discrição, lógico. Com o rosto meio virado e usando o canto do olho, como uma espiã. Não consigo evitar. Estou tipo torcendo para que, se continuar olhando, eu acabe conseguindo entender o que me deixou tão confusa lá em Chicago. Que continua me deixando confusa agora.

– Melhor a gente tentar dormir nesse voo de agora – diz ele. – Só vamos ter uma hora pra pegar o de Dublin depois. – Ele faz uma pausa. – Contanto que não tenha nenhum atraso.

– Não vai ter. A gente vai conseguir. Talvez até vire notícia.

– Então é esse o plano, ganhar seus quinze minutos de fama local.

– A gente vai conseguir – repito, e ele me lança um meio sorriso.

– Eu sei. Acho que tudo vai melhorar quando a gente estiver... sei lá, na

Europa? – Ele ri de quanto a frase soa ridícula. – Pelo menos vai ser uma história engraçada pra contar pra família. A gente vai fazer uma pausa entre um filme e outro pra esticar as pernas, e eu vou dizer: ei, lembram aquela vez que eu passei 24 horas pulando de um avião pro outro e dei a maior volta só pra vir passar o Natal com vocês?

– Esticar as pernas? Quantos filmes vocês assistem no lar dos Fitzpatricks?

Ele sorri.

– Depende do ano. Em geral papai escolhe o principal, mas ele é imprevisível. Se esse não for suficiente, a gente é capaz de passar a noite inteira nisso, embora meus pais costumem ir pra cama por volta da meia-noite. – Andrew se remexe até ficar de frente para mim. – Eu ia sugerir uma maratona de filmes na sua casa se a gente tivesse ficado. Só filmes de Natal, o dia inteiro.

Forço um sorriso.

– Parece bem legal.

Parece mesmo. Mas eu não quero pensar em todas as coisas que ele iria sugerir. Foi só por cerca de uma hora, mas eu tinha ficado muito apegada à ideia de passar o Natal com Andrew.

– A gente podia ir ao próximo Halloween do Music Box – continua ele, e arqueio uma das sobrancelhas. O Music Box é o tipo de cinema pretensioso que eu amo e ele tolera. – Eles fazem maratonas de filmes de terror – acrescenta Andrew ao ver a cara que eu faço.

– Não consigo ficar sentada esse tempo todo; vou precisar fazer xixi.

– Eu te consigo um lugar na ponta. Assim você pode sair rápido. Ou uma daquelas fraldas para adultos.

– Bom, como é que uma garota pode recusar isso?

– Então está marcado o nosso date.

Meu sorriso congela no rosto enquanto me forço a virar para o outro lado e encarar novamente a dançarina de tango.

Não é um *date*. Não é um date! Então por que...

Sinto uma cócega perto da orelha e dou um pulo. Ao virar a cabeça, vejo Andrew se retrair, com os olhos arregalados diante da minha reação exagerada. Sua mão hesita, suspensa entre nós dois.

– Seu brinco – explica ele, mostrando-me a pequena meia-lua de prata. – Estava preso no seu cabelo.

Levo a mão depressa até meu lóbulo nu.

– Devo ter perdido a tarraxa.

Ele coloca o brinco na palma da minha mão com a testa franzida.

– Tá tudo bem com você?

– Só estou cansada – minto. Tiro o brinco da outra orelha e guardo ambos no bolso. Andrew não parece convencido, mas não insiste. – Aposto que você está animado para ver as crianças – digo, para mudar de assunto. Liam, o irmão mais velho dele, tem um menino e uma menina. – Deve estar com saudade delas.

– Estou mesmo – diz ele. – Toda vez que eu volto elas se tornaram pessoas totalmente diferentes, juro. Com a Hannah foi a mesma coisa. Mas do jeito que o Liam e o Christian falavam dela quando ela era pequena, imagino que fosse muito chata.

Eu rio.

– Sério?

– Não, não. Acho que qualquer criança de 6 anos é chata pra quem tem 18 e só quer viver a própria vida. Mas a gente é próximo. Ela é uma menina legal. Superinteligente. Mais inteligente do que qualquer um de nós.

– A gente podia marcar alguma coisa da próxima vez que eles forem te visitar.

– Ela adoraria – diz ele, ficando animado. – Ela sabe tudo sobre você.

– É?

– Ah, é. Uma garota irlandesa conquistando o mundo, e tal. Ela acha você o máximo.

Eu o encaro felicíssima.

– Ninguém nunca disse que eu era o máximo.

– Duvido – dispara ele.

Ficamos os dois calados, e alguns segundos depois ele tira o suéter para usá-lo como almofada entre o próprio corpo e a cadeira.

Está com uma camiseta natalina por baixo, é lógico. Só que essa nem é tão ruim, azul-marinho com um biscoito de gengibre em formato de homenzinho estampado na frente. Fico examinando-a por um segundo, e quando Andrew puxa um fio solto na manga começo a encarar seu bíceps e a curva da musculatura que desaparece por baixo do tecido. Junto ao cotovelo ele tem uma minúscula cicatriz, uma nesga de pele rosa saltada por conta de alguma queda na infância pela qual desenvolvo um fascínio imediato.

– Por que você não se mudou para Seattle?

– Quê?

Ergo os olhos bruscamente e o pego me encarando.

Tento não parecer tão culpada quanto bizarramente me sinto.

– Com o Brandon – diz ele. – Você disse que pediu pra ele ficar, mas por que não quis ir junto?

– Por causa do meu emprego.

– Não existem escritórios de advocacia em Seattle?

Franzo a testa.

– Você sabe que as coisas não são tão simples assim.

– Eu sei. É só que... – Ele não termina a frase e dá de ombros. – Tem razão, deixa pra lá.

Não consigo ler a expressão no seu rosto. Ele parece meio frustrado, embora talvez seja a exaustão. Para ser sincera, estou meio surpresa por ainda não termos começado a dar foras um no outro.

– Eu não queria me mudar – digo. – E teria que refazer o exame da ordem. Teria sido toda uma novela.

– Você teria que refazer o exame para advogar na Irlanda também – assinala ele, e eu o olho com uma cara divertida.

– É, mas eu não vou me mudar pra Irlanda, né?

– Talvez um dia se mude.

Dou uma bufada.

– Você parece meus pais falando. Eu não tenho a menor intenção de voltar a morar em Dublin. Meu lar agora é em Chicago. – Um pensamento desconfortável me atravessa. – O seu não?

Ele mora em Chicago há mais tempo do que eu.

– Claro que é. Mas a Irlanda também é. Se é que dá pra ter dois lares.

– É claro que dá. Mas eu só estava namorando o Brandon fazia poucos meses – acrescento, sentindo necessidade de pontuar isso outra vez. – Pouco demais pra eu me mudar pro outro lado do país.

– Então, se estivesse namorando ele há mais tempo, talvez tivesse ido?

– Não sei. – Minha resposta é sucinta, e o tom corresponde à irritação que estou sentindo. – É hipotético demais.

Ficamos nos encarando por uns poucos instantes, e ele assente.

– Então tá.

– Dá pra mudar de assunto, então?

– Claro. Você está saindo com alguém? Acho que eu não perguntei.

– Isso não é mudar de assunto.

– Então deixa pra lá.

– Estou concentrada em mim mesma agora – digo a ele.

– Ah, é? – Ele abre um sorriso tênue. – E em que consiste isso?

– Faço yoga bikram nos domingos de manhã. E terça sim, terça não, faço uma massagem.

– Sueca?

– Tecido profundo. – Faço uma careta. – Em geral porque fiquei com alguma dor por causa da yoga.

Ele sorri ironicamente.

– Bem, que bom que você não está saindo com ninguém. Assim tenho você todinha pra mim.

Ele se senta mais ereto ao dizer isso e estica os braços acima da cabeça. O movimento faz subir sua camiseta, revelando uma fina faixa de pele logo acima da calça jeans que de repente me deixa enfurecida.

Desvio os olhos depressa, e meu maxilar se contrai de um jeito que *não* deixaria o meu dentista feliz.

– Então você quer que eu fique sozinha, é isso?

Ele faz uma pausa.

– Não foi o que eu quis dizer.

– Pois pareceu.

Andrew se cala, mas não consigo olhar para ele. Minha raiva some com a mesma rapidez com que surgiu, deixando-me cansada, constrangida e ainda bastante, bastante confusa.

– Desculpa – digo após vários instantes.

– Desculpa também. Não foi mesmo isso que eu quis dizer.

– Eu sei. É que... – Preciso ficar longe dele. – Vou esticar as pernas e falar com a Zoe.

– Molly...

– Já volto.

Levanto tão depressa que vejo tudo embaçado, mas ignoro esse fato e me afasto a passos largos, mancando de leve por causa de uma perna dormente. Eu me concentro no formigamento para não ter que me concentrar em Andrew, e marcho terminal adentro antes de fazer uma curva abrupta à esquerda ao ver uma placa indicando os banheiros.

O corredor está vazio, e por sorte o banheiro feminino também. Assim, como milhões de mulheres igualmente confusas já fizeram antes de mim, eu me tranco no primeiro cubículo, me sento bufando na tampa da privada e simplesmente... argh.

Vai ver eu bebi demais. Vai ver estou cansada e estressada, e tomei uma taça de champanhe a mais. Só pode ser por isso que estou perdendo a porcaria da razão. Porque Andrew e eu...

Às vezes sinto que ele foi a única coisa constante na minha vida desde que fui morar em Chicago. Durante o caos dos meus vinte e poucos anos, enquanto eu tentava me encontrar e encontrar meu caminho, ele sempre esteve ao meu lado. Talvez não fisicamente. Houve anos em que só o vi algumas vezes, mas ele estava sempre lá. Eu sempre podia falar com ele. Sempre podia reclamar com ele. Sempre podia comemorar as coisas e me lamentar pela vida. E agora estou me escondendo dele num banheiro de aeroporto.

Eu não deveria tê-lo beijado.

Por que fui beijá-lo?

Fecho os olhos e abaixo o rosto até os joelhos enquanto sinto o início de uma dor de cabeça se formando nas têmporas.

Eu vou simplesmente parar de pensar no assunto. É isso que vou fazer. Em vez de pensar, vou separar as coisas e me concentrar em chegarmos à Irlanda, e aí, *aí* vou largar meu emprego e marcar férias, e nessas férias vou comer várias comidas e me apaixonar. Vou me apaixonar por um massagista, e ele vai ser lindo e vai se vestir de um jeito irretocável, e não vai me deixar nada confusa.

Mas por enquanto eu separo as coisas.

Fico no banheiro pelo máximo de tempo socialmente aceitável, e só então me forço a sair, para não me arriscar a perder o embarque. A iluminação fria e direta não ajuda nem um pouco a me deixar mais segura. Passei a noite inteira mexendo no meu cabelo, e os fios agora pendem sem vida em volta do meu rosto, ao passo que a maquiagem praticamente foi sugada para dentro dos meus poros. Eu estou um lixo. O que é compreensível, e normalmente eu não me importaria em aparecer assim na frente do Andrew, mas agora sinto uma vergonha nada característica ao molhar um papel-toalha e limpar o rosto da melhor maneira que consigo. Não ajuda nada eu ter mudado de roupa ainda no O'Hare, trocando a saia e a blusa por uma calça de moletom e um casaco de capuz extragrande. É confortável, mas não ajuda muito na minha hipotética foto do antes. Principalmente quanto não vai haver foto do depois em nenhum futuro próximo.

Desisto da maquiagem sem convicção, treino meu sorriso "estou totalmente normal, só um pouco cansada" e abro a porta do banheiro decidida a agir como se estivesse tudo bem e...

– Até que enfim.

Andrew está esperando do lado de fora.

Congelo ao vê-lo. Ele está encostado na parede e franze a testa ao me ver desse jeito, se endireitando enquanto eu fico ali feito um camundongo encurralado.

– Então tá – diz ele, baixando os olhos para mim. – Que diabo está acontecendo com você?

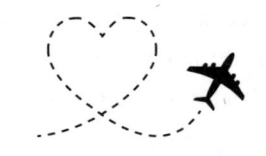

Capítulo 8

– Como assim?

Todos os meus nervos se eriçam quando vejo sua expressão desconfiada.

Andrew está parado perto demais de mim, como ficamos debaixo do visco, e não, obrigada. Não preciso disso neste momento.

– Você está estranha – diz quando tento desviar dele.

Ele imediatamente dá um passo para o lado e me impede de passar.

– Porque a noite está estranha. O dia. Não sei nem que horas são.

Ele estica o braço quando tento passar de novo e me direciona delicadamente para a parede. Só que daria para jurar que ele tinha me puxado para um abraço pelo jeito como eu reajo, puxando o ar com tanta força e tão alto que ele recua como se eu tivesse lhe dado um tapa.

Então me olha como se eu fosse uma desconhecida. Provavelmente porque estou me comportando como tal.

– Parece que você tá prestes a vomitar – diz ele, e parte da desconfiança se transforma em preocupação. – Quer sentar?

– Eu estou bem. – Afasto os cabelos do rosto e sinto minhas bochechas ficarem quentes.

Talvez eu precise mesmo sentar. Talvez esteja doente! Isso explicaria tudo.

– O que foi? – pergunta ele. – Pode me falar. É TPM?

– Não – resmungo, contrariada até me forçar a olhá-lo nos olhos.

A preocupação que percebo só faz com que eu me sinta ainda pior. Esse é o *Andrew*. Eu posso ser sincera com o Andrew.

Só que não sobre isso. Se ele é minha única constante no presente momento, então eu me recuso a abrir mão dele, já que talvez revelar casualmente para o seu amigo que *olha! Eu gostei quando nossos corpos se tocaram! Vamos repetir!* possa ser mal interpretado.

– A gente pode ir? – pergunto. – Não teria graça perder esse voo.

– Ainda temos tempo. – Sua expressão se suaviza diante do pânico que ele sem dúvida vê no meu semblante. – Vai, Moll, fala. O que tá acontecendo?

– Tirando o caos completo dessa viagem? – Hesito quando ele só continua me olhando como o idiota teimoso que é. – Não é nada – digo por fim. – É só que eu ando trabalhando muito ultimamente.

– Você sempre trabalha muito.

Ele não diz isso em tom de julgamento – é mais a afirmação de um fato –, mas mesmo assim o comentário me incomoda.

– Eu sei – digo. – Mas agora as coisas andam especialmente frenéticas.

– Tá, nesse caso...

– Talvez eu também esteja tendo uma crise de meia-idade antecipada. E estava animada pra te encontrar e pra pegar o avião, e provavelmente depositei uma expectativa exagerada nisso tudo, e agora simpl...

– Molly...

– É bobeira – concluo.

– O que é bobeira?

Ignoro a pergunta, e pela primeira vez reparo que ele está com as mãos livres.

– Quem está olhando nossas coisas?

– Um homem com cara de golpista que tentou me vender um Rolex – responde ele de bate-pronto. – O quê que é bobeira?

– O... – O que está acontecendo comigo? – Aquele negócio do visco... Eu não deveria...

Ergo as mãos, impotente, mas ele não colabora nem um pouco e continua a me encarar com um ar de incompreensão, como se não tivesse a menor ideia do que estou falando.

Porque não tem, claro. Ele provavelmente já esqueceu.

– Quer saber? – digo. – Talvez eu queira mesmo vomitar.

– Está falando sobre quando você me beijou?

Estou suando em bicas agora.

– Molly?

– É. Estou. – Desloco o peso de um pé para o outro. – Eu não deveria ter feito aquilo.

Ele franze a testa.

– Por quê?

– Porque foi uma *bobeira!* – exclamo. – Aquilo tudo foi uma bobeira e eu gostei, e vai ver estou cansada de passar o ano inteiro com gente que acha que eu odeio o Natal e só queria mostrar que eu tenho um lado bem-humorado, festivo, divertido e...

– Você gostou? – interrompe ele.

– Do quê?

– Você gostou do beijo?

Paro de falar e mordo o lado de dentro da bochecha com tanta força que me espanto de não tirar sangue. Talvez eu devesse simplesmente comprar uma passagem para a Grécia e encontrar Zoe lá. Aposto que a Grécia é linda em dezembro.

– Acho que sim.

– Você acha que sim – repete ele devagar. – E isso... tá te dando vontade de vomitar?

– Eu acho que é porque eu estou sem ficar com ninguém desde o Brandon – digo, e ele pisca os olhos. – Isso, e todo aquele champanhe, e todo estresse sobre o qual já falei. Isso me deixou confusa. Me deixou toda amolengada.

– Essa palavra não existe.

– Tem razão. – Dou um cutucão no peito dele, ignorando a comichão imediata que sinto no dedo. – Não existe. Mais uma indicação do quanto estou amolengada. Só isso.

Andrew estreita os olhos para me examinar, mas na verdade me sinto um pouco aliviada. Confessar para ele já começou a me curar, como a boa menina católica não praticante que eu sou.

– Tá bom? – pergunto, e ele recua para abrir um pouco de espaço muito necessário entre nós dois.

– Tá – diz. – Entendi.

– Entendeu?

– Entendi. Quando você me beijou embaixo do visco, a situação não correu como você esperava.

– É.

– Você estava cansada e estressada e, como faz um tempo que não beija ninguém, ficou confusa quando me beijou.

– Exatamente.

– E você ficou sem entender.

– *Fiquei.*

Agora eu estou o encarando com um ar radiante, aliviada por ele entender.

Andrew assente.

– Então a gente deveria repetir.

– É, a gente deveria... Como é que é?

– A gente deveria se beijar de novo pra esclarecer as coisas – diz ele com total seriedade. – Aí você vai se sentir menos confusa.

Fico calada. Individualmente, as palavras fazem sentido, essa parte eu entendo. Mas juntas...

– Como é que isso iria me deixar menos confusa? – pergunto.

– Porque se você não sentir nada, vai saber que foi só um momento de loucura aleatório induzido pelo estresse. E se sentir a mesma coisa...

– E aí? – exijo saber quando ele não termina a frase. – Se eu sentir a mesma coisa, e aí?

– Não importa – responde, simplesmente. – Você provavelmente não vai sentir. Considerando que estava só cansada.

– Eu estou *mesmo* cansada.

– Certo.

Fico encarando-o ao mesmo tempo que um alto-falante perto de nós ganha vida aos berros com um anúncio, mas não sobre o nosso voo. Andrew não se mexe nem um centímetro, e me dou conta de que está esperando que eu faça o movimento seguinte.

E eu sei qual deveria ser esse movimento. Sei que ele espera que eu ria e o puxe de volta até o portão de embarque. Sei que é isso que eu deveria fazer.

Mas ao erguer os olhos para esse rosto conhecido, eu entendo que não é isso que eu *quero* fazer. O que é totalmente aterrorizante.

– Você não acha que seria estranho? – pergunto.

– Não acho que vá ser mais estranho do que você está sendo agora – diz ele, seco. – Vale a pena tentar, não?

Não faço ideia. Mas ele não deixa de ter certa razão.

– Então tá – digo, pagando para ver. Se ele fica surpreso, não demonstra.
– Ótima ideia. – Endireito os ombros e cerro os punhos junto à lateral do corpo, lutando contra o impulso de puxar os cabelos para trás. – Acho que você é que deveria dar o próximo passo. Me beijar, digo. Já que fui eu que te beijei da primeira vez. Embora eu ache que, cientificamente falando, a gente precisaria voltar pro O'Hare e encontrar aquele visco, mas eu não acho que ele vá estar lá quando a gente chegar... tá, tá bom! Caramba.

Minhas costas encontram a parede quando Andrew chega bem perto de mim, invadindo meu espaço até ficarmos o mais próximo possível sem nos tocar. Estendo os braços e agarro os ombros dele para mantê-lo nessa distância ao mesmo tempo que meus batimentos começam a disparar.

– Isso é um experimento – reforço, e posso jurar que vejo uma ínfima centelha de divertimento no olhar dele. Por qualquer motivo que seja, isso me deixa mais calma. – É pela ciência.

– Pela ciência. – Ele repete a frase como se fosse um juramento. – Quer ouvir uma piada de química?

– Não.

Ele sorri, e de repente eu fico sem conseguir respirar.

– Tem certeza? É uma piada bem...

Eu o beijo.

Sabe quando as pessoas dizem que a expectativa do beijo pode ser melhor do que o beijo em si? Essas pessoas nunca beijaram Andrew Fitzpatrick.

É um beijo leve. Contido. Só que mais uma vez minha reação não é a que deveria ser, e sinto meu coração pular até a boca e meu corpo se mover ao encontro do dele, sendo atraído por seu calor. E eu deveria ficar decepcionada, porque com tudo que anda acontecendo na minha vida, isto aqui é a última coisa de que eu preciso. A última coisa de que eu preciso e a única que eu quero.

Essa simples constatação faz uma faísca de alarme disparar em minha mente, um *Eita, peraí* ensurdecedor, mas Andrew então se move, inclinando a boca junto à minha ao mesmo tempo que solta minha cintura e segura meu rosto com as mãos. Ele inclina minha cabeça para aprofundar o beijo e eu faço um barulho, um pequeno – ouso dizer – ganido, um som que me deixa tão constrangida que novamente sou a primeira a me afastar. Dessa vez Andrew me solta e abro os olhos, pronta para dizer que sinto muito ou para inventar desculpas, ou então para pura e simplesmente *mentir*, quando ergo os olhos para ele e vejo que fiz o sorriso dele desaparecer.

Uma mecha de cabelos cai por cima da minha testa e faz cócegas na minha bochecha, e fico olhando Andrew acompanhar o movimento antes de, lentamente, como se eu fosse alguma espécie de animal arisco (o que, tá, sou mesmo), ajeitá-la atrás da minha orelha. Fico toda eriçada quando ele corre os dedos pelos fios antes de abaixar o braço.

– Nenhum brinco solto dessa vez? – Tento ser sarcástica, mas em vez disso minha voz sai rouca.

– Só dá pra usar essa desculpa uma vez.

Nenhum de nós dois se mexe. Nenhum de nós dois diz nada. O corredor onde estamos é claro e tem um cheiro forte de desinfetante. Mas também está vazio, e estamos o mais sozinhos que provavelmente ficaremos por um bom tempo.

– Está se sentindo melhor? – pergunta ele por fim, e levo um instante para entender a que ele está se referindo.

– Estou – grasno.

– Tudo resolvido?

– Aham.

– Quer repetir?

– Quer... *não* – corrijo depressa, e isso basta para fazer o sorriso dele retornar e a intensidade da sua expressão desaparecer, como se ele tivesse acionado um interruptor.

– Continua confusa, né? – Ele suspira. – Eu sabia que não ia dar certo.

– Então por que sugeriu?

– Eu quis ver como seria.

Eu o encaro.

– E?

– É.

– Como assim, *é*?

– Foi bom – diz ele, virando-se para escutar enquanto berram outro anúncio no terminal.

– Foi mais do que bom! – O calor derretido que sinto se coagula e vira irritação quando a atenção dele se desvia de mim. – Eu tenho um beijo excelente. E esse beijo foi excelente.

– Claro.

– Não, *claro* nada, seu... – Engulo as palavras quando ele se vira e torna a seguir pelo corredor. – Andrew!

– A gente vai perder nosso voo! – grita ele por cima do ombro.

Corro atrás dele, esforçando-me para acompanhar suas pernas compridas.

– Não acredito que você me deu um susto desses – diz ele quando o alcanço, digitando alguma coisa no celular. À nossa frente, as pessoas estão começando a formar a fila para o embarque. – Achei que tivesse mesmo alguma coisa errada com você, mas você está só apaixonadinha.

– Estou nada!

– Acho que está, sim. Dá pra ver.

– Por causa de um beijo?

– Dois beijos.

Ele diz isso quase distraído enquanto lê uma mensagem.

– O primeiro não conta – digo a ele. – E o segundo foi ideia *sua*.

Andrew não responde enquanto pega nossas bolsas de volta com uma moça alegre usando broches gigantescos pregados na camiseta.

– Nota seis – diz ele, tornando a se virar para mim.

Escancaro a boca. Entendo na hora a que ele está se referindo.

– Pro nosso *beijo*?

– Não fica triste. Você mesma falou que está cansada.

– Eu não estou... – Paro antes de quase gritar com ele. – Você está me irritando de propósito.

– É, ué – diz ele como se fosse óbvio. – Está se sentindo melhor?

A fila começa a avançar quando as portas se abrem. Estou me sentindo melhor, sim. Como se ele soubesse que me deixar com raiva iria acima de tudo me distrair.

– Estou – admito, tentando não tremer sob seu olhar. – Estou, sim.

– Que bom.

Ele vai para o fim da fila e, um segundo depois, eu vou atrás.

– Não precisava ter me beijado só pra me distrair.

– Ah, bom, todo mundo tem que fazer alguns sacrifícios na vida. – Ele olha por cima do ombro e posso jurar que há um maldito brilho nos seus olhos. – E você tem um beijo excelente, Molly Kinsella.

– Para de me provocar – digo com um grunhido.

– Não estou te provocando. – Ele passa o braço em volta do meu ombro quando me encosto nele como sempre faço. – Deixa isso pra lá, tá? Não é estranho e não é nada de mais. Só fico feliz por você ter deixado o baixo astral pra lá.

– Eu sei que não é nada de mais. Nunca falei que era.

– Mas eu vou contar essa história no seu casamento. Que você quis vomitar quando pensou em me dar um beijo.

– Talvez eu conte no seu – brinco de volta. – Que você deu em cima de mim em Buenos Aires durante o pior Natal de todos os tempos.

– Tá. Quem casar primeiro fica com a história.

– Fechado.

– Fechado.

Ergo os olhos para ele e os estreito.

– Nota seis?

Ele sorri.

– Sete. Pra tirar uma nota maior que essa, só se for de língua.

– Que nojo. Você é nojento. Não me beija mais.

– Vou tentar me controlar – diz ele, sério, e eu dou uma bufada, mas sem convicção.

Estou quase aliviada. Aliviada por não estar mais escondendo nada dele. Por ele realmente não parecer achar esquisito nós termos nos beijado duas vezes em menos de 24 horas depois de anos, bem, *sem trocar um beijinho que fosse.*

Fico em silêncio enquanto avançamos lentamente rumo ao avião, tentando não ficar analisando demais as coisas. Andrew recebe outra mensagem de texto e rapidamente se distrai, embora continue com a mão em volta do meu ombro.

Não estou te provocando.

Não é nada de mais. Ele acabou de dizer que não era, e agora também está agindo como se não fosse. Mas os meus lábios continuam em chamas. E, quando os encosto um no outro, eles não param.

Capítulo 9

Voo 5, Chicago

– Experimenta.

– Não.

– Experimenta, vai!

– Não, você ficaria feliz demais.

– Se você não experimentar eu pego de volta.

– Não é assim que funciona um presente, sua esquisita.

Mas Andrew se livra do suéter que está usando (*dançarinas de collant vermelho e gorro de Papai Noel*) e desembrulha o presente que lhe dei.

– É de cashmere – digo quando ele o levanta. – E eu sei que não é exatamente *divertido*, mas é verde-claro, ou seja, uma cor natalina, e leve o suficiente para você poder usar o ano inteiro se quiser.

Ele não responde, ocupado demais enfiando o suéter pela cabeça. Não sei por que estou tão nervosa. Nunca fui de me preocupar com presentes, mas mesmo assim passei um fim de semana inteiro de um lado para outro da cidade tentando encontrar um perfeito para ele. E tenho quase certeza de ter fracassado. Deveria ter comprado um vale-presente e pronto. Todo mundo adora vales-presente.

– Eu guardei a nota fiscal – digo. – Então, se você não gostar ou se não couber, dá pra...

– Vai caber – interrompe ele, com a voz abafada pelo tecido.

Sua cabeça aparece pelo buraco, e ele abaixa o suéter com os cabelos todos despenteados.

Eu me inclino para a frente e limpo uma sujeirinha da sua manga antes de me dar conta de que estou fazendo um auê desnecessário por causa disso.

– E aí? O que achou?

– Eu *acho* – diz ele, arrancando a etiqueta – que esta é agora a coisa mais bacana que eu tenho.

– Sério?

Ele dá um sorriso maroto.

– O mais importante é eu estar ganhando um presente ou você ter me dado um presente?

– Eu ter te dado um presente – respondo, e ele ri. – É superdifícil comprar presente pra você.

– É superfácil comprar presente pra mim. É só me dar qualquer coisa.

– *Qualquer coisa* é um código pra superdifícil.

– Tá, a gente com certeza não vai mais fazer isso – diz ele. – A ideia era ser divertido, não estressante. Você e sua família não trocam presentes?

– É claro que trocamos. Mas em geral eu dou dinheiro, o melhor presente de todos.

– Que mulher fria e triste você é.

– Me dá o meu.

Andrew dá mais um sorriso maroto e leva a mão ao bolso da frente de sua bolsa. Foi ele quem insistiu na troca de presentes, e eu só concordei porque pensei que fôssemos trocá-los no avião e abri-los cada um na sua casa. Sozinhos. Não achei que ele fosse querer abrir *agora*. Na frente de todo mundo. Faltam poucos minutos para o nosso embarque e algumas pessoas já estão fazendo fila, com o passaporte na mão.

– Aqui está.

Ele segura minha mão e coloca nela um pequeno retângulo envolto em papel de seda que eu abro rapidamente.

Hum.

Eu realmente não sabia o que esperar. Mas acho que se tivessem me dado cem chances para adivinhar o que Andrew me daria de presente de Natal, eu teria precisado de mais algumas tentativas.

– Um... ímã de geladeira? – indago, e ele assente.

– Mas é um ímã engraçado – diz. – Tem um jogo de palavras.

– Estou vendo.

– Está escrito "Pasta la vista, baby" – continua ele, com uma expressão impassível, apontando para a fonte sem serifa. – E tem um desenho de...

– ... de macarrão, é.

– Eu comprei na internet.

– Andrew.

– O frete foi três dólares.

Um ruído sai da minha boca antes de eu conseguir contê-lo, algo entre um muxoxo e uma risada, e bato na boca com a mão espalmada.

– Foi isso que você comprou pra mim? Eu passei as duas últimas semanas ansiosíssima por causa dessa história, e foi isso que você comprou pra mim?

– O que vale é a intenção.

– Você teve alguma *intenção* com isto aqui? – Estreito os olhos, sem acreditar sequer por um instante. – Me dá meu presente de verdade.

– Mas é esse o seu...

– Andrew.

Ele sorri e torna a pôr a mão dentro da bolsa.

– Você parece uma criança mimada na noite de Natal, sabia? Isso deveria ter sido uma lição sobre como encarar a decepção com elegância.

– Olha que eu pego o suéter de volta.

– De novo, não é assim que funciona, mas toma.

Largo o ímã no colo enquanto ele me passa um livro fino, com capa vermelha de couro.

A lombada está toda rachada, e a capa bem gasta de tanto ser manuseada. O livro deve ter no mínimo vários anos. Décadas, talvez. *Guia de jantares em Chicago* está escrito em letras inclinadas na capa.

– Talvez não seja o mais atualizado – diz ele, inclinando-se na minha direção enquanto eu o abro. – Mas olha só. – Ele avança algumas páginas e aponta para as margens.

– O dono fez anotações?

– *Donos*, no plural – corrige ele. – A letra vai mudando. Pelo visto algumas pessoas já estiveram com ele nas mãos.

Ele tem razão. Há algumas marcações a lápis, outras feitas com caneta vermelha, e a caligrafia vai mudando de letras maiúsculas bem-feitas para uma cursiva miúda que eu mal consigo ler.

– Mas onde você conseguiu isso?

– Achei num sebo há alguns meses. Pensei que você pudesse gostar.

– Eu adorei – corrijo, acompanhando com o dedo as palavras rabiscadas. *Pedir a manteiga da casa. Roubar se for preciso.* – Parece que estou lendo um diário. – *Menu degustação vale o tempo a mais. Flertar com a Diane para conseguir a mesa boa.* – Já faz meses que você comprou?

– Quando a gente sabe, sabe.

E ele guardou durante todo esse tempo. Só para me dar de presente.

– Ixi – faz Andrew quando começo a me emocionar. – Lá vêm elas.

– São de felicidade – garanto a ele. – Lágrimas natalinas. Que presente mais perfeito, obrigada.

Aperto o livro contra o peito, me torcendo toda para poder lhe dar um abraço.

– Não tem de quê – murmura ele, retribuindo meu abraço. – Feliz Natal, Moll.

Uma voz fantasmagórica ecoa pelo terminal anunciando um atraso de vinte minutos em nosso voo, mas nenhum de nós liga muito. Nessa hora, eu penso que teria topado um atraso de 24 horas contando que pudesse passá-lo na companhia de Andrew.

AGORA

Paris

– Como assim, *minha mala não veio*?

Encaro a mulher atrás do guichê e ela me encara de volta, com o batom cor de boca perfeitamente aplicado, enquanto me exibe um sorriso de desculpas.

– Minhas coisas todas estão naquela mala – digo, feito uma boba.

– Eu sinto muito.

– Vocês perderam?

Parece piada. Uma piada horrível, sem graça nenhuma. Quase espero que uma equipe de filmagem apareça do nada e anuncie que estou participando de alguma pegadinha. Mal preguei o olho no voo até Paris, depois de mal ter pregado o olho no aeroporto, depois de mal ter pregado o olho desde que saímos de Chicago. É dia 23 de dezembro. Faz 48 horas que eu não tomo banho, os horários da minha pílula anticoncepcional estão *extremamente* bagunçados, e agora *perderam a minha mala*!

– Eles despacharam nossas malas ao mesmo tempo! – exclamo. – Como é que perderam a minha e a sua não?

– Vai ver a sua era pequena demais – murmura Andrew atrás de mim, e então desvia os olhos ao ver o olhar fuzilante que lhe lanço.

– Nós não perdemos – garante a mulher, me tranquilizando. – Sabemos onde ela está. Na Argentina.

– Mas *eu* estou em Paris.

– Vamos mandar vir no próximo voo para cá.

Resisto ao impulso de encostar a cabeça no guichê.

– Mas nós não vamos ficar aqui. Estamos tentando chegar à Irlanda.

– Mais uma vez, lamento muito. – Seu tom educado não muda, mas um quê de frieza por trás me diz que não sou a primeira passageira chorosa com quem ela teve e ainda *terá* que lidar no dia de hoje. – Nós podemos compensá-la financeiramente por todos os dias em que a sua mala não estiver com a senhora, e despachá-la imediatamente para onde a senhora quiser, mas no presente momento não há mais nada que possamos fazer.

– Mas...

– Eu sinto muito, senhora.

Sustentamos o olhar uma da outra por longos segundos, mas pela primeira vez sou eu que pisco primeiro, ao mesmo tempo que reprimo aquela terrível ânsia de cliente de gritar com a pessoa que não tem nada a ver com o problema em questão.

– Tá bom – digo, soando exatamente como a garotinha desamparada que me sinto no momento. – O que eu preciso fazer?

Um formulário assinado e dois minutos depois, tornamos a atravessar o hall de entrada do aeroporto Charles de Gaulle. O lugar está previsivelmente lotado, e sinto meu humor piorar mais ainda ao erguer os olhos para o quadro de partidas.

– A gente perdeu o voo pra Dublin, né?

Teria sido apertado de toda forma, mas a espera pela minha mala que não chegou havia tornado impossível. Nem preciso perguntar a Andrew para saber que o restante dos voos está lotado.

– Não fica preocupada – diz ele com toda a delicadeza. Mas eu fico, sim. Porque uma coisa tão simples quanto chegar em casa para passar o Natal não deveria ser tão complicada. – Tem um voo hoje à noite que está lotado – continua ele. – Não tem muito mais que a gente possa fazer, mas se ficarmos por aqui podemos ver se conseguimos embarcar nele, e qualquer coisa também tem amanhã.

Amanhã. Amanhã é véspera de Natal, o que significa que estamos ficando sem tempo. Não dá para perdermos mais um dia zanzando por um aeroporto. Mas Andrew parece nem ter pensado nisso. Ele não está sequer olhando para o quadro, está com o olhar perdido, sem piscar, os ombros afundados pela derrota. Ele desistiu. É compreensível. Desistir é, de longe, a alternativa mais atraente no momento. Com certeza a mais fácil.

O problema é que eu nunca fui muito de desistir.

– Estamos os dois exaustos – continua ele. – Talvez seja melhor a gente tentar arrumar um hotel e aí...

– Londres.

– O quê?

Me viro para Andrew enquanto faço as contas na minha cabeça confusa e cansada.

– A gente pode tentar chegar a Londres. De lá a gente consegue chegar em casa.

Ele hesita.

– Estamos falando de algumas centenas de dólares, Moll.

– É pra isso que serve cartão de crédito. A gente já chegou aqui. Você quer mesmo desistir agora?

– O que eu quero é que você durma algumas horas pra não cair dura.

– Eu disse que faria você chegar em casa – digo, ignorando seu protesto. – Então vou fazer você chegar em casa.

Desvio dele para abrir caminho até um pedacinho de espaço vazio junto à parede, onde me sento de pernas cruzadas e abro o laptop. Leva alguns segundos, mas ele vem até mim como eu sabia que iria.

– Vamos pensar aqui – digo, franzindo a testa enquanto ele só me olha. – Senta!

Ele dá um pesado suspiro para mostrar que está só fazendo a minha vontade, joga a bolsa no chão e se senta na minha frente com um ar mal-

-humorado. Como sei que é porque parte dele parou de acreditar que vai chegar a tempo, não levo a mal.

– Londres não vai ser difícil – digo, passando os olhos pelos voos disponíveis. – Tem lugar hoje à tarde e hoje à noite. E de lá...

Merda. São mais de cem voos diários de Londres para Dublin, mas com a quantidade de irlandeses que moram no Reino Unido, não é exatamente uma surpresa estarem todos lotados.

Dou um sorriso rápido para Andrew, no qual ele não deposita nem um pouco de esperança.

– Molly...

– Você não tem o direito de falar se estiver emburrado – interrompo.

O olhar dele abre um rombo na minha caixa craniana, mas continuo a procurar e amplio a pesquisa para cidades vizinhas. Qualquer coisa para fazê-lo chegar em casa. Por qualquer caminho, de qualquer maneira, por qualquer...

Paro de digitar quando um pensamento me ocorre, tão simples e tão perfeito que tudo que faço é ficar parada por alguns segundos refletindo sobre minha própria genialidade.

– Nosso país fica em uma ilha.

Andrew me olha como se eu tivesse perdido a razão.

– Sim – diz, devagar. – Você quer ir nadando pra casa?

– Não. – Endireito as costas, encarnando com força total a versão da Molly eficiente enquanto abro uma nova aba. – Eu quero pegar a balsa.

– A balsa? Não acha que vai estar lotada?

– De carros, talvez sim – digo, inserindo nossas datas. – Mas para passageiros a pé sempre tem lugar. Obviamente não vamos conseguir ir hoje, mas amanhã... – Solto um guincho de vitória que faz várias pessoas em volta se sobressaltarem. – De Paris a gente vai pra Londres – digo, montando as peças do quebra-cabeça. – Aí passa a noite num hotel e, de manhã, pega o trem da estação de Euston até o País de Gales. Tem uma balsa saindo de Holyhead na hora do almoço. Vamos chegar a Dublin na véspera de Natal. Aí você pode pegar um ônibus, ou eu peço pro meu pai te levar de carro se for preciso. É isso, Andrew. Você vai estar em casa no Natal.

Quando ele não comemora imediatamente minha ideia genial, eu ergo os olhos, apenas para dar com ele me encarando com uma expressão que me deixa tão desconcertada que torno a voltar a atenção para a minha planilha, subitamente encabulada.

– Você vai estar cansadíssimo – acrescento. – Mas acho que a gente consegue. A menos que você tenha alguma outra...

– Não, não tenho – interrompe ele. – Parece perfeito. É... obrigado.

Assinto, ainda sem encará-lo.

– Então posso reservar? A gente consegue chegar a Londres no final da tarde se pegar o voo da hora do almoço. Será que podemos dormir na casa do seu irmão?

– Ele já foi pra casa dos nossos pais – diz Andrew. – Mas eu tenho um primo lá. O Oliver. Em geral ele gosta de receber visita.

– Ótimo. Considerando que ele tope hospedar a gente.

– Vou mandar uma mensagem pra ele agora. – Faz-se uma pausa, e ele então torna a falar. – Eu sinto muito, Molly.

Suas palavras me fazem erguer os olhos.

– Eu também. Sinto muito a gente ter perdido o voo pra Dublin.

– Não foi culpa sua. E esse é um bom plano. Estou impressionado.

– Ah, não foi nada – digo, sem dar importância. – Espera só até eu ter tomado um café.

Ele abre um sorriso. É um sorriso fraco, mas que eu interpreto como uma vitória.

– Isso foi uma indireta, Srta. Kinsella?

– Com creme. Sem açúcar.

Ele dá um suspiro exagerado, mas se põe de pé.

– Qualquer coisa pra minha agente de viagens – diz, e tento não parecer satisfeita demais ao me virar de volta para meu laptop e começar a fazer as reservas.

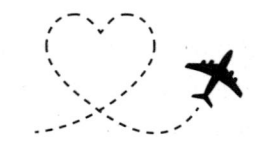

Capítulo 10

Levamos mais meia hora para resolver as passagens e manter nossas respectivas famílias atualizadas sobre o novo plano. A de Andrew parece agradecida. A minha parece simplesmente perplexa por eu estar me dando todo esse trabalho. Mas pelo menos o primo dele responde em poucos minutos à mensagem de Andrew e aceita de bom grado nos hospedar por uma noite, alegando já estar limpando a porcelana.

Pela expressão de Andrew, eu não soube dizer se ele estava brincando ou não.

Só depois de tudo providenciado é que começo a me dar conta do que realmente significa estar sem minha mala. O mundo corporativo exige uma aparência bem-cuidada, e como esse é um dos poucos fatores do meu trabalho sobre o qual eu tenho completo controle, levo-o a sério. Assim, embora não me incomode nem um pouco em usar roupas confortáveis para um voo longo, só dá para usar a calcinha do avesso um número limitado de vezes.

– Preciso comprar umas roupas.

– Em Paris??? – Andrew faz uma careta de ironia. – O povo aqui não é exatamente famoso pelo senso fashion.

– Muito engraçado – rebato, mas estou secretamente feliz por ele ter se animado.

O café ajudou, e ambos pedimos mais um espresso antes de deixar a mala dele – que *não* foi extraviada – no guarda-volumes e ir nos aventurar na cidade. Em certa medida, parece que estamos brincando com a sorte, mas ainda faltam cinco horas para o nosso voo, e nenhum de nós dois quer passar nem um segundo a mais do que o necessário num aeroporto.

Uma breve consulta a meu bom amigo Google e pegamos o trem expresso até Les Halles, um shopping subterrâneo perto do rio Sena, onde entro na primeira loja decente que vejo e compro uma calça jeans, algumas camisetas e suéteres, todos lisos.

Andrew não fica nada impressionado.

– Estamos literalmente a dois dias do Natal – diz, me seguindo por entre as araras. – E é isso que você quer usar.

– Sim, porque eu sou adulta.

– Uma adulta que disse que não queria ser estraga-prazeres – insiste ele. – Para isso você precisa abraçar o significado do Natal.

– O significado do Natal não é uma camiseta de gosto duvidoso.

– Não, é estar cercado de parentes e amigos. E, como seu amigo, eu realmente ficaria feliz se você aceitasse um pouco de glamour. – Ele pega um par de brincos de boneco de neve num display e os estende para mim. – Como por exemplo isto aqui.

– Não.

– Acho que eles ficariam realmente... Ai, meu Deus, eles acendem!

Reviro os olhos quando os brincos começam a piscar na mão dele e me encaminho para o caixa, andando depressa, ansiosa para me livrar das roupas que estou usando. O vendedor deixa que eu me troque no provador, e dou um suspiro de alívio ao vestir uma camiseta limpa. Passo mais um minuto debatendo comigo mesma antes de dar mais uma volta rápida pela loja, sair e encontrar Andrew esperando do lado de fora com uma sacola de compras na mão.

– Me diz que você não comprou – digo, desconfiada.

– Pra minha irmã – explica ele, olhando minha roupa. – Está se sentindo melhor?

– Imensamente – reconheço. – Embora talvez seja a magia da estação correndo pelas minhas veias.

– Como é que é?

Abro o casaco para revelar minha aquisição de última hora, e Andrew arregala os olhos quando vê meu suéter listrado de dourado e preto. *Joyeux*

Noël está escrito numa letra cursiva decorada com uma boa dose de purpurina.

– Olha ela, toda natalina! – Um sorriso se espalha lentamente pelo seu rosto. – Nem acredito que você fez esse mínimo esforço por mim.

– Mínimo? Isto aqui é um passo grande. A purpurina pinica.

– Bom, a beleza tem seu preço. Sabia que os brincos ficariam muito bem com esse...

– Não.

Ele dá um sorriso travesso enquanto torno a fechar o zíper do casaco, mas continua parecendo achar graça, já sem nenhum indício do mau humor de antes. E isso era exatamente o que eu queria que acontecesse ao comprar o suéter.

– Acho que a gente devia fazer coisas de turista – diz Andrew com relutância, mas nós nos entreolhamos e sabemos que nenhum dos dois está com energia para isso.

– Que tal comer alguma coisa? – pergunto, esperançosa, e ele sorri. – Mas não por aqui – acrescento. – Não vou desperdiçar nossas poucas horas em Paris com fast-food.

– Você adora fast-food.

– Tudo tem sua hora e seu lugar – digo com firmeza, guiando-nos para fora do shopping. Ainda temos séculos antes da hora de voltar. – Confia em mim.

Começamos a andar na direção leste, para longe do Louvre e de seus turistas, e bem nessa hora começa a chover. Um dos meus blogueiros de comida prediletos tece elogios rasgados a um restaurantezinho perto da Tour Saint-Jacques, e é para lá que levo Andrew, depois de encontrar o local numa rua lateral tranquila. Eles acabaram de abrir para o almoço e pegamos uma mesa pequena bem ao lado da janela. O cheiro de comida bem-feita e o leve burburinho de vozes melhoram imediatamente o meu humor. Eu sempre me sinto à vontade em restaurantes, mesmo quando estou sozinha.

– Muito francês – declara Andrew quando o garçom nos entrega os cardápios. – Quer que eu tire uma foto sua?

– Não.

– Por que não? Estou com a câmera aqui. Você está em Paris. Está surtando por causa de uma levedura – acrescenta ele quando começo a admirar a cesta de pães. Ponho um brioche no meu prato e faço uma careta. – Para a posteridade.

– Eu não quero particularmente me lembrar desta viagem – digo a ele, que me lança um olhar de mágoa fingida.

– *Esta* viagem? Esta viagem cara, exaustiva e horrorosa?

– Ela mesma.

– Eu acho que a gente está se divertindo.

– Isso porque *você* está com a sua mala.

O garçom volta para anotar nosso pedido de bebidas, e tenho que morder a língua para não pedir uma taça de vinho. Em vez disso, uso meu francês capenga para pedir uma água com gelo, e Andrew pede um ginger ale. Mais um. Foi o que ele bebeu no aeroporto e nos voos. Fico me perguntando se é a isso que ele recorre toda vez que quer beber alguma coisa alcoólica. É algo que as pessoas fazem quando estão tentando não beber? Eu realmente não faço ideia. Mas não vejo como perguntar isso a ele sem parecer enxerida demais.

– Na França eles têm batata frita, não têm? – pergunta Andrew, pegando o cardápio.

– *Frites* – respondo. – Mas acho que você deveria pedir o...

Uma forte vibração vem de algum lugar próximo, e ambos nos entreolhamos antes que eu me dê conta de que é o meu celular corporativo. A ansiedade automática que eu sempre sinto atravessa meu corpo, e mergulho a mão na bolsa do laptop para pegar o telefone e ver uma chamada da minha chefe cair na caixa postal.

– Está trabalhando no Natal outra vez?

Ele faz a pergunta sem julgamento, mas por algum motivo isso só faz com que eu me sinta pior. Não quero ser a pessoa que todo mundo acha que sempre vai estar ocupada.

– Oficialmente, não – digo, verificando meu e-mail por reflexo antes de perceber o que estou fazendo.

Andrew me observa com a testa franzida.

– Se estiver precisando...

– Não estou.

– Eu não ligo. Faz o que precisa fazer.

– Eu não preciso fazer nada – digo, e ponho o celular na mesa. – Isso pode esperar. Que foi? – pergunto ao ver a expressão de incompreensão no rosto dele.

– Nada – diz ele depressa. – É que eu sei o quanto você é ocupada.

– Estou tentando equilibrar melhor o trabalho e a vida pessoal – explico, ao mesmo tempo que sinto um peso na barriga.

Já é ruim o bastante se dar conta de quanto sua vida foi consumida pelo seu trabalho, só que ouvir outra pessoa dizer isso é pior ainda.

Mas Andrew sorri.

– Equilibrar o trabalho e a vida pessoal, é? O que causou essa mudança?

– Nada em especial. Eu só não queria... – Dou de ombros ao mesmo tempo que vejo outra notificação pular na minha tela. – Acho que agora eu não sou mais aquela pessoa – digo, tentando explicar. – Estou tentando pegar mais leve.

– Ninguém dá o devido valor a isso – diz ele, e relaxo um pouco ao ver que Andrew aceita facilmente o que vem pesando nos meus ombros há tanto tempo.

– Porém, talvez isso signifique dizer adeus aos bônus.

– Mas você vai ganhar o bônus de ter um hobby que vai largar depois de alguns meses.

Sorrio, brincando com o canto da toalha de mesa.

– Você não vai se importar se eu não puder mais te comprar passagens de primeira classe?

– Ainda não estou convencido de que você comprou mesmo. Aquela tempestade foi *muito* conveniente.

Ignoro-o, e olho para a janela onde a chuva agora cai com mais força. As pessoas começam a correr, e os poucos infelizes sem guarda-chuva seguram casacos e bolsas acima da cabeça para tentar se proteger do pé d'água.

Paris, lembro a mim mesma. Nós estamos em Paris. Tudo que eu queria era não estar tão desorientada pelo fuso e poder dar o devido valor a isso.

– A gente devia sair de férias – sugiro. – Férias de verdade.

– A gente pode – diz ele, lendo o cardápio. – Pra onde você quer ir?

– Pra qualquer lugar.

– Nossa, que específico.

Fico tirando lasquinhas do meu brioche, inquieta enquanto o observo. No aeroporto, ele trocou o conjunto de voos longos – calça e casaco de capuz de moletom – por uma calça jeans e um suéter vermelho decorado com árvores de Natal. Deveria ser uma roupa ridícula, mas nele de alguma forma cai bem, e o tecido gruda no seu peito de um jeito que...

– Se você continuar me olhando desse jeito, eu vou começar a cobrar – murmura ele sem erguer os olhos.

Fico vermelha ao ser pega em flagrante, e tomo um gole d'água.

– É que eu não estou acostumada com a sua barba por fazer.

– Por fazer, não. Barba, ponto – corrige ele. – Isto aqui é uma barba atraente e de respeito.

– Não dá pra ver a sua covinha.

Andrew larga o cardápio em cima da mesa e se recosta ao mesmo tempo que ergue os olhos para encarar os meus.

Ixi.

– Você curte a minha covinha? – pergunta.

– Não foi isso que eu falei. Só disse que não dava pra ver.

– E você acha isso ruim?

– Já sabe o que vai pedir? – pergunto, e ele dá um sorriso travesso ao ouvir o tom de alerta na minha voz.

– E você, vai pedir o quê? – rebate ele.

– A *andouillette grillée*.

– Que seria...

– Linguiça.

Ele faz uma careta.

– Acho linguiça um negócio sinistro.

– Motivo pelo qual você deveria pedir o tagliatelle ao pesto – digo, afetada. – E a mousse de chocolate de sobremesa.

– Nunca fui muito fã de mousse.

Solto um arquejo de incredulidade.

– Que mentira deslavada! Você adora chocolate. Por que não iria gostar de mousse de chocolate?

– Sei lá, teve uma época em que eu comprava aqueles potinhos no mercado e...

– Não é a mesma coisa – interrompo, exasperada. – Aqui vai ter um gosto totalmente diferente. Vai ser fresca, pra começar. Artesanal. Li que eles acrescentam um toquezinho de lavanda que... para de me olhar assim!

– Não consigo evitar. – Ele ri. – Como você fica empolgada por causa de ovos mexidos.

– *Batidos*. – Caramba, parece que ele gosta de me irritar. – Mousse é feita com ovos batidos. E nem são ovos, são claras de ovo. Que são batidas em neve e depois misturadas delicadamente com... – Paro de falar quando meu celular torna a tocar, e sinto uma onda de raiva ao estender a mão para o aparelho, deixando o polegar pairar por um segundo no ar antes de desligá-lo.

Ah, eles não vão gostar disso.

– Molly?

Volto os olhos depressa para Andrew, que está me observando com preocupação.

– Sério, eu não me importo se você precisar atender alguma ligação ou...

– Eu estou de férias – digo, ríspida. – Eles sabem que eu estou de férias. – Enfio o celular de volta na bolsa, e meus olhos passam de relance pelo laptop e pelas pastas ordenadas na tela. Sinto um breve e avassalador impulso de jogar tudo aquilo na maior poça que conseguir encontrar. – Estou pensando em pedir demissão – comento, abruptamente, e a surpresa faz Andrew se empertigar na cadeira.

– Você quer trocar de firma?

– Não, eu quero sair total mesmo. Parar de advogar.

É a primeira vez que digo essas palavras em voz alta. Não tinha dito nem para mim mesma. Assim que o faço, porém, sei que é a decisão certa. Não sinto pânico, nenhuma náusea me revira as entranhas. Sinto apenas alívio.

Andrew passa vários instantes sem dizer nada, pelo visto pego inteiramente de surpresa. E deve ter sido mesmo, de certa forma. Meu emprego me define desde que nós dois começamos a nos conhecer melhor. E eu nunca dei qualquer indicação do contrário.

– E fazer o quê? – pergunta ele, por fim.

– Não tenho a menor ideia.

Para minha surpresa, ele parece quase decepcionado.

– Ah, Moll, fala sério. Você não tem a menor ideia do que quer fazer? Sério?

– Não tenho – afirmo. – Pelo menos não de um ponto de vista realista. Eu dei uma olhada nos...

Ele me interrompe, rindo baixinho.

– Você acabou de dizer. "Pelo menos não de um ponto de vista realista." Quer dizer que você sabe o que quer fazer.

– Ah, *desculpa* não estar considerando neste momento uma carreira de supermodelo ou de socialite de Hollywood.

– Essas nunca foram uma possibilidade, mesmo – diz ele, direto. – Você detesta qualquer evento que termine depois das onze da noite.

Tá, nisso ele tem razão.

– Me diz uma coisa – continua ele. – Se dinheiro não fosse uma questão. Se você acordasse amanhã com uma vida inteiramente nova e pudesse fazer qualquer coisa. O que faria?

– É esse o problema. Eu não sei.

– Mentira. É alguma coisa boêmia, né?

– Andrew...

– Vai começar a fabricar chapéus.

– Não sei o que eu quero fazer – repito, frustrada. – Só sei que estou infeliz.

Considerando a testa subitamente franzida dele, noto que eu não devia ter dito.

– Tá infeliz até que ponto?

– Eu não estou... É que... – Recuar, Molly. Recuar. – É só uma coisa em que eu venho pensando. Não é que eu vá pedir as contas amanhã.

– Por que não?

– Porque eu não sou idiota? Sair sem ter um plano seria uma coisa bem burra, financeiramente falando. E mesmo tendo um plano, pode ser um grande erro. Vai demorar alguns anos.

– Alguns... – Sua expressão é de incredulidade. – Você acabou de admitir que está infeliz e vai ficar assim por mais quanto tempo? Cinco anos?

– *Cinco* não... – resmungo.

Talvez uns três.

– Erros podem ser consertados – continua Andrew.

– E também evitados.

– Não acredito que você já está querendo se convencer a não fazer isso.

– Não estou!

– Está, sim. Você está...

– *Excusez-moi?*

É nessa hora que nosso garçom decide aparecer, com a caneta suspensa acima de um bloquinho e aquele ar estressado que acomete a todos na área de serviços na época do Natal. Mais um motivo para não gostar das festas de fim de ano.

O homem hesita ao perceber nossos olhares igualmente hostis quando nos viramos na sua direção.

– *Encore une petite minute?*

Viro o olhar rapidamente para Andrew, que aguarda um segundo antes de empurrar seu cardápio para o lado.

– Você escolhe – diz ele para mim. – Confio em você.

– Mesmo se eu pedir a linguiça?

Isso o faz abrir um sorriso. Uma trégua temporária.

– Confio em você para não pedir a linguiça – acrescenta ele, e me deixa assumir o controle enquanto fica me observando com um ar pensativo.

Do lado de fora continua chovendo torrencialmente.

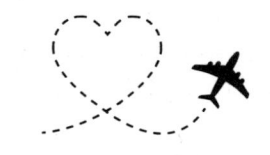

Capítulo 11

Peço a massa para ele e de sobremesa a mousse. Passamos o almoço revisando o plano para chegar a Dublin e sem falar sobre erros, empregos ou qualquer coisa não tenha relação com as 24 horas seguintes.

Voltamos para o aeroporto com bastante tempo de sobra, e somos os primeiros a chegar ao portão. Andrew sequer se arrisca a ir ao banheiro – prefere esperar o embarque, apesar de ir ficando visivelmente mais desconfortável a cada minuto que passa. Decolamos cinco minutos antes da hora prevista, e quase não precisamos esperar pela mala dele ao chegar. Tudo corre às mil maravilhas.

E não é que isso me deixa com uma baita pulga atrás da orelha?

– É como se você *quisesse* que alguma coisa dê errado – diz Andrew, enquanto eu torno a verificar uma última vez o horário da balsa no dia seguinte.

– Melhor a gente pensar num plano B.

– Esse já é o plano B. A gente está nele. As passagens estão compradas. O tempo está bom. Vai dar tudo certo.

– O trem pode enguiçar.

– Aí a gente pega um ônibus – diz ele com firmeza, e assinto apesar da sensação desconfortável na barriga.

– Onde o seu primo mora, afinal? – pergunto quando estamos atravessando a multidão após sair do aeroporto de Heathrow.

– Ele vive se mudando. Mas agora está em Notting Hill.

Isso desperta minha atenção.

– Que nem no filme?

– Exatamente como no filme. Você já veio a Londres?

– Vim com minha mãe e minha irmã pra passar um final de semana quando a gente era mais nova. Quase nos perdemos umas das outras no metrô e eu nunca superei esse susto.

– É *por isso* que você grita toda vez que pega o metrô lá em Chicago.

Faço que sim com a cabeça.

– As pessoas acham que é por causa do guinchar dos trilhos, mas não.

– É só o seu trauma de infância.

Esperamos na fila do táxi e acabamos pegando um motorista abençoadamente calado que, além de dizer olá, não faz qualquer tentativa de puxar papo. E, simples assim, partimos rumo à etapa seguinte da nossa amaldiçoada aventura.

– A gente podia tentar ir a algum lugar, se tivermos tempo – diz Andrew, espiando a estrada do lado de fora. Londres vai passando num borrão de carros e casas. – Principalmente porque não conseguimos ver nada em Paris. Há anos eu não venho aqui.

– Acho que não vai dar tempo.

– Vai, sim – insiste ele, olhando na minha direção quando me mostro relutante. – Temos o dia inteiro.

– Vamos ver – digo, numa imitação perfeita da minha mãe. (Quando quer dizer "não".)

O entorno vai ficando cada vez mais chique conforme saímos da estrada e nos aproximamos de Notting Hill. As casas que margeiam a rua são mais elegantes, os carros mais lustrosos: Teslas e SUVs que não acredito que sejam realmente necessários para circular pelas estreitas ruas residenciais. Meu nariz está praticamente grudado na janela para absorver aquilo tudo, em especial quando encostamos em frente a uma casa com varanda que parece saída diretamente do filme *Mary Poppins*.

Fico confusa na mesma hora.

– A sua família é secretamente rica? – pergunto a Andrew enquanto saltamos.

Os imóveis em Londres não são exatamente baratos, embora eu saiba que as aparências às vezes enganam. Talvez essa casa tenha sido dividida em vários apartamentos minúsculos, e o primo dele esteja sublocando de um sublocatário que está ocupando ilegalmente uma das unidades. Mas não acho que seja o caso. O lugar tem um aspecto extremamente bem-conservado, e as persianas pintadas e os caixilhos das janelas combinam perfeitamente entre si. Uma fileira de luzinhas de extremo bom gosto pende do telhado, e no peitoril da janela uma grossa vela branca aguarda para ser acesa.

– Você tem que me contar agora – digo enquanto o taxista vai embora. – Vou saber se estiver mentindo.

Andrew só ri.

– A gente não é rico.

– Mas *alguém* é – insisto.

Ele hesita ao ouvir isso.

– Bom...

– Primo!

A porta da frente se abre de supetão, e um homem emerge da penumbra do interior da casa. Está vestindo um grosso robe bordô e pantufas combinando, ambos parecendo incongruentes para um meio de tarde. Mesmo no Natal.

Oliver.

Ele é mais novo do que eu pensei que seria, tem uns quase 30, talvez, e é bonito, com um rosto anguloso marcado por cicatrizes de acne e uma farta cabeleira loura que precisa desesperadamente de um corte. Parece quase surpreso ao nos ver, apesar de saber que chegaríamos.

– A gente não queria te acordar – diz Andrew bem alto, soando apenas um pouco sarcástico.

– Está se referindo ao meu traje? – Oliver baixa os olhos para si mesmo. – É minha roupa de ficar em casa. Já levantei há horas.

– Isso porque nem foi deitar.

Ele sorri com pesar.

– Você sempre foi o mais inteligente.

Oliver espera subirmos os degraus de pedra, então abraça Andrew com tanta força que quase o derruba.

Para minha surpresa, faz a mesma coisa comigo, me enlaçando com força. Ele tem um cheiro estranho de canela e eu não detesto o abraço, mas quando ele se afasta vejo que os olhos dele estão vermelhos, e de repente sua roupa faz um pouco mais de sentido.

– Chegou em casa tarde ontem? – pergunta Andrew, chegando à mesma conclusão.

Oliver lhe dá alguns tapinhas no rosto.

– É a estação do ano – diz, com uma voz débil. – Entrem! Meu primo irlandês preferido e sua linda amiga irlandesa. O Christian já conheceu? Ela parece fazer o tipo dele.

Sua voz some quando ele desaparece casa adentro, sem se importar em ver se estamos indo junto. Olho para Andrew, cujos olhos cansados estão seguindo o primo.

– Ele é sempre...

– É – responde Andrew com um suspiro. Ele leva a mão à base das minhas costas e me empurra para a frente casa adentro. – É, sim, sempre.

– Antigamente eu passava todos os verões em Cork – diz Oliver quando entramos. Meus olhos se adaptam à penumbra e o distinguem parado no pé de uma escadaria imponente e acarpetada. – Você é de Cork, Molly?

– De Dublin – digo, tentando olhar em volta disfarçadamente.

– Eu detestava ir para Cork. Semanas sendo zoado sem trégua por causa do meu sotaque inglês. Especificamente por este homem aqui.

– Era mais uma tradição de família – explica Andrew para mim, e tento não sorrir.

– Ele era o que mais fazia bullying comigo – diz Oliver, apontando para o primo. – Até o dia em que um dos meninos do vilarejo tentou fazer a mesma coisa, e o Andrew deu um soco no nariz dele.

– O quê?!

Me viro para Andrew, que sequer parece ter a decência de fingir vergonha.

– Ele tinha um gancho de direita excelente – continua Oliver. – Mesmo aos 10 anos.

– Ele é meu primo, ué – diz Andrew com um dar de ombros. – Só quem era da família podia zombar da cara dele.

– Não foi isso que eu... – Lanço um olhar fulminante para ele. – Você quebrou o nariz de uma criança?

– Fraturei – diz ele, como se isso fosse melhor.

– Foi uma beleza – acrescenta Oliver com nostalgia. – Bom, então tá! Querem conhecer a casa?

Andrew se espreguiça e olha para sua mala.

– Acho melhor a gente...

Mas Oliver já se afastou, arrastando as pantufas até o cômodo seguinte, e, apesar da minha exaustão, sigo apressada atrás dele, curiosa demais para não fazer isso.

Já convivi com pessoas ricas na vida – na minha profissão a gente conhece muitas –, tanto novos-ricos quanto ricos tradicionais, mas isso aqui é outro nível. É uma riqueza... de *cinema*.

A casa é pequena, como imagino que a maioria das casas londrinas seja. A opulência está nos detalhes, nos móveis rebuscados e nas tábuas enceradas do piso, nos vasos de flores e nos enfeites de Natal dourados e prateados combinando entre si. É tudo elegante e discreto, mas também me faz temer encostar em alguma coisa e correr o risco de estilhaçá-la em um milhão de pedacinhos.

Oliver nos conduz pela sala, depois por outra sala, depois por uma *biblioteca*, antes de chegar à cozinha, à sala de jantar e a uma despensa que é quase do tamanho do meu quarto em Chicago. Acabamos voltando para o ponto em que começamos, no hall de entrada, onde um relógio de pé que eu não havia notado bate solenemente a hora.

– Agora o segundo andar! – declara Oliver, mas é aí que Andrew se manifesta.

– Pode ser mais tarde, Oli? Preciso tomar uma chuveirada e ficar encarando a parede até me sentir normal de novo.

– Mas o... Ah, então tá – diz ele, obviamente decepcionado. – Pelo menos deixem eu mostrar os quartos de vocês. São os meus preferidos. – Ele faz questão de olhar para Andrew. – Porque eu sou legal.

Andrew luta para subir com sua mala enquanto Oliver me conduz escada acima, apontando para os quadros que enfeitam a parede por todo o caminho.

– O que acha de estampas florais? – pergunta ele quando chegamos ao alto.

– Não acho nada. – respondo, sincera.

– Maravilha!

Ele abre uma porta e faz um gesto solene para que eu entre.

Isso é, disparado, melhor do que qualquer quarto de hotel em que eu já tenha ficado. Na verdade, tem o tamanho de dois quartos, com janelões dando para a rua lá embaixo. Uma cama de dossel domina o espaço, e o papel de parede é de fato florido, assim como a colcha da cama, o estofado da poltrona e o sofazinho encostado na janela. Um guarda-roupa austero e possivelmente assombrado ocupa a outra parede, e à minha direita, ao lado da cama, há uma porta que suponho ser de um banheiro anexo, ou quem sabe dos aposentos da empregada, porque, sinceramente, vai saber. O quarto tem um aspecto meio atulhado, talvez um pouco antiquado, mas tem um charme que eu não esperava. Um charme que faz com que eu me sinta à vontade na hora.

– Gostou? – pergunta Oliver.

– Gostei de tudo – confesso. – Sua casa é linda.

Ele sorri, radiante, felicíssimo com a minha reação.

– Vou deixar você se acomodar. Me avisa se precisar de alguma coisa!

Essa última frase já é dita à distância, lá do corredor. Passo algum tempo inspirando e sentindo o cheiro do lustra-móveis. Enquanto isso, tiro o casaco e dou mais alguns passos para dentro do quarto, correndo uma das mãos por cima da grossa colcha de matelassê.

Que 24 horas mais estranhas...

– Parece confortável.

Eu me viro ao ouvir a voz de Andrew e o vejo em pé no vão da porta, encarando a cama.

Ele me lança um olhar inocente e deixa a bolsa do meu laptop dentro do quarto, perto da porta. Hesito apenas por um instante antes de segui-lo até seu próprio quarto, que descubro ser bem ao lado do meu.

– Do jeito que ele falou da infância de vocês, achei que fosse pôr você no sótão – digo.

– O sótão daqui deve ser maior do que o meu apartamento inteiro.

Olho ao redor, absorvendo tudo. O quarto é tão legal quanto o meu, mas com um clima estereotipadamente masculino, todo de madeira escura e com tons de azul-marinho no papel de parede. E é também...

– Menor – digo na hora, olhando em volta. – O seu quarto é menor. Eu ganhei.

– Parabéns.

Ele abre a mala, irritantemente distraído.

– Não acredito que você não me contou que o seu primo é rico.

– Ele não é.

– Por favor. Esta casa parece saída de um conto de fadas. – Cruzo os braços quando Andrew não consegue reprimir um sorriso, divertindo-se sozinho como se soubesse de alguma piada que eu não sei. – Que foi?

– Não é dele.

– Como assim.

– A casa não é dele, Moll.

Ai, meu Deus.

– Por favor, não me diz que a gente tá ocupando ilegalmente uma...

– Não. – Ele me interrompe e se empertiga, com uma nécessaire nas mãos. – Nenhum policial vai vir bater na porta. Pelo menos não por causa disso. O Oliver é assistente em uma galeria num lugarzinho minúsculo e ridículo em Mayfair. Esta é a casa do dono da galeria. Uma das casas.

– Ele mora com o dono da galeria? – Baixo a voz para um sussurro. – É tipo uma coisa sexual?

– Será que você poderia... *não*. – Ele ri. – O *dono da galeria* é um cara de 70 anos com conexões duvidosas com a família real, que passa o inverno inteiro em alguma ilha grega porque não suporta o frio. Como ele não gosta que a casa fique vazia quando ele não está aqui, e tem certeza que alguém vai roubar todas as obras de arte dele, há três anos, quando ele viaja, quem fica aqui é o Oliver.

– Que *loucura*.

– É uma coisa que só poderia acontecer com o Oli – concorda Andrew, pondo em cima da cama uma calça jeans limpa. – Só não diz pra ele que eu te contei, tá? Ele achou que seria engraçado fingir. Adora um teatro.

– Bom, quem sou eu pra estragar o Natal dele?

Andrew apenas assente enquanto continua a organizar suas roupas, até eu sentir que estou sobrando ali.

– Acho que vou tirar um cochilo – anuncio, unindo as mãos às costas.

– Vai fundo.

– Estou bem cansada.

– Imagino.

– Aí quem sabe depois eu... O que você tá fazendo?

As palavras me escapam quando Andrew puxa o suéter *e* a camiseta pela cabeça. Meus olhos descem na mesma hora para seu peito nu, antes que eu os obrigue a focar de novo no seu rosto.

– Tirando a roupa.

– Por quê?!

Ele me olha como se eu fosse maluca.

– Porque eu vou tomar banho. – Ele estende a mão para a fivela do cinto, com uma das sobrancelhas levantada, enquanto eu só fico ali paralisada. – Posso dar um showzinho se você...

– Já estou indo! – digo, ignorando seu sorriso maroto, e giro nos calcanhares para sair do quarto, batendo a porta atrás de mim.

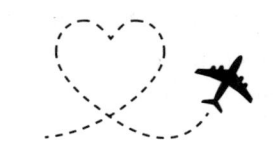

Capítulo 12

Voo 6, Chicago

– Não vai.

– Eu preciso ir.

– Então me deixa ir com você.

– Não. – Eu me viro e rio ao me deparar com uma cara emburrada. – Desde quando você passou a ser tão carente? – brinco.

Mark dá um passo na minha direção e me segura pela cintura.

– Desde que fiquei sabendo que você vai passar duas semanas longe de mim.

– Uma semana – corrijo. – Duas é por sua conta.

– Então vem me encontrar quando voltar. Minha família não vai se importar.

– Eu preciso trabalhar.

– E eu preciso te ver. – A voz dele se transforma num sussurro, e eu me inclino em sua direção quando ele me beija.

Não é que eu não entenda a insistência. Vai ser a primeira vez que ficamos separados de verdade desde que assumimos o namoro, e eu também não estou exatamente animada com essa perspectiva.

Mark interrompe o beijo e desce as mãos pelo meu quadril para me segurar junto a si.

– Te amo.

– Eu também te amo – digo, sorrindo com a boca colada na dele.

Ele me segura com mais força.

– Deixa eu ir com você.

– Quem sabe no ano que vem. Ou a gente poderia...

Não chego a completar a frase porque alguém pigarreia bem alto atrás de mim. Ao me virar sem muito jeito envolvida nos braços de Mark, dou com Andrew parado a poucos metros de distância.

Bizarramente, ele está de terno, e fico encarando-o por alguns instantes antes de me lembrar que ele disse que iria direto de um casamento que foi fotografar.

– Ah, não quis interromper – diz ele, obviamente achando graça. – É que estou com a garganta arranhando um pouco hoje.

Lanço-lhe um olhar fulminante enquanto me desvencilho do meu namorado, ajeitando a mochila no ombro.

– Você chegou cedo.

– É. Você deve ser o Mark.

Andrew dá os dois passos que nos separam com a mão estendida.

– E você deve ser o amigo – diz Mark, apertando sua mão.

– Um de muitos. Andrew.

– Prazer.

O aperto de mão dura um pouco mais que o necessário, e me pego olhando outra vez para Andrew. Ele está diferente, todo arrumado e bem-vestido. Seu terno é azul-escuro, os sapatos marrons estão engraxados, e uma leve barba por fazer no queixo o faz parecer mais maduro do que jovial. Mais adulto do que eu já tenha visto.

– Cadê a Alison? – pergunto, desgrudando os olhos dele para procurar sua nova namorada.

– Ah, a gente ainda não está naquele estágio do relacionamento em que um leva o outro ao aeroporto – diz Andrew. – Mas ela falou que se eu me comportar bem, vou poder começar a segurar a mão dela na primavera, então estou com os dedos cruzados.

– Ele gosta de fazer piada – explico para Mark, que está com a testa franzida.

– Sei – diz Mark, ainda sem parecer entender, e me viro de volta para ele antes de a situação ficar ainda mais constrangedora.

– Melhor a gente ir entrando. Está ficando cheio.

– Vocês ainda têm tempo.

– Preciso comprar umas coisas – minto, enquanto Andrew se afasta alguns passos para fingir nos dar privacidade.

– Me liga quando pousar?

– Vai ser de madrugada!

– Eu não ligo. Vou ficar acordado.

Ele torna a me beijar enquanto suas mãos descem mais um pouco, me dando um rápido apertão do qual me desvencilho rapidamente, ao mesmo tempo que olho para Andrew, que por milagre não está olhando na nossa direção. Mais um minuto de "eu te amo" e "vou ficar com saudade" transcorre antes que eu enfim o convença a ir embora. Mesmo assim, ele fica parado no lugar, observando enquanto vamos em direção ao controle de segurança. Andrew se mantém calado, o que me deixa *muito* intrigada, e dito e feito: assim que saímos de vista, ele se vira para mim.

– Nem vem – alerto.

– Nem vem o quê? Dizer como seu namorado novo é simpático?

– Cala a boca.

– Legal, ele. E tão alto...

– Andrew...

– Mas é óbvio que ele curte uma bunda.

Sinto o rosto esquentar ao mesmo tempo que a mulher na fila ao nosso lado olha na nossa direção.

– Vai passar o voo inteiro assim? – pergunto, tensa.

– Se você continuar reagindo assim, vou – responde ele com um sorriso. – Acho que ele ficou com ciúme de mim.

– Eu acho que você se acha muito.

– Ah, fala sério. O cara estava claramente marcando território.

– Estava nada!

– Ele estava a cinco minutos de mijar na sua perna.

Tento segurar a risada, mas ela sai pelo nariz, o que só o faz sorrir mais ainda.

– O que eu posso fazer se inspiro esse tipo de possessividade nas pessoas? – digo, por fim.

– Deve ser o cabelo.

– Para.

– Estou falando sério. Está superchique. Você mesma cortou?

Dou um tapa nele enquanto, com a outra mão, acaricio sem graça meus fios recém-cortados.

– Ficou legal – diz ele, percebendo o movimento.

– É?

– É. Valorizou bastante suas orelhas.

Faço uma careta, então me viro para a frente.

– Eu te odeio.

– Odeia nada – diz ele, esbarrando em mim por trás. – E aquele cara está totalmente apaixonado por você.

Olho por cima do ombro e constato que dessa vez ele não está brincando. Meus lábios estremecem quando tento manter a cara feia apesar da súbita onda de felicidade ao ouvir essas palavras.

– É, talvez – digo, e percebo o início de um sorriso no seu rosto antes de tornar a me virar.

AGORA

Londres

Gabriela me liga cinco minutos depois de eu me fechar no quarto. Como passei esses cinco minutos analisando cada palavra que Andrew já me disse na vida e tentando me lembrar do tom exato da voz dele ao elogiar meu vestido num determinado ano, quando o celular toca fico tão aliviada com a interrupção que teria sido capaz de cair no choro.

– Perderam a minha mala!

– Quem perderam? – pergunta ela, como se fosse vir imediatamente de Chicago para dar uma surra no responsável por isso.

– Na Argentina. – Torno a me deixar cair na cama, e meu corpo afunda imediatamente no colchão macio. – Perderam minha mala e a gente perdeu o voo pra Dublin, então estamos em Londres. Vamos passar a noite aqui na casa do primo falso-rico do Andrew.

– *Que divertido*. Como assim, falso-rico?

– Ele mora na mansão do chefe e o nome dele é Oliver.

– Fala sério. – Ela dá um suspiro. – E quando é o voo de vocês para a Irlanda?

– A gente não vai de avião – respondo, encarando o teto. – Vamos pegar a balsa.

– *Que legal.*

– Que demorado – corrijo. – A balsa sai do País de Gales, ou seja, a gente precisa pegar um trem pra lá de manhã. E depois o Andrew pega outro ônibus de Dublin para casa. Estamos os dois exaustos, já. A esta altura eu vou estranhar se ele não passar o Natal dormindo.

– Ele está bem?

– Ele... está, sim.

Após um longo silêncio, enquanto ela provavelmente lê um milhão de coisas na minha hesitação, ela pergunta:

– O que houve?

– Nada.

– Ai, meu Deus.

– *Nada!*

– Essa é a sua voz de quando alguma coisa aconteceu – diz ela. – Eu sabia que estava rolando alguma coisa. Eu *sabia.*

– Não foi por isso que eu... – digo, esfregando os olhos. – Isso é totalmente diferente.

– Ah, quando você voltar a gente vai ter o almoço mais demorado da história. Vamos pedir uma salada de caranguejo no Morillo's e nos trancar na sala de reunião, e você só vai sair de lá quando tiver me contado tudo. Na verdade...

– Ele me beijou.

Gabriela para de falar na hora, como se as minhas palavras tivessem sugado todo o ar dos seus pulmões.

– Quem te beijou?

– O Andrew! – Rolo até ficar com a cara enterrada no colchão. – Duas vezes.

– *Duas vezes?*

– Acho que tecnicamente fui eu quem beijou ele. Na primeira vez teve um visco envolvido.

– Tá.

– E eu fiquei meio desconcertada. Porque era pra ser, tipo, só um beijo entre amigos debaixo do visco, porque a gente é amigo e...

– Claro.

– ... mas aí *não foi* assim. E depois, na Argentina, ele foi atrás de mim no banheiro...

– Ele *o quê?*

– Não no sentido assustador – garanto enrolando uma mecha de cabelo com tanta força no dedo que chega a doer. – Enfim, ele foi atrás de mim no banheiro e a gente se beijou outra vez.

– No banheiro?

– No corredor *em frente* ao banheiro. Porque eu disse pra ele que o primeiro beijo tinha mexido comigo, e ele disse que a gente deveria tentar outra vez, então a gente tentou.

– Molly. – Ela soa extremamente decepcionada comigo. – Ele super deu em cima de você.

– Mas de brincadeira.

– Que brincadeira o quê!

Ela resmunga alguma coisa entre os dentes, e eu a imagino andando de um lado para outro da sala. Checo rapidamente as horas e vejo que são quatro da tarde em Londres, ou seja, dez da manhã em Chicago, e sinto uma familiar pontada de culpa. Não respondi a um mísero e-mail desde que saímos de Buenos Aires.

– O que você vai fazer? – continua ela.

– Estava torcendo pra você me dizer.

– Você gosta muito dele?

– Não sei. Talvez. Mas e se for a exaustão? E se for o estresse e a exaustão? E se, em vez de eles se manifestarem na forma de um cabelo branco ou de uma espinha no nariz, estiverem me deixando louca de tesão?

– E se você simplesmente for muito burra e nunca tiver percebido o que sempre esteve bem na sua cara?

Viro de costas e fecho os olhos. Em algum lugar da casa, um jazz suave começa a tocar, porque é claro que sim.

Será que eu sou burra? Às vezes eu sou, claro, mas dessa vez acho que não estou sendo. Houve ocasiões em que estávamos os dois solteiros, e mesmo assim...

Franzo a testa enquanto relembro as namoradas anteriores dele. Uma penca de mulheres perfeitamente legais (com algumas exceções), cujos perfis no Instagram eu com certeza investiguei por no mínimo alguns minutos quando os dois estavam juntos. E quando eles estavam juntos, estavam juntos *mesmo*. Havia fotos deles de férias e em festas com amigos. Em brechós, cafés, parques. Elas nunca pareciam ser o tipo de pessoa que precisa cancelar programas porque tem que ir trabalhar num domingo.

Elas o teriam colocado em primeiro lugar.

Acho que eu nunca coloquei namorado nenhum em primeiro lugar. E sempre namorei pessoas que entendiam isso e faziam a mesma coisa. Eu não tinha aceitado me mudar para Seattle com Brandon. Mas ele não tinha aceitado ficar em Chicago comigo. Será que era por isso que eu nunca havia pensado em Andrew dessa forma? Que nunca havia sequer *me permitido* pensar nisso? Por saber que eu não seria capaz de lhe dar a atenção que ele merecia e por não querer fazê-lo passar por isso?

Porque eu sabia que nunca conseguiria colocá-lo em primeiro lugar. E tinha sido só quando decidira criar uma vida diferente para mim mesma que eu...

– Ei, Gab? – Sento na cama e abraço os joelhos. – Se você não tivesse feito faculdade de direito, o que teria feito?

– Mudando completamente de assunto?

– Só me responde, rapidinho.

Ela solta um ruído insatisfeito, mas obedece.

– Não sei. Provavelmente teria tido um colapso nervoso, pintado o cabelo e feito a prova outra vez.

– Não, estou perguntando se você não fosse advogada. Se por algum motivo não pudesse ter essa carreira, o que você faria?

– Ah, essa é fácil – responde ela num tom de quem descarta a pergunta. – Provavelmente seria violinista.

– Violin... você toca violino?

– Toco.

– Desde *quando?*

– Desde os 5 anos. – Ela ri. – Eu queria tocar numa orquestra. Ainda faço aula uma vez por semana. Ajuda a me acalmar.

– Como é que você tem tempo?

– Pergunta a pessoa que uma vez gastou três horas de ida e volta numa noite de segunda-feira porque tinha lido sobre um food truck que queria conhecer. Igual a você, Moll. Eu arrumo tempo. Você sempre arruma tempo quando quer. É por isso que está dando a volta ao mundo agora, não é? – Ela faz uma pausa, e sua voz adquire um tom tão casual que quase chega a ser engraçado. – Por quê? – pergunta ela. – E você, o que teria feito?

– Não sei.

– Mas anda pensando nisso ultimamente? – insiste ela de leve.

– Talvez.

Ouço uma pancada do outro lado, como se ela tivesse batido na mesa num gesto triunfal.

– Acertei na mosca! Tem alguma coisa errada. Tem alguma coisa errada, e eu percebi porque estou sintonizada com você.

– Gab...

– Por causa do nosso vínculo fortíssimo.

– Você vai me deixar falar ou não?

– Fala. Estou escutando. Me conta tudo. O que você andou pensando?

Engulo um sorriso ao mesmo tempo que o impulso de mentir ameaça assumir o comando.

– Eu *acho* – começo – que decidi virar advogada quando tinha 16 anos porque parecia ser uma carreira de respeito, e porque era uma coisa aceitável. E agora estou achando que passei um terço da minha vida dedicada a uma carreira da qual nem gosto tanto assim.

– Não gosta nem um pouco?

– Eu gosto de *você* – digo, caindo de novo no colchão. – Gosto da competitividade. Gosto da adrenalina quando a gente fecha um contrato, e gosto de ter dinheiro pra comprar coisas bacanas, e gosto de orgulhar minha família por ter um bom emprego e uma boa vida. Mas quando penso em daqui a cinco, dez, quinze anos, e me vejo no mesmo escritório às duas da manhã numa terça-feira, fico com vontade de chorar.

– Meu Deus, Molly. A questão é essa, então? Você quer pedir demissão?

– Tenho pensado nisso. Mas não sei se estou pronta ainda.

Gabriela se cala e eu me preparo para a sua contra-argumentação, por isso fico tão surpresa com suas palavras seguintes.

– Então eu vou te ajudar.

– Vai?

– Vou – diz ela com determinação. – Mulheres ajudam mulheres. Vou te ajudar a sair. Te levar num coach de vida. A gente faz umas listas. Eu te ensino a tocar violino.

Eu rio.

– Pensei que você fosse tentar me convencer do contrário.

– Está de brincadeira? Eu preciso de alguns amigos que não sejam advogados, Molly. Isso é uma bênção. – Ela faz uma pausa. – Foi por isso que você não me contou?

– Por isso, e porque eu mesma ainda estou tentando entender.

– Não, você já decidiu – diz ela. – Dá pra ouvir na sua voz, mesmo que você não ouça. Mas isso é bom! É um projeto. Você sabe que eu amo projetos.

– Ah, eu sei bem – retruco. – Eu só vou checar meu e-mail quando voltar.

– Ótimo. Eles que se danem.

– Mas *você* pode me mandar mensagem se precisar de mim.

– Tá bom, graças a Deus – diz ela depressa. – O Spencer ainda não voltou. Quem é que tem mononucleose hoje em dia? Fala sério.

Sorrio, sentindo sair dos ombros um pouco do peso que vinha carregando. Já contei para duas pessoas, agora só faltam todas as outras da minha vida.

– Fica mais real quando eu falo no assunto. Um pouco menos assustador.

– E eu também sinto que estou ajudando, entende? O que faz com que eu me sinta bem, então todo mundo sai ganhando.

Estou prestes a responder quando uma mensagem de texto faz meu telefone vibrar junto à minha orelha.

– Se for alguém do escritório, é só passar pra mim – diz ela ao ouvir também. – A revolução começa agora.

– É o Andrew – digo ao verificar a mensagem.

> O Oliver disse que você pode pegar
> o que quiser na cozinha se estiver com fome.
> Falei pra ele que você tá sempre com fome.

– Eu disse que ia tirar um cochilo. Ele deve achar que estou dormindo.

– Ah, sim, a sua outra questão.

– Ele não é uma questão.

– Um enigma, então.

– Gabriela...

– Ué, a gente já está no embalo mesmo, é só continuar. Ele não está namorando ninguém, está?

– Não – respondo, relutante. – Estava, mas eles terminaram no verão.

– E você não fica com ninguém desde o Brandon.

– É.

– Então o que eu acho é: por que não tentar?

– Porque o que vai acontecer se ele me beijar de novo e eu detestar? – pergunto. – Aí pronto. De uma hora pra outra, uma amizade ótima já era.

– E se, em vez disso, depois do beijo vier um sexo fenomenal e essa acabar sendo a melhor decisão que você já tomou? Acho que você precisa conversar seriamente com ele sobre isso. Vai ver ele também está surtando.

– Ele não parece estar surtando – resmungo enquanto puxo um fio solto da colcha. – Está agindo como se a situação fosse engraçada. Como se fosse uma piada.

– Molly, eu não conheço o Andrew, mas garanto que ninguém acharia que te beijar é uma piada. – O tom dela endurece. – Na verdade, se ele disser *uma coisa* que seja que faça você se sentir...

– Tá bom – interrompo. – Obrigada, querida.

– Você é um partidaço, ouviu bem?

– Ouvi – respondo, seca, mas sorrio. – Só que neste momento eu acho que preciso mesmo tirar aquela soneca. Essas mudanças de fuso não têm graça nenhuma.

– Tá, mas se você tiver mais qualquer problema com *qualquer* coisa...

– Vou falar com você. Abrir o jogo.

– É isso aí, garota.

Nós nos despedimos e desligamos. Finalmente tiro um cochilo, mas ele só faz com que eu me sinta pior, e quarenta minutos depois acordo com a boca seca, a barriga roncando e um início de dor de cabeça. Com esses novos incômodos somados ao incômodo do voo, decido dar uma conferida no chuveiro pela primeira vez. Há uma toalha dobrada em cima da escrivaninha, então a pego junto com os produtos de banho deixados ao lado da pia e torço para ter água quente. Tem.

E é um verdadeiro *êxtase*.

A pressão da água é como imagino que devam ser aquelas cachoeiras de comercial de xampu, e fico debaixo dela infinitamente. Chego a fazer uma hidratação profunda no cabelo, mas não tenho outra escolha senão deixá-lo secar ao natural, já que não consigo encontrar um secador no quarto. O que encontro é um vaporizador de roupas, que ponho imediatamente em uso para desamassar tudo que comprei em Paris, atividade que me diverte além da conta.

Estou desamarrotando a fronha, só por diversão, quando alguém bate na porta, e ao abrir me deparo com Andrew, vestido como se estivesse pronto para sair.

– O que você tá fazendo? – pergunto, meneando a cabeça para o seu casaco.

– E *você*, tá fazendo o quê? – rebate ele, encarando o vaporizador como se fosse uma arma espacial de um filme de quinta categoria de ficção científica.

– Encontrei debaixo da cama. Só porque a gente está viajando não quer dizer que eu precise ficar toda amarrotada. Se você pedir com jeitinho, eu vaporizo as suas coisas também.

Ele se apoia no batente.

– Estou tentando desesperadamente pensar num jeito de transformar isso numa cantada.

– E não está conseguindo pensar em nada?

– Meu dia foi longo. E, para responder à sua pergunta, eu vou sair e você também. O Oliver sugeriu que a gente dê uma volta pra sentir o clima da cidade.

– Agora?

Meu tom de voz o leva a fazer uma pausa de incredulidade.

– Você não quer ver Londres no Natal?

– Sair de casa pra ver uma cidade superlotada numa das épocas mais movimentadas do ano, você diz? Não. Vai estar cheio de turistas.

– Nós *somos* turistas. – Ele sorri enquanto desligo o vaporizador da tomada. – Só uma horinha, vai.

– A gente precisa acordar cedo.

– E vai. Me diz quando foi a última vez que você acordou depois das oito da manhã.

Abro a boca, mas o cara tem razão.

– Olha – continua ele ao ver minha hesitação. – Você pode ficar aqui so-zinha... vaporizando, mas eu vou tomar um chocolate quente. – Ele une os dedos. – Com um pouco de canela. E três marshmallows. A gente merece se divertir um pouco.

Dou um suspiro e volto rapidamente os olhos para a cama. Quem me dera estar com sono, mas não estou. Estou acordadíssima e começando a ficar ansiosa. E ele sabe disso.

– Uma horinha? – indago.

– No máximo.

– Tá bom.

Começo a tirar o roupão e o sorriso dele desaparece. É nesse instante que lembro que estou só de sutiã por baixo. Todo o resto estava sendo va-porizado.

– Então tá – disparo, tornando a fechar o roupão. – Foi mal por te provo-car com a minha ousada exibição de pele.

Andrew se recupera com igual rapidez e torna a estampar o sorriso no rosto.

– Quer dizer que você agora é provocante, é?

– E graças a esse comentário, não vou mais vaporizar suas roupas. Espero que esteja satisfeito.

Aponto para a porta, e ele se endireita e joga as mãos para o alto.

– Te vejo lá embaixo – diz, ao mesmo tempo que bate a porta atrás de si. – De preferência vestida.

Capítulo 13

Continuo usando meu jeans novo, mas visto uma camiseta limpa por baixo do suéter de Natal. Não me dou ao trabalho de fazer nada com o cabelo, que deixo molhado em volta dos ombros, correndo o risco de pegar um resfriado. Estou com o cachecol de Andrew desde que ele me emprestou, em Chicago, e após hesitar por alguns instantes enrolo-o no pescoço e o enfio por dentro do casaco.

Quando desço, Oliver e Andrew estão à minha espera junto à porta da frente. Oliver está vestido como se estivesse indo a um restaurante chique, e Andrew está vestido como Andrew. Trocou o pesado casacão de Chicago por um casaco de Oliver, e está com a bolsa da câmera pendurada num dos ombros. Tento não olhá-lo fixamente ao descer, mas não deixo de reparar no jeito como ele olha para o próprio cachecol quando apareço. Imagino que ele vá me pedir de volta, mas uma centelha de satisfação atravessa o seu semblante, como se ele estivesse feliz por me ver usando uma coisa sua.

– Linda! – declara Oliver quando chego ao último degrau. – Você desce uma escada como se tivesse nascido pra isso.

– Ahn?

Andrew só balança a cabeça, ao mesmo tempo que Oliver pega do chão uma mochila na qual eu ainda não tinha reparado.

– A gente vai aonde exatamente? – pergunto enquanto ele a põe nas costas.

– Pensei que a gente poderia ir ver as luzes – responde ele, vago. – Aí preciso fazer uma parada rápida pra deixar um negócio, e depois... um pub?

A ideia de um pub inglês aconchegante no qual eu possa me sentar perto de uma lareira não é a pior do mundo, mas olho para Andrew, pronta para dizer não. Ele já estava esperando por isso, e só pisca para mim antes de me lançar um olhar que diz: *eu te disse que estava tudo bem*. E disse mesmo, mas ainda assim não há razão para dificultar as coisas para ele. Com tudo que aconteceu nos últimos dias, ele deve estar torcendo para eu ter esquecido por completo a bomba que ele soltou com aquele papo de "agora eu estou sóbrio", mas esse é um assunto sobre o qual vamos ter que conversar em algum momento.

Só que esse momento não é agora, então tento afastar o pensamento enquanto Oliver nos conduz porta afora. Assim que pisamos na Portobello Road, entendo o que ele quis dizer com "as luzes". Quando chegamos de táxi eu não tinha reparado na decoração, principalmente por estar de dia e as luzes estarem todas apagadas. Mas agora as ruas estreitas e sinuosas estão todas acesas. Fileiras de luzinhas se entrecruzam acima de nós, e as casas vão ficando muito mais alegres à medida que nos afastamos das extremamente ricas em direção às moderadamente ricas. Luzes douradas e cálidas dão lugar a extravagâncias multicoloridas, e não consigo evitar um sorriso enquanto avançamos devagar pelo meio da multidão.

Oliver não parece estar com pressa, e se mostra bastante paciente enquanto Andrew tira fotos das casas e das vitrines das lojas, dos restaurantes lotados e dos pubs. Ele até pede que Andrew tire fotos dele, posando de rei pela cidade, até Andrew ameaçar só lhe mandar as fotos ruins.

Oliver é hilário. Por pouco não é irritante, inclusive. Mas parece genuinamente feliz por receber a visita de Andrew, e por extensão a minha, e faz perguntas sobre minha vida em Chicago e minha infância em Dublin, além de me comprar um vinho quente perfumado de especiarias numa das barraquinhas espalhadas pelas ruas. Esse é o primeiro instante de diversão natalina ao qual eu poderia cogitar me acostumar, e o fato de Andrew não parar de sorrir toda vez que Oliver me arranca uma risada torna tudo melhor ainda.

Depois de algum tempo, deixamos para trás as ruas todas iluminadas e entramos numa área mais silenciosa, mais residencial. Não é tão chique quanto o ponto em que Oliver está hospedado, e dá para notar que a maioria das casas foi dividida em vários apartamentos, mas é um bairro agradável e tranquilo. Pelas cortinas abertas de muitas salas, entrevejo jovens famílias e grupos de amigos sentados ao redor de mesas de jantar. Imagino que Oliver esteja nos levando a algum pequeno pub de bairro, então fico surpresa ao vê-lo parar na frente de uma minúscula casa de tijolos vermelhos mais ou menos na metade da rua.

Ela encerra uma pequena sequência de casas, e uma viela estreita a separa da construção vizinha. Ao contrário de todas pelas quais passamos, está inteiramente apagada, sem nenhum carro estacionado na frente.

– Chegamos – anuncia ele, virando-se para nós com um sorriso.

– Chegamos? – pergunta Andrew, e fico aliviada por não ser a única a não entender. – Você está cuidando desta casa aqui também?

– Ah, não – responde Oliver alegremente. – Essa eu vou arrombar.

– Você vai… Como é que é? – Andrew sibila as últimas palavras ao mesmo tempo que Oliver adentra a viela e desaparece em meio às sombras. – Oliver!

– É claro que ele está de brincadeira – digo, mas Andrew não parece acreditar.

– Fica aqui – resmunga ele enquanto corre atrás do primo.

Mas nem pensar que eu vou ficar parada aqui.

Ignoro seu olhar contrariado e sigo ambos escuridão adentro. Meus olhos se adaptam a tempo de ver Oliver jogando a mochila por cima de um muro de tijolos alto que esconde o que deve ser um quintal dos fundos.

– Desembucha – exige Andrew, segurando-o pelo ombro antes que ele possa ir mais longe. – Agora.

Oliver dá um suspiro entediado e se desvencilha dele.

– Você era divertido, sabia?

– Eu vou contar pra tia Rachel – avisa Andrew, mas Oliver só revira os olhos e então, rapidamente, dá um passo para trás e salta, segurando o alto do muro e se suspendendo com agilidade até o topo antes de sumir do outro lado.

– Vocês vêm? – pergunta ele, um pouco alto demais.

Andrew está horrorizado, mas eu sinto a empolgação percorrer todo o meu corpo. Apesar de ter acabado de conhecer o cara, ele é primo de Andrew, e duvido muito que o que quer que esteja fazendo seja tão ilegal ou perigoso assim.

Quer dizer, talvez seja *ligeiramente* ilegal.

E talvez seja o vinho com especiarias, ou talvez seja porque estou tendo uma noite surpreendentemente divertida, mas, seja como for, estou me sentindo um pouco destemida.

– Duvido que você consiga – digo, e Andrew solta um som irônico.

Mas no fundo ele sabe que não tem escolha, então, com um último olhar zangado para mim, imita o movimento do primo e pula. Ele consegue subir o muro impressionantemente bem, enquanto a minha tentativa é menos graciosa. Nunca fiz nada desse tipo antes, e de repente, quando estou sentada bem em cima do muro, tenho quase certeza de que vou simplesmente despencar do outro lado. Só que Andrew fica parado lá embaixo e me ajuda a descer enquanto meus braços tremem feito gelatina.

– Boa – incentiva Oliver enquanto limpo as mãos doloridas e levemente raladas e olho em volta.

Estamos num quintal pequeno, agradavelmente tomado por uma vegetação que não é aparada há algum tempo, com o trecho de grama iluminado fracamente pelas luzes das casas em volta. Pela porta envidraçada do terraço, porém, a vista dos fundos é igual à vista da frente da casa: vazia e escura.

– A gente vai mesmo invadir? – pergunto.

Andrew bufa.

– A gente não vai invadir.

– Meio que vai, sim – diz Oliver, avançando até o terraço de pedra que circunda a parte de trás da casa. – Só que a gente vai deixar coisas, não levar. E vai ficar tudo bem. Aqui é um bairro chique. Eles devem achar que a gente é da limpeza.

Sigo Oliver até a estufa, abrindo caminho por entre os canteiros murchos enquanto Andrew fica parado junto ao muro, tenso.

– Você vai quebrar a janela? – pergunto, preocupada.

– É claro que não – diz Oliver, correndo os olhos pelos inúmeros vasos de planta espalhados à nossa volta. – A gente vai achar a chave. – Ele se ajoelha abruptamente ao lado de um pequeno vaso de terracota e o levanta. – Deve estar debaixo do... Não. – Ele estende a mão para o azul logo ao lado. – Este aqui tem cara de... Não.

O humor de Andrew vai piorando cada vez mais à medida que Oliver usa a lanterna do celular para examinar os arbustos.

Acho um pouco óbvio demais a pessoa ter deixado a chave assim, mas deixo-o fazer o que acha melhor enquanto dou uma olhada mais atenta no espaço em volta. Apesar do aspecto abandonado, o quintal recebe algum cuidado. Além de um banco surrado pelo tempo, há uma churrasqueira coberta e uma mesinha com cadeiras. Borboletas de vidro colorido pendem das paredes, e o trecho de grama parece ter sido aparado recentemente. Na verdade, o jardim inteiro está em grande parte varrido, sem detritos nem folhas... com exceção de algumas dispostas deliberadamente ao redor da calha.

– Molly – diz Andrew num tom de alerta quando me afasto, mas eu pareço um cachorro que farejou alguma coisa.

Fiz inúmeros workshops de espírito de equipe durante meus vários estágios. *Escape rooms* não são nenhuma novidade para mim.

– Não bota pilha – continua ele.

– Por que você tá tão mal-humorado? – pergunto enquanto me agacho ao lado do ralo.

– Não estou mal-humorado.

Sequer me dou ao trabalho de rebater enquanto imito Oliver com a lanterna e começo a examinar as folhas. Estão enlameadas e sujas, mas logo encontro uma caixinha de metal de balas de menta escondida debaixo delas. Bingo.

Oliver surge ao meu lado na mesma hora.

– Arrasou. Você ganhou um prêmio.

– Ganhei?

– Não bota pilha *nela* também – diz Andrew, juntando-se a nós.

Oliver limpa a chave na manga de Andrew antes que ele consiga impedi-lo, e vai depressa destrancar a porta. Um giro da maçaneta e a porta se abre, e durante dois segundos nós três ficamos simplesmente encarando o interior da casa, até que um alarme começa a tocar bem alto.

Oliver entra a passos largos e eu vou atrás, envolvida demais na brincadeira para conseguir parar.

Talvez eu devesse virar criminosa. De repente uma ladra de joias misteriosa.

Entro numa cozinha diminuta interligada a uma sala em conceito aberto. Oliver atravessa a sala como se já tivesse estado nela um milhão de vezes, e vou atrás, com Andrew me seguindo tão de perto que tromba em mim a cada passo, como se estivesse pronto para me agarrar e fugir.

– A gente tem vinte segundos pra resolver isso – diz Oliver, detendo-se no pequeno hall de entrada ao lado da porta principal. Ele abre a tampa do alarme que está tocando e estala os dedos. – Escolhe um número entre um e nove.

Atrás de mim, Andrew emite um som estrangulado.

– Você tá falando sério?

– É claro que não. – Seus dedos voam por cima das teclas, fazendo o alarme parar na mesma hora. – Você está muito fácil de irritar hoje, sabia?

– Fácil está você. Fácil de *assassinar* – dispara Andrew, e eu o seguro por um dos pulsos e dou um aperto rápido.

Não sei por que ele está assim.

– Esta é a sua casa de verdade? – pergunto, desconfiada.

Oliver ri e passa outra vez por nós para entrar na sala. Assim como o quintal, ela está um pouco bagunçada, como todas as casas deveriam ser, mas mesmo assim parece vazia. Ainda mais com a pequena árvore no canto, sem enfeites, como se o dono tivesse pegado a árvore e não tivesse tido tempo de fazer mais nada.

– Quem mora aqui? – pergunto, olhando para uma foto perto de mim, de uma mulher alta, de cabelos pretos encaracolados, sorrindo na frente da Torre Eiffel.

– A Lara – responde Oliver num tom casual.

– E quem é a Lara? – pergunta Andrew quando ele não explica mais nada.

Oliver olha para ele, em seguida para mim, até por fim tornar a olhar para Andrew com um sorriso agradável.

– A minha Molly. – Ele larga a mochila no chão enquanto Andrew franze a testa, sem entender nada. Como um palhaço sacando vários lenços do bolso, Oliver começa a desenrolar rolos e mais rolos de guirlandas feitas em casa. – Você é alto – emenda. – Fica encarregado de pendurar.

– Oliver...

– A gente fez faculdade junto – interrompe ele. – Na semana dos calouros, eu fiquei bêbado e tentei pular do prédio de Ciências para dentro do lago. Ela me chamou de idiota e me deu uma joelhada nas partes baixas, para me impedir. A gente é amigo desde então. – Ele ergue os olhos, com uma expressão tão séria que chega a ser incômoda. – A Lara adora o Natal, e em geral a casa dela é a mais bem-decorada da rua, mas este ano a mãe dela está doente, então ela foi pra Berlim ficar com ela, e já faz três semanas que está lá. As duas vão chegar amanhã, e eu não posso deixá-la voltar pra uma casa vazia e fria. Simplesmente me recuso. Então aqui estamos nós, decorando a casa como se estivéssemos em uma competição num programa de TV. – Ele hesita. – Quer dizer, se vocês me ajudarem.

Ai, meu Deus. Olho para Andrew com uma expressão de súplica que o faz revirar os olhos.

– Você nem gosta de decoração.

– Agora eu gosto.

Ele se vira para Oliver, me ignorando.

– Você poderia simplesmente ter dito isso pra gente.

É a vez de Oliver parecer não entender.

– Mas não teria sido tão divertido.

– Oliver, eu juro por...

– Um meio-termo, então – interrompe ele, consultando rapidamente o relógio de pulso. – Já que nosso tempo está curto. Meia hora, no máximo. Vamos ver o que a gente consegue fazer.

Tiro da mochila um saco de confetes no formato de flocos de neve.

– Tipo um jogo?

Andrew joga a cabeça para trás com um grunhido, mas Oliver assente, feliz com o meu interesse.

– Exatamente. Vou até pôr um timer.

– Meu Deus. – Andrew suspira, olha para mim e vê que eu já estou entregue. Não entendi muito bem qual é o problema. Isso parece exatamente o tipo de coisa que ele adoraria fazer, mas a sua testa fica ainda mais franzida enquanto ele aperta a bolsa da câmera junto ao peito e olha para o primo. – Por onde a gente começa?

Após um debate rápido, concordamos em dividir os esforços, e eu fico encarregada da cozinha. Oliver me entrega caixinhas de comida de festa que comprou no supermercado do bairro, junto com bolos e cookies decorados. Guardo tudo em seus respectivos lugares, mas não consigo resistir a arrumar alguns pratos e deixá-los prontos para o dia seguinte. Sidra de maçã espumante e vinho completam a parte de bebes da decoração, e quando volto à sala o lugar está transformado.

As alegres guirlandas pendem diante da lareira, junto com dezenas de luzinhas que emitem um brilho suave e cálido. Luzinhas coloridas estão enroladas na árvore que Andrew está decorando, entretido e com uma expressão de intensa concentração, enquanto tenta espaçar um enfeite do outro. Oliver está cuidando das meias, recheando com mais guloseimas as duas que prendeu com fita adesiva na moldura da lareira.

Não sou exatamente experiente nesse tipo de coisa, mas imagino que não seja a coisa mais difícil do mundo, então dou o melhor de mim com o restante dos enfeites: bonequinhos de Papai Noel e flocos de neve cintilantes. Quando terminamos, a casa não poderia estar mais diferente daquela em que Oliver está hospedado. Os enfeites são de vários tipos, cores e estilos, o que confere à sala um aspecto caótico, mas diante do qual é impossível não sorrir. Isso parece uma alucinação festiva. Era para eu estar achando isso tudo um pesadelo, mas é meio que... divertido. Não que eu vá dizer isso ao Andrew.

– A propósito, vou ficar com todo o crédito – diz Oliver enquanto guarda na mochila as embalagens que sobraram. – Nenhum de vocês esteve aqui. Foi tudo trabalho meu.

– Que surpresa. – Perto da janela, Andrew se empertiga. – Está feliz agora?

– Radiante. Só uma última coisa.

Com toda a delicadeza, quase numa reverência, ele coloca um embrulhinho debaixo da árvore, ajeitando meticulosamente a etiqueta. Está escrito *Para Lara*, e saber o que ele comprou para ela se torna na mesma hora a coisa mais importante de toda minha vida. Às custas de um grande esforço, consigo manter a boca fechada.

– Muito obrigado pela ajuda de vocês – diz ele após alguns instantes. – Mesmo tendo sido enganados no início.

Cutuco Andrew com o cotovelo e ele suspira.

– Foi um prazer ajudar – responde ele, só um pouco relutante. – Mas da próxima vez eu preferiria que você... – Ele se interrompe quando luzes azuis piscantes de repente banham a sala. – Oliver...

– Certo, então! – Oliver bate uma palma e nos leva em direção à porta dos fundos. – Acabamos.

– Você disse que...

– Hora de ir! – exclama ele alegremente, virando-se para trás para armar o alarme novamente.

Andrew e eu traçamos uma reta até o quintal, onde ele me ajuda a escalar o muro. Vinte segundos depois, Oliver se junta a nós e desce a viela a passos rápidos, obrigando-nos a segui-lo. Olho para trás algumas vezes, aparentemente para parecer o mais suspeita possível, mas ninguém vem atrás de nós e nenhuma sirene começa a tocar. Estamos seguros, mesmo que Andrew tenha voltado a ficar nervoso.

Ninguém diz nada até chegarmos à rua seguinte, e nesse ponto Oliver se detém de repente, esfregando as mãos uma na outra.

– Certo, então! – diz ele. – Muito agradecido. Pub?

Andrew faz que não com a cabeça.

– A gente vai pra casa.

– O quê? – Oliver soa consternado. – Por quê?

– Porque eu não estou confiando em você hoje.

– Que história é essa? Correu tudo bem!

– A gente vai voltar pra casa – diz Andrew com firmeza. – Temos que acordar cedo.

Oliver se vira para mim em busca de apoio, mas tudo que posso oferecer é um sorriso solidário.

– Tudo bem – diz ele com um suspiro. – Acho que vou atrás de gente que pense como eu.

– Faz isso então – retruca Andrew, me conduzindo com firmeza na mesma direção de que viemos.

Oliver ainda passa alguns instantes assobiando para nos chamar, até que desiste, e quando olho por cima do ombro o vejo caminhando na outra direção.

– Até que foi divertido – digo.

Andrew apenas grunhe.

– Sua família toda é assim? – pergunto.

– Só ele.

– Na minha todo mundo é um tédio. A única pessoa rebelde é uma tia que vende pulseiras artesanais pela internet.

Ele não comenta nada a respeito, e não pela primeira vez nessa noite me pego incomodada com sua mudança repentina de atitude.

– Dá pra parar com isso? – pergunto. – Nunca te vi tão ranzinza.

– Eu estou bem.

– Tá parecendo eu – comento. – O que foi?

Ele balança a cabeça, ainda com o maxilar contraído, e olha de volta para a direção de onde viemos.

– Oliver poderia ter metido a gente numa baita encrenca. Ele tinha que ter dito o que ia fazer lá.

– Ele estava só zoando com a sua cara.

– Se a polícia tivesse batido na porta...

– Eles teriam ligado pra Lara. Teria ficado tudo bem.

Mas talvez não tivesse. É só nessa hora que percebo a que ele está se referindo. Até que entrassem em contato com a Lara, muito provavelmente nós teríamos ficado detidos numa delegacia qualquer, e com certeza perdido a hora para seguir viagem. E embora isso sequer tivesse me ocorrido, obviamente foi a primeira coisa em que Andrew pensou. É claro que ele devia estar preocupado com a possibilidade de ter que superar mais um obstáculo para conseguir estar com a família.

A culpa começa a tomar conta de mim enquanto ele abre o mapa no celular em busca do caminho mais rápido de volta à casa de Oliver. Minha mente vacila apenas por um instante antes de eu me decidir.

– Por que a gente não fica na rua?

Ele sequer se digna a olhar para mim.

– Era você quem queria ficar em casa.

– É, mas agora estou acordada. E a noite é uma criança. Vamos explorar a cidade.

– A noite é uma criança? – Ele ergue os olhos, e vejo que está desconfiado da minha mudança de ideia. – Achei que você não gostasse de Londres no Natal.

– Mais um motivo pra você provar que estou errada.

– Molly...

– Só uma horinha, vai. Antes de eu ficar cansada e mal-humorada. Igual a você.

– Muito engraçado – diz ele, mas avança quando o puxo pela manga e o conduzo em direção à estação de metrô.

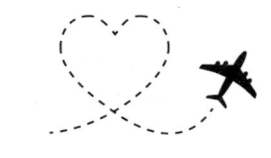

Capítulo 14

Andrew vai relaxando à medida que nos aproximamos do centro de Londres. Quando saímos do metrô na estação lotada de Westminster, ele já voltou a ser o Andrew de sempre, sorrindo de orelha a orelha para a multidão de turistas à nossa volta. Eu não tinha planejado mais nada além de "ir até o centro e achar alguma coisa com açúcar por cima", e após alguns segundos de desorientação resolvemos seguir as pessoas que estão atravessando a ponte ao lado do Big Ben, onde logo avistamos uma feirinha natalina na margem sul do rio.

É uma feirinha bem excêntrica, mesmo para os padrões de Andrew, com barraquinhas pitorescas cheias de doces e bugigangas de plástico que não me enganam nem por um segundo na tentativa de parecer autênticos. Mas acho que esse está longe de ser o pior lugar para estarmos numa noite de céu claro de dezembro. A feira está movimentada, mas não a ponto de não conseguirmos andar, e depois das barracas há bancos para sentar e alguns brinquedos. Um carrossel das antigas está repleto de crianças aos berros e seus pais e mães pacientes, dando voltas e mais voltas, e os alto-falantes tocam hits natalinos sem parar.

Compro churros para dividirmos e, para Andrew, o chocolate quente que ele tanto queria. Enquanto passeamos pela margem do Tâmisa, me sinto estranhamente satisfeita e totalmente à vontade, e sequer me dou conta quando as palavras seguintes me escapolem da boca.

– Esta seria uma noite perfeita para um date. – Paraliso assim que as pronuncio, apenas para reforçá-las quando Andrew se vira para mim com um sorriso de ironia. – Seria, sim!

– E não é isso que a gente está fazendo?

– *Não* – respondo num tom infantil, mas então ouço a conversa com Gabriela ecoar na minha mente. – Talvez.

Andrew fica me encarando por um instante, mas desvia o olhar logo em seguida.

– Isso não é um date – diz ele. – Eu não te levaria num lugar natalino.

– Aonde você me levaria?

– Nunca pensei no assunto.

– Pensou o suficiente pra saber que não me traria aqui – assinalo, e sei que consegui pegá-lo no pulo quando ele fica em silêncio. – Me conta – peço, e sacudo os churros na sua frente como se fossem um suborno.

Ele pega um e o examina por um segundo antes de devorar metade numa mordida só. Homens.

– Tá bom – diz ele enquanto continuamos o passeio. – Acho que pensei mais em coisas de que você não gosta do que em coisas de que realmente gosta.

– E de que coisas eu não gosto?

– De piquenique.

– Eu gosto de piquenique! – protesto. – Só não gosto de insetos. Que, por acaso, geralmente estão presentes em piqueniques.

– Você também não gosta de ficar sentada debaixo do sol.

– Eu fico toda queimada.

– Nem de pratos descartáveis.

– São frágeis.

– Você não gosta de piqueniques – conclui ele. – Você gosta mesmo é de ir ao cinema, então eu poderia te levar pra ver algum filme antigo chique e pagar um absurdo pelos ingressos, mas eu nunca gostei desse tipo de coisa num primeiro encontro. Por que desperdiçar uma noite inteira sentado sem falar nada quando eu poderia estar conversando com você?

– Então isso também exclui o teatro.

– O que vem a calhar, já que você detesta teatro tanto quanto piqueniques.

– Olha só, eu não detesto teatro. O que eu detesto são lugares onde a pessoa não pode fazer xixi quando precisa fazer xixi. E às vezes a pessoa precisa espirrar. Quer dizer, eu sinto muito se você está declamando uma porcaria de um monólogo, mas não dá pra prender um espirro. Faz mal pro cérebro.

– Faz nada.

– Faz, sim. Eu li na internet.

– Então nada de teatro – diz ele. – Museus e galerias são complicados. Cada pessoa tem seu próprio ritmo, e pode ser cansativo também. Uma livraria pode ser romântico, mas você não lê...

– Eu leio, sim! – Às vezes.

– Trilhas e caminhadas, mesma coisa do ritmo. Além disso tem o sol, e os insetos.

– Mas vários lugares pra fazer xixi.

– Verdade. Se o tempo estivesse bom, a gente poderia ir nadar, mas nesse caso também tem o...

– Entendi – interrompo, seca. – Eu sou um date impossível.

– Eu não falei isso. – Ele come a outra metade do churro, e fico tão distraída com seu canto da boca sujo de açúcar que quase não escuto as palavras seguintes. – Arremesso de machado.

– Arreme... Como é que é?

– Eu poderia te levar pra arremessar machado – diz ele.

Eu o encaro.

– Como assim arremesso de machado?

– Então, exatamente isso que...

– Que o nome diz – termino. – Tá bom, seu espertinho. Mas não parece muito romântico.

– Você já foi?

– É lógico que não.

– Você ganha uns machadinhos e uns blocos redondos de madeira, tipo um alvo de arco e flecha ou de dardos. Com centro vermelho e tudo. Aí você vai pra sua raia e simplesmente lança. – Ele simula o movimento. – Você às vezes fica com vontade de gritar? Já teve um dia ruim em que tudo deu errado, e a única coisa que você queria fazer era levantar e dar um grito?

– Acontece umas três ou quatro vezes por semana.

– Yoga não cura tudo – diz ele num tom neutro. – Então eu te levaria pra lançar machado. Depois nós estaríamos com fome, então eu te levaria pra jantar. Em algum lugar tranquilo, pra gente poder conversar. Que você escolheria, claro. E esse seria o nosso date.

Ele bebe o restinho do chocolate quente e joga o copo vazio numa lata de lixo próxima como se não tivesse acabado de descrever o que poderia ser o date mais esquisito da face da terra, e possivelmente mais legal, que já existiu.

– E você, onde me levaria? – pergunta ele.

– Pra um date? – Franzo a testa. – Não tenho a menor ideia.

– Ah, não, agora você tem que falar também.

– Sou horrível em ideias pra date.

– Então se esforça.

Dou um grunhido por dentro. Eu não estava mentindo. No meu ramo profissional, os dates seguem um padrão previsível. Um drinque depois do trabalho, em geral tarde da noite, seguido quem sabe por um jantar formal. Não faço nada que qualquer pessoa poderia considerar "divertido" desde a faculdade.

– Bom, como você *adora* piqueniques – começo, e ele ri. – Um jantar – digo, mais séria. – Mas não num restaurante. Eu te convidaria pra jantar na minha casa e cozinharia pra você.

– Não sabia que você sabe cozinhar!

– Eu sei fazer massas, pão de alho e pão de alho com queijo.

– Ah, os três grupos alimentares.

– Mas não tentaria fazer nenhuma sobremesa. Eu compraria alguma coisa, mas colocaria num prato bonito e muito provavelmente mentiria dizendo que fiz do zero, pra te impressionar.

– E eu fingiria acreditar, porque sou legal.

Fingiria mesmo. Eu sei que fingiria. E eu compraria duas sobremesas, para o caso de ele não gostar de uma delas. Só que eu sei do que Andrew gosta. Qualquer coisa com chocolate derretido no meio. Eu vestiria alguma roupa casual e confortável, porque não teria tempo para me arrumar, já que estaria cozinhando. Depois nós iríamos para o sofá e assistiríamos a uma das comédias bobas que ele curte, ou talvez ele me deixasse escolher o filme e aguentasse em silêncio até o final. E então os créditos subiriam, e estaria escuro lá fora, e aí eu o beijaria, porque seria um date e é totalmente normal beijar uma pessoa num date, e mais normal ainda sentir o coração acelerar ao fazer isso.

– Quer dizer que você vai me conquistar pelo estômago, é isso?

Pisco para apagar a imagem de nós dois, e pigarreio para garantir que ela se apague mesmo.

– Está reclamando?

– De jeito nenhum. Parece bem o meu estilo.

– Posso fazer isso depois do arremesso de machado – digo, distraída, e ele sorri.

– Fechado.

Nossos olhares se cruzam, e ali está ela outra vez: a centelha de algo que parece estar acontecendo mais e mais.

E Andrew sabe disso. Ele se detém na passarela e faz uma pausa para se apoiar no guarda-corpo. Ao longe, o Big Ben se avulta do outro lado do rio, enquanto logo atrás de nós a feirinha prossegue com todo seu espírito festivo. Mas aqui está mais tranquilo, e há principalmente casais e frequentadores sozinhos passeando como nós, fotografando as luzes enquanto comem castanhas assadas e lambem os dedos lambuzados de marshmallow derretido.

Só que eu não estou olhando para eles. Estou olhando para Andrew, e ele me olha com uma expressão tão séria que de repente tenho a sensação de estar sendo levada para a sala do diretor da escola. E eu sei que ele vai me perguntar sobre aquilo. Sobre o beijo. Sobre nós. Vai fazer a pergunta para a qual eu não tenho a resposta, e entro em um pânico tão enorme, fico tão aflita, que o distraio com a primeira coisa em que consigo pensar.

– Tira uma foto de mim.

– Quê?

– Tira uma foto de mim – repito, dessa vez com mais segurança.

Ele arqueia as sobrancelhas.

– Você detesta tirar foto.

Detesto mesmo. Não só porque em Paris eu estava um caco. Eu sempre me senti pouco à vontade diante de câmeras. Mal consigo suportar as fotografias de rosto profissionais que nos mandam tirar no trabalho, e meu feed do Instagram não tem uma selfie sequer. Nem mesmo quando eu estava usando aquele corte curto de cabelo que todo mundo elogiava, mas que era trabalhoso demais de manter. Eu não curto fotos. Mas minha distração está dando certo.

– Estou me sentindo bonita. E quero documentar esse dia ridículo.

De início ele não reage, como se estivesse esperando a pegadinha. Mas eu simplesmente fico parada.

– Tá bom – retruca ele, estendendo a mão para pegar a câmera.

– Você poderia ter dito que eu estou sempre bonita – comento.

– Poderia – concorda ele, e gesticula indicando que eu faça uma pose.

Como era de se prever, na mesma hora fico constrangida.

O que devo fazer com as mãos? Como se posa? Será que eu inclino a cabeça? Será que sorrio? Será que me jogo no rio e nado para bem longe?

Andrew olha através da lente e faz um ajuste, depois ergue os olhos ao notar que estou num dilema.

– Você é uma péssima modelo.

– Andrew!

Ele ri, e parte do meu constrangimento se transforma em irritação.

– Deixa pra lá – digo. – Pode guardar a câmera.

– Ah, nem pensar. Agora estou me divertindo demais.

Quase faço um biquinho, me contorcendo diante do olhar de Andrew enquanto ele se prepara para me fotografar.

– Põe a mão esquerda no guarda-corpo – diz ele. – Não como se estivesse agarrada no *Titanic*... Perfeito. Olha pra mim.

– Já estou olhando pra você.

– Olha pra mim do jeito que você estava olhando antes.

– Que era como? – pergunto, confusa, mas ele só balança a cabeça, focado na câmera.

– Faça o que fizer, não sorria – diz ele, e fica quase sobrenaturalmente imóvel.

– Ah, cala a boca.

A câmera dispara.

– O que foi que eu acabei de dizer? – pergunta ele, fingindo indignação enquanto meus lábios tremem. Ele torna a clicar. – Sabe que dizem que as câmeras roubam a alma da gente, não sabe?

– É isso que você tá fazendo?

– Só quero que você saiba no que está se metendo – diz ele, e enfim abaixa a câmera, fazendo uma cara satisfeita ao verificar a tela.

– Pronto? – pergunto.

Percebo que, estranhamente, estou um pouco ofegante, mas acho que esse é o efeito de quando Andrew Fitzpatrick concentra toda a atenção em você.

Ele assente e eu estendo a mão.

– Deixa eu ver.

– Não.

– Deixa eu ver!

Ele me deixa arrancar a câmera da mão dele, depois de tirar a alça por cima da cabeça e apertar um botão que mostra o último clique.

Por alguns instantes, eu não me reconheço.

Meus cabelos secaram naturalmente, formando leves ondas cacheadas, e o frio tingiu de rosa meu nariz e minhas bochechas. Estou banhada pela claridade suave da feira. Não estou olhando para a câmera. Em vez disso, estou olhando para Andrew. Olhando para ele com um sorriso que eu nunca vi antes. Toda vez que eu poso para fotos, em geral sorrio com os lábios fechados por causa dos meus dois dentes da frente, que são tortos. Alguém fez um comentário casual sobre eles quando eu tinha 14 anos, e eu jamais esqueci. Sinceramente, nunca ninguém tirou uma foto minha sem que eu tivesse previsto como eu iria sair. E como os outros me veriam.

Nessa foto eu estou com os lábios entreabertos e os olhos semicerrados, flagrada em plena risada enquanto me viro ligeiramente para o outro lado. Pareço estar me divertindo como nunca. Pareço estar num país das maravilhas invernal. Eu estou...

– Eu saí *incrível*.

– É que eu sou um fotógrafo muito bom.

Estou satisfeita demais para pensar numa resposta.

– Pode me mandar?

– Claro.

Começo a devolver a câmera, mas no último segundo mudo de ideia e a seguro junto ao peito.

– Posso tirar uma de você?

Ele demora a responder.

– Não vou mentir: eu sei que você é uma adulta capaz e profissional, mas essa câmera me custou três mil dólares, então se você...

– Obrigada – digo, ignorando seu suspiro enquanto olho pela lente. Isso pelo menos eu sei fazer. – Onde eu aperto?

– No botão vermelho grande.

Faço uma careta para ele, mas, justiça seja feita, o botão é mesmo vermelho e grande.

– Olha o sorriso – balbucio, tentando enquadrá-lo do mesmo jeito que ele me enquadrou.

Para alguém desacostumado a estar do outro lado da câmera, ele não parece constrangido. Simplesmente se apoia no guarda-corpo com o tronco virado para o rio enquanto inclina o rosto na minha direção.

Eu hesito.

– Não vai ficar tão boa quanto a sua.

– Tomara que não, já que eu sou o profissional – rebate ele na hora. Mas sua expressão se suaviza. – É só sentir – acrescenta, simplesmente. – Nem tudo tem a ver com ciência, ângulos e luz. Às vezes é só... sentir.

Sentir. Acho que isso eu consigo fazer.

– Pensa numa coisa que te faz feliz – digo, tornando a clicar.

Ele dá um sorriso maroto.

– Tipo você?

– Melhor não – digo, sem perder o rebolado. – Vamos tentar não fazer um ensaio só pra maiores.

E pronto. Seu sorriso é instantâneo, iluminando o rosto inteiro, e o carrossel ao fundo é um borrão de tantos movimentos e cores que é como se o barulho ficasse registrado junto com todo o resto. E com um pequeno clique eu imortalizei essa cena.

Nem preciso olhar para saber que arrasei, e devolvo a câmera para ele me sentindo tão feliz que quase chega a doer.

– Pronto – digo. – Agora estamos quites.

– Quites? – repete ele, ainda sorrindo.

Assinto, me virando de volta para o rio enquanto ele examina a foto.

– Agora eu também roubei sua alma.

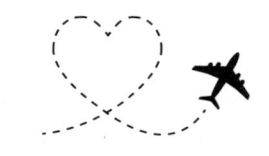

Capítulo 15

A casa está às escuras quando voltamos, mas, mesmo precisando estar de pé daqui a algumas horas, ainda não estou pronta para encerrar a noite. Penso em propor um filme, quem sabe assaltar a geladeira para conseguir alguns petiscos e simular o Natal que teríamos em Chicago. Mas meu plano grandioso vai por água abaixo assim que entramos e vemos um rastro de roupas espalhadas pelo corredor que leva a cozinha.

– Xiii... – digo, ao mesmo tempo que Andrew suspira.

Ele tateia a parede em busca de um interruptor, e quando o encontra vejo que, além das roupas, há notas fiscais e cartões de banco espalhados, como se alguém (Oliver) tivesse esvaziado os bolsos enquanto tirava a roupa, deixando atrás de si um rastro bizarro de migalhas de pão.

Andrew torna a apagar a luz.

– Acho que é melhor a gente ir pra cama e pronto.

– E se ele tiver se machucado? – pergunto, já me encaminhando para a cozinha.

– E se ele estiver com alguém e você interromper?

– Só tem as roupas *dele* – assinalo, embora me prepare para fechar os olhos depressa caso Oliver apareça nu zanzando pela casa com outra pessoa.

Felizmente isso não acontece, e encontro nosso gracioso anfitrião sentado no chão da cozinha ao lado da geladeira, usando uma fantasia completa de Papai Noel, com barba branca e tudo.

– Prima! – exclama ele ao me ver.

– Eu sou a amiga do primo – corrijo.

– Mas de alguma forma parece já fazer parte da família, tamanha a nossa conexão.

Ele está de porre. Bêbado. *Transtornado*. Como quer que se queira chamar, de manhã o cara vai sentir.

– Você deveria ter vestido isso lá na casa da Lara – brinco, e bem nessa hora Andrew entra na cozinha atrás de mim.

– Você me perdoe, em geral eu sou bem mais civilizado do que isso, mas encontrei meu amigo Zac em Chelsea e ele insistiu.

– Ah, insistiu? – pergunta Andrew num tom seco.

– Bom, eu não quis ser grosseiro – diz Oliver, parecendo magoado com o fato de Andrew duvidar dele.

– Preciso te levar pro hospital?

– Preferiria mil vezes que você pedisse um franguinho *tikka masala*.

– Que tal um copo d'água e umas torradas?

Oliver dá um suspiro alto, mas não protesta, e, enquanto Andrew se situa na cozinha, tiro do bolso a caixa de biscoitos de gengibre que comprei quando estávamos indo embora da feirinha e entrego para o primo.

Ele sorri para mim enquanto vira a caixa nas mãos.

– Você me trouxe um presente?

– Como agradecimento por deixar a gente ficar aqui.

– Uma gentileza quase questionável da sua parte, Molly, mas que vou aceitar dentro do espírito que tenho certeza que inspirou esse gesto.

– ... Ótimo.

Seus olhos se fixam no meu rosto, surpreendentemente focados.

– Se divertiram? – pergunta ele com súbita urgência.

– Sim, a gente se divertiu muito.

– Então volta pra me visitar. Com ou sem o Andrew, por quem não tenho grande apreço.

Eu rio, e ele começa a abrir a caixa.

– Tenho quase certeza de que tem uma pizza pronta no freezer, sabia? – diz ele para Andrew. – Mas eu não me atreveria a pôr no forno. Não neste estado. – Ele baixa a voz até um sussurro fingido. – Um perigo, menino.

Sorrio com sarcasmo e olho por cima do ombro, mas Andrew não está nos escutando, entretido em tirar um pão de forma do saco com uma expressão de profunda concentração. É só então que reparo na bagunça que está a cozinha, e nas várias garrafas de vinho e destilados em cima da bancada. Oliver deve ter tentado saquear a casa antes de ser derrotado pelo cansaço.

– Ei – digo baixinho, me virando para encarar Andrew.

Demora alguns instantes para ele se voltar para mim.

– Hum?

– Você pode arrumar as coisas dele pra ele ir dormir? Eu cuido das torradas.

– Pizza – protesta Oliver, mas eu balanço a cabeça.

– Torradas vão ter o mesmo efeito, e você não vai acordar de manhã com metade delas grudada na cara.

– Quer apostar?

Eu o ignoro e observo Andrew enquanto ele coloca cuidadosamente uma fatia de pão em cima da bancada, alternando o olhar entre o pão e a bebida ao alcance da mão.

– Claro – diz Andrew após alguns segundos, e desaparece sem dizer mais nada.

– Adoro uma mulher que assume o controle – diz Oliver, enquanto eu preparo a torrada e em seguida o forço a tomar um copão d'água.

Quando ele termina, Andrew já voltou, e juntos colocamos Oliver de pé.

O quarto dele, claro, fica lá em cima no sótão, e me decepciono ao ver que é um quarto incrivelmente comum em comparação com o resto da casa, com paredes caiadas e uma colcha azul-marinho lisa em cima da cama. O cômodo também está uma bagunça. Seus pertences estão jogados por toda parte, mas sorrio ao ver as sobras das decorações de Natal de Lara no chão, papéis coloridos e bolas de algodão espalhadas, como se ele tivesse passado o dia fazendo projetos manuais só para ela.

– Só mais duas noites de sono até o Natal – diz Oliver satisfeito enquanto Andrew o ajuda a se deitar no colchão. – Amanhã de manhã eu acordo pra me despedir de vocês.

– Estou disposto a apostar tudo que tem na minha mala que você não vai acordar – diz Andrew. – E olha que lá dentro tem um Toblerone gigante.

Oliver faz uma cara consternada enquanto seu primo se ajoelha na sua frente.

– E só agora você me diz isso?

– Obrigada por deixar a gente ficar aqui. E vê se arruma um emprego de verdade.

– Venham quando quiserem. E de jeito nenhum. E, Molly! – Ele espicha o pescoço para mim enquanto espero parada na porta. – Prazer em te conhecer. Obrigado pelo presente.

– Obrigada por hospedar a gente.

– Às ordens, às ordens.

Nós o deixamos dormir para curar o porre e tornamos a descer a escada. No andar de baixo, paramos em frente a nossas respectivas portas.

– Desculpa por tudo isso – diz Andrew. – Toda família tem um Oliver.

– Eu gostei dele – afirmo. – Estou feliz por termos nos conhecido.

– É, bom...

Ele dá um sorriso de boa-noite e se vira para o próprio quarto.

– Andrew? – Dou um passo em direção a ele, tentando adivinhar o que ele está pensando, mas sem conseguir deduzir nada pela sua expressão. – Você está bem?

– Em relação ao Oliver? – Ele dá de ombros. – Ele é melodramático, mas tem boa intenção.

– Eu quis dizer em relação a... Ele está bem bêbado – termino, e Andrew se tensiona ao entender a que estou me referindo.

– Está tudo bem – diz ele. – Eu não vou perder a linha. Meu primo não é exatamente uma propaganda ambulante dos benefícios da bebida.

– Mesmo assim – torno a tentar. – Se você quiser a gente pode conversar.

– Eu estou bem, Moll. Não precisa se preocupar.

– Se você parar de mentir, eu paro de me preocupar. – Ficamos ambos surpresos com meu tom de exasperação, mas eu sigo em frente, sem me importar mais. – Eu me preocupo, sim. É claro que eu me preocupo. Você não pode simplesmente me dizer que está passando por essa situação incrivelmente difícil e não imaginar que eu vá querer ajudar.

– Molly...

– Você não precisa passar por isso sozinho.

Assim que pronuncio essas palavras, tenho um flashback de Gabriela me seguindo pelo escritório, implorando para eu me abrir com ela. Ela sabia que tinha alguma coisa errada comigo, da mesma forma que eu sei que tem alguma coisa errada com ele. E acho que agora estou enfim entendendo a frustração que ela sentiu.

– Você pode se abrir comigo. – continuo.

– Eu sei que posso. – Ele abranda o olhar ao perceber a mágoa evidente na minha voz. – Eu sei que eu... Isso tudo é bem novo pra mim também. Além dos caras com quem eu moro, você foi a primeira pessoa pra quem eu contei.

Isso me deixa chocada.

– Sério? Você não contou nem pra sua família?

Ele faz que não com a cabeça.

– Ainda não. Ainda estou tentando descobrir como explicar sem que todos surtem.

– Mas e o Natal?

Ele sabe a que estou me referindo. Ninguém gosta desse estereótipo, mas a cultura da bebida é muito forte na Irlanda. Ainda mais nessa época do ano, em que minhas redes sociais se enchem de mimosas no café da manhã e *pints* de cerveja no almoço com legendas do tipo *É Natal* e *Já que estamos aqui*. É algo esperado. Incentivado, quase. E, se você não participar, necessariamente é porque tem alguma coisa errada.

– Vou dizer pra eles que estou tomando antibiótico ou algo do tipo – explica Andrew. – O Christian está sempre muito mal de ressaca pra beber qualquer coisa mesmo. Não vou ser o único. Acho que não quero que ninguém me trate diferente por causa disso.

– Mas eles vão tratar – digo. – Não tem como.

Dou outro passo na direção dele, aliviada por ele enfim estar se abrindo comigo e furiosa por não ter perguntado antes. Eu não tinha percebido que estava me sentindo tão culpada desde que ele me contou. Sério, eu sou uma péssima amiga. Tão envolvida o tempo inteiro com meus próprios problemas que sequer percebi.

Andrew sorri, lendo meus pensamentos.

– Por essa você não pode se culpar, Moll. Essa vai pra minha conta. Eu fiquei muito, muito bom em esconder isso. Até de mim mesmo.

– Quando você percebeu?

– Que eu tinha um problema? – Ele dá de ombros, tentando bancar o descontraído mesmo enquanto uma certa rigidez toma conta do seu corpo. – Não teve nenhum sinal de alerta. Pelo menos não daqueles que você acha que deve procurar. Eu não acordava de ressaca o tempo todo. Não estava sempre com raiva nem de mau humor. Ou pelo menos dizia a mim mesmo que não. Mas era todo dia. Toda refeição, todo evento. Sempre que eu ia a qualquer lugar, sempre que fazia qualquer coisa, era só nisso que eu conseguia pensar. Só que eu dizia a mim mesmo que, contanto que não ficasse bêbado demais, não seria um problema. – Ele faz uma pausa e coça a lateral do pescoço. Um gesto de nervosismo que não estou acostumada a vê-lo fazer. – Eu estava em negação – diz ele por fim. – E acho que acabei de mentir: eu não consegui esconder de todo mundo. Foi por isso que a Marissa e eu...

Eu me empertigo, compreendendo o que ele ia dizer.

– Ai, Andrew, meu Deus do céu.

– Ela me pediu pra parar e eu não parei. Estava convencido de que ela estava exagerando. Mas ela estava vendo. O pai dela tinha tido problemas quando ela era pequena, e ela não queria passar por isso de novo.

Como não faço ideia do que dizer, fico em silêncio só escutando, como preciso passar a fazer mais vezes.

– A situação piorou depois que ela foi embora – diz ele após alguns segundos. – Mais previsível, impossível. Mas eu me dei conta de que não podia parar por ela. Eu precisava parar por mim. E aí parei.

– Que bom – digo. – Que *ótimo*.

Ele sorri com a minha animação.

– Ainda me sinto esquisito às vezes – reconhece. – O cara que administra o programa diz que é bom evitar lugares onde as pessoas exageram na bebida, mas o que me pega são os pequenos momentos. Aqueles momentos tranquilos em que você pensa... que talvez não seja tão ruim. Que talvez você possa tomar só um drinque e depois parar. Mesmo sabendo lá no fundo que não vai parar. E hoje? Depois de ter passado o dia com você e sabendo que vou ver minha família amanhã? Que jeito melhor pra terminar um dia perfeito?

– Então me avisa quando isso acontecer – digo. – Me deixa te ajudar. Mesmo que seja só como uma distração.

– Distração, é? – A voz dele se suaviza enquanto ele me encara. – Você quer ser minha distração, Moll?

Não respondo, e tenho a sensação de estar pregada no lugar. Engulo, com a boca subitamente seca. Ele baixa os olhos até meu pescoço quando percebe o movimento, e depois até o colar que ele me deu de presente. Acho que eu mal estou respirando quando ele ergue a mão e puxa a correntinha de dentro do meu suéter para colocá-la por cima.

– Obrigada por ter me contado – sussurro enquanto ele brinca com o colar. – Pode me contar qualquer coisa. Você sabe disso, não sabe?

– Sei, sim. – Ele solta o pingente, mas sua mão fica onde está, e ele ajeita uma mecha de cabelos atrás da minha orelha, um gesto que vem se tornando cada vez mais típico. – Mas só pra deixar registrado: *você* não pode sair me contando as coisas.

Ele sorri enquanto se esquiva do meu soquinho, dando um passo para longe de mim e abrindo uma distância muito bem-vinda entre nós dois.

– Eu prometo falar com você quando ficar pesado demais – diz ele. – E você pode me distrair como quiser.

Faço uma careta, achando que ele está fazendo piada outra vez, mas ele balança a cabeça.

– Eu prometo – repete ele, e soa tão sincero que dessa vez acredito.

– É melhor a gente dormir um pouco – digo por fim, pensando em nosso último dia de viagem amanhã. – Se a gente acordar e a balsa tiver sido cancelada, sugiro que a gente compre o máximo de comida que conseguir carregar e passe o Natal assando marshmallows naquela lareira gigante lá embaixo.

– Falou aquela que não curte Natal.

– Boa noite, Andrew.

Abro a porta do meu quarto e desvio o olhar do dele para entrar.

– Durma bem – diz ele, e o ouço fechar a porta do próprio quarto antes de fazer o mesmo com a minha.

Lá dentro, acendo o abajur de cabeceira e tiro a roupa, ficando só de calcinha e camiseta. Depois, vou ao banheiro lavar o rosto. Como estou praticamente sem bagagem, rapidinho arrumo tudo para o dia seguinte. A bolsa do meu laptop continua intocada no mesmo lugar em que Andrew a deixou hoje à tarde, e tenho uma camiseta limpa para usar na viagem. Dobro o restante, guardo na sacola da loja e ponho tudo ao lado dos meus sapatos, arrumado direitinho no pé da cama.

Ao terminar, visto o grosso roupão cinza pendurado atrás da porta do banheiro e fico parada encarando a cama.

Sei que preciso pelo menos tentar dormir um pouco. Que amanhã vou me odiar se não dormir. Só que acho que jamais estive tão desperta, e minha mente fica pulando de pensamento em pensamento.

Sinto a pele retesada. O corpo inquieto.

Um dia perfeito.

Foi isso que ele disse sobre o dia de hoje. Que foi perfeito.

Ouço o barulho de algo se arrastando na parede que nos separa, muito provavelmente apenas alguma coisa sendo ligada na tomada, mas fico tensionada, dolorosamente consciente da proximidade de Andrew.

Antes de saber o que estou fazendo, já saí pela porta e percorri os dois passos que me separam do quarto dele. Bato até quase machucar os dedos na madeira e então o ouço dizer um palavrão do outro lado.

– Oliver – rosna ele ao abrir. – Eu juro por Deus que se você...

Andrew para de falar assim que me vê.

– Tá tudo bem com você? – pergunta, imediatamente preocupado.

Está? Penso seriamente no que vou responder enquanto olho para seus cabelos bagunçados, seu olhar gentil e sua camiseta idiota com uma frase engraçadinha sobre o Natal.

– Não – respondo, e apoio uma das mãos no peito dele para empurrá-lo de volta para dentro do quarto.

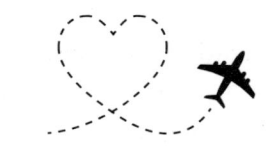

Capítulo 16

Está escuro dentro do quarto. Andrew ainda não acendeu nenhum abajur, e os postes da rua lá fora pintam tudo com uma claridade roxa e laranja. Atrás dele, o cômodo está arrumado. Ele mal desfez as malas, tirando de lá apenas a nécessaire e uma camiseta limpa que está jogada em cima da cama, pronto para acordar e ir embora no dia seguinte. Pronto para deixar tudo isso para trás.

Fecho a porta ao pensar nisso, embora mantenha uma das mãos apertando a maçaneta só para o caso de perder a coragem.

– Molly?

– Fica sem falar só um segundinho.

Para minha surpresa, ele faz o que peço, e me deixa ficar ali, de frente para ele, em silêncio. E eu fico observando-o: corro os olhos por seu rosto, desço até o peito, a calça jeans, depois torno a subir.

E se você simplesmente for muito burra e nunca tiver percebido o que sempre esteve bem na sua cara?

As palavras de Gabriela ecoam na minha mente enquanto o encaro. Fico olhando para ele por tanto tempo que minha mão começa a ficar dormente na maçaneta e preciso soltar.

– Você retribuiu quando eu te beijei – digo, e ele fica tão imóvel que posso jurar que não está respirando. – Não foi pra me ajudar a pensar. Nem porque achou que eu estivesse fazendo piada. Você me beijou de volta porque quis.

– Sim – retruca ele, e meu coração quase para quando ouço essa simples palavra.

Mas isso não basta. Eu ainda não entendi, e não vou sair daqui enquanto não tiver entendido.

– Você já tinha pensado alguma vez em me beijar antes daquilo?

– Molly...

– Já?

Um músculo salta no seu maxilar, deixando-me fascinada, antes de ele responder.

– Uma vez – admite, forçando as palavras a saírem. – Anos atrás.

– Quando?

– A gente precisa acordar daqui a cinco horas. Você quer mesmo fazer isso agora?

– E você, quer esperar mais dez anos?

Ele força uma risada mas não discute mais, e quanto mais olho para ele, mais Andrew parece constrangido.

– No nosso terceiro voo – diz, por fim, e então, tão baixinho que sequer tenho certeza de ter escutado direito, acrescenta: – Você estava de elástico vermelho no cabelo.

Franzo a testa, sem entender.

– Esse foi nosso primeiro voo de verdade.

– Acho que foi.

– Sete anos atrás.

– É...

– Você passou sete anos querendo me be...

– Eu quis te beijar *naquele dia* – enfatiza ele. – Mas você não conseguia parar de falar no seu namorado, né? Então eu deixei quieto.

Ele deixou quieto.

– E você? – pergunta Andrew enquanto eu quase tenho um treco. – Algum dia já quis me beijar?

– Não.

Ele aguarda um segundo e, quando não falo mais nada, bufa.

– Tá bom, Molly, até parece.

– Não mesmo! – É a verdade. – Não até aquele dia. – Quando isso se tornou a coisa que eu mais quero na vida. Como se alguém tivesse acendido um holofote e apontado em cheio para Andrew. – Eu gostei quando a gente se beijou – digo, porque acho que é algo que precisa ficar claro para ele. – Mas aí você começou a fazer piada...

– Você disse que não queria repetir.

– É óbvio que eu estava *mentindo*! – exclamo. – E você disse que não tinha sido nada de mais.

– Porque você ficou toda esquisita!

– Porque a *situação* foi esquisita. *Este momento* está esquisito. Eu nunca tinha me sentido assim com você.

– Assim como?

– Bom, *agora* minha vontade é de te dar um empurrão – disparo. – Mas fora isso... – Fora isso, é como se a minha vida inteira tivesse me conduzido a este exato instante. – Eu gostei quando a gente se beijou – repito, cruzando os braços.

– Então por que surtou?

– Porque eu não queria estragar nossa amizade. Eu gosto da nossa amizade. Ela é importante pra mim e eu não quero perder.

– E nem vai.

– Você não tem como saber disso. E até onde eu sei, você só me vê como amiga, o que significa que eu estaria tornando as coisas extremamente constrangedoras pra nós dois, e se você *sentisse* alguma coisa a mais... – Me enrolo com as palavras, agora que estamos chegando ao cerne da questão. – Se você sentisse e a gente tentasse alguma coisa, não tem como saber se iria durar ou não, e aí pronto. Dez anos jogados no lixo. Não dá pra voltar atrás depois de algo assim. Tem coisas que não têm como ser desditas.

– Quer dizer que você tem medo de gostar de mim porque tem medo de me perder?

O ímpeto de me esconder é forte.

– Bom, quando você coloca as coisas desse jeito eu fico parecendo ridícula, então não.

– Moll... – Sua voz está repleta de ternura quando ele dá um passo na minha direção. – Olha pra mim, eu não vou a lugar nenhum.

– Eu sei.

– Sabe nada. E é esse o problema. Sabe tudo isso que você falou? Eu também me preocupo com essas coisas. E não vou desistir tão fácil de uma coisa assim, de alguém como *você*. – Ele faz uma pausa e franze a testa de leve. – Eu não deveria ter feito você me beijar de brincadeira na Argentina. Aquilo foi egoísta. E você tem razão. Eu quis te beijar. Quando percebi que você também queria... – Ele balança a cabeça, me encarando com um olhar intenso. – Eu perdi o controle.

Perdeu o controle.

Ninguém nunca perdeu o controle por mim antes.

Não sei por que isso me estimula tanto.

– Acho que todo mundo fica meio maluco durante as festas de fim de ano – sussurro, e a expressão nos olhos dele me faz corar, de verdade.

Nesse instante, fica claro para mim que eu tenho duas alternativas. Posso voltar para o meu quarto e tentar dormir, e vamos continuar a pisar em ovos um com o outro até um dos dois não aguentar mais.

Ou posso ficar onde estou. Posso ficar onde estou e posso...

– Nota sete? – pergunto.

A incompreensão dele dura apenas um segundo.

– Acho que a prática leva à perfeição – diz ele num tom neutro.

E então tudo acontece ao mesmo tempo.

Eu me aproximo e fico bem colada nele. Peito com peito, quadril com quadril, *colada* mesmo, exceto pelo rosto. Andrew se enrijece, mas eu não me permito dar muita importância a isso, e quando ele não se afasta inclino a cabeça para cima e encosto os lábios nos dele.

Não foi meu movimento mais elegante. Foi uma coisa tipo *Eu te desafio a impedir o que vai acontecer*, em vez de algo como *Vamos explorar esse novo e delicado sentimento que acabamos de descobrir entre nós*, mas mesmo assim funciona. Um calor torna a me percorrer, uma forte sensação de que isso é a coisa certa, uma certeza que preenche e tranquiliza cada centímetro de mim. Lugares que eu sequer sabia que precisavam ser tranquilizados, como a espiral de ansiedade na minha barriga e a tensão nos meus ombros, tudo derrete com uma facilidade impressionante, como quem diz: *Olha só, sua idiota, era só isso que você precisava fazer. Estava bem na sua cara o tempo todo.*

Os lábios dele ainda estão com um restinho de açúcar, um resquício dos churros. Quando coloco a língua para fora e lambo sua boca, ele emite um ruído que nunca o escutei fazer. Enterro as mãos em seus cabelos, e a carícia se transforma em puxões quando o seguro junto de mim, e os beijos vão ficando mais intensos, mais cheios de desejo, até o intervalo entre eles diminuir e nós mal pararmos de nos tocar. E eu não quero parar de tocá-lo nunca mais. Beijar Andrew Fitzpatrick foi a melhor decisão que eu já tomei, e estou prestes a fazer essa declaração ousada quando ele recua, me afastando uns dois centímetros para abrir algum espaço entre nós.

Minha respiração está entrecortada, a dele também, e eu penso "tá bom, acabou, agora a gente vai voltar a conversar", ou então ele vai me dar boa-noite e eu vou ficar com esse tesão contido. O que acontece, porém, é que ele passa a olhar para o meu roupão, que está amarrado frouxamente em volta da cintura. Ele estende a mão e corre o dedo pelo laço malfeito antes de abri-lo com um leve puxão.

Não estou usando exatamente a lingerie mais sexy do mundo por baixo – camiseta de algodão, calcinha preta básica –, mas Andrew parece não ligar para isso, e me encara com intensidade enquanto suas mãos deslizam por baixo da barra da camiseta e me enlaçam pela cintura, tornando-se mais seguras a cada centímetro, até ele estar me abraçando bem firme.

– Tudo bem? – pergunta.

Consigo apenas assentir, quase incapaz de concatenar qualquer pensamento enquanto ele vai traçando um caminho que sobe pela pele sensível do meu tronco. Minha camiseta sobe junto, deixando à mostra a minha barriga, e ele para logo antes de chegar aos seios. Seus dedos estão tão quentes que parecem poder queimar.

– Diz, Molly.

– Tá tudo bem – consigo articular, mas o que quer que ele tenha notado na minha voz o faz se deter e baixar a mão de novo até meu quadril.

Antes que eu consiga lhe dizer para continuar, ele baixa os lábios até junto dos meus, e tudo bem, isso também é bom.

Correspondo com um entusiasmo que poderia ter me deixado constrangida se fosse com outra pessoa, mas com Andrew eu não hesito. Passo um braço por cima de seus ombros e colo meu corpo ao dele, sem deixar nenhuma dúvida em relação ao que eu quero. Andrew entende a deixa.

Ele me beija, agora mais profundamente do que antes. Forte o suficiente para que eu quase perca o fôlego e dê o melhor de mim para conseguir acompanhar, e minhas costas batem na porta antes de ele nos girar para o outro lado. Faz isso tão depressa que eu quase tropeço, e procuro me concentrar no beijo ao mesmo tempo que tento não cair, me concentrando o tempo todo em Andrew. Andrew, que está me guiando na direção da cama e caindo nela por cima de mim. Que está me engolfando inteira até se transformar na única coisa que existe para mim, até eu parar de pensar em qualquer outra coisa a não ser seu calor e o calor que estou sentindo por causa dele.

Abro as pernas e ele se encaixa entre elas, nossos corpos se esfregando enquanto sou tomada por um profundo desejo latejante.

Quero que ele tire a camiseta. Quero que tire a camiseta, e quero tirar a minha também. Quero minha pele encostada na dele, meu corpo encostado no dele, e quero isso agora, e pelo resto da noite, e para sempre e para todo o sempre.

Andrew continua me beijando enquanto seus dedos tornam a subir por baixo da minha camiseta, finalmente chegando aonde eu quero, aonde *preciso* que cheguem, e que se dane a nossa amizade. Só se vive uma vez, e é assim que eu quero que seja minha vida. Sem parar de beijá-lo, estendo a mão para a barra da sua camiseta, para tirá-la e me entregar a tudo que eu desejo, quando somos interrompidos por uma batida firme e fingida na porta.

Eu não sabia que batidas numa porta podiam soar fingidas, mas de algum jeito essa consegue.

– Ei, galã!

Andrew gela por cima de mim, e adota uma expressão quase cômica.

– Só pode ser brincadeira – diz ele, tão perto de mim que sinto seu hálito roçar meus lábios.

– Ô Romeu? – torna a chamar Oliver.

– Estou dormindo! – grita Andrew.

– Não vou cair nessa outra vez – diz Oliver com uma voz arrastada. – Você sabe que eu jamais iria querer impedir seu descanso, mas infelizmente preciso de uma ajudinha. Não vou mentir: depois de beber aquela água toda, preciso desesperadamente fazer xixi, mas não estou conseguindo tirar esta maldita fantasia.

Andrew me encara e, antes de conseguir me conter, corro o dedo pelo seu nariz. Uma expressão de quase sofrimento atravessa o seu semblante.

– Estou cansado, Oliver.

– Pode ser a Molly também – diz Oliver num tom casual, e tapo a boca com uma das mãos enquanto o constrangimento me domina.

– Ela também tá dormindo! – grita Andrew.

– Acho que isso que eu escutei não foi um ronco.

Ai, Jesus Cristinho.

– De repente foi só um sonho muito bom.

Andrew revira os olhos e começa a se inclinar na minha direção, mas eu o detenho com a mão no seu peito.

– O que você tá fazendo? – sussurro.

– O que você acha? – pergunta ele, e não posso evitar um sorriso ao ouvir seu tom de irritação.

Torno a empurrá-lo, e ele acompanha o movimento e desaba ao meu lado.

– Com ele lá fora não vai rolar – digo.

– Ele não tá mais lá fora.

– Ah, estou sim – diz Oliver. – E estou escutando também. As paredes daqui são surpreendentemente finas, sabiam?

Ele torna a bater, e Andrew fulmina a porta com os olhos antes de se virar de volta para mim. Bastou olhar para mim que ele reconheceu a derrota.

– Me dá um minutinho só – diz, e dou alguns tapinhas no seu braço.

– Perfeito! – Oliver soa contentíssimo, e segundos depois ouço o leve arrastar de suas pantufas nas tábuas do piso.

Nenhum de nós dois se mexe, e Andrew continua me olhando como se torcesse para eu mudar de ideia.

– É melhor você ir – digo, baixando os olhos por seu corpo até a prova do que estava sentindo encostado em mim segundos antes.

– Ele vai ter que esperar um minuto – resmunga Andrew, e mordo o lábio, tentando não fazer cara de orgulho.

Com certeza estou me sentindo orgulhosa. E Andrew sabe que eu estou, e bufa ao descer da cama e recolher meu roupão do chão. Torna a se sentar no colchão enquanto eu o visto.

– Tudo bem com você? – indaga ele com cautela.

Assinto, e me demoro um instante olhando para ele.

– E com você?

– Tudo.

– Então tá – sussurro, e sorrimos um para o outro como se estivéssemos compartilhando uma piada, ou talvez simplesmente compartilhando o ridículo da situação. No melhor sentido possível.

– Boa noite, Andrew – digo, desviando os olhos dessa imagem dele, deliciosamente descabelado ao pé da cama.

Sinto seus olhos me seguindo enquanto caminho até a porta, e é só quando já estou do outro lado, fechando-a, que ouço sua resposta baixinha.

– Boa noite, Moll.

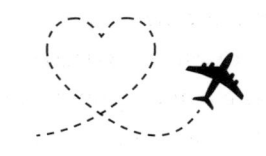

Capítulo 17

TRÊS ANOS ATRÁS

Voo 7, Chicago

– Eu odeio os homens. Odeio. Sério, olha só que absurdo. *Olha isso.*

Andrew recua enquanto enfio o celular na sua cara para lhe mostrar uma foto de Mark com a namorada nova. *Naomi.* A mulher da pele sem poros.

– Viu? – pergunto quando ele não diz nada.

– Vi o quê? Sua tela está bloqueada.

Deixo meu braço cair, com a testa enrugada, e digito minha senha com tanta força que quase machuco o polegar.

– Molly...

– Pera – resmungo enquanto digito a senha certa. – Pronto. – Viro o aparelho para ele com uma das mãos e enfio a outra dentro do meu saco gigante de caramelos do duty free. – Faz três semanas que a gente terminou. Três semanas, e os dois já saíram de férias juntos. Sabe o que isso quer dizer?

– Não consigo pensar em nenhuma resposta que não faça você gritar comigo.

– Que a coisa já vem rolando há muito mais tempo – digo, ignorando-o. – O Mark me traiu.

– Você não tem como saber.

– Eles estão na *praia* – retruco, passando para a foto seguinte. – Bebendo *água de coco.*

Ele começa a assentir, mas, quando lhe lanço um olhar fulminante, balança a cabeça.

– Moll, não vou mentir pra você: eu sou extremamente ruim em dar conselhos amorosos, então essa conversa toda só está me deixando nervoso e com medo de dizer a coisa errada.

– Bom, problema seu – disparo. – Porque você vai passar as próximas sete horas sentado ao meu lado, o que significa que vai ter que contribuir com o meu colapso nervoso. Essa é a regra da amizade.

– Mas será que essa regra vale dentro de um *avião?* – começa ele enquanto rolo a tela pelas últimas postagens de Mark.

Sinto uma pontada de amargura a cada uma que vejo, como se meu coração estivesse se despedaçando outra vez.

Já levei pé na bunda três vezes na vida, e em todas as vezes foi *horrível*. Horrível *mesmo*. E...

– Acho que já chega de caramelos – diz Andrew, tirando o saco de mim. – Tenho quase certeza de que todo mundo aqui prefere que esses sacos pra enjoo continuem decorativos até o fim do voo.

Engulo o bolo de açúcar que tenho na boca, consciente de estar agindo feito uma criança fazendo birra, mas mesmo assim incapaz de parar. Somando Mark e um aumento de responsabilidade no trabalho, houve dias em que achei que estivesse por um fio.

– É isso que significa "conheci outra pessoa" – digo, continuando a conversa que vinha tendo na minha própria cabeça. – Significa: "Eu te traí."

Só que eu tinha sido burra demais pra perceber. Ninguém termina um namoro porque vê uma pessoa do outro lado da rua e diz: "Ali! É ela!" Ele só podia ter começado a sair com ela semanas atrás. Talvez não tivesse *ficado* com ela, mas emocionalmente já estava em outra quando me pegou desprevenida numa noite chuvosa de terça-feira e veio com um discursinho ensaiado e uma caixa de lenços de papel, porque sabia que eu choraria, e chorei mesmo.

– Pode me devolver meus caramelos?

– Não.

Faço uma careta, e Andrew enfia o saco na lateral do próprio assento. Está usando um suéter com o desenho de um cachorro escrito *Jingle Beagle*, que eu sinceramente acho um jogo de palavras meio sem graça, mas como ele falou que foi a namorada que lhe deu de presente, não posso dizer isso na cara dele.

– Acho que você deveria levar um pé na bunda também, pra gente poder sofrer junto – digo ao pensar nela.

– Isso fazia *mesmo* parte do nosso contrato.

Contrato. Argh. Eu ainda estava esperando notícias de um dos meus clientes em relação a...

– Para de pensar nele – dispara Andrew.

– Não estou pensando nele. Estou pensando em trabalho.

– É tão ruim quanto. Por que não pensa em *Esqueceram de mim 2* travessão *Perdido em Nova York?*

– Ninguém fala o título assim.

– Porque ninguém tem o devido respeito por *Esqueceram de mim 2* travessão...

Eu o interrompo com um grunhido enquanto ele começa a percorrer as opções na minha tela, depois de já ter carregado o filme na dele.

– Você vai casar com a Alison – digo enquanto ele pluga os fones de ouvido. – E no seu casamento eu vou ter que arrumar alguém pra dar uns pegas. Seu irmão continua solteiro?

– Você não vai dar uns pegas no meu irmão.

Seu tom de quem claramente não está me levando a sério me faz bufar.

– Por que não? Eu sou incrível. Você não me quer na sua família?

– Desse jeito, não.

– Um primo de segundo grau poderia quebrar o galho – digo, mas isso só parece deixá-lo com mais raiva.

– Poderia nada.

– Bom, *alguém* vai ter que quebrar meu galho, já que eu pelo visto não consigo manter um relacionamento por mais de um ano. Só pode ter alguma coisa errada comigo. – Me arrependo das palavras assim que as pronuncio, e me retraio quando Andrew olha para mim. Por que não expor logo todas as minhas inseguranças para todo mundo saber? Todo mundo no avião, por que não? Parece um ótimo plano. Bem saudável. – Desculpa – digo. – Eu posso ou não estar tendo um dia ruim, não sei se dá pra notar.

Andrew não responde, só fica me estendendo um fone até eu aceitar, plugá-lo e esticar o dedo em direção ao play, para podermos nos sincronizar. Só que Andrew não se mexe, e continua a me encarar com aquela expressão séria que me deixa desesperada para preencher o silêncio.

– Tá, eu posso ter tido uma reação exagerada em relação aos cocos também. Mas...

– O Mark não te merece – interrompe ele. – E não estou nem aí se ele encontrou a alma gêmea ou se passa o final de semana inteiro resgatando cachorros na rua. O cara te magoou, então eu odeio ele. E gostaria muitíssimo de dar um soco na cara dele por ter te feito sofrer. Na verdade, se alguém algum dia não te valorizar, ou fizer você acreditar que não merece tudo que deseja, vou transformar a vida dessa pessoa num inferno. Vou passar trote no celular. Colocar pedras nos sapatos. O que você me pedir pra fazer, eu faço. Você trabalha duro, tem paixão pelo que faz, é gentil, e um dia... um dia vai encontrar alguém que te faça brilhar mais ainda. E essa pessoa vai ter sorte de estar com você.

Consigo apenas encará-lo enquanto ele se recosta no assento, tão sem palavras que só reparo que ele pegou meu saco de caramelos quando ele o larga no meu colo.

– Tá? – pergunta ele quando me sobressalto.

– Tá.

– Sem quebração de galho?

– Sem quebração de galho.

As palavras saem num sussurro, mas algo na minha expressão deve satisfazê-lo, porque ele assente e volta a atenção para a tela.

– Ótimo – diz, apertando o play. – Agora assiste à porcaria do filme.

AGORA

Londres

Na manhã seguinte, estou parada no saguão da estação de Euston, esperando Andrew voltar com os nossos cafés enquanto o que parecem ser onze milhões de pessoas se movimentam à minha volta. São seis e quarenta da manhã do dia 24, e ninguém parece especialmente feliz por estar ali. Pais seguram a mão de crianças sonolentas, e tanto pessoas viajando sozinhas quanto casais aguardam desanimados como eu, carregados com malas e suando dentro de seus casacões de inverno. Todo mundo está encarando o celular ou o grande quadro lá em cima, que muda a cada trinta segundos com destinos e horários de partida.

É o caos. E mais uma vez eu penso que não deveria ter sido assim. Era para Andrew e eu termos aproveitado uma hora na sala vip da primeira classe antes de flanar até nossos assentos. Era para termos curtido nosso voo cercados de conforto e luxo, e então nos despedido como de costume no aeroporto. Então eu entraria num táxi e ele num ônibus que o levaria para a casa dos pais. A essa altura já era para estarmos cada um em seu destino, ou seja, eu não estaria em pé aqui, com frio, de mau humor e exausta.

E também não o teria beijado.

Não teria quase feito muito mais do que apenas beijá-lo.

Ou talvez, mesmo assim, tivesse.

Ergo os olhos para o quadro, esperando nossa plataforma aparecer enquanto mexo no cachecol em volta do pescoço. O cachecol de Andrew. Por baixo está o colar que ele me deu, e que eu ainda não tirei. Corro o dedo pelo pingente e sinto um arrepio ao pensar no corpo dele colado ao meu ontem à noite. Não quero nem imaginar o que teria acontecido se Oliver não tivesse nos interrompido.

Quer dizer, quero *muito*, mas...

– Três e cinquenta um croissant – anuncia Andrew ao surgir do meio da multidão com nosso café da manhã. – Uma coisa é ser caro, mas isso já é abuso.

– Então você não comprou?

– Comprei. Dois. Já vi você com fome, e ninguém merece.

Dou um sorriso irônico enquanto ele me entrega um café, e tomo um golinho ao mesmo tempo que ele morde um dos croissants.

– Que cara é essa? – pergunta.

Fico surpresa com a pontinha de receio que escuto na voz dele. Como se ele temesse ser o motivo do meu mau humor.

– Estava pensando naquelas passagens da primeira classe – digo. – E no quanto aquela experiência teria sido diferente desta.

– Ah, é ótimo estar no meio do povo – diz ele. – Mantém a gente ancorado na realidade.

– Minha sensação é que basta alguém olhar atravessado na minha direção para eu pôr isto aqui abaixo na base do grito.

Ele dá de ombros, e seu olhar percorre distraidamente a multidão.

– A gente consegue. Qual é a linha?

– Que linha?

– A linha pra passar pra "estou de saco cheio e não há mais limite para o meu mau humor". – Andrew toma um gole do café. – A minha é o trem enguiçar. Uma parada pra trocar de maquinista eu até tolero, mas se o trem enguiçar eu oficialmente vou surtar.

– Não sei qual é a minha ainda.

– Você aguenta um bebê chorando? Bebê chorando é um bom teste. Tem também comida com cheiro forte, levando em conta que ainda é praticamente de madrugada. Essa seria minha primeira opção se eu não tivesse tanta certeza de que pode acontecer algo ainda mais grave.

– Não fala isso.

– Não digo um acidente – continua ele num tom casual. – Mas no mínimo um atraso de três horas que nos faria perder a balsa.

– Você está sendo pessimista. A pessimista aqui sou *eu*. Eu sou a mais pessimista de todas.

– Você tá realmente tentando me derrotar no quesito pessimismo?

– Tentando? – repito, e ele sorri e deixa o assunto morrer.

Ainda não falamos sobre ontem à noite. Não que tenhamos ignorado a questão. Faz só uma hora que saímos de casa, e antes disso estávamos nos aprontando para sair. Vamos ter que encarar o assunto em algum momento, e não faço a menor ideia do que dizer, porque ainda nem sei exatamente como me sinto.

Não estou arrependida. Mas também não sei o que isso tudo significa. Nunca fui de analisar exaustivamente meus relacionamentos, também porque todos eles seguiram um padrão tradicional estabelecido. Conhecer um cara, conversar com um cara, sair com um cara. É isso. Não o que está acontecendo com a gente, seja lá o que for.

– Sabia que você faz umas caretas quando está pensando seriamente em alguma coisa?

Aperto meu copo com força excessiva e o café transborda pela tampa.

– Ahn?

– Tipo, como se você estivesse tendo uma conversa interna – continua Andrew, me observando com um ar curioso. – Você começa a fazer umas caras. Sabia disso?

Eu não sabia.

– Sobre o que você está falando aí consigo mesma?

– Sobre você.

Ele arqueia as sobrancelhas, e um sorriso começa a surgir antes que eu o interrompa.

– A frente do seu casaco está cheia de migalhas.

Seu sorriso desaparece enquanto ele limpa a própria roupa, e eu me viro de volta para o saguão, de forma um pouco afetada, devo dizer.

Talvez ele esteja esperando eu tocar no assunto de ontem à noite. E tudo bem. Tudo bem mesmo, já que afinal fui eu que iniciei a maioria dos eventos de amizade não platônica entre nós dois. Sei que ele não se arrepende, porque está agindo de modo inteiramente normal, igualzinho prometeu que faria, então vai ver ele está só esperando. Esperando por mim. Esperando um *Ei, lembra quando a gente quase transou algumas horas atrás? Lembra quando a gente passou uns bons minutos se pegando, e passando a mão um no outro e...*

– Te dou cem dólares se você me disser em que está pensando neste exato momento.

– Para de olhar pra mim! – exclamo, e entro na sua frente de modo que ele só consiga ver a parte de trás da minha cabeça.

Quase no mesmo instante, o quadro de partidas muda, e Andrew aponta o número da nossa plataforma que acaba de aparecer.

– *Seacht* – diz ele, falando irlandês enquanto empunha a alça da mala. – Número *siete*. Número da sorte, sete.

– Certo.

– Por aqui, Moll. Deixa eu te mostrar o caminho pra chegar em casa. Nas verdes colinas da Irlanda. Na antiga Ilha Esmeral...

– Já entendi – corto eu, e ele ri.

Uma coisa boa em relação à ridícula mala dele: ela abre um belo de um caminho no meio da multidão. À nossa volta, dezenas de pessoas começam a se mexer, fazendo a mesma coisa que nós. Como todos os outros, esse trem está lotado e só tem lugar em pé. Há filas na roleta, e também na plataforma, e algumas pessoas chegam a levantar a bagagem acima da cabeça para conseguir se espremer até as portas.

A situação fica um pouco tensa, e não demora muito para alguma coisa esbarrar no meu ombro, seguida por um pedido de desculpas abafado, e um homem carregando um violão passa nos empurrando.

Olho para ele desconfiada.

– Se ele começar a tocar esse troço, a gente muda de vagão – digo a Andrew.

– É essa a sua linha?

– É essa a minha linha.

Por algum milagre, conseguimos encontrar lugar para nossa bagagem e não tem ninguém sentado nos assentos que reservamos, então também não precisamos pedir para ninguém desocupá-los.

Mesmo assim, estou prendendo a respiração, esperando algo acontecer. Uma árvore nos trilhos ou uma pane no motor. Mas todo mundo embarca, e depois de algum tempo, cautelosamente, nós saímos da estação e seguimos resfolegando por entre os prédios do norte de Londres.

Começo a me sentir um pouco melhor.

Acho que o mesmo acontece com Andrew. Ele passa os primeiros minutos da viagem sem fazer nada, sentado rígido ao meu lado, e então seus ombros afundam com um suspiro discreto. Dali a mais um minuto ele desenrola a mesma *National Geographic* que estava lendo ainda em Chicago, e também a edição de bolso de um thriller que deve ter comprado junto com nossos cafés.

Reprimo um bocejo e me viro para a janela; fico olhando o céu começar a clarear e a cidade dar lugar aos campos verdes da zona rural, que vão ser minha vista nas próximas horas.

Devo ter pegado no sono, pois de repente Andrew está me sacudindo para me acordar enquanto o condutor anuncia que estamos prestes a chegar a Holyhead. Ainda faltam uns vinte minutos, mas, como era de se esperar, todo mundo se levanta para esticar as pernas, e o vagão não demora a se encher de pessoas passando bagagens de mão em mão e reunindo seus pertences.

Há uma diferença palpável de atmosfera entre o embarque lá em Londres e o desembarque, agora. Dessa vez não há empurra-empurra. Todo mundo está sorrindo, subitamente falante agora que já estamos a meio caminho de casa. Começo a ficar meio ansiosa enquanto esperamos nossa vez de saltar, mas a ansiedade some assim que piso na plataforma e estico as pernas. Não consigo ver o mar, mas sinto seu cheiro, limpo, salgado e revigorante. Escuto seus sons também: o guinchar das gaivotas, o apito de um navio ao zarpar. O dia está bonito no País de Gales, as nuvens parecem filamentos brancos no céu. Há muitos meses eu não via um ar tão límpido assim.

Respiro fundo e me viro para Andrew na hora em que ele está me passando minha bolsa.

– Acabei de lembrar de uma coisa.

– Ah, é?

Ele está pensando em outra coisa, certificando-se de que pegamos tudo enquanto torna a vestir o casaco.

– É. Eu simplesmente adoro a balsa.

Ele ri tão alto que uma criança ali perto olha para ele, alarmada.

– Eu nunca andei de balsa.

– Sério?

Ele hesita.

– Acabei de cair no seu conceito, né?

– Você nunca andou de balsa? É a melhor coisa!

– Acredito em você.

– Vou te levar pro convés quando a gente estiver chegando em Dublin.

– Pode fazer o que quiser comigo – diz ele, mas então sorri diante do olhar que eu lhe lanço.

Despachamos a mala dele e depois precisamos esperar só um pouquinho no controle de passaportes antes de seguirmos por um corredor comprido direto para dentro da embarcação.

A balsa é menor do que eu lembrava, provavelmente porque da última vez que a peguei ainda era criança, mas mesmo assim há bastante espaço para circular. Passamos uns poucos minutos explorando e depois compramos sanduíches de peito de peru e presunto na lanchonete. Papai Noel em pessoa faz uma participação especial, o que deixa todas as crianças a bordo em polvorosa. E a criança interior de todo mundo também, considerando que Andrew nos obriga a ficar numa fila de vinte minutos para dizer oi e ter nosso esforço recompensado com um chaveiro com o logo da empresa. Passamos o restante da viagem vendo *Um duende em Nova York* numa das gigantescas TVs, antes de eu arrastá-lo para irmos nos juntar às outras almas valentes no convés descoberto. Um vento forte nos golpeia assim que saímos, mas encontramos um abrigo enquanto a balsa se aproxima do porto. Andrew é uma presença quentinha às minhas costas, me protegendo da força do vento.

A essa altura já estamos no final da tarde e o dia está se transformando em noite, mas mil luzinhas nos recebem no ponto em que a cidade de Dublin abraça a baía.

– Dez pratas que a gente vai afundar – diz Andrew com a boca bem junto ao meu ouvido, para se fazer ouvir apesar do barulho do motor.

– *Você* vai afundar – rebato. – Eu nado superbem.

Ele ri e chega mais perto, me cercando com seus braços ao se segurar no guarda-corpo. Fico bem paradinha, praticamente prendendo a respiração enquanto ele se inclina para a frente.

– Obrigado – diz.

– Pelo quê?

– Por ter me feito chegar em casa pro Natal.

– Você ainda não chegou – alerto, mas ele me ignora.

Seus lábios roçam minha bochecha, e sua mão enluvada repousa por cima da minha, algo que exatamente dois segundos atrás eu teria achado mais do que bom, então entendo a surpresa dele quando imediatamente o afasto e me desloco para o lado.

– Tá, isso sim é um comportamento ambíguo – diz ele enquanto me afasto, mas eu mal consigo escutá-lo, pois toda minha atenção está concentrada na costa, que se aproxima depressa. – E será que a gente poderia não fazer isso? – Ele me puxa com força para trás quando me debruço no guarda-corpo.

– Não tem perigo.

– Ficar atrás da linha de segurança também não.

O apito da balsa soa quando nos aproximamos do porto, e faço um gesto para Andrew ficar do meu lado antes que a gente perca o timing.

– A gente tem que acenar!

– Pra quem? – indaga ele, soando um pouco decepcionado por eu ter estragado o momento.

– Pra eles.

Aponto para o outro lado do guarda-corpo, para a mureta de pedra chata que vai dar no Farol de Poolbeg. Pessoas ocupam o caminho inteiro no seu passeio da véspera de Natal e erguem os braços quando a balsa passa.

Estamos longe demais para vê-las com clareza – na verdade, estamos longe demais para sequer vê-las naquela luz fraca –, mas consigo distinguir seus débeis gritos e ver seus movimentos exagerados ao nos saudar.

– É como se elas estivessem te dando as boas-vindas – digo, olhando para Andrew atrás de mim quando ele não reage.

Ele não está sequer olhando para as pessoas – está com os olhos cravados em mim e o maior sorriso do mundo no rosto.

– Não ri – digo, subitamente encabulada.

– Não estou rindo.

– Mas está quase.

– Porque você é uma fofa.

– Acena pro pessoal de Dublin – ordeno, e ele assente, assumindo uma expressão séria enquanto se posta ao meu lado junto ao guarda-corpo.

– Posso gritar? – pergunta.

– Dentro dos limites do razoável.

Ele parece refletir por alguns instantes sobre isso, e então levanta as mãos.

– *Oi!* – grita, mais alto do que o apito. – *Feliz Natal!*

– Andrew...

– *E próspero Ano-novo!*

– Já pode parar agora.

– É catártico – diz ele. – Tenta só.

– Não.

– Eu te desafio.

Dou uma bufada, mas com o apito que torna a tocar não existe a menor chance de alguém nos ouvir.

– Anda logo – incentiva Andrew, e eu franzo os lábios antes de imitá-lo.

– *Feliz Natal!* – guincho, e ele sorri.

– De novo – diz, então eu torno a gritar.

Ficamos os dois gritando e acenando até ficarmos roucos, até nossos braços cansarem, e até uma chamada no sistema de alto-falantes nos instruir a voltar para dentro e desembarcar.

Só nesse momento é que Andrew me puxa para longe do guarda-corpo, e ambos rimos até ficarmos sem ar, enquanto descemos a escada atrás dos outros passageiros e nos preparamos para chegar em casa.

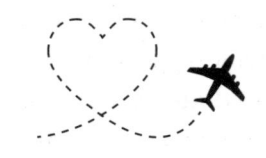

Capítulo 18

Um motorista de ônibus alegre usando um gorro de Papai Noel nos recebe quando saímos do porto, e seu sotaque é tão carregado que levo alguns instantes para me adaptar.

– E aí? Trouxeram o quê para mim? – brinca ele enquanto colocamos nossas coisas no bagageiro.

Andrew não consegue parar de sorrir enquanto procuramos lugar para sentar. Escolhemos dois assentos mais para o fundo, ele na janela, eu no corredor, e depois que nos acomodamos eu mando mensagem para Zoe dizendo não só que ainda estamos vivos, mas que ela agora precisa cumprir o prometido e ir me buscar.

– Qual é a hora do seu ônibus? – pergunto, com a voz meio rouca de tanto ter gritado.

Andrew dá de ombros, e fica olhando o mundo lá fora enquanto saímos do porto e entramos na cidade.

– Sai um de hora em hora. O último é às onze da noite.

– Sério?

Ele olha por cima do ombro ao ouvir como eu soo satisfeita.

– Segundo o site.

– Bom, por que você não passa lá em casa primeiro, então? Assim final-mente conhece todo mundo. Pode tomar uma chuveirada, comer alguma coi-sa. Não é muito longe da casa dos seus pais. – Meu entusiasmo perde a força quando ele se limita a me encarar. – A não ser que você queira ir direto pra...

– Ótima ideia – interrompe ele. – Principalmente a parte da chuveirada. Além do mais, eu adoraria conhecer seus pais. E a Zoe.

– Você só não pode gostar mais dela do que de mim – digo de brincadeira, mas com um fundo de verdade.

– Bom, nesse caso você tem vinte minutos para se tornar uma pessoa melhor, né?

E exatamente vinte minutos depois minha irmã me responde confirmando o novo plano. A essa altura, o ônibus já nos deixou no começo da O'Connell Street, uma larga e comprida avenida no centro da cidade, que pelo aspecto poderia muito bem estar situada no Polo Norte.

A rua está uma barulheira só, com vozes, risadas e músicas natalinas vindas de todas as direções. Mulheres anunciam vasos de bico-de-papagaio e buquês de frutinhas vermelhas, enquanto seguram copos de café para se aquecer. Adolescentes entusiasmados angariam fundos para instituições de caridade, sacudindo baldes de moedas à frente dos transeuntes. Todas as lojas estão de portas abertas, abarrotadas de clientes de última hora e de pessoas que pelo visto simplesmente adoram uma confusão.

Até os carros estão no clima, enfeitados com narizes e galhadas de rena. Eles avançam tão devagar que a maioria das pessoas simplesmente ziguezagueia entre eles para atravessar as ruas.

Olho para isso tudo com uma sensação estranha na barriga, surpresa com a felicidade que sinto ao ver essa cena. É como se meu cérebro soubesse que são as mesmas decorações de todos os anos, só que agora algo nelas faz meu coração bater mais depressa, me faz sorrir para os desconhecidos que passam; até o coral que se esgoela cantando alguma música da Mariah Carey do outro lado da rua parece um pouco menos irritante do que normalmente seria.

Isso é Dublin no Natal, e o clima é de pura animação.

E sim, só se eu fosse a inimiga número um do Natal para não me deixar contagiar.

Como precisamos chegar à Merrion Square para encontrar minha irmã, pegamos nossa bagagem e começamos a passar diante dos hotéis reluzentes e das imponentes árvores de Natal em direção ao Liffey, o rio que divide a cidade em lado norte e lado sul. Nem o rio escapou da alegria festiva, e as diversas pontes que o cruzam estão iluminadas por luzes que brilham alegremente nos reflexos da água, prontas para serem postadas em milhares de contas do Instagram. Inclusive na minha, suponho, já que Andrew nos faz parar no meio do caminho para tirar uma selfie.

Em seguida damos a volta na Trinity College, onde há gigantescos flocos de neve projetados na fachada principal. Nesse ponto nós avançamos consideravelmente mais devagar, pois as calçadas estreitas estão apinhadas, mas Andrew parece não se importar e vai puxando a mala com bom humor enquanto o meu começa a azedar. Acabo passando na frente dele, decidida a abrir caminho entre as pessoas, mas Andrew me puxa de volta e eu sigo a direção do seu olhar até a Grafton Street, a movimentada via comercial coroada por sua famosa e elegante iluminação de Natal.

– Não – digo quando ele arqueia uma sobrancelha.

– Ah, vai.

– Lá está lotado.

– É Natal.

É Natal.

E o sorriso no rosto dele é tão inocente, tão cheio de esperança, que não resisto quando ele torna a me puxar pelo meio do tráfego até chegarmos à rua movimentada. As lojas ali também estão abertas, e pessoas entram e saem delas com sorvetes de casquinha e copos de chocolate quente na mão, e com várias sacolas de compras penduradas nos braços.

Desviamos de uma rodinha compacta cantando junto com um músico de rua, um adolescente de bochechas rosadas que parece estar tendo a melhor noite da sua vida. Paramos na entrada de uma ruela para nos situar.

– Acho que eu deveria comprar alguma coisa pros seus pais – diz ele, espiando dentro da loja mais próxima. – Eu poderia dar o Toblerone gigante, mas gratidão tem limite.

– Que tal uma das fotos que você tirou? – sugiro. – Eles iam amar. Sério.

– Você acha?

Ele parece se distrair com alguma coisa, e quando vejo ele está olhando para o céu, ou mais especificamente para o visco pendurado no arco de pedra acima de nós.

– Isso pode ser qualquer planta – digo. – Pode até ser uma planta alucinógena. Tem droga à beça nesta cidade. Um problemaço.

– Está com medo de surtar outra vez, é?

– *Não*, eu...

– Porque eu sou gato demais? É o gorro, né? Não tem nada mais irresistível do que um gorro de crochê...

Eu o beijo, e nós dois sorrimos.

Talvez não seja necessário falar sobre nós. Talvez façamos isso quando tivermos tempo, sem o Natal nem a família no meio do caminho. Vamos conversar quando tivermos voltado para Chicago. E neste momento damos apenas um beijo de despedida.

Só que eu não quero que isso seja uma despedida.

Esse pensamento me ocorre assim que seus lábios tocam os meus, fazendo uma forte centelha de pânico perpassar meu corpo, e, embora sua intenção seja obviamente dar um beijo rápido, eu fico colada a ele, me agarrando ao seu casaco enquanto ele segura meus braços.

– Quer saber? – murmura ele ao se afastar. – Acho que a gente manda muito bem no beijo. Nota oito.

– Cala a boca – digo com um grunhido, mas estou mais encabulada do que irritada.

Mais satisfeita do que encabulada. E ele sabe disso. O modo como está olhando para mim agora faz com que eu me pergunte se ele está pensando a mesma coisa que eu: por que cargas d'água nós nunca nos beijamos antes? Mas, se tivéssemos tentado, talvez não tivesse sido a mesma coisa. Lá em Chicago esses sentimentos me pareciam repentinos, confusos e estranhos. Agora, porém, não posso evitar pensar que talvez, no fim das contas, eles não sejam tão repentinos assim. Talvez tenham crescido gradualmente. Tipo uma onda que vai aumentando devagar, só esperando para estourar na praia. Talvez ela sempre estivesse por vir. Talvez por isso pareça tão certo, e a ideia de me separar dele agora, mesmo que apenas pelos próximos dias, me deixe com essa sensação de vazio que não tenho exatamente o direito de sentir.

– Vem – diz ele, tornando a segurar minha mão. – Eu quero fazer um desvio de rota.

– A gente tá fazendo um desvio de rota *há três dias*.

Ele nem liga.

Andrew me conduz até o fim da rua, nos fazendo demorar o dobro do tempo necessário, já que para diante de cada vitrine.

Por fim, viramos à esquerda na árvore de Natal e seguimos em paralelo ao parque de St. Stephen's Green. O parque fica fechado à noite, mas as charretes continuam operando em frente a ele, levando os turistas encantados para passear, enquanto eles filmam todo o trajeto. Seguimos em frente, passando por mais hotéis, pubs e restaurantes dos quais as pessoas saem e entram direto nos táxis. Chegamos ao fim do quarteirão junto à Merrion Square, que agora está mais tranquila e mais escura. E perto dali, junto aos altos prédios do governo, uma mulher de casaco rosa-choque está apoiada num carro, com a cabeça baixa, olhando o celular.

Minha irmã.

– É ela – digo, sem qualquer necessidade, já que ela é a única pessoa ali.

Aperto o passo à medida que a animação começa a borbulhar dentro de mim, e quando chegamos mais perto ela ergue os olhos e acena ao nos ver.

Andrew emite um ruído de surpresa atrás de mim.

– Quer dizer que ela é tipo *idêntica* mesmo.

Eu rio.

– Eu com certeza já te mostrei uma foto.

– Sim, mas pessoalmente é...

Demais. Eu sei. Zoe e eu às vezes somos iguaizinhas até a última sarda, embora ela sempre use os cabelos mais compridos do que os meus. E agora, claro, tem uma diferença bem grande entre nós duas.

– Você está viva! – exclama ela, abrindo bem os braços, e sou obrigada a dar um passo para o lado para conseguir abraçá-la, por causa da barriga de grávida.

Quando recuo, ela pega minhas mãos e as conduz até onde meu futuro sobrinho repousa.

– Este é o Logan – diz ela.

– Achei que fosse Patrick.

– Patrick era semana passada. Agora é Logan.

Sorrio ironicamente.

– E semana que vem vai ser o quê?

– Conheci um Ryan bem legal outro dia – responde ela, e olha de relance para trás de mim.

– Esse é o Andrew – digo, incluindo-o no encontro entre irmãs.

Zoe estende uma das mãos como se esperasse que ele fosse beijá-la.

– Encantada.

– Dá pra parar com isso?

– Como assim? Meu filho precisa de um pai.

Ela diz isso enquanto aperta a mão de Andrew, e ele não consegue disfarçar a incompreensão.

Zoe fica séria.

– Ele me largou quando descobriu.

E lá vamos nós.

– Zoe...

– Eu pensei que significasse alguma coisa pra ele, entende? Mas ele me largou. Sem um tostão, sozinha e...

– Ela engravidou de um doador – digo bem alto interrompendo-a. – E ganha mais do que eu.

Zoe bufa.

– Sua estraga-prazeres. Eu paguei uma fortuna por um tiquinho de sêmen – explica ela para Andrew, aproximando o indicador do polegar. – Um assalto. Estava superdisposta a tentar a sorte com algum ficante de uma noite só, mas a Molly disse: "*Nããããoo*, é antiético."

– A única vantagem que ela tem é ser a gêmea sarcástica – digo, e Zoe inclina a cabeça e fica observando Andrew, pensativa, enquanto alisa a barriga.

– Eu nunca tive nenhum Andrew na minha lista de nomes.

– Então tá, já chega – digo, entrando na frente dele.

Ao fazer isso, volto a atrair a atenção de Zoe para mim e um sorriso ilumina seu rosto.

– Nem acredito que você está aqui – diz ela, e me puxa para mais um abraço.

Dessa vez é um abraço de verdade, e sinto a mesma pontada de tristeza de sempre ao reencontrá-la depois de alguns meses. Acho que nunca vai ficar fácil morar tão longe dela, mesmo que seja por vontade própria.

– Você precisa sentar – digo. – Como está conseguindo ficar em pé?

– Com grande dificuldade. – Ela destrava o carro enquanto Andrew leva suas coisas até o porta-malas. – Já viu meus tornozelos? É claro que toda vez que eu reclamo disso com a mamãe, ouço um sermão de vinte minutos sobre ela ter tido que carregar *dois* bebês. Ah, e ela está *animadíssima* para enfim conhecer esse cara. O famoso Andrew, em carne e osso.

Ele sorri.

– Famoso, é? Então vai ser zero pressão.

– E a gente também espera que nossos hóspedes retribuam nossa hospitalidade com ouro puro, viu? Molly, não sei se você explicou as regras pra ele.

– Aqui dentro desta mala tem um tubo gigante de M&Ms, se você se comportar direitinho... – diz ele, suspendendo a mala até o bagageiro.

Zoe leva uma das mãos ao coração.

– Pronto. Andrew foi pro topo da lista. Adeus, Logan! A gente mal te conheceu. – Ela olha para mim. – Ele vai na frente.

– Mas eu que sou a sua irmã!

– E ele é o *convidado*! Entra antes que eu te obrigue a ir a pé, meu bebê está com frio.

E, com isso, nós três entramos no carro.

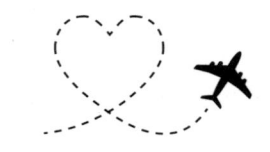

Capítulo 19

A estranheza começa a se instalar conforme nos aproximamos de casa. Zoe passa o caminho inteiro bombardeando Andrew com perguntas, o que me dá a oportunidade de me recostar no banco e ficar alguns minutos sem pensar em nada. Ou pelo menos *tentar* não pensar em nada. Acho que eu deveria estar sentindo um certo alívio. Todo o dinheiro gasto, todo o estresse, todos os chocolates que demos para taxistas mal-humorados, e aqui estamos. Nós conseguimos.

Mas tudo que eu consigo sentir é apreensão. Não paro de me perguntar se assim que voltarmos a pisar em Chicago tudo isso vai acabar. Se vamos voltar a ser apenas Andrew e Molly. Quer dizer, tá, a gente viveu um momento legal em Londres. Rolaram alguns papos, tipo, ah, vou levar você para lançar machados e tal. Mas isso foi num contexto de luzinhas de Natal cintilantes, um primo excêntrico e aquele contentamento recém-descoberto que nada tinha a ver com a nossa vida de verdade. Com nossos amigos, empregos e responsabilidades. Adicionando tudo isso à mistura, qualquer coisa poderia acontecer.

– Você viu que os O'Reillys ampliaram a casa? – pergunta Zoe quando entramos na nossa rua. Passamos por uma conhecida casa de tijolos vermelhos na esquina, com uma caixa de correio bastante chamativa na lateral. – A mamãe tá soltando fogo pelas ventas. Disse que eles estragaram a rua inteira.

– Ela tá é com inveja.

– É claro que está. – Zoe faz uma curva abrupta e estaciona com uma desenvoltura invejável. – Lar, doce lar – diz, e me lança um sorriso travesso.

Ignorando-a, ergo os olhos para a casinha com varanda da minha infância.

– É sério que eles te obrigaram a vir morar com eles?

Zoe mora num apartamento bem distinto perto das docas. Num daqueles prédios chiques, com estúdio de pilates privativo e no mínimo cinco cafés independentes e que se levam *muito* a sério na região.

– Só por algumas semanas – diz ela enquanto saltamos do carro. – Não vou mentir: eu meio que estou gostando de ser paparicada. Só não diz isso pra eles.

Nós a seguimos pelo pequeno caminho que leva à casa, e Andrew sorri ao ver a rena iluminada no jardim do vizinho.

– *Mãe?* – chama Zoe quando entramos. – Encontrei sua segunda filha preferida!

– Zoe.

– E ela trouxe um menino pra casa!

– Zoe!

Ela me ignora e, com seu andar pesado, avança alguns passos para dentro da casa.

– Eles devem estar na casa da Mary – diz, já dando meia-volta quando ninguém responde. – Me deem cinco minutos.

– Mary? – pergunta Andrew quando ela desaparece do lado de fora.

– Nossa vizinha. Ela está sozinha desde que o marido morreu. Meus pais passam bastante tempo lá.

– Que gentileza a deles – comenta Andrew, e me segue sala adentro. – Você deve sentir falta de conhecer todo mundo na rua.

– Tá falando sério? Tem ideia de como as pessoas podem ser enxeridas? A mulher que mora a quatro casas daqui fez um bolo pra mim no dia em que eu fiquei menstruada pela primeira vez. Até hoje não sei como ela ficou sabendo.

Ele ri.

– Eu acho isso bem legal.

Sacudo os ombros para me livrar do casaco e do cachecol, já sentindo calor por causa da alta temperatura que meus pais gostam de manter na casa. Há coisas de Zoe espalhadas, assim como alguns presentes obviamente para o bebê, mas tirando isso a sala está igualzinha. Um pequeno hall e uma cozinha estendida nos fundos, três quartos e um banheiro no andar de cima. Uma casa pequena e básica, mas amada e bem-cuidada, da qual só tenho lembranças boas de quando era pequena.

– Cadê a árvore? – pergunta Andrew, dando um peteleco na borla de uma das almofadas da minha mãe.

Ela tem essas mesmas almofadas desde antes de eu nascer, assim como o sofá marrom e a pesada escrivaninha de madeira que era da minha avó. O móvel está onde sempre esteve, no canto da sala, sob o peso de um milhão de fotos de família.

– A gente não monta árvore.

Pela expressão no seu rosto, é como se eu tivesse lhe contado que o Papai Noel não existe.

– Onde a gente colocaria? – continuo, indicando a pequena sala com um gesto.

– Vocês nunca fizeram nada mesmo?

– Acho que a gente decorava o pinheiro lá fora quando eu era mais nova. Meu pai dizia que tinha fadas dentro dele.

– Ah, bom, isso é bem encantador.

– Eu era uma criança encantadora. – Para provar, aponto para uma foto minha sorrindo aos 4 anos de idade. – Até mais ou menos os 12 anos.

– Aí foi tudo ladeira abaixo?

– A puberdade não me caiu bem.

Ele corre os olhos pela fileira de fotografias, demorando-se em algumas.

– Essa é a parte em que você me diz que eu melhorei com o tempo – aponto.

– Mas você melhorou?

– *Então tá*, engraçadinho. Você é convidado aqui, não esquece.

Andrew aponta para outra foto de uma de nós duas montada num burrinho.

– E aqui, o que está acontecendo?

– Era o aniversário da Zoe.

– Que também é o seu – diz ele. Quando nego com a cabeça, ele franze a testa. – Vocês são gêmeas do tipo que uma nasceu um minuto antes da meia-noite e a outra um minuto depois?

– Não. Só comemorávamos em dias diferentes. A gente podia escolher.

Ele me encara.

– Vocês escolhiam o dia do próprio aniversário?

– Aham. – Sorrio ao me dar conta de que o deixei impressionado. – Meus pais faziam muita questão de que cada uma de nós se sentisse única. Então a gente comemorava nosso aniversário na data certa *e* podia escolher mais outro dia.

– Isso é pura ostentação.

Eu rio.

– Pra gente era normal.

– Qual data a gente comemora?

– O dia de verdade – garanto.

– E o seu outro, quando é?

– Dia 10 de março. Nenhum significado especial – emendo. – Absolutamente nenhum. Eu escolhi uma data aleatória. Nunca fiz nada nesse dia desde que me mudei pra Chicago, mas meus pais ainda me mandam um cartão.

– Não acredito que você tem dois aniversários.

– Eu sou especial.

Ele se cala e fica examinando cada foto com toda a concentração, como se tentasse obter o máximo de informação possível delas, antes de finalmente se afastar e perguntar se poderia tomar uma chuveirada. Apesar de tecnicamente não morar mais aqui, eu rapidamente assumo o papel de anfitriã e subo até o segundo andar para me certificar de que está tudo limpinho enquanto ele vai pegar na mala as coisas de que precisa.

– Vou ficar aqui – digo, e aponto para meu antigo quarto quando ele volta. – A mamãe provavelmente vai preparar um ensopado, porque é a única coisa que ela sabe fazer.

– Um ensopado parece ótimo – diz ele enquanto pendura a toalha que lhe estendo.

– Se precisar de alguma coisa, é só gritar.

Ele me lança um sorriso breve e então fecha a porta.

É nesse ponto que uma pessoa normal se afastaria. Só que eu não saio do lugar. É como se meus pés estivessem grudados no carpete, e meu corpo preso no lugar enquanto ouço o trinco arranhar a madeira e o leve farfalhar de roupas antes de o chuveiro ser aberto. O corredor é preenchido pelo som do nosso boiler esquentando a água, e da água em si caindo nos ladrilhos.

É só quando a porta da frente se abre lá embaixo que me forço a voltar para o quarto. Zoe deixou algumas de suas roupas (de não gestante) para mim, e visto uma calça jeans e um moletom com capuz antes de prender os cabelos num coque. O chuveiro é fechado poucos minutos depois, e rapidamente ajeito minhas coisas enquanto ouço Andrew tentando abrir o trinco do banheiro.

Nós nos encontramos no corredor, ele apenas com a toalha puída enrolada na cintura. As roupas que está segurando escondem metade do seu peito, mas mesmo assim me delicio com a pele lisa e molhada, e um rastro de pelos escuros que desaparece por baixo da...

– Foi mal, não tenho barriga tanquinho.

Ergo os olhos depressa para o sorriso leve e cúmplice no seu rosto.

– E nem precisa – digo, e seu sorriso se abre mais um pouco. – Que rápido – emendo.

– Imaginei que você fosse querer tomar banho também.

– Ah. Nem. – Descarto a sugestão com um gesto, meus olhos pregados em algum ponto acima do seu ombro esquerdo. Não quero desperdiçar um segundo a mais longe dele do que o necessário. – Eu, hã... Você pode trocar de roupa no meu quarto.

Não lhe dou nem tempo de responder, e me esgueiro por ele para dentro do banheiro agora vazio. O ambiente ainda está cheio de vapor, e com cheiro de sabonete. Do sabonete *dele*. Daquele sabonete idiota de sândalo/pinho/"vou te levar pro mato num dia de verão e te beijar no chão da floresta".

Que cheiro é *esse*?

Meus movimentos são automáticos; tento me manter ocupada. Limpo o espelho embaçado e sacudo a cortina do box. Penduro o tapete de banho e lavo as mãos. Fico parada no meio do banheiro e tento não chorar.

São lágrimas de cansaço, eu sei que são. Lágrimas de emoção, de cansaço, lágrimas de "alguém cuida de mim" que fazem meus olhos arderem. E que eu me recuso a deixar rolarem.

Talvez devesse simplesmente tê-lo levado direto para pegar o ônibus. Teria sido mais fácil assim. Uma ruptura clara. Não vê-lo na minha casa, se divertindo com a minha irmã, provavelmente prestes a seduzir minha mãe com seu charme. Teria sido melhor me despedir lá na cidade, mas não quero me despedir de jeito nenhum.

Eu não quero que ele vá embora.

Eu não quero que ele vá embora. Eu não quero que ele vá embora. Eu não quero que ele vá embora.

Fico encarando o chuveiro, e inspiro e expiro algumas vezes para me acalmar. Quando consigo me controlar, volto ao quarto. Bato de leve, e entro assim que Andrew responde. Ele ainda está apenas parcialmente vestido, sem camisa e descalço, em dúvida entre as opções de camiseta que estendeu sobre a cama.

– O jantar aqui é formal? – pergunta.

– É smoking ou a porta da rua.

– Imaginei.

Dou mais alguns passos para dentro do quarto ao mesmo tempo que ele pega uma camiseta e, com a outra mão, esfrega a toalha úmida nos cabelos. Os músculos de seu abdômen se contraem quando ele faz isso. Os mesmos que eu toquei ontem à noite. E, da mesma forma que o beijo em Buenos Aires parecia estar a um mundo de distância, o quarto escuro em Londres agora parece pertencer a outra vida, uma vida sobre a qual ainda não conversamos.

– Você está fazendo careta.

– Eu sei.

Andrew franze a testa e pendura a toalha no encosto de uma cadeira.

– O que foi?

– Eu quero saber antes do Natal o que tá rolando entre a gente – digo. – Não quero esperar voltar pra Chicago. Vai demorar muito. Você disse que não vai a lugar nenhum, mas eu preciso saber em que pé as coisas estão, senão vou ficar maluca. – Faço uma pausa e esfrego as mãos nas coxas. – Faz sentido?

– É claro que faz.

Assinto e fico aguardando enquanto o encaro.

– Bom – começa ele. – O que você quer que seja?

Droga. Eu deveria ter perguntado isso antes.

– Sei lá – respondo, sincera. – Só sei que não quero que acabe.

– Nem eu.

– Mas você não acha que estamos indo rápido demais? Quer dizer, a gente passou de nada a alguma coisa bem depressa, né?

– Talvez. – Ele dá de ombros. – Ou talvez não. Pra mim não parece errado. – Ele hesita e me olha com um ar curioso. – Pra você parece?

Faço que não com a cabeça. Porque o problema é exatamente este: não me parece nem um pouco errado. Parece certo.

– Porque se o Oliver não tivesse interrompido a gente... – continua Andrew.

– Eu sei.

– Eu estava pronto pra usar algumas das minhas melhores técnicas, só digo isso.

– Cala a boca – peço com um grunhido, e me sento na beira da cama.

Tenho um rápido vislumbre do seu sorriso maroto antes de afundar a cabeça nas mãos.

– A gente tem tempo – diz ele quando volto a encará-lo. – Tempo de sobra. Então, se você quiser voltar pro começo, a gente pode.

– Começo?

– É. – Ele se agacha na minha frente e sorri. – Tipo primeiro encontro. Quer dizer, com certeza a gente ainda vai ter vantagem sobre os outros casais, mas de toda forma eles não conseguiriam competir com a gente mesmo.

Outros casais. Um prazer borbulhante percorre meu corpo ao ouvir essas palavras.

– Você está dizendo que não acha errado. Mas se estiver com medo de que seja, a gente pode... ir devagar. Fazer as coisas com calma. Que tal?

– Tá – resmungo, remexendo na barra do casaco.

– Quando você volta pra Chicago?

– Dia 28.

– Eu volto em 7 de janeiro – diz ele, formal. – Quer ir tomar um café comigo, Molly?

– Eu acho que sim.

– Que tal demonstrar um pouco mais de entusiasmo?

– Que tal você pôr uma camisa? – respondo, e ele ri ao fazer o que pedi.

– Então dia 7 a gente se vê.

– Você vai ter acabado de chegar?

– E vou direto te encontrar. A gente pode jantar.

Jantar. Um jantar eu consigo. Já jantei com várias pessoas.

– Eu escolho aonde a gente vai – digo.

– Eu nem cogitaria outra coisa.

Assinto, e quando ele segura minhas mãos isso me distrai. Está ficando difícil raciocinar com ele perto de mim desse jeito. Mas jantar é uma boa.

– Tem um nepalês em Wicker Park que eu acho que você vai ador...

O modo como seu olhar se volta para minha boca é meu único aviso antes de ele me beijar. O beijo dura apenas alguns segundos, nem de longe o suficiente, e tento conter minha irritação quando ele se afasta.

– Quando você diz ir mais devagar... – balbucio, e ele sorri e torna a me beijar.

– Quer dar uns amassos na sua cama?

– E transformar em realidade todos os meus sonhos de adolescente?

Sim, eu quero, sim. Mas antes de poder empurrá-lo no colchão deformado e pôr em prática minhas fantasias de 17 anos, nós somos interrompidos por Zoe me chamando lá embaixo.

– Se isso de algum parente interromper a gente virar um hábito... – começo a dizer, e ele ri e se senta nos calcanhares. – Pronto pra conhecer meus pais? – pergunto, e aceito sua mão quando ele me ajuda a me levantar. – A mamãe é...

Paro de falar e solto uma bufada de irritação quando Zoe torna a me chamar. E, mesmo que já faça muitos anos, estou tão acostumada com o som da minha irmã gritando por mim que meu primeiro instinto é ignorá-la. No instante seguinte ela grita mais uma vez, só que agora meu nome é seguido por outro grito curto e penetrante.

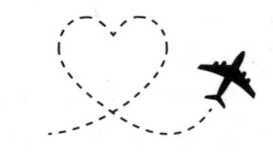

Capítulo 20

Desço a escada tão depressa que quase tropeço. Andrew é que de fato tropeça, e chega cambaleando ao primeiro degrau, de onde Zoe em pé no meio da cozinha. Ela está curvada, segurando o encosto de uma cadeira com o rosto contorcido de dor.

– Está tudo bem – diz ela ao nos ver. – Desculpa, está tudo bem.

– Você gritou!

– Eu sou dramática. É que... – Ela comprime os lábios quando mal consegue conter um grunhido.

Atrás de mim, Andrew diz um palavrão baixinho.

– Você está tendo contrações?

Ela faz que não com a cabeça.

– São de treinamento.

– Não parece – digo.

– O nome é contrações de Braxton-Hicks. É uma coisa conhecida. – Ela precisa forçar a última palavra a sair quando a contração seguinte vem, e os nós de seus dedos embranquecem ao mesmo tempo que ela desaba sentada na cadeira. – Meu *Deus* do céu.

– É melhor a gente ir pro hospital – digo, enquanto Andrew se agacha ao lado de Zoe. Na mesma hora ela segura a mão dele, e ele sequer se retrai quando ela aperta com toda a força. – Zoe? Hospital?

Ela apenas revira os olhos, ou ao menos tenta, enquanto seu útero se contrai feito uma bolinha antiestresse.

– Vou tomar um banho de banheira.

– E de que vai adiantar isso?

– Sei lá! Para de gritar comigo!

Andrew funciona como um peso de apoio quando ela tenta ficar em pé, e ela grunhe um "obrigada" enquanto se levanta.

Quando ela faz isso, vejo uma mancha de umidade ir descendo rapidamente pela sua calça. É somente graças a uma força de vontade que não sei de onde vem que consigo engolir uma exclamação.

Andrew olha na mesma direção que eu e, justiça seja feita, sequer titubeia ao virar depressa para mim, com as sobrancelhas arqueadas.

– Zoe? Meu bem? – Mantenho a voz o mais suave possível. – Acho que a sua bolsa acabou de estourar.

– Eu devo ter feito xixi na calça. Acontece muito quando tem um ser humano pressionando a sua bexiga.

– Não acho que você tenha feito xixi na calça nem acho que essas contrações sejam de treinamento. Eu acho que o neném está querendo sair.

Zoe me encara com uma expressão de genuína incompreensão e de extrema irritação.

Minha irmã não é nenhuma idiota. Na escola, batalhava, assim como eu, para ser a primeira da turma. Ela me venceu por três pontos nas provas finais. Faz as palavras-cruzadas do jornal diariamente, e aprendeu português em seis meses só porque eu disse que ela não seria capaz.

Ela não é nenhuma idiota. Mas é e sempre foi teimosa que nem uma porta, e no presente momento parece tão certa do que está dizendo que a alternativa chega a ser impensável.

Volto a tentar.

– Você está entrando em...

– Eu não estou entrando em trabalho de parto – afirma ela quando a irritação vence a incompreensão. – Deixa de ser burra. Que burra.

– Zoe...

– Ainda faltam três semanas.

– O neném não tem calendário!

– Hospital? – indaga Andrew.

Começo a assentir antes de me lembrar que estou praticamente sem nada.

– Estou sem habilitação.

– Eu posso dirigir.

– Ei! – diz Zoe, acenando com uma das mãos. – Parem de falar como se eu não estivesse presente.

– Deixa de ser mala – rebato. – Cadê a mamãe e o papai?

– Foram levar a Mary na igreja.

– Que igreja?

– Sei lá!

– Bom, quanto tempo eles devem levar pra...

– Talvez seja melhor eles encontrarem a gente lá – sugere Andrew.

– Isso não está acontecendo – grunhe Zoe enquanto eu e ele trocamos um olhar por cima da sua cabeça curvada.

– Olha, se forem contrações de treinamento, tudo bem – digo. – Não tem problema. Mas não custa nada ouvir isso de alguém que não tenha aprendido medicina vendo *Grey's Anatomy*.

Zoe me olha como se a insensata fosse *eu*, mas algo na minha expressão deve tê-la convencido de que ela não tem como escapar dessa.

– Quem sabe eles me dão um analgésico – diz ela, e assinto para encorajá-la.

As contrações parecem diminuir depois que entramos no carro. No caminho, ela se acalma e manda mensagens de texto para nossos pais, e também para algumas amigas, contando como estou sendo idiota. Apesar de se recusar a acreditar que isso está acontecendo, ela felizmente tinha gravado o endereço do hospital no GPS do carro, e Andrew vai desviando depressa do tráfego ao nos conduzir de volta até o centro da cidade. A maternidade fica bem no centro, e acabamos pagando um preço exorbitante para estacionar a três ruas de distância, mas não estou nem aí.

Na recepção, uma enfermeira com brincos em formato de panetone dá uma única olhada para nós e na mesma hora começa a agir.

– Está tudo *bem* – diz Zoe pela milionésima vez quando a enfermeira, que segundo o crachá se chama Cara, tenta conduzi-la para uma cadeira de rodas. – Nem estou sentindo mais nada.

Quando ela tenta se desvencilhar de mim, seguro seu braço com força.

– Vamos ouvir o que os gentis profissionais de medicina têm a dizer, que tal?

– Eu *vou* ouvir quando chegar a *hora*. – Mesmo assim, ela se senta na cadeira, com os olhos arregalados e o rosto pálido, e então entendo o que aquela sua atitude na realidade traduz: puro e simples pavor.

Apesar das piadas que vive fazendo sobre o pai do bebê, Zoe nunca quis ter um relacionamento. Nunca a vi namorar ninguém por mais de algumas semanas, e mesmo assim acho que foi por estar curiosa para saber por que todo mundo dava tanta importância a esse assunto. Mas ela queria ser mãe, então foi e deu um jeito. Jamais teria lhe ocorrido que não pudesse pelo menos tentar. E, assim como tudo o mais que faz na vida, ela deu o melhor de si.

Como mãe solo, ela precisou de planejamento. Planejamento para os próximos cinco anos e para os próximos dez, planilhas financeiras complexas, uma rede de apoio próxima. Sei que passou tanto tempo planejando e tanto tempo tentando que em parte esqueceu o acontecimento em si, ainda mais quando esse acontecimento resolveu chegar duas semanas e meia antes.

– Nós vamos pra outra sala de espera? – pergunta ela, soando muito jovem enquanto assina um formulário sem nem ler.

– Nós vamos para o setor de trabalho de parto – diz Cara.

– Para o... Por quê?

A enfermeira sequer pisca.

– Porque a senhora está entrando em trabalho de parto.

– Isso não pode estar acontecendo – repete Zoe pela décima vez. Ela devolve a prancheta para a enfermeira e volta os olhos desvairados para mim. – Eu não posso parir um capricorniano em dezembro.

– Deu tudo certo com Jesus.

– Molly, o cara foi *crucificado*!

A enfermeira assume seu posto atrás da cadeira e nos encara com um ar de expectativa.

– O senhor vai querer me acompanhar?

Todos levamos alguns instantes para perceber que ela está se dirigindo a Andrew.

– Eu não sou o pai – diz ele, espantado.

– Ah, me desculpe. Eu pensei que...

– Eu sou mãe solo – interrompe Zoe, ao mesmo tempo que digita furiosamente uma mensagem de texto. – Moderna, forte e valente. Será que dá pra esperar a minha mãe?

A enfermeira já está empurrando a cadeira pela porta.

– Se ela se identificar quando chegar, nós com certeza vamos...

– Não, a gente precisa esperar eles chegarem – diz Zoe, voltando a entrar em pânico. – A gente precisa... Mãe!

Nesse exato instante, nossa mãe entra pela porta da recepção, sem casaco nem gorro apesar do frio que está fazendo.

– Cheguei, meu amor. Cheguei.

Seus cabelos antes louros estão agora de um branco prateado, e há mais rugas em seu rosto do que me lembro, como acontece toda vez que a revejo, mas ela parece forte como de costume ao avançar depressa até nós, olhando rapidamente para mim antes de olhar para minha irmã.

Zoe a segura pelo pulso e não solta.

– Acho que vou ter meu neném agora – diz ela, como se estivesse fazendo uma confissão.

– Vamos ver o que os médicos dizem.

– Cadê o papai? O papai está vindo? Onde...

– Ele passou em casa pra pegar suas coisas, mas a gente achou melhor eu vir direto pra cá.

– É – diz Zoe. – É, fica comigo.

– Eu vou ficar do seu lado o tempo todo – garante minha mãe, apertando seu pulso.

– Estamos prontos para ir agora? – pergunta Cara, com a paciência de uma santa.

Minha mãe faz que sim com a cabeça, e dá um sorriso atarantado na minha direção antes de sair empurrando minha irmã pelas portas vaivém do setor de trabalho de parto. Andrew e eu ficamos olhando na direção em que elas sumiram.

– É nessa parte que ela de repente descobre que vai ter trigêmeos? – pergunto para Andrew, que parece meio ofegante.

– Eu não conseguia parar de pensar que ela ia parir dentro do carro – diz ele, passando a mão pelo rosto. – Sempre achei que eu fosse bom em situações de emergência, mas...

Dou uma risada meio descontrolada e olho em volta pela sala de espera. Ninguém parece particularmente incomodado com nossos poucos minutos de drama. Todos estão mais preocupados com a pessoa que eles próprios estão esperando.

– Bom, acho que seria melhor a gente... Merda! Seu ônibus! Você precisa...

– Tenho bastante tempo – interrompe ele. – Eu posso ficar, se você quiser.

– Sério?

– Na hora cheia, de hora em hora – me lembra ele, e assinto aliviada.

– Pelo menos até meu pai chegar?

– Claro.

Ele põe um dos braços em volta dos meus ombros, me puxa para junto de si e me conduz até uma fileira de cadeiras vazias no fundo da sala de espera, onde pelo visto passarei o restante da minha véspera de Natal.

Em determinado momento, ficamos sentados ali por tempo suficiente para que eu pegue no sono. Não me lembro de sentir cansaço, mas os acontecimentos dos últimos dias devem estar cobrando seu preço. Num segundo estou encarando um cartaz de pare de fumar sem ver direito, e no instante seguinte estou na horizontal, encarando as pernas de um dos pais que aguardam do outro lado da sala.

Estou toda torta em cima de três cadeiras, numa posição desconfortável que vai fazer minhas costas doerem por dias, já que não tenho mais 20 anos e simplesmente me abaixar depressa demais para pegar uma meia no chão tem o potencial de me deixar fora de combate. Só que eu não mudo de posição, e não só pelo fato de estar com a perna esquerda dormente. Não. Fico parada porque sinto algo arranhando agradavelmente meu couro cabeludo, uma experiência quase orgásmica que eu quero que continue para sempre.

Andrew está me fazendo um cafuné.

Abro os olhos e vejo que os dele estão fechados. Ele está com a cabeça inclinada para trás e apoiada na parede enquanto move os dedos distraidamente pela minha cabeça. Um movimento em especial faz um arrepio descer pela minha espinha e eu mudo de posição. Nesse momento ele abre os olhos e me olha como se estivesse surpreso por me ver ali. Então ele afasta a mão no mesmo instante e torna a pousá-la na própria coxa.

– Desculpa – murmura ele, e eu balanço a cabeça.

– Pode continuar. Estava melhor do que qualquer uma das massagens milionárias que pago para fazerem em mim.

– Servimos bem para servir sempre. – Ele diz isso com sarcasmo, mas, como sua expressão é de insegurança, eu fecho os olhos, me viro de costas para ele e fico esperando.

Alguns segundos depois, ele retoma o cafuné, e eu juro por Deus que quase ronrono.

– Que horas são? – pergunto em vez disso.

– Onze e pouquinho.

– Como é que é? – Arregalo os olhos assustada. – O seu...

– Não faz mal – diz ele, pressionando meu ombro com a outra mão quando tento me sentar.

Ao me desvencilhar dele, sinto a cabeça girar por ter levantado rápido demais.

– Você perdeu o último ônibus.

– Eu pego um táxi.

– Mas você vai...

– Está tudo bem, Moll.

Sua calma faz meu pânico diminuir.

– Tá bom – digo, ainda hesitante, tornando a me recostar na cadeira. – Meu pai chegou?

– Ele saiu faz uns vinte minutos. Sinto muito. Acho que ele e sua mãe vão se revezar para dormir, assim um dos dois estará sempre com a Zoe. Ele não quis te acordar. Disse que você estava dormindo que nem um cadáver. – Andrew hesita. – Mas disse isso de um jeito afetuoso.

Dou uma bufada.

– É a cara dele.

Pego o celular para mandar uma mensagem de texto para meu pai e reparo em uma sacola do duty free ao nosso lado.

– Ele também deixou isso – diz Andrew. – Disse que imaginava que fosse pra sua irmã.

– E é – retruco, tirando da sacola o embrulho de papel de seda. Parece que faz anos que eu comprei. – É o presente de Natal horrível da Zoe.

– Tenho certeza que você consegue comprar outra coisa pra ela – diz Andrew, gentil. – As lojas ainda estão abertas.

Consigo apenas sorrir.

– É intencionalmente horrível – explico. – A gente tem uma tradição de trocar presentes ruins.

– Uma tradição de trocar presentes que nenhuma das duas quer? O estranhamento é compreensível.

– O que vale é a intenção.

– Vocês já pensaram em trocar presentes de que fossem realmente gostar? Quem sabe vocês não começam uma nova tradição? Uma tradição muito melhor, ouso dizer.

– Eu sei que parece estranho – digo, rindo. – Mas a gente faz isso desde criança. Não sei por quê, é uma coisa nossa. E eu sei lá... – Dou de ombros. – É divertido. Eu sempre dou pra ela um perfume. O pior que consigo encontrar.

– E ela, o que ela te dá?

– Comida – respondo. – Em geral alguma coisa nojenta, alguma bobagem recém-lançada em que eu só consigo dar uma única mordida. Aí ela passa um mês no fundo do armário, até que o nosso pai acha e come.

– Perfume – diz Andrew devagar, começando a entender. – É por isso que você está sempre com um cheiro horrível nos nossos voos. – Dou um tapa na sua perna. – É verdade, ué! Achei que você fosse só excêntrica. Até preciso dizer que estou um pouco aliviado. Mas continuo sem entender.

– Sabe como é difícil dar um presente que a pessoa vai odiar? – pergunto. – Sabe o quanto eu penso antes de comprar o presente dela? É o presente mais pensado que eu dou.

– Eu sei que você está tentando fazer isso parecer uma coisa lógica, mas não é.

Abro um sorriso irônico enquanto aliso a sacola no meu colo.

– É tradição – repito. – Não precisa ter lógica.

– E você dizendo que a sua família não sabe comemorar o Natal.

Antes de eu conseguir responder, minha mãe aparece na sala de espera trazendo uma bandeja com copos de plástico cheios d'água.

– Os médicos estão lá com a sua irmã – diz ela enquanto nos passa os copos. – Ela me mandou sair porque pelo visto eu estava olhando demais pra ela.

Ela se senta ao meu lado e, com um único arquear de sobrancelha, repara no meu suéter de Natal.

– Comprei em Paris – explico, num tom meio defensivo, e ela balança a cabeça.

– Coitadinha. Você deve estar morta depois de tudo isso.

– Não foi tão ruim assim – respondo, e olho na direção de Andrew. Só então me dou conta de que não fiz exatamente uma apresentação formal. – Mãe, este é o...

– Nós já nos conhecemos – interrompe ela com um sorriso caloroso. – Enquanto você estava dormindo. Ele me contou tudo sobre as aventuras de vocês.

Ah, contou, é? Andrew me encara com um olhar de inocência enquanto minha mãe pega o celular e lê uma mensagem antes de digitar com todo o cuidado uma resposta usando um dedo só. Ela ainda está digitando quando ele se levanta de repente e dá um bocejo exagerado.

– Vou dar uma esticada nas pernas – diz ele, e se afasta antes de eu conseguir detê-lo.

– Ele é muito bonito – murmura minha mãe, ainda focada no próprio telefone. – Você nunca me disse que ele era bonito.

Faço um ruído evasivo e espero ela terminar de enviar a mensagem.

– Seu cabelo ficou legal.

– A menina nova do salão disse que eu fico bem de cabelo grisalho.

– E fica mesmo.

– Hmmm. – Ela põe o celular no colo, vira para mim e alisa minha bochecha com o polegar. O que quer que veja no meu rosto parece satisfazê-la, porque ela me solta e se volta novamente para a porta do setor de trabalho de parto. – Que bom que você chegou inteira. Deixou todo mundo apavorado achando que não fosse conseguir chegar.

– Não achei que fosse ter tanta importância assim.

– Não ter você em casa? – Ela parece espantada com o meu espanto. – Por que você acha isso?

– É só que... – Não completo a frase, um pouco encabulada. – Sei lá. A gente não curte muito o Natal.

– Mesmo assim, eu quero você em casa – diz ela. – Eu e o seu pai. Você deveria ter visto como ele estava. Em geral ele acompanha o seu voo minuto a minuto. E este ano, com a tempestade, nós ficamos apavorados pensando que você não conseguiria mesmo chegar. Ele passou a noite inteira acordado esperando pra ver se disponibilizariam voos extras.

– Você não disse nada – protesto, pensando na quantidade de ligações da família das quais Andrew foi obrigado a se esquivar.

– E deixar você mais estressada ainda? – Minha mãe balança a cabeça. – Ficar se preocupando com a gente era a última coisa de que você precisava. Molly, você é adulta. E está vivendo a própria vida. Eu nunca quero te fazer pensar que precisa largar tudo e voltar pra cá. Só se você quiser.

– Eu quero – digo, depressa. – Eu sempre quero.

Ela hesita e olha para o meu suéter.

– Se você quiser começar a decorar a casa... – começa ela, e a relutância em sua voz quase me faz sorrir.

– Eu não quero. Não mesmo. Só quero estar com vocês.

Isso parece tranquilizá-la, e ela se inclina para junto de mim como quem compartilha um segredo.

– Viu aquele boneco de neve que acende que os Brennans puseram no telhado? Não sei onde eles arrumam dinheiro pra essa eletricidade toda. Mas Deus me livre comentar qualquer coisa com eles.

– Vou ter que tirar uma foto pro Andrew – digo. – Ele ama essas coisas.

– É mesmo? E isso está te contagiando um pouco?

– Um pouquinho, talvez.

– Daqui a pouco você vai estar usando galhadas de rena na cabeça – resmunga ela.

– Ou pendurando meias na calada da noite. Imagina o papai descendo a escada e encontrando a casa inteira transformada na gruta do Papai Noel?

– Ele provavelmente nem iria reparar – diz ela, seca, e eu rio.

O som faz sua expressão se suavizar.

– Que bom que você conseguiu chegar – diz ela. – Nunca pense que eu não quero que você venha.

Ela me puxa para um abraço e me dá um beijo demorado no rosto.

– Estamos sendo observadas – acrescenta depois que nos afastamos. Quando olho para trás, vejo Andrew fazendo hora junto ao expositor de revistas para nos dar alguns instantes de privacidade. – Esse rapaz não deveria estar dentro de um ônibus a caminho de algum lugar?

– Acho que ele quer estar aqui no caso de alguma emergência.

– Entendi. Bom, sobre *isso* você pode me contar quando a gente voltar pra casa.

– Você vai gostar dele – digo, sincera, e um sorriso franco se abre no rosto dela quando seu celular apita.

– Sua irmã quer que eu volte – diz ela, levantando-se com um grunhido. – Dessa vez vou tentar não ficar encarando ela nos olhos.

Andrew volta depois que ela sai, com uma expressão de provocação no rosto.

– Lá-rá-lá – cantarola ele. – Sua família te amaaa.

– Todo mundo me ama – balbucio, tentando não demonstrar o quanto estou sem graça.

Ele percebe mesmo assim, é claro, mas felizmente não insiste no assunto e apenas se acomoda na sua cadeira. Ficamos os dois olhando para as portas vaivém enquanto esperamos o último milagre acontecer.

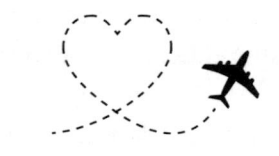

Capítulo 21

Meu sobrinho nasce uma hora e meia depois, três semanas antes do previsto, na madrugada do dia de Natal.

– Ele escorregou direto pra fora – anuncia minha mãe ao nos dar a notícia.

Andrew, verdade seja dita, só se retrai muito de leve. Sim, é claro que ele ainda está aqui. Ficou do meu lado o tempo todo, e só deu um muxoxo quando eu lhe disse duas vezes para pegar um táxi. Segurou minha mão sem dizer nada, sabendo que eu estava precisando. E eu fiquei feliz com isso. Egoistamente feliz. Não queria que ele fosse embora. Quero que ele fique aqui. Quero que fique comigo.

Como o neném veio um pouco antes da hora, as enfermeiras o levaram para fazer alguns exames, de modo que demoro um pouco para conseguir vê-lo. O suficiente para me fazer começar a andar de um lado para outro da sala de espera, frustrada.

– Se ele está bem, por que precisam fazer tantos exames? – pergunto em voz alta pela milionésima vez. Andrew não se dá ao trabalho de responder, simplesmente dá alguns tapinhas no meu joelho quando torno a desabar na cadeira ao seu lado. – Faz alguma coisa pra me distrair – peço.

– Distração sensual ou tipo truque de baralho? Não que uma coisa exclua a outra, claro.

– Você consegue me arranjar uma coisa doce?

– Vou fazer melhor. Vou te conseguir a coisa mais doce que a humanidade já conheceu, do tipo que sequer deveria ser permitido num hospital.

Ele aperta minha perna e faz a longa e árdua caminhada para atravessar a sala de espera.

Enquanto isso, tento atrair o olhar da enfermeira que está no posto de enfermagem, a mesma que passou os últimos vinte minutos tentando deliberadamente não olhar na minha direção.

Nesse momento, outra enfermeira entra pela porta principal com uma pilha de papéis na mão. É bonita e tem os cabelos escuros compridos presos para trás numa grossa trança. Ela para abruptamente ao passar por Andrew, o que não chega exatamente a me surpreender, mas então se detém por completo e arregala os olhos.

– Andrew?

Andrew ergue os olhos, prestes a encostar o cartão de crédito na máquina, e seu rosto se abre num sorriso.

– Ava?

Ava? Quem diabos é Ava?

Fico olhando, atarantada, enquanto a desconhecida se aproxima para um abraço. A forte onda de ciúme que me atravessa me surpreende.

Suas vozes ficam mais baixas quando ele a puxa de lado, e os dois conversam por alguns minutos. Depois de algum tempo ela volta a abraçá-lo, e em seguida torna a desaparecer por um canto da sala, sorrindo alegremente. Andrew me olha de relance, e na mesma hora olho para o celular, a reação mais óbvia possível.

– Fazendo novas amizades? – pergunto quando ele volta e joga uma barra de chocolate no meu colo.

– Eu fui babá dela – diz ele, e ergo os olhos, surpresa. – Isso quer dizer que estou velho?

– Eles é que estão ficando cada vez mais jovens – respondo aliviada. – Ela vai passar o Natal trabalhando?

– Na verdade... não. Depende da papelada, mas ela deve largar daqui a uma hora. Vai voltar de carro pra casa dos pais ainda esta noite.

Começo a assentir antes de me dar conta do que ele está dizendo.

– Ah.

– É. Ela vai me dar uma carona. Vou chegar em casa a tempo do café da manhã.

– Que... que perfeito. – Começo a abrir meu chocolate ao mesmo tempo que meu apetite desaparece. – Que ótima notícia.

– Pelo menos assim eu economizo no táxi. Mas se você precisar que eu...

– Não, fica quieto – interrompo. – Cala a boca. Vai pra casa. Foi por isso que a gente fez tudo aquilo. Você já ficou bem mais tempo do que deveria.

– A situação é meio que especial.

– E tenho *certeza* de que a Zoe vai entender se você, um desconhecido, não ficar aqui pra cuidar dela.

– E de você, quem vai cuidar?

Fico paralisada ao ouvir essas palavras, derretendo um pouco por dentro, e dou uma mordida grande no chocolate para disfarçar. Percebo então como seria fácil fazê-lo ficar comigo. A única coisa que eu precisaria fazer seria pedir, e ele ficaria. Sei disso sem qualquer sombra de dúvida, e estranhamente é o que me ajuda a não pedir.

Segundos depois, minha mãe aparece e cruza olhares comigo. Hora de ir ver minha irmã.

– Vai – digo com toda a delicadeza. – Por favor. Estou farta de você, sério.

Ele ri e torna a se recostar na cadeira.

– Ela ainda vai demorar um pouquinho pra sair – diz. – Te espero aqui?

Assinto, e meus joelhos estalam quando me levanto. Vou ter que praticar muita yoga bikram depois do Natal.

– Me manda mensagem se alguma coisa mudar – peço.

– Pode deixar.

– Então tá, vou lá conhecer o mais novo Kinsella – digo, e penso em me abaixar para lhe dar um beijo como fazem os casais, mas perco a coragem.

Em vez disso, faço um cafonérrimo gesto de hang loose que o faz sorrir e me faz querer morrer.

Antes de conseguir passar mais vergonha, eu me viro e vou seguindo as placas até a ala da maternidade.

O emprego chique de Zoe bancou um quarto particular chique. É um cômodo pequeno e sem qualquer mobília a não ser os gigantescos aparelhos hospitalares piscando para nós, mas meu pai trouxe algumas coisas de Zoe de casa, entre elas um cartão dos vizinhos e um bicho de pelúcia da nossa infância. Lembro do ursinho de pelúcia do Cubs enviado por Gabriela e que está dentro da mala que muito provavelmente continua presa na Argentina. Faço uma anotação mental para dar o presente a Zoe assim que possível, para o bebê poder escolher logo o time do coração.

E é o bebê que vou ver primeiro. Meu sobrinho ainda sem nome, cor-de--rosa e novinho em folha, está deitado num berço de plástico do outro lado do quarto. Assim que pouso os olhos nele, o previsível acontece.

– Você já está chorando? – balbucia Zoe.

– Hoje em dia não tem problema chorar, Zoe. Todo mundo que é descolado chora. – Me debruço no berço e dou um leve toque na ponta do nariz do bebê. – Que pequenininho, você – digo a ele.

– Não pareceu tão pequeno quando eu estava colocando ele pra fora.

– Estou tentando ter um instante a sós com meu sobrinho.

– Bom, faz isso enquanto me passa meu suco. *Ai*.

Ao me virar, vejo-a cair de novo na cama, com um travesseiro apoiando suas costas.

– Que cara de acabada – comento, deixando o bebê dormir enquanto olho para ela.

– Eu acabei de parir – resmunga ela. – E você, qual é a sua desculpa?

– Dias de viagem pra te encontrar.

– Ah, foi tudo por *minha* causa, é?

– Eu sabia que o neném ia nascer. Foi sexto sentido.

– Valeu por ter me avisado.

Me sento ao lado da cama e lhe passo o copo de plástico que está em cima da mesa de cabeceira. Ela parece mesmo exaurida, o que é compreensível levando em conta tudo que aconteceu. E embora minha reação habitual a tudo que ela faz seja gozar da sua cara, sinto que hoje ela merece um desconto, então seguro sua mão e fico acariciando-a delicadamente até ela retirá-la com um muxoxo.

– Ai, tá bom, chega disso.

– Parabéns, Zoe.

Ela solta o ar bufando, mas sorri.

– Obrigada.

– A enfermeira falou que está tudo bem?

– Falou. Só tiveram que verificar uns negócios, porque o moleque chegou antes da hora.

– Ele adora chamar atenção, igualzinho à mãe. Nada que a gente não consiga administrar.

Ela fica me observando enquanto afasto os cabelos da sua testa, e sua expressão se suaviza a cada movimento.

– Foi mal ter surtado mais cedo – murmura.

– Acho que você estava no seu direito. Além do mais, você tem razão. Aniversário no Natal é dose.

– Pois é. – Ela dá um grunhido. – Vai ser caro à beça. E quando ele crescer vai reclamar que ninguém dá atenção a ele. – Suspira. – Ele vai ter que arrumar um aniversário falso também, né?

– Vai ver o papai e a mamãe sabiam o que estavam fazendo.

– Hmmm. – Ela vira a cabeça para o outro lado e dá um tapinha na cama. – Sobe aqui.

– Ahn?

– Sobe aqui! – ordena ela, empurrando o cobertor. – Estou precisando de um abraço. É muito hormônio.

Reviro os olhos, mas, como tem espaço mais do que suficiente na cama, faço o que ela pede. Subo com todo o cuidado no colchão e me contorço para envolvê-la com o braço. Tínhamos o costume de dormir assim quando éramos pequenas, mas nossa mãe acabou nos colocando em quartos separados. Era uma necessidade, alegou ela. Segundo nossa mãe, éramos agarradas demais uma à outra e precisávamos aprender a ser independentes. Errada ela não estava. Zoe e eu éramos inseparáveis na época, e naqueles primeiros dias eu não soube o que fazer sem ela. Mas para Zoe foi especialmente difícil. Ela começou a ter pesadelos, e nossa mãe acabou deixando-a ir para o meu quarto quando acordava (acho que só fazia isso para Zoe não ir para o *dela*), e na maioria das manhãs eu acordava com um cotovelo espetado na barriga.

Mesmo assim, depois desse tempo todo parece natural me aconchegar com ela e pousar a cabeça no seu ombro. Acho que vai ser sempre natural para mim.

– Ei – sussurro, colocando meu presente no colo dela. – Feliz Natal.

– Ai, não. – Ela faz uma careta e cutuca o embrulho com um dedo. – Perfume?

Assinto.

– O seu está lá em casa. Credo. – Ela deixa o papel de seda cair sobre a cama enquanto vira o frasco rosa cintilante nas mãos. O perfume parece pior ainda do que no aeroporto. – Já tá dando pra sentir.

– Sem cheirar antes – digo quando ela o leva ao nariz. – Assim é trapaça.

– Tá. Tá bom.

Fico olhando sorridente enquanto Zoe fecha os olhos com força e borrifa o perfume a alguns centímetros do peito. Ela começa a tossir na mesma hora.

– Ai, meu *Deus* do céu.

– Incrível, né?

– Esse troço não deve nem fazer bem pro bebê. Estou com o mesmo cheiro de uma revista de adolescente. De 2004.

– Uma fragrância vintage.

Ela faz outra careta.

– Não me faz rir. Me dá dor na vagina.

– Como é que te dá dor na...

– *Sei lá* – geme ela. – Só sei que dá. Não duvida de mim, eu acabei de virar mãe. – Ela se aninha mais junto a mim, e torço o nariz ao sentir o cheiro do perfume. – O Andrew parece legal – diz ela um minuto depois.

– Bem natural sua transição.

– Quer me contar o que está rolando?

– Como é que você...

– Por favor – diz ela, caçoando. – É óbvio. *Você* é óbvia.

– A gente se beijou.

– Ah, é? – Ela emite um murmúrio que não sei como interpretar. – Que tipo de beijo?

Faço um breve resumo dos últimos dias, incluindo a breve porém inesquecível sessão de pegação em Londres.

– Nós decidimos ter um encontro oficial quando voltarmos – concluo.

– Um *encontro oficial?* – Ela parece consternada. – Vocês não precisam disso. Vocês já sabem praticamente tudo um do outro.

– Não é bem assim.

– É assim, sim – diz ela. – Só vão acrescentar a trepada.

– Zoe!

– *Brincadeira* – diz ela quando faço menção de sair da cama. Ela torna a me puxar depressa e pousa um braço que parece de ferro em cima da minha barriga. – Ele foi pra casa dos pais, então?

– Vai daqui a pouco. Ele esbarrou com uma garota da cidade dele aqui no hospital, porque a Irlanda é um ovo. Aí ela vai dar uma carona pra ele.

– Ele poderia passar a noite aqui. E ir pra casa de manhã.

– Não dá, ele precisa ir pra casa. Foi esse o motivo de todo o estresse.

Cutuco a colcha da cama, e então, quando isso não me satisfaz, fico mexendo nos meus cabelos, sentindo-me subitamente inquieta.

– Você não quer que ele vá – deduz Zoe.

Dou de ombros, mas é óbvio que ela tem razão.

– A gente vai se ver daqui a poucos dias.

Ela só fica me encarando com o rosto pálido e cansado, mas com os mesmos olhos argutos de sempre me avaliando.

– Você poderia ir com ele.

– Como é que é?

– Você poderia ir com ele – repete ela. – Passar o Natal.

– Que coisa mais ridícula.

– Ridícula, nada. O Natal é feito pra gente passar com quem ama.

– Eu não *amo*...

– Como amiga, que seja – interrompe ela. – E a gente por aqui não vai fazer nada, mesmo. Vou ter que passar a noite no hospital.

– Estou cansada demais pra outra viagem – digo. – E não vou entrar de penetra no Natal deles de jeito nenhum.

– Tenho certeza que eles adorariam receber você. Tenho certeza que *ele* adoraria que você fosse. Por que mais você acha que ele está empacado aqui há tanto tempo? Se não gostasse tanto de você ele já teria ido embora há horas. Ele gosta de você.

– E eu gosto dele! Ninguém está negando isso, mas eu não vou te abandonar. Não com você cheia de pontos num lugar onde ninguém deveria levar pontos.

– Mas eu não vou fazer nada! – garante ela, dando uma risada. – Eu já fiz. Aquele dali é o meu neném, e isto aqui é o meu Natal. Esta cama. Estas paredes. A gente tá falando de algumas horas só.

– Você está exagerando.

– Pelo menos pergunta pra ele?

– Não!

– Molly!

Nós duas ficamos paralisadas quando um som vem do berço, um soluço baixinho que nos faz virar para o bebê. Meu sobrinho faz outro barulhinho e se remexe, como que testando este estranho mundo novo, então torna a ficar quietinho. Nem Zoe nem eu nos mexemos, esperando para ver se ele faz mais alguma coisa.

Mas não faz.

– Então, uma informação nova e engraçada a meu respeito – diz ela enquanto olhamos para o bebê. – Acho que nunca amei e nunca vou amar ninguém como amo esse neném. Mesmo se ele acabar virando um babaca. O que, tendo a mim como mãe, é uma possibilidade real.

– Eu estou com um pouco de vontade de engolir ele. Isso é normal, né? Tipo, olho pras mãozinhas dele e simplesmente tenho vontade de... de enfiar na boca.

– Que tal, em vez disso, pegar ele no colo?

Faço uma careta.

– Não.

– Por que não?

– Você sabe como eu sou com bebês – digo, mesmo com dificuldade para tirar os olhos do meu sobrinho.

– Tá, mas esse é o *meu* bebê. Espero que você demonstre mais amor e dê mais atenção pra ele do que isso.

– Bom, eu estava com esperança de ser madrinha.

– Dá pra esquecer isso? – dispara ela, bem na hora em que a porta se abre de supetão e uma enfermeira entra toda serelepe no quarto, com uma cara de quem ainda não tem idade para estar responsável por, bem, por manter seres humanos *vivos*.

– Gêmeas! – exclama ela, olhando alternadamente para nós duas. – Qual de vocês é a Zoe? Brincadeira. É a que está de camisola do hospital, né?

– Bem sagaz, você – diz Zoe com um suspiro enquanto se endireita para se sentar. – Já posso ir pra casa?

– Não – responde a enfermeira num tom alegre. – Se fizer isso, vai ter que voltar daqui a uma hora. Está na hora de comer.

– Não estou com fome.

Reviro os olhos enquanto desço da cama.

– O bebê, sua idiota.

– Ah. – Zoe baixa os olhos para os próprios seios com uma expressão de dúvida. – Você pode chamar a mamãe aqui?

Assinto e dou a volta na cama para beijar a testa minúscula do meu sobrinho.

– Eu te amo – sussurro, porque é verdade, e em seguida me despeço da minha irmã com um abraço.

Minha mãe está no celular do lado de fora, mas o desliga assim que saio.

– A Zoe quer que você vá lá – digo, e ela assente, mas não sai do lugar.

– Está tudo bem com você? – pergunta ela.

– Está. Eu estava... na verdade a Zoe...

Ela fica aguardando.

– Eu estava pensando em talvez passar o dia de hoje com o Andrew. Com a família dele. O Natal. O dia de Natal. Aí depois eu poderia...

– Acho uma ótima ideia – interrompe ela.

– Sério?

– Sério. Não vamos fazer nada mesmo por aqui – diz ela, ecoando as palavras de Zoe. – Amanhã a gente comemora.

Arqueio as sobrancelhas ao ouvir isso, mas não digo nada.

Meu Deus, eu comento casualmente que achei que ela não fizesse questão que eu viesse e agora sinto que, quando voltar no ano que vem, vou descobrir que ganhamos o prêmio de casa mais festiva de Dublin.

– Primeiro preciso perguntar pra ele – resmungo, puxando as mangas do casaco para cobrir as mãos. – Talvez ele não ache uma boa ideia.

Minha mãe se limita a me encarar, e nessa hora a enfermeira sorridente coloca a cabeça para fora do quarto.

– Será que a mãe da mãe poderia vir aqui? – pergunta ela enquanto um grunhido frustrado de Zoe vem lá de dentro.

– Não tem como! – grita ela. – Meus mamilos estão rachados!

– Só vai me dando notícias – pede minha mãe, pousando a mão rapidamente no meu rosto e seguindo a enfermeira para dentro do quarto. – E comporte-se.

– Por que eu não iria...

– Por favor, obrigada, essas coisas.

– Eu não tenho 9 *anos*.

Mas bastam algumas horas em casa para eu sentir que tenho. Tento a muito custo segurar o sorriso enquanto a porta do quarto se fecha e eu fico sozinha no corredor. Permaneço alguns instantes parada, embromando, antes de voltar lentamente para a sala de espera, passando por quartos ocupados por mães adormecidas e parceiros exaustos, por enfermeiras, parteiras e médicos se preparando para passar o Natal no hospital.

Andrew está na mesma posição de quando nos encontramos no O'Hare, curvado no assento com uma revista nas mãos. Só que dessa vez parece ser uma revista para mães lactantes, não a *National Geographic*. Fico parada num cantinho para observá-lo, e sei, do fundo do coração, que o que estou sentindo não vai desaparecer tão cedo, seja lá o que for. Não é dor de cotovelo por causa do Brandon nem um surto porque meus planos de viagem deram errado. É mais profundo do que isso. É mais profundo, mais real, e algo pelo qual vale a pena me arriscar.

– Tudo bem com a Zoe? – pergunta ele quando me aproximo.

– Tudo – respondo. – Os dois estão bem. Ótimos, na verdade. – Ai, meu Deus. Cala essa boca. – A Ava ainda está por aqui?

– Deve estar prestes a se liberar. Embora eu saiba que dizer isso vai dar azar com certeza. – Ele se levanta e estica os braços acima da cabeça. – E você, tudo bem?

– Tudo. Cansada.

– Aposto que sim. Talvez você possa...

– Na verdade eu estava pensando que poderia ir com você – interrompo, as palavras saindo da minha boca numa enxurrada.

Andrew parece não entender, e mantém os braços erguidos enquanto espreguiça as costas.

– Como assim?

– Pro Natal. A Zoe sugeriu isso, e eu achei que seria uma boa oportunidade pra conhecer sua família. – Vou perdendo a confiança a cada segundo que ele passa apenas me encarando. – Quer dizer, só se você achar bom. E não tem problema nenhum se não achar, porque eu sei que você está animado pra ver todo mundo e que a gente fez essa viagem toda pra... – Nada. Ele não está esboçando nenhuma reação. – Quer saber? Deixa pra lá. Está muito em cima. Esquece que eu falei isso. A Zoe só...

– Eu adoraria que você fosse. – Ele deixa os braços caírem junto ao corpo e esfrega o rosto como se estivesse tentando se obrigar a acordar. – Acho uma ótima ideia. Se você tiver certeza de que tudo bem deixar a Zoe...

– Ela só vai sair daqui amanhã – digo, um pouco sem jeito. – Não seria melhor ver antes com seus pais se tudo bem?

– Eu aviso a eles – retruca Andrew, dando de ombros.

– Que uma desconhecida vai aparecer no dia mais importante do ano?

Ele me olha com uma expressão esquisita.

– Você não é uma desconhecida. Eles sabem quem você é.

– Sabem?

– É claro que sabem – diz ele como se fosse a coisa mais óbvia do mundo. – Eles sabem de você há anos. E o dia mais importante do ano é o aniversário da Hannah. Ela faz de tudo pra isso.

– Se você tiver certeza...

– Tenho, sim – afirma, soando bem mais desperto agora. – Eles vão adorar te conhecer. Principalmente a minha mãe. Pra ser sincero, ela vai ganhar o dia.

– Bom... então tá. Vou avisar pra todo mundo. – Começo a andar para trás sem tirar os olhos dele. – Te encontro aqui na volta?

Ele assente e fica me olhando enquanto eu me afasto, e é só quando chego à porta vaivém que me forço a me virar, sorrindo tanto que minhas bochechas doem.

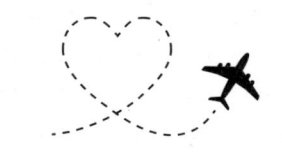

Capítulo 22

DOIS ANOS ANTES

Voo 8, Chicago

– Eu acho que estou morrendo.

Andrew me olha com um ar solidário enquanto estou afundada no assento com a minilatinha de refrigerante encostada na testa.

– Você deveria ter dito alguma coisa.

– Eu sei – resmungo, tornando a mudar de posição.

É impossível ficar confortável nessa porcaria de assento. Ano que vem nós vamos de executiva. Não quero saber, vou pagar pra nós dois. Embora ache que nem isso poderia me salvar agora.

Minha menstruação está me matando. A médica fez a clássica pergunta, se eu tinha um emprego estressante, e eu simplesmente comecei a rir. Mas sim, estresse. Quem diria. Enfim, a minha menstruação sempre foi muito chata, mas pelo menos era *administrável*. Nada que alguns analgésicos e uma noite de sofrimento não conseguissem resolver. Esse mês é como se meu corpo tivesse simplesmente resolvido jogar a toalha. Estou fraca feito um filhote indefeso, e a ida até o aeroporto me deixou completamente exaurida.

– Não olha pra mim – reclamo. – Eu estou horrível.

– Já esteve pior – diz ele, sorrindo quando lhe lanço um olhar fulminante.

Dei o melhor de mim quando cheguei, usei toda a energia que tinha enquanto comíamos, sorrindo e acenando em todos os momentos certos enquanto ele me atualizava sobre o mundo dos encontros pós-Alison (uma droga) e sobre seu apartamento (uma droga também). Só que a dor de cabeça começou quando anunciaram nosso embarque e, quando finalmente conseguimos chegar ao avião, eu mal estava conseguindo manter os olhos abertos.

Torno a mudar de posição, e levanto as pernas dobradas numa tentativa desesperada de encontrar uma posição confortável no espaço pequeno, como se a dor fosse parar de repente se eu conseguisse contorcer meu corpo do jeito certo.

– Aqui.

– O que... Ei! – reclamo fazendo cara feia.

Intensifico meu olhar fulminante quando Andrew rouba o minúsculo travesseiro do avião do meu colo e o afofa da melhor maneira possível antes de ajeitá-lo no próprio ombro. Quando fico só o encarando, ele dá alguns tapinhas convidativos ali, com uma das sobrancelhas erguida.

– Não – respondo, categórica.

– Você não vai ficar confortável sentada assim. – Não me mexo, então ele pega a manta e o próprio travesseiro para erguer uma espécie de parede entre nós dois. – Uma vez namorei uma menina que dizia que, quando estava menstruada, só ficava confortável se deitasse no chão com as pernas levantadas e apoiadas na parede. Cada vez que eu chegava em casa ela estava em um cômodo diferente, nessa posição, trabalhando no notebook. Nunca questionei ela nem vou questionar você. – Ele dá uns tapinhas no travesseiro. – Deita aqui.

Meu Deus, que constrangimento. Mas acho que a parte boa é que a minha dor é tanta que não estou nem aí. Suspendo o descanso de braço e chego mais perto dele. Na mesma hora, a posição me permite levantar as pernas com mais conforto enquanto pouso a cabeça com cuidado no travesseiro. Detesto admitir, mas funciona.

– Tá, você não pode se mexer – resmungo, e sinto que ele ri através da barreira improvisada enquanto aproximo mais um pouco as pernas do corpo. – Não me deixa pegar no sono.

– Tá bom.

– É sério, Andrew.

Sinto os olhos superpesados.

Experimento apoiar um pouco mais do meu peso nele, e depois mais um pouco quando ele não diz nada, e por fim começo a relaxar.

– Desculpa estar estragando o Natal – resmungo, e ele ri.

– Você não está estragando o Natal.

– Estou estragando o voo.

– A única finalidade deste voo é passar um tempo com você. Eu estou passando um tempo com você, então por acaso está me vendo reclamar?

Ele nem tem tempo para isso, porque estou reclamando por nós dois.

– Você está passando mal – diz ele com firmeza. – Me deixa cuidar de você. Eu sempre vou cuidar de você.

Ele diz essa última parte quase com raiva por eu não achar óbvio, e então eu me aninho no travesseiro me sentindo um pouco melhor.

– Então tá – digo. – Quem sabe eu tiro um cochilo bem curto.

– Ótimo.

– Mas me acorda pro lanche!

– Pode deixar.

Sinto um movimento acima de mim quando a cabeça dele se inclina, quase como se ele estivesse depositando um beijo no alto da minha cabeça. Mas é suave demais para ser isso – mal passa de um sussurro –, e sequer penso nisso de novo quando o sono me engole.

AGORA

Ava ainda demora mais uma hora para se liberar, e vem até nós parecendo heroicamente alerta após uma dobra de plantão, e ao vê-la sou lembrada mais uma vez de que, seja lá o que o mundo estiver pagando para suas enfermeiras, nunca será suficiente. Ela trocou de roupa – está de calça de moletom e suéter de fleece preto –, e topa me dar carona com um sorriso de "quanto mais gente, melhor".

A cidade está bem mais tranquila quando saímos do hospital, o céu escuro e sem nenhuma nuvem. Ava nos conduz até um carrinho azul no qual de alguma forma, com uma destreza digna de Tetris, conseguimos encaixar a mala de Andrew. Para isso, temos que tirar as bolsas de Ava e colocá-las no banco de trás, mas como estou sem minha bagagem, tudo cabe.

Além de ligar o rádio no volume máximo, Andrew faz um esforço para conversar durante todo o trajeto, ajudando a manter Ava acordada, e ela parece grata por isso enquanto o atualiza sobre as novidades do vilarejo e compartilha histórias de casa. Sou engolida por nomes e lembranças que não significam nada para mim, e, apesar do barulho, o ritmo suave do carro seguindo pelas ruas vazias não demora a me fazer fechar os olhos.

Em algum momento, adormeço. Como, eu não sei. Está desconfortável no banco de trás, e o asfalto vai ficando cada vez mais esburacado depois que saímos da autoestrada. Mas, como estou mais do que exausta, apago, e só acordo quando um dedo encosta na minha bochecha.

Quando me mexo, Andrew recua e sorri de leve à luz fraca do painel do carro enquanto se ajeita no assento para me olhar.

– Tudo bem aí com você? – pergunta ele.

Assinto, mas me arrependo imediatamente quando meu pescoço grita em protesto.

– Quanto tempo eu fiquei apagada?

– Uma hora, mais ou menos – responde Ava. – Estamos quase chegando.

Estamos? Eu me sento, e sorrio ao vislumbrar os campos lá fora. Depois, me aninho outra vez no meu canto.

– Ei – diz Andrew. – Não dorme de novo.

– Você não manda em mim.

– Estou falando sério, Molly. Não me obriga a te acordar.

Eu o ignoro e tento encontrar uma posição confortável. Na verdade, não pretendo voltar a dormir, mas minhas pálpebras estão ficando cada vez mais pesadas e...

– Ai! – Abro os olhos repentinamente quando Andrew me dá um cutucão na perna.

– Eu te avisei – diz ele, e torna a se virar para trás. – Daqui dá pra gente ir a pé – continua ele, apontando para o acostamento.

Ava lhe lança um olhar de incompreensão.

– Sério?

– Sério. A gente está quase no alto do morro. Faltam cinco minutos, no máximo.

– E a sua mala?

– A gente dá um jeito. – Ele levanta a voz para se dirigir a mim. – Dá pra gente ir a pé, né, Moll?

Faço uma careta, porque preferiria mil vezes ficar dentro do carro quentinho até chegar à casa decerto igualmente quentinha, mas Andrew tem outros planos.

– Dá pra ela ir a pé – afirma ele.

Um minuto depois, Ava encosta na beira de um campo e destrava as portas. Está sonolenta demais para fazer novos protestos, mas ainda assim parece hesitar ao nos dar um abraço de despedida, indo embora em seguida com um "Feliz Natal" e uma leve buzinada.

Espero que o carro suma na curva antes de me virar para Andrew com a testa franzida.

– Você tá me castigando?

– Como assim?

– Minha bunda tá congelando.

– Quer que eu esquente?

Nem me dou ao trabalho de responder, e começo a andar na frente dele numa direção que felizmente parece ser a correta, porque ele dá uma corridinha para me alcançar.

Pelo menos o ar frio me desperta, embora eu ainda esteja com aquela dor difusa atrás dos olhos que me diz que vai ser preciso mais de uma xícara de café para aliviar. Pensar em ter que abrir um sorriso radiante para a família de Andrew, além de precisar passar pelo constrangimento de explicar minha presença, me faz dar um grunhido, e fico abrindo e fechando as mãos dentro das luvas enquanto sinto a insegurança me invadir. Apresso o passo para subir a encosta do morro bem na hora em que o dia começa a despontar.

Que ideia mais idiota. Vou entrar de penetra no *Natal* dessas pessoas. Pouco importa se elas são legais. Pouco importa se Andrew está gostando de mim agora. Na verdade ninguém gosta muito de uma pessoa desconhecida que surge do nada na manhã de Natal. Que belo cartão de visita, Molly. Que belo jeito de...

– Então, neste momento você está num ritmo "andando na cidade" – diz Andrew. – Mas o ritmo *correto* aqui é "passeio pelo campo". Especialmente numa ladeira.

Paro bem na hora em que chegamos no alto.

– Desculpa.

– Não, por favor – diz ele, ligeiramente ofegante. – Estou impressionado.

– Quer ajuda com a mala?

– Você quer mesmo ajudar?

– Não – respondo, olhando para a bagagem dele. – Não sinto a menor empatia por você no momento. Vir a pé foi ideia sua.

– Foi mesmo. Eu estava querendo ser romântico.

Pisco os olhos para ele.

– Então tá, a gente precisa ter uma conversa séria sobre o que é romântico ou não, porque se você acha que...

– Só olha pro outro lado do morro e pronto, sua besta. – E ele então arremata, resmungando para si mesmo: – Antes que eu te empurre ladeira abaixo.

Faço uma cara de "muito engraçado" e me arrasto para dar os últimos passos, aí paro para esperá-lo.

– Muito lindo – afirmo, olhando para o pequeno vale lá embaixo. – Fico muito feliz por você ter obrigado a gente a...

Caramba.

Andrew chega ao meu lado bem na hora em que eu me calo, e ficamos juntos olhando o mundo à nossa volta se iluminar aos poucos, com toda a delicadeza, como se estivesse ganhando vida bem diante dos nossos olhos.

– É por isso que a gente está vindo a pé – diz ele.

Verdade seja dita, ele soa apenas um pouquinho metido.

Os primeiros débeis raios do sol realçam a geada que cobre a encosta suave dos morros. Vai nevar nas montanhas agora de manhã, mas lá embaixo a grama está verde a ponto de dar a entender que ainda é verão. Não há mais ninguém à vista. Nenhum carro na estrada, nenhuma figura solitária passeando com o cachorro. Apenas Andrew. Apenas eu. Apenas esse instante de paz, perfeição e luz.

– Teve um ano que nevou – diz Andrew, apontando os campos ao longe. – A gente passou o dia inteiro descendo aquela encosta de trenó.

– Que inveja. A neve em Dublin simplesmente derrete. E em Chicago neve é uma coisa...

– Corriqueira.

– Pois é. – Na Irlanda, a neve era coisa rara e geralmente motivo de comemoração, apesar de provocar imensos problemas no trânsito. – Tenho a impressão de que você planejou isso – emendo.

– Que nada. Tive sorte com o tempo, só isso. Se estivesse chovendo não teria o mesmo efeito.

Concordo.

– É nessa parte que você me conta que mora numa toca de hobbit?

– Eu moro ali.

– Onde?

Ele estende a mão, segura delicadamente meu queixo e vira meu rosto para uma grande casa de fazenda branca à nossa direita.

– Você mora numa fazenda – digo, sem conseguir esconder a surpresa.

– É.

– Tem algum animal?

Ele parece fazer um grande esforço para não rir.

– A gente cria vacas.

– Quantas?

– Cinquenta.

Arregalo os olhos.

– São muitas vacas!

Dessa vez ele de fato ri de mim, mas estou encantada demais para me importar.

– E pensar que você ia passar o dia de hoje em Chicago – digo. – Sem nem uma mísera vaca.

– Eu ia passar o dia de hoje com *você* – corrige ele baixinho. – E ainda vou.

Aperto bem os lábios para evitar demonstrar a ternura e a emoção que essas palavras me despertam, mas é claro que ele percebe e me encara com um ar de cumplicidade.

– Tá certo, então – diz. – Vamos entrar. Antes de você sair correndo de tanto constrangimento.

– Eu não vou sair correndo. Estou com frio demais para correr.

Ele meneia a cabeça para o pé do morro.

– Melhor andar pela grama – diz. – Na estrada tem placas de gelo.

Vamos descendo devagar; a cada passo que damos, Andrew anda mais rápido.

– Vai ter alguém acordado a essa hora? – pergunto quase sussurrando enquanto ele puxa a mala pelo acesso que conduz à casa.

Há três carros e um trator parados do lado de fora, mas a casa em si parece ainda adormecida.

– Meu pai já deve estar acordado com os animais – comenta ele. – Vai passar o dia fora, e a minha mãe ainda deve estar na cama. Se bem que o Natal é o forte dela, então é capaz de ela... – Andrew não completa a frase e se detém subitamente. – Ai. Caramba.

– Que foi? – pergunto alarmada. – O que houve?

– Você é alérgica a...

Mas o que quer que ele estivesse prestes a dizer é abafado quando a porta da frente se abre e o ar é preenchido por latidos animados. Dois cachorros vêm saltando na nossa direção, e mal tenho tempo de me preparar quando eles partem direto para cima de Andrew e quase o derrubam antes de virem para cima de mim.

– Ei, ei, ei!

Andrew se estica todo e segura o marrom pela coleira, mas o maior dos dois dá um pulo e põe as patas nos meus ombros enquanto tenta lamber meu rosto.

– Uisce! Polly!

Um misto de sussurro e sibilo vem da casa, e, ao olhar pela lateral da língua babona, vejo uma sombra surgir na varanda da frente. A sombra se transforma em uma mulher, que avança depressa na nossa direção com os braços esticados para pegar os cachorros.

– Pra dentro, pra dentro! – ralha ela, puxando o que está em cima de mim. – Agora!

Andrew solta o outro cachorro ao ouvir o comando, e para minha surpresa os dois cães na mesma hora obedecem e voltam correndo para dentro da casa.

– Minha mãe – apresenta Andrew, verificando se está tudo bem comigo antes de se virar para ela. – Eu estava justamente dizendo que não sabia se você...

Ele é interrompido quando ela o puxa para um abraço firme, enterrando a cabeça no seu peito. Andrew corresponde na mesma hora, enlaçando-a com força, e imediatamente me sinto uma intrusa ao presenciar esse reencontro. Dou um passo para longe, para tentar deixá-los à vontade, mas o movimento atrai a atenção da mãe dele, e ela recua e passa uma das mãos pelo rosto.

– Que coisa mais ridícula – começa ela. – Meter medo na gente assim a troco de nada. – Com um olhar de avaliação que me lembra meus próprios pais, ela o examina de cima a baixo, como para se certificar de que ele ainda está inteiro, então se vira para mim. – "Não vou chegar em casa pro Natal", ah, vá.

– E quase não cheguei mesmo – lembra Andrew, antes de segurar a minha mão e me puxar para o seu lado. – Esta aqui é a Molly. Molly, esta é a minha mãe.

– Pode me chamar de Colleen – corrige ela, e eu ganho meu próprio abraço. – Obrigada por ter trazido ele pra gente – sussurra ela no meu ouvido, e tudo que consigo fazer é responder com alguns tapinhas em seu ombro, porque sério, que resposta eu poderia dar que não fosse me fazer cair no choro?

Com um último apertão, ela dá um passo para trás, e pela primeira vez consigo vê-la direito. É um pouco mais alta do que eu, tem fartos cabelos grisalhos presos num coque e um rosto marcado pelas intempéries, consequência de muitos dias passados ao ar livre. Está apenas parcialmente vestida ainda, com um casaco de lona curto por cima do pijama. As pernas da calça estão enfiadas dentro de um par de galochas de borracha daquelas que são para o que der e vier.

– A gente estava planejando chegar de fininho – diz Andrew em um tom de desculpa. – Achei que você ainda fosse estar na cama.

– Na manhã de Natal? – Ela bufa. – Imagino que vocês queiram tomar café. Vou fazer uma fritada mais tarde, mas posso perfeitamente preparar alguma coisa rápida pra vocês agora.

Andrew e eu nos entreolhamos, e fico aliviada ao perceber que ele está tão exausto quanto eu.

– A gente precisa de umas horas de sono para conseguir aguentar até o almoço – diz ele.

– Claro! Os outros ainda vão demorar algumas horas pra acordar. Arrumei o quarto antigo do Liam pra vocês. O aquecedor é meio temperamental e a gente está meio apertado de espaço, mas é o melhor que eu posso fazer. Se vocês não gostarem, vamos ter que...

– Tenho certeza que está ótimo, mãe – interrompe Andrew, me empurrando atrás dela enquanto nos encaminhamos para a casa.

Sequer tenho energia para olhar em volta quando entramos, e me despeço de Colleen antes de segui-lo escada acima.

O quarto antigo de Liam fica num corredor comprido e é pequeno e simples, com um papel de parede azul desbotado e um carpete bege gasto.

Uma cama queen size ocupa a maior parte do espaço, além de uma cômoda antiga de madeira e de uma caixa de livros na qual está escrito "doação".

– E o seu quarto, onde fica? – pergunto.

– Eu dividia com o Christian – responde Andrew enquanto posiciona a mala encostada na parede.

– E o Liam não fica aqui também?

– Ele mora na cidadezinha ao lado. Vai trazer as crianças pra jantar, mas não vai dormir aqui. – Ele encosta a mão no aquecedor e franze a testa. – Vou arrumar uma bolsa de água quente. Minha mãe não estava brincando: esses negócios levam séculos pra esquentar.

Assinto, sentindo a mente já começando a pifar quando ele me deixa sozinha. O ar gelado me atinge quando tiro o casaco, então não tiro mais nenhuma peça de roupa a não ser os sapatos enquanto espero que ele volte. Fico até de cachecol enquanto me sento na beirada da cama e aliso a colcha com a mão. Não tinha pensado no que Colleen quis dizer quando falou que o espaço estava apertado. É claro que eles não conseguiriam fazer uma cama extra surgir num passe de mágica com tão pouca antecedência, mas jamais me ocorreu que nós fôssemos dividir a mesma cama.

A porta se abre antes de eu poder me preocupar demais com o assunto, e Andrew volta segurando junto ao peito uma bolsa de água quente. Ele hesita junto à parede, sem dúvida após ver os pensamentos contraditórios no meu rosto. Deus bem sabe que estou cansada demais para escondê-los.

– Toma – diz ele, me passando a bolsa. – Vou lá expulsar o Christian da cama.

– Deixa de ser bobo. Fica aqui.

Seu olhar se alterna entre mim e o colchão.

– Tem certeza?

– Se eu tenho certeza que não quero estragar a manhã de Natal do seu irmão? Tenho.

– Tem um sofá lá embaixo que eu posso...

– Andrew – interrompo. – Por favor, entenda o que vou dizer no sentido literal: eu quero que você durma comigo.

Ele ri, parecendo aliviado.

– Então tá – diz, e faz menção de tirar o suéter, mas então pensa melhor.

Eu entendo. Não é que ele ache que eu não consigo lidar com ele de camiseta; é só que está frio *mesmo* no quarto.

– Vou ficar com seu cachecol – aviso, e me viro para a cama de modo a entrar debaixo das cobertas.

Ouço-o tirar os sapatos, e ele então fecha as cortinas antes de subir na cama ao meu lado.

Como era de se esperar, a situação fica esquisita na mesma hora. Nem as três camadas de roupas que estamos usando ajudam. Tampouco o fato de estarmos os dois congelados, apenas com a bolsa de água quente para nos aquecer. Estou a ponto de perguntar se ele prefere manter a bolsa de água quente onde está ou colocá-la perto dos nossos pés quando ele solta mais uma expiração contrariada, se vira de lado e me puxa para si.

– Tudo bem? – pergunta, fazendo conchinha atrás de mim.

Só consigo assentir enquanto tento ignorar o fato de essa posição ser incrivelmente confortável, e de eu gostar tanto do calor que emana dele, do cheiro que emana dele e de tudo em relação a ele.

– Será que a gente programa o despertador? – sussurro.

– Minha família é o despertador.

– Mas e se...

– Eu te acordo, Moll. Juro. Tenta descansar um pouco.

Ele não precisa falar duas vezes. Enquanto sua cabeça afunda no travesseiro ao meu lado e o calor de seu corpo vai aos poucos se transferindo para o meu, pego rápida e gloriosamente num sono profundo e sem sonhos.

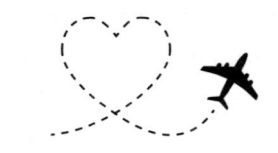

Capítulo 23

Embora tenha pegado no sono com Andrew de conchinha por trás de mim, acordo de conchinha por trás dele. Meu braço está jogado por cima do seu peito largo, minha coxa enganchada no seu quadril e aninhada entre as suas pernas, e estou grudada nele como se estivesse inconscientemente tentando escalá-lo. Ou deitar por cima dele.

Não me afasto. Em parte porque simplesmente não quero. Em grande parte porque ainda estou morta de cansaço. Levo alguns minutos para ficar consciente o bastante para mover pernas e braços, e mesmo quando isso acontece eles estão tão pesados que dou só uma mexidinha a contragosto.

Depois de algum tempo, começo a perceber ruídos além da respiração de Andrew. Vozes sussurradas, a porta de um armário batendo. São ruídos fracos, provavelmente vindos do andar de baixo, mas pensar em alguém entrando e me vendo daquele jeito, uma desconhecida deitada por cima do filho ou do irmão, já basta para me fazer levantar.

Faço isso com a maior delicadeza de que sou capaz, tentando não acordá-lo, mas Andrew se mexe assim que levanto a cabeça e nos faz rolar até ficar por cima de mim, me imprensando suavemente contra o colchão. No início penso que ele ainda está dormindo e que eu fiquei presa, mas sua respiração então faz cócegas na minha orelha e sinto na pele o sorriso dele se abrindo.

– Aonde você vai?

Sua voz sai baixa e rouca de um jeito que deixa meus braços arrepiados, e me dou conta de que seria fácil me acostumar a estar com Andrew pela manhã. Mas vai haver tempo de sobra para isso.

– Fazer xixi – balbucio, e ele ri, se afasta de mim, rola de lado e puxa o cobertor até o queixo.

– Segunda porta. Põe uma meia na maçaneta, senão alguém vai entrar.

– Como é que é? – indago, ligeiramente alarmada.

– Natal na casa dos Fitzpatricks – diz ele, como se isso explicasse tudo.

Meio que explica e não explica. Espero que ele diga mais alguma coisa, mas Andrew já parece ter voltado a dormir. Com minha bexiga ameaçando soltar o primeiro pingo se eu não me levantar, saio da cama e faço uma careta quando meus pés entram em contato com o ar gelado. Devo ter tirado as meias em algum momento da noite. Ou da manhã. Ou qualquer que tenha sido a parte do dia que passamos apagados.

Abro a cortina e vejo que está claro lá fora. Andrew grunhe quando o sol bate em seu rosto, mas, como precisamos levantar, deixo a cortina aberta e saio rapidinho do quarto antes que ele possa reclamar.

No corredor está mais quentinho, e também mais... gostoso? Um cheiro de alho e cebola sobe do andar de baixo, e minha barriga ronca apesar de o meu relógio biológico estar decididamente maluco a esta altura. Sabe Deus quando vou conseguir ter uma rotina de novo.

Conto as portas até chegar à do banheiro. Há uma meia pendurada na maçaneta, justo como Andrew disse, mas não consigo ouvir ninguém do outro lado. E embora eu não queira conhecer nenhum outro integrante da família dele parada aqui na porta do banheiro, também estou com muita, *muita* vontade de fazer xixi. Peso os prós e os contras de tentar encontrar outro banheiro, com as coxas pressionadas uma na outra, quando a porta do banheiro se abre de supetão e revela uma moça de pijama.

Ela solta um ganido quando me vê, e deixa cair a escova de dentes que estava pendurada na boca.

– Hannah! – Colleen aparece no alto da escada com os braços cheios de toalhas dobradas. – O que foi que eu disse sobre acordar os dois? Por que não está se vestindo?

– Eu estou escovando os dentes! – responde a menina, ofendidíssima.

É alta, tem olhos verdes bem afastados um do outro e um nariz arrebitado com um pequeno piercing na lateral. Seus cabelos castanhos compridos estão pintados de vermelho-vivo nas pontas, metade ainda presa em bobes antiquados. Ela não parece nada com Andrew, a não ser pelo brilho dos olhos quando se vira de volta para mim.

– Eu sou a Hannah.

– Molly – respondo.

Ela sorri.

– Eu sei.

Hannah se abaixa para catar a escova de dentes do chão enquanto Colleen se junta a nós.

– Preciso colocar as lentes – diz ela em um tom de quem pede desculpas, erguendo uma caixinha. – Dois segundos.

Ela deixa a porta aberta enquanto vai de novo até a pia, e tento não ficar encarando seu reflexo no espelho.

Hannah.

Ela era uma menininha de apenas seis anos quando conheci Andrew, e com o passar dos anos continuou assim na minha mente toda vez que ele a mencionava. É bizarro vê-la agora e perceber quanto tempo se passou. Todo Natal eu recebia uma atualização sobre a sua vida, e agora aqui estou eu, de frente para ela.

Prestes a fazer xixi nas calças.

Colleen dá uma tossidinha, e minha atenção é atraída novamente para ela.

– Liguei a água quente caso você queira tomar banho. Vou deixar as toalhas aqui perto da porta.

– Água quente depois das dez da manhã? – brinca Hannah. – A gente ganhou na loteria?

– É Natal e ela é convidada.

– Convidada do *Andrew* – rebate Hannah com um sorriso de sarcasmo. Eu vou realmente fazer...

– Tudo bem se eu usar o banheiro?

Hannah faz uma careta ao ouvir o tom de urgência na minha voz.

– Desculpa! Claro.

Ela passa por mim depressa, piscando os olhos para ajeitar as lentes.

– Demore o tempo que precisar, Molly – diz Colleen ao trocarmos de lugar. – Hannah, vai se vestir! Você vai descascar as batatas.

– É a vez do Christian descascar as batatas.

– Ele descasca mal – retruca Colleen.

– Ele descasca mal de propósito pra não precisar descascar!

Os protestos de Hannah ficam cada vez mais baixos quando as duas se afastam e eu fecho a porta, mal olhando para o banheiro antes de correr até o vaso. Ninguém tenta entrar durante o minuto inteiro que levo para fazer xixi, mas ouço uma música natalina vindo de uma das portas fechadas quando estou voltando para o quarto, e Hannah cantando junto com uma voz surpreendentemente afinada.

Andrew está deitado de barriga para cima quando volto, com um dos braços por cima do rosto para se proteger da luz do dia.

– Foi a doce voz da minha irmã que eu escutei? – pergunta ele.

Fecho a porta.

– Eu assustei ela.

– Você é muito assustadora. – Ele baixa o braço para olhar para mim, e meu coração dá um pequeno pinote dentro do peito. – Essa foi minha melhor noite de sono em semanas – diz ele. – O que significa muito, considerando que durou só duas horas.

– Você estava cansado.

– Pode ser.

Ele fica me observando da cama com um olhar caloroso e convidativo. Mesmo assim, eu não me mexo.

– Vai voltar pra cá? – pergunta ele ao notar minha hesitação.

Torço as mãos diante do corpo.

– Acho que todo mundo já acordou, então...

– Então.

Ele suspira e sai de baixo das cobertas.

– Sua mãe ligou a água pra uma chuveirada – informo.

– Vai você primeiro. Eu fico vigiando a porta.

– Não precisa vi...

Ele solta uma risada que parece um latido.

– Precisa, sim. Confia em mim. A meia nem sempre funciona.

Ele se levanta e me lança um roupão velho que eu não tinha visto antes. Visto-o, agradecida, e olho em volta à procura da minha bolsa. E é então que a ficha cai.

– Que foi? – pergunta Andrew quando não o sigo até a porta.

Ele passa alguns segundos confuso, até que entende. Com todo o caos de ontem à noite, da viagem até ali, de *tudo*, eu tinha esquecido completamente não só que estou sem minha mala, mas também que não levei nada para o hospital. Nada a não ser as roupas do corpo e o celular no meu bolso.

Ele faz uma careta e passa a mão pelo cabelo.

– Não se preocupa – diz. – A gente tem várias roupas limpas. A Hannah te empresta alguma coisa. E a minha mãe tem vários... batons.

Tento não sorrir.

– Batons?

– Laquê?

– Você precisa arrumar uma namorada – digo sem pensar, e na mesma hora me arrependo ao ver a expressão nos olhos dele. – Por ora eu me contentaria com um xampu – acrescento, me abaixando para passar por ele e ir para o corredor.

Sigo Andrew até o banheiro, onde ele me mostra como fazer o chuveiro funcionar, faz cinco segundos de piada sobre ficar no banheiro enquanto eu tiro a roupa, e por fim assume a posição de vigia no corredor, exatamente como prometeu fazer.

Mesmo assim, porém, tomo o banho mais rápido que consigo. Uso com parcimônia o sabonete líquido e o xampu, depois seco os cabelos com a toalha. Quando fico razoavelmente apresentável, torno a vestir o mesmo roupão e junto minhas roupas sujas debaixo de um dos braços.

Ao sair, dou com Andrew ainda vigiando a porta. Só que agora ele não está sozinho.

A seu lado está parado um homem tão bonito que chega a doer, com uma caneca de chá nas mãos.

Christian. O irmão mais novo.

Ele é um pouco mais alto que Andrew, tem um corte de cabelo caro e uma tez mais alourada que decerto vem do lado da mãe. Tem aquela beleza clássica: olhos escuros, nariz comprido, maçãs do rosto levemente saltadas. Enquanto Andrew sempre foi um pouco desleixado, e mais ainda hoje de manhã, Christian parece um galã de novela. Ou então, no mínimo, um galã de campanha publicitária de lâmina de barbear.

Ele dá um sorriso sarcástico ao me ver surgir, não exatamente maldoso, mas tampouco simpático, e sem a mesma provocação carinhosa que sempre recebo de Andrew.

– Que prazer enfim te conhecer – diz ele, erguendo a caneca num arremedo de brinde.

– Meu irmão – diz Andrew, sem necessidade. – Christian.

– Oi.

Aperto o cinto do roupão ao redor da cintura, e faço uma pausa quando os dois olham para as minhas mãos. Christian volta a erguer os olhos na mesma hora.

Andrew leva um segundo a mais.

– O Andrew estava aqui me contando sobre o seu sobrinho – diz Christian. – Meus parabéns. Pelo visto vocês dois tiveram uma semana e tanto.

– Pode-se dizer que sim – retruca Andrew. – A Hannah vai trazer alguma coisa pra você vestir – emenda ele para mim.

– Posso usar minhas roupas de ontem. Ela não precisa me...

– Ela quer – interrompe ele. – E você tem que ser legal com ela, porque hoje é Natal. – Antes de eu poder fazer qualquer outra ressalva, ele meneia a cabeça na direção do chuveiro. – A água ainda está quente?

Faço que sim com a cabeça, e ele sorri.

– Minha vez – anuncia, afastando-se da parede.

Dou um passo de lado para deixá-lo passar e ele desaparece atrás da porta, me deixando sozinha com seu irmão.

Christian passa alguns instantes me avaliando, então leva o dedo à boca pedindo silêncio. Com uma lentidão exagerada, abre a porta ao lado do banheiro para revelar um boiler parecido com o que tem na casa dos meus pais. Com uma piscadela, desliga a água quente.

– Feliz Natal – diz para mim, e se afasta na ponta dos pés na direção da escada enquanto beberica o seu chá.

Espero ele se afastar antes de religar a água quente, em seguida volto depressa para o quarto, onde uso o desodorante de Andrew e visto as mesmas roupas com que dormi. Cinco segundos depois, Hannah me chama do lado de fora.

– Ouvi dizer que você precisava de suprimentos – diz quando abro a porta. Ela me lança um pacote de calcinhas ainda fechado enquanto entra no quarto. – Não se preocupa – acrescenta. – Eu tenho centenas. Vou usar pra fazer um vestido pra escola.

A frase tem muitas camadas. Opto pela alternativa mais fácil.

– Você costura?

– Aham – responde ela alegremente. Não exibe qualquer sinal de timidez ou falsa modéstia, e eu adoro isso. Quem me dera ter a mesma autoconfiança quando tinha a idade dela. – Achei que você poderia usar isto aqui com a sua calça jeans – continua, estendendo sobre a cama um suéter azul-claro com uma linha prateada que lhe confere um leve brilho. – É meio grande, mas...

– Está perfeito – digo, comovida com a sua gentileza. – Obrigada.

– De nada. – Ela ainda acrescenta à pilha um par de meias e um colete simples. – E aí, tá namorando o meu irmão?

– Eu... ahn?

Pisco enquanto ela se joga na cama.

– Faz *anos* que ele não traz nenhuma garota pra conhecer a gente – diz ela com inocência, esticando diante de si as pernas compridas.

Andrew já trouxe alguma garota aqui? Uma onda de ciúme percorre meu corpo quando penso nas suas últimas namoradas e em quem seria a candidata mais provável. *Esse* pequeno detalhe ele com certeza não me contou.

– A mamãe detestou ela – prossegue Hannah, e sorri quando a encaro. – Mas de você ela gostou. Dá pra ver.

– Ah, dá?

– Ela te deu as toalhas boas.

A porta se abre antes que eu consiga responder, e felizmente Andrew aparece. Seu olhar na mesma hora cruza com o meu com uma expressão suave que desaparece assim que ele repara em Hannah.

– Sai do meu quarto.

– Este quarto é do Liam.

– Então sai do quarto do Liam.

– Eu estava só conversando com a...

– Fora – diz ele, segurando-a pelo braço.

– Mas eu só estou *ajudando*.

Ele a empurra para o corredor e fecha a porta enquanto Hannah lhe mostra o dedo do meio.

– Agora vocês vão transar? – indaga ela do outro lado, e ele bate na parede até ouvirmos os passos dela se moverem em direção à escada.

– Ela é um amor – digo quando ele torna a se virar para mim.

– Quando quer.

Pego o suéter que Hannah me emprestou e o enrolo em volta do pacote de calcinhas, do qual sinto uma súbita e ridícula vergonha. Na mesma hora Andrew nota que aconteceu alguma coisa.

– Ela não te disse nada, disse?

– Não – minto. Mantenho os olhos na janela, fingindo estar fascinada pela vista de um campo lá fora enquanto o escuto abrir o zíper da mala atrás de mim. – Qual é a do seu irmão?

Andrew suspira com pesar.

– Sabia que você ia gostar mais dele. É aquele ar sério e soturno que ele tem, né?

– Pensei que ele fosse o gozador da família.

– Ele tem muitas camadas. Ele não é um babaca, juro – continua Andrew. – Por mais que pareça. – Ele faz uma pausa. – Mas se por acaso você passar debaixo de algum visco junto com ele, eu preferiria que não...

– Cala essa boca – ralho, e ele sorri. – E aí, qual o plano pra hoje? – pergunto, mudando de assunto.

Ele expira com força, o rosto todo franzido como se estivesse raciocinando intensamente.

– Bom, primeiro a gente corre 5 quilômetros, depois mergulha no lago congelado, e depois...

– Andrew.

– A ideia é sentar pra comer às seis. Ou seja, provavelmente estaremos comendo às sete. Agora são onze, então temos bastante tempo até lá. Podemos ver filmes, comer guloseimas... – Ele dá de ombros. – É Natal.

É Natal. O *dia* de Natal. É o dia de Natal e nós conseguimos. Estamos aqui.

– Quer ligar pra sua irmã? – pergunta ele.

– Ai, caramba. Quero.

Mergulho no celular ao mesmo tempo que Andrew pega algumas roupas dentro da mala e me olha de relance.

– Vou me trocar no quarto do Christian. Ele vai adorar.

Sua sugestão de me deixar à vontade me faz sorrir. Eu me sento na beirada da cama e ligo para minha irmã. Ela atende depois do terceiro toque.

– Natal no hospital – diz ela como cumprimento. – Mal posso esperar pra jogar isso na cara do meu primogênito pelo resto da vida dele.

– Como você está?

– Com a vagina dolorida, e pararam de me dar analgésicos. Chegou bem em Cork? O que achou dos sogros?

– Até agora tudo bem. – Encaixo o celular na orelha enquanto tiro a roupa e visto as limpas que Hannah deixou para mim. – Eles estão sendo bem simpáticos, mas mesmo assim estou me sentindo esquisita. Acho que deveria ter ficado em Dublin.

– Bom, agora é tarde – diz ela, seca. – Vai dormir no sofá?

– A gente tá dividindo a cama.

Ela leva uns vinte segundos para parar de rir.

– A gente não fez nada – retruco no meio do acesso. – Nem nos beijamos.

– Tá bom, Virgem Maria, eu acredito. Para de se cobrar tanto! Aproveita o dia e pronto. Sugere fazer seu pão de alho. – A voz dela adquire um tom de nostalgia. – Que saudade do seu pão de alho...

– Eu faço pra você depois que tiver alta – prometo. – Já escolheu o nome?

– Não – bufa ela. – E seria ótimo se todo mundo parasse de me perguntar. Daqui a pouco serei uma daquelas pessoas arrojadas que deixam os filhos escolherem os próprios nomes.

– Acho que o pessoal do cartório não vai esperar tanto assim.

– Burocracia é um saco.

– Pode pelo menos me mandar umas fotos do meu sobrinho sem nome?

Encerramos a ligação, e cinco imagens entram bem na hora em que Andrew volta, vestindo uma calça jeans limpa e um suéter natalino azul-marinho estampado com uma rena.

– Olha – digo, erguendo o celular. – Agora eu sou tia.

– Olha que menino mais bonito! A Zoe está bem?

– Cansada, só.

Ele franze a testa.

– Se você quiser tentar voltar ainda hoje, a gente pode pegar o carro do Christian emprestado.

– Não – respondo depressa. – Deixa de ser bobo. Amanhã eu vejo ela.

E quero ficar aqui com você. Não digo essas palavras, mesmo que elas estejam na ponta da língua, mesmo sendo claramente isso o que eu quero dizer.

Fico sentada na beirada da cama, cujas cobertas ainda estão amarfanhadas, e fico alisando as coxas com as mãos enquanto Andrew começa a desfazer a mala e esconder presentes debaixo da cama.

– Você nunca me contou que já tinha trazido uma namorada pra casa.

A incompreensão atravessa o seu rosto antes de ele olhar de relance para a porta.

– Hannah.

– Estou descobrindo todos os seus segredos.

Ele dá um sorriso maroto, sem parecer nem um pouco preocupado com a questão.

– Foi a Alison? – pergunto, pensando na sua última namorada firme antes de Marissa.

– Não. A Emily.

– A *Emily?* – A Emily da voz baixinha, professora do ensino fundamental, que era a pessoa mais fofa do mundo até deixá-lo no vácuo por três semanas, do nada? – Sério?

– Eu era jovem e estava apaixonado. Ou pelo menos achei que estivesse.

– Foi um desastre?

A pergunta o faz rir, mas não estou nem aí por estar mostrando minha pior versão. Estou decidida a causar uma boa impressão na família dele, e saber que outra pessoa causou uma má impressão vai me deixar bem mais confiante.

– Um desastre total – diz ele, e eu relaxo. – Eu não deveria tê-la convidado pra vir. Só fazia poucos meses que a gente estava saindo, e eu gostava muito dela. Achei que estivesse apaixonado, mas foi um passo grande demais. Ela ficou muito mal com a diferença de fuso e não conseguia comer nada, o que deixou a minha mãe chateada, e além do mais a gente acha que ela teve alergia aos cachorros, o que *realmente* deixou a minha mãe chateada, e... – Ele dá de ombros. – Minha sensação foi de que cada coisinha que poderia ter dado errado deu. É um milagre a gente não ter terminado tudo no próprio dia.

– E depois disso você não trouxe mais ninguém?

– Você sabe que não – responde ele.

Só que eu não sei. Não sabia sobre a Emily, por exemplo, e isso me faz pensar em todas as outras coisas que eu talvez não saiba. E que *quero* saber. Quero e vou. Porque tenho à minha disposição uma mãe superprotetora, um irmão irônico e uma irmã maquinadora. E isso porque ainda nem conheci o Liam.

Andrew estreita os olhos, já adivinhando o rumo que meu raciocínio está tomando.

– Se quiser saber alguma coisa sobre mim, é só *me* perguntar.

– Mas você é parcial – digo, num tom afável. – Eu quero saber das coisas não tão boas também.

Ambos nos calamos por alguns segundos, e minha barriga ronca.

– Acho que é melhor te alimentar – diz ele, achando graça. – Pronta pra descer?

– Prontíssima – respondo, sentindo um frio na barriga enquanto saio do quarto atrás dele.

Escuto-os na mesma hora. O tom defensivo de Hannah, o murmúrio baixo de Christian diante do guincho de protesto dela.

– *Mãe!*

A palavra ecoa escada acima enquanto descemos, e Andrew faz uma careta e para no último degrau, ainda fora do campo de visão dos outros.

– Tem certeza que tudo bem? – pergunto, subitamente nervosa. – Eu estar aqui, digo? Vocês levam o Natal tão a sério... *E eu sou péssima nisso.*

– Está mais do que tudo bem, Molly. Confia em mim.

Sua voz é firme e eu tento acreditar nele, e tento com mais afinco ainda quando ele estende a mão e aperta a minha.

– Pronta? – pergunta, e espera até eu assentir. – Então que comece o dia.

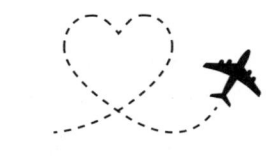

Capítulo 24

Assim que nós entramos, todos se calam, o que parece assustar até Andrew, que recua apoiado nos calcanhares enquanto encara a família.

– Deixem de ser esquisitos – diz ele, e me conduz com delicadeza na sua frente. – Pessoal, esta é a Molly. É a ela que temos que agradecer por eu ter conseguido chegar em casa este ano.

– Agradecer é uma palavra meio forte – diz Christian, acomodado confortavelmente junto à mesa.

Hannah está sentada na sua frente, descascando uma montanha de batatas, enquanto Colleen circula à sua volta. Ao ouvir o filho mais novo, ela dá um tapa na parte de trás da cabeça dele antes de se virar de volta para o fogão.

– Como você está, Molly? – pergunta ela. – Conseguiu dormir?

– Um pouco – respondo. – Obrigada mais uma vez por me receberem.

– Imagina!

Um timer apita, e Colleen transfere uma frigideira de uma boca para outra do fogão. A cozinha está uma bagunça, um caos controlado de panelas, frigideiras e todos os tipos de comida em estágios diversos de preparação. Em cima de uma pilha de livros de culinária há um iPad velho no qual se vê uma planilha colorida, e ela a consulta rapidamente antes de girar um botão do fogão.

– Está precisando de ajuda? – ofereço, ansiosa para ser útil.

Christian dá uma bufada enquanto Colleen me lança um sorriso simpático por cima do ombro.

– O que a mamãe mais gosta de fazer no Natal é reclamar que ninguém ajuda – explica Andrew.

– Mas aí, se você tenta ajudar, ela grita – brinca Hannah. – A gente pode fazer a preparação básica da comida, mas só.

– Não foi a senhorita que queimou a mão no fogão quando tentou me ajudar? – resmunga Colleen.

– Eu tinha 6 anos.

– Estou com tudo sob controle – diz ela. – Na verdade, o maior presente que vocês poderiam me dar é ficar fora de casa pelo maior tempo possível até o jantar estar pronto. O dia está lindo, e vocês podem ir encontrar o Liam e as crianças no vilarejo.

Christian faz uma careta.

– Eu estou bem aqui.

– Está é de ressaca, isso sim – resmunga Hannah, jogando um pedaço de casca de batata nele.

– Os cachorros precisam passear – continua Colleen, como se os dois não tivessem dito nada. – E vocês podem mostrar as coisas à Molly.

– Mostrar o quê? – esnoba Hannah. – O mato?

– Hannah.

– Ué, é verdade.

– A *verdade* é que eu quero vocês fora daqui em no máximo cinco minutos.

– Mas você falou que precisava que eu...

– Mudei de ideia.

Hannah bufa e empurra a cadeira para trás, mas obedece, e me lança um sorriso rápido antes de subir correndo a escada.

– Foi você que quis uma menina – diz Christian com toda a calma, o que lhe rende outro safanão na cabeça.

– É pra você ir também – avisa ela.

– Não posso. – Ele se levanta pesadamente e dá um beijo no rosto da mãe. – Prometi ajudar o papai a consertar uma cerca ou coisa assim. Acho que ele quer estreitar os laços.

Ergo as sobrancelhas e olho de relance para Andrew. Não consigo imaginar Christian numa fazenda, mas pela expressão desgostosa em seu rosto ele também não.

– Todos vocês ajudam? – pergunto.

Christian deixa sua caneca dentro da pia e dá um puxão de brincadeira no avental de Colleen antes de sair pela porta dos fundos.

– Mais ou menos – diz Andrew. – Quem pegou gosto pela coisa foi o Liam. Ele tem as próprias terras a alguns quilômetros daqui.

– Você entende alguma coisa de fazendas? – pergunta Colleen, educadamente.

Faço que não com a cabeça.

– Minha família é toda da cidade.

– Vamos fazer um tour antes de você ir embora.

Falando em tour... Dou um passo na direção da geladeira, onde umas dez fotos de família estão pregadas com ímãs desbotados do tipo que vinha antigamente nas embalagens de cereais. Crianças de bochechas vermelhas me encaram, imagens dos três meninos em férias de família seguidas por fotos mais recentes de Hannah, primeiro bebê e depois mais velha, radiante e cercada pelos irmãos. Mas é um dos irmãos que mais chama minha atenção.

– Eu agradeceria muito se você pudesse sair de perto da geladeira – diz Andrew atrás de mim.

– Mas você era tão fofo... – digo, extasiada, enquanto examino uma foto dele pequeno. – Só que eu preciso perguntar...

– Por favor, não.

– Por que você está pelado em todas as fotos?

– Porque ele se recusava a ficar de roupa – diz Colleen ao lado da pia.

– Mãe – alerta Andrew.

– Até os 5 anos, se recusava categoricamente – continua ela, ignorando o filho. – Eu vestia as roupas nele, virava as costas, e num instante ele tirava tudo. Uma vez, quando tinha 3 anos, ele começou a tirar a roupa no meio do supermercado. Nunca vou esquecer dele disparando pelo corredor dos congelados e eu correndo atrás. Ele se esgoelava de tanto gritar, enquanto segurava o...

– Hannah! – ruge Andrew. – Anda logo!

– Já vou! – berra ela de volta. – Não precisa arrancar as roupas!

– É, Andrew – digo. – Não precisa arrancar as roupas.

Ele me olha como se eu o tivesse traído.

– Duas horas, no mínimo – adverte Colleen enquanto ele me puxa para o corredor. – E se tiver algum lugar aberto, vejam se conseguem mais uns pães!

Saímos bem na hora em que Hannah aparece, descendo a escada correndo com um vestido verde de veludo e coturnos Doc Martens pretos. Ela pula os dois últimos degraus, e aterrissa com uma pancada que faz chacoalhar as fotos de família.

– Foi você que costurou? – pergunta Andrew enquanto ela nos entrega nossos casacos, que pegou no andar de cima.

Ela assente e dá uma voltinha. A saia do vestido roda quando ela gira, em seguida se acomodando graciosamente ao redor das pernas.

– O que foi que eu te falei? – diz ele para mim com um orgulho genuíno na voz. – A mais inteligente.

Lá fora, Christian está sentado na varanda enfiando os pés em galochas enquanto os cachorros farejam à sua volta. Assim que saímos, os dois pulam em cima de Hannah, que nem se dá ao trabalho de colocá-los na guia para conduzi-los até o portão.

– Te dou cem pratas se você passar o dia com o papai – diz Christian para Andrew, que se limita a dar um sorriso irônico enquanto gesticula para que eu vá atrás de Hannah, que está nos esperando perto do portão.

– Ele está de mau humor desde que voltou – diz Hannah quando a alcançamos. Ela deixou o casaco aberto para exibir o vestido, mas o frio a faz tremer. – É porque este ano ele é o único que está solteiro.

Andrew vira a cabeça em direção à irmã com um movimento brusco, e por um segundo acho que vai refutar a afirmação em relação a nós, mas ele semicerra os olhos.

– Você está namorando?

– Talvez – responde Hannah.

– Desde quando?

– Não é da sua conta.

– É da minha conta, sim, você só tem 16 anos.

– E também já sei ler e escrever – diz ela, partindo pela estrada num trotezinho leve que faz os cachorros saírem correndo animados atrás.

Andrew se vira para mim em busca de uma aliada, mas em vez disso me pega sorrindo.

– Que foi?

– Nada – respondo, com toda a inocência. – É que esse lado irmão mais velho protetor é meio sexy.

– Eu não estou sendo...

– Ai, nossa, como está!

– Ela tem 16 anos!

– Exatamente. – Eu rio. – Dezesseis. Não 6. Ela tem o direito de ter um namorado.

– Namorada – corrige Andrew.

– Namorada. – Dou-lhe um cutucão com o cotovelo, e começamos a segui-la. – Pra você ela continua sendo um bebê, né?

– Talvez – reconhece ele. – É estranho, sabe? Ela tinha só 6 anos quando eu fui embora. E agora é...

– Praticamente uma mulher – completo num tom dramático.

Seus lábios tremem enquanto nossos olhares se cruzam. Quando ele não desvia, me pego fazendo a mesma pergunta que ele fez antes:

– Que foi?

– Nada. Só estou feliz por você estar aqui.

Levamos vinte minutos para chegar ao vilarejo mais próximo, que consiste apenas num trecho de estrada com uma igreja, um pub, dois mercadinhos e uma oficina. Está tudo fechado (menos a igreja), como era de se imaginar, mas há várias pessoas na rua, todas dando um passeio antes de sentarem para passar o resto do dia comendo. Ou quem sabe isso seja apenas o que estou torcendo para acontecer.

Assim que chegamos, Hannah desaparece com um grupo de amigos, enquanto Andrew é parado por metade das pessoas com quem cruzamos. Todo mundo parece tanto conhecê-lo quanto estar a par da dificuldade que ele teve para chegar à Irlanda, e algumas pessoas conhecem inclusive a mim, ou pelo menos já sabem meu nome quando Andrew me apresenta. Fica evidente que Colleen contou sobre nossas aventuras para qualquer um disposto a escutar.

– Como você é famoso! – brinco. – A volta do filho pródigo.

– Não diz isso pro Christian – resmunga ele, mas parece satisfeito com o fato de eu estar impressionada, e fica olhando de vez em quando para mim enquanto observo a cidade, embora eu finja não reparar.

Em frente a uma das casas há uma barraquinha vendendo doces e suco de maçã quente com especiarias. Imediatamente puxo Andrew até lá para tomar meu muito merecido café da manhã. Estou dando uma mordida em um doce folhado quando uma menina de no máximo 5 ou 6 anos vem correndo na nossa direção como se fosse um míssil, segurando uma varinha de condão.

Andrew a pega no colo como um profissional, e cobre suas bochechas de beijos melados até ela começar a protestar com gritinhos deliciados.

– Isso, é disso mesmo que ela precisa – diz um homem atrás de nós. – Ficar mais agitada ainda.

Liam. Conheço então o último dos irmãos Fitzpatricks, o primogênito, e finalmente constato alguma real semelhança familiar. Enquanto Christian e Hannah puxaram à mãe, Liam com certeza puxou ao outro lado da família, assim como Andrew. Os dois têm os mesmos cabelos castanhos despenteados e os mesmos olhos cor de mel. Os de Liam são menores, porém, e me encaram simpaticamente por trás dos óculos de armação fina.

– Você deve ser a Molly – diz ele, estendendo a mão. – Soube que vai entrar de penetra na festa hoje.

– Ah, não se preocupa – retruca Andrew. – Ela vai dormir no celeiro. E lá vem mais um!

Assim que ele diz isso, vejo um menino mais velho andando na nossa direção. Descolado demais para a demonstração pública de afeto que sua irmã acaba de dar, ele cumprimenta o tio com um abraço a contragosto e um sorriso tímido, porém satisfeito.

– Caramba, Padraig, como você cresceu! – admira-se Andrew.

– Nem fala – diz Liam com um suspiro enquanto também compra um copo de suco. – Tenho que comprar uma calça nova pra ele toda semana.

– Vai ser alto que nem seu pai, é?

Padraig faz que não com a cabeça, e eu noto que estar no centro das atenções o faz empertigar um pouco os ombros. Andrew me apresenta às crianças, e ambas me cumprimentam de modo solene antes de se virarem de volta para o tio quase imediatamente.

– Seu pai contou que você participou da peça de Natal – diz Andrew para Padraig enquanto ajeita a sobrinha Elsie numa posição mais confortável. – Que foi um dos reis magos. Cantou alguma música?

Padraig assente.

– Sozinho?

Ele dá de ombros.

– Que foi? Ficou tímido de repente? – provoca Andrew, bagunçando seu cabelo. – Tímido demais pra ganhar presente também? O que o Papai Noel te trouxe?

Ficamos conversando por mais alguns minutos e Padraig finalmente começa a falar sobre o Lego novo que ganhou. Liam me faz perguntas sobre minha irmã e o bebê ao mesmo tempo que fica de olho nos filhos, e especificamente nas guloseimas que Andrew compra para eles na barraquinha. Quando vê Elsie com um cookie de chocolate imenso, mais ou menos do tamanho da cabeça dela, ele pede licença e leva as duas crianças para encontrar Hannah e os cachorros.

Andrew não faz nenhuma menção de se juntar a eles, e bebe o restinho do meu suco enquanto me guia até a parte oposta da cidade, onde há apenas umas poucas casas.

– Quer ver o castelo?

– Tem um castelo aqui?

– Talvez seja a torre de algum monge, sei lá. – Antes que eu responda, ele praticamente me arrasta, e deixamos o vilarejo para trás. – Para ser bem sincero, nunca soube exatamente.

Ele me leva até umas ruínas antigas a cinco minutos de distância. Elas podem ter sido um castelo, a torre de algum monge ou qualquer outra coisa, mas agora estão tomadas por mato e flores silvestres. Está tranquilo aqui, fora do vilarejo, e a paz é rompida apenas pelo barulho de alguma ovelha balindo ao longe.

– Tchã-rã – diz Andrew quando chegamos ao meio das ruínas.

Fico esperando.

– É só isso?

– Só.

– Não tenho direito a uma aula de história?

Ele faz uma careta e gira em torno de si mesmo, como à procura de algum lugar importante.

– Foi ali que eu dei meu primeiro beijo – diz, apontando para um trecho de chão sem nada de especial, brilhando por causa do gelo já meio derretido.

– Sobre os monges, eu quis dizer.

– Não acho que os monges naquela época fossem muito chegados em beijar. Nem agora, aliás.

– Nossa, como você é engraçado.

Piso devagar na mureta baixa, para testar a firmeza, e ao constatar que ela é sólida estendo a mão para Andrew de modo a me equilibrar nele.

– A Hannah acha que a sua mãe gostou de mim – digo, percorrendo a mureta ao redor das ruínas.

Eu me sinto uma criança grande demais, com meu casacão de inverno volumoso, mas isso até que me agrada.

– Ela gostou, sim. Aposto que até te comprou um presente.

– Para – digo com um grunhido.

– Ela sempre compra uns presentes a mais caso algum parente apareça de surpresa. Espero que você goste de velas aromáticas industrializadas.

– Mas eu não trouxe nada pra ela!

Por que não pensei nisso? Devia ter comprado alguma coisa na lojinha do hospital.

– Assina seu nome nos meus presentes e pronto. Eles podem ser de nós dois.

– Ahn, não.

– Por que não?

– Porque, um, não é justo com você, e dois... isso não é meio, sei lá, meio oficial?

Ele ri.

– Molly, ela pôs a gente pra dormir na mesma cama. Não acho que um presente vá ser um choque tão grande assim. Só me lembra quando a gente chegar lá. Em geral a gente troca os presentes antes do jantar.

Chego ao final da mureta, onde ela se esfarela, e pulo para o chão coberto de mato. Não é uma descida tão graciosa quanto eu previa e sinto um choque me subir pelo tornozelo, mas descarto a dor com uma careta e sigo com Andrew até uma parte da torre quase intacta. Ao chegar lá, saímos da sombra para o claro sol de inverno.

– Então, é isso ou você... ei!

Solto um gritinho quando Andrew me vira e se encosta em mim, me obrigando a recuar. Ao dar um passo para trás, eu encosto na parede e ele me acompanha, posicionando os braços dos dois lados da minha cabeça.

Hum.

– Oi.

– Oi. – Ele sorri quando o encaro. – Sabe de uma coisa? Eu estava muito, *muito* ansioso para ver minha família e ser um bom filho, mas desde que a gente chegou estou irritado por não poder passar cada segundo sozinho com você.

– Está dizendo que estraguei seu Natal e que seria melhor eu ter ficado em Dublin?

– Foi bem egoísta da sua parte ter vindo – concorda ele. – E ocupar meu precioso tempo me fazendo pensar em você.

– Pensar em mim? – Gosto disso. – De forma indecente?

– Meu Deus, não. – Ele estende a mão para o zíper do meu casaco, no qual dá um peteleco antes de abrir. – Eu sou um cavalheiro.

Sorrio com ironia, e ele leva as mãos ao meu quadril.

– Então você fica cheio de fogo assim em castelos, é?

– Daqui a pouco a minha casa vai ficar cheia de gente e vai ser impossível ter um momento só pra gente por várias horas. Acho bom a gente inventar um sinal pra quando quiser dar uma fugida.

– Eu não suportei a pior viagem do mundo pra você ignorar a sua família – pontuo.

– Ah, não foi tão ruim assim.

– Foi péssimo! A gente ficou exausto, gastou muito mais dinheiro do que deveria, e foi só por pura sorte que conseguiu...

Ele cala minha boca com um beijo, o que me deixa muito feliz.

Sua boca está com gosto de maçã e especiarias, e ele tem o mesmo cheiro do ar de inverno: fresco e puro. Minha vontade é inspirá-lo profundamente. Quero encher meus pulmões com ele e só com ele, e quando ele começa a se afastar eu o seguro pela nuca para mantê-lo no lugar.

– Quem está cheia de fogo agora? – pergunta ele com um sorriso travesso.

– É que eu ainda não me acostumei com isso – reconheço. – Às vezes ainda sinto que vou acordar e a gente vai estar dentro de um avião. Que nada disso vai ter acontecido.

– Isso ia acontecer de qualquer maneira – murmura ele. – Mas é a sua cara escolher os três dias mais estressantes da vida pra dar o primeiro passo.

– Ei!

– É verdade.

– Pelo menos eu... – Interrompo a frase, e mordo o lábio quando ele de repente muda de posição e encaixa a coxa entre as minhas pernas.

– Pelo menos você o quê? – pergunta ele todo inocente, mas eu não respondo, não *consigo* responder, e ele sabe disso.

Andrew continua pressionando a coxa em mim até eu sentir a respiração presa na garganta. Ele percebe e recua, mas só para poder me encarar enquanto faz outra vez.

Eu me agarro aos seus ombros quando sinto um calor se acumular no baixo-ventre, sem conseguir desviar os olhos dele. Queria conseguir fazer isso. Ele está com um ar convencido que não deveria ser tão sexy assim, mas é, só que estou com tesão demais para dizer isso.

– É Natal – lembro, e ele assente distraidamente. – Lá em Chicago você falou que no Natal eu iria ganhar a segunda parte do meu presente.

– Do seu o quê?

– Do meu presente. Você me comprou um presente em duas partes.

– Comprei, né?

– Então cadê?

– Cadê o quê?

– Andrew!

Ele sorri.

– Você tá meio olho-grande, não? Considerando que a gente nem pegou o voo que você disse que comprou pra mim, *e* que deu aqueles chocolates pra outra pessoa...

– O seu presente sou eu – interrompo, e ele ri.

– É mesmo.

A decepção me invade quando ele afasta a perna, e estou a ponto de protestar quando Andrew me segura pela parte de trás das coxas e me suspende.

Em pânico, prendo os calcanhares ao redor da cintura dele enquanto tento me segurar.

– Andrew!

– Bem melhor – diz ele quando nossos olhos ficam na mesma altura.

– Se você me deixar cair eu te mato.

– Eu não vou te deixar cair. Tenho uma força inacreditável.

Eu bufo e me agarro a ele com força enquanto ele move as mãos das minhas coxas para minha bunda.

– Sério?

– Talvez eu tenha tido alguns pensamentos indecentes – admite ele.

Ao ver que eu não protesto, Andrew aproxima o rosto do meu e me dá um beijo que os monges *com certeza* não teriam aprovado.

Só que os monges não estão aqui. Estamos só nós dois, então eu me entrego ao beijo, retribuindo e apertando-o com mais força até meu corpo estremecer de prazer. Ficamos assim por um minuto perfeito, em êxtase, dentro do nosso mundinho, até um grito ecoar pelas paredes e nos separar.

– Andrew!

Ficamos paralisados, nos encarando com os olhos arregalados, enquanto a voz de Hannah diz, em algum lugar por perto:

– A mamãe ligou e disse pra gente voltar!

– Quem quer que tenha inventado as irmãs caçulas pode arder no fogo do inferno – resmunga Andrew, encostando a testa na minha por breves instantes e então se afastando.

– Natal em família – retruco enquanto ele me põe no chão com todo o cuidado. – Você ama passar o Natal com a sua família.

– Ela também quer saber que tipo de molho a Molly quer na carne – continua Hannah, e sua voz vai se aproximando ao mesmo tempo que fecho o zíper do meu casaco. – Ou se é melhor ela fazer outr... Ah.

Hannah surge na nossa frente e se detém abruptamente ao nos ver. Seu sorriso repentino me lembra tanto o de Andrew que fico meio assustada.

– Vocês tavam se pegando? – pergunta ela, parecendo adorar essa ideia.

– Não fala assim – resmunga Andrew, afastando-se de mim.

Ele me segura pela mão e me puxa mais uma vez para junto de si.

– Se beijando? – insiste Hannah. – Trocando saliva?

– Dá pra calar a boca?

– Enroscando línguas?

– Hannah...

– Deixa eu adivinhar – interrompe ela, esfregando o nariz distraidamente por causa do frio. – Sou nova demais para saber o que é beijar.

– E é mesmo.

– Quantos anos você tinha quando deu o primeiro beijo?

– Não é da sua conta – dispara Andrew, e nos conduz novamente na direção da cidade.

Hannah, em vez de largar o osso, começa a andar do meu outro lado.

– Não foi no castelo? Foi, foi sim! – Os olhos dela se acendem diante da cara que Andrew faz. – Foi por isso que você trouxe a Molly aqui? Nossa, que cafona.

– Não tem algum outro lugar em que você deveria estar? No fundo de um poço, talvez?

– Ele pode ser bastante sentimental – comenta ela. Depois me dá o braço e assim eu fico com um Fitzpatrick de cada lado. – É bem fofo.

– Eu não sou nada fofo. Sou um homem adulto.

Hannah prossegue, sem se deixar abalar.

– No meu aniversário de 7 anos eu tinha uma paixão *ridícula* pelas princesas da Disney – conta ela. – E ele veio passar meu aniversário comigo, de surpresa. Apareceu usando a fantasia completa do Príncipe Encantado da Cinderela, e me deu de presente o vestido dela, sabe, aquele azul? Entrou comigo dançando valsa na sala, depois teve que dançar com cada uma das minhas amigas.

– Isso foi bem fofo mesmo – concordo, e Andrew me lança um olhar que some por completo quando ele escuta as palavras seguintes da irmã.

– Foi por isso que eu comecei a curtir moda.

– Ah, foi? – pergunta ele. Sua surpresa é evidente. – Você nunca me contou isso.

– Com certeza vem daí. Eu fiquei obcecada com o tal vestido. Ia pra escola com ele todo dia, até a mamãe jogar fora e dizer que foi sem querer. Eu não parava de chorar, aí ela me disse que, se eu amava uma coisa tanto assim, devia aprender a fazer a minha própria. Então eu fiz.

– Aos 7 anos de idade? – pergunto.

– Eu não disse que ficou bom. A mamãe me ajudou a grampear papel de seda por cima de uma saia velha dela. Mas sim. Foi aí que começou.

Andrew está olhando para ela com uma expressão que me faz querer beijá-lo outra vez, mas felizmente, antes de eu conseguir fazer isso e deixar Hannah totalmente extasiada, os filhos de Liam surgem correndo, seguidos de perto pelos cães. Hannah aproveita a distração para me puxar um pouco de lado, deixando os outros seguirem na retaguarda enquanto vamos descendo o caminho.

– Sabia que você faz eu me sentir muito velha? – digo enquanto vamos deixando o vilarejo para trás.

Ela gargalha.

– Por quê?

– Porque da primeira vez que ouvi falar de você, você tinha 6 anos.

– No primeiro voo? – pergunta ela.

– Isso. – Sorrio. – O Andrew contou pra vocês dos nossos voos?

– Ele conta tudo de você pra gente. Agora já virou tradição. É claro que nos dois primeiros anos você não foi exatamente bem-vista – continua ela, maliciosa. – Mas ele sempre foi meio dramático. Aí passou a ser só "a Molly fez isso, a Molly fez aquilo". "A Molly começou a fazer faculdade de direito", "virou advogada", "arrumou um namorado novo, arrumou um apartamento novo", "se mudou do apartamento", "arrumou um emprego novo". Nos primeiros anos o Christian tinha certeza de que ele estava inventando aquilo tudo, mas para ser bem sincera foi por isso que, quando você chegou, eu fiz tipo: "Oi!". Como se já te conhecesse.

– Bom, obrigada pelo acolhimento – digo, rindo. – Ele também me conta tudo de você.

– Ah, é? – Ela ri. – Tipo o quê? Que eu sou a pessoa mais chata do mundo?

– Tipo como ele fica impressionado com você. Como ele acha que você é a mais inteligente de todos os irmãos, e que um dia vai ser famosa.

Ela me encara com ceticismo.

– Você só tá tentando fazer ele parecer legal.

– Que nada. Ele sempre me diz isso.

Ela franze os lábios, tentando – em vão – esconder a própria satisfação.

– Acho que ele não é o *pior* irmão do mundo – diz por fim, e olhamos por cima do ombro para ele caminhando ao lado das crianças e de Liam.

A atenção repentina faz Andrew franzir a testa, imediatamente desconfiado. Hannah começa a rir, me dá um puxão amigável e nós apressamos o passo para subir o caminho.

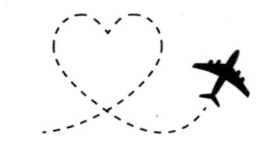

Capítulo 25

Ao voltarmos para casa, sou apresentada ao último integrante da família que faltava conhecer. Sean, pai de Andrew, é um homem calado e direto, que me recebe com um aperto de mão caloroso e calejado e em seguida me agradece por ter ajudado o filho a chegar em casa, igualzinho os outros fizeram. Parece até que eu trouxe o cara remando numa jangada.

Colleen segue ignorando minhas repetidas ofertas de ajuda. Em vez disso, pega Andrew para lavar a louça, enquanto Hannah aproveita a oportunidade para me levar ao seu quarto e me mostrar as roupas nas quais está trabalhando. Não foi só coisa de irmão coruja quando Andrew disse que ela era talentosíssima. As peças são lindas de morrer, mesmo ainda inacabadas, e passo uma hora servindo de modelo, obedientemente, enquanto ela me explica o seu processo criativo.

Depois, por insistência de Andrew, assino meu nome nos diversos presentes que ele comprou para todo mundo. Continuo me sentindo culpada, mas no fim das contas aliviada por ele ter me falado sobre os planos da mãe, caso contrário eu teria ficado mais constrangida ainda reunida com o resto da família em volta da árvore imensa e perfeita. Conforme o previsto, Colleen me dá de presente uma vela aromática lindamente embrulhada e com meu nome escrito numa caligrafia bem-feita em uma etiqueta. A maior parte da atenção, porém, se concentra em Padraig e Elsie, que desembrulham sua montanha de brinquedos e agradecem educadamente a cada pessoa.

É esquisito participar desses pequenos rituais, os mesmos que passei a vida adulta inteira evitando, querendo provar para mim mesma que não me importava com eles. E embora eu sempre vá me sentir estranha em meio a um grupo de pessoas que se conhecem como a palma da mão, é difícil não me deixar levar pelas brincadeiras, pelas provocações e pela pura alegria de tudo aquilo. Acho que Andrew nunca para de sorrir. Simplesmente nunca.

Mas o ponto alto do dia, claro, é o jantar. Somos chamados à mesa um pouco depois das sete, numa pequena sala de jantar que dá para ver que só é usada em ocasiões especiais. Fico surpresa com a quantidade de comida, mesmo que a esposa de Liam, Mairead, e as crianças tenham se juntado a nós. Mas tudo faz sentido quando Andrew explica que a mãe deu uma *pequena surtada* ao saber da minha vinda e acabou fazendo tudo em dobro, por via das dúvidas. Como eu sei que metade da graça desses feriados importantes são as sobras, não me sinto tão mal por isso.

Conseguimos todos nos espremer em volta da mesa. Estamos tão apertados que meu ombro encosta no de Andrew à esquerda e no de Hannah à direita. Mas as crianças comem depressa e logo ficam entediadas, e sobra mais espaço para nós quando elas são liberadas para ficar correndo pela sala com os sabres de luz de *Guerra nas estrelas* que ganharam de Christian.

Apesar de ter sido bastante acolhida, fico ligeiramente nervosa por ser a única pessoa de fora ao redor da mesa. Por mais bizarro que pareça, temo que eles fiquem tentando me incluir. Que fiquem fazendo perguntas educadas sobre a minha família – perguntas que eu responderia gentilmente, mas para as quais ninguém estaria ligando de verdade. Em vez disso, para meu alívio, eles praticamente me ignoram. Ficam implicando uns com os outros e falando todos ao mesmo tempo. Só me incluem quando alguém tenta me pegar como aliada. Em geral Hannah. Durante esse tempo todo, Andrew é uma presença constante ao meu lado, explicando baixinho quando nomes novos são mencionados e quais objetos da casa Christian quebrou em tal ou tal momento.

Fico tão distraída tentando acompanhar tudo que quase não me preocupo com o momento que venho temendo em segredo.

Ninguém estranhou quando Andrew recusou uma bebida no começo do jantar, mas à medida que o tempo passa e novas garrafas são abertas a situação começa a ficar mais evidente.

Hannah é autorizada a tomar uma segunda taça de *prosecco*, mesmo depois de Christian ter passado a tarde inteira lhe dando discretamente golinhos da sua cerveja. Ele agora está tomando vinho tinto. Todos estão, menos eu. Mas, embora Colleen pareça aceitar que eu não vou beber hoje ("Amanhã vou sair cedo pra encontrar a minha irmã"), vejo que está começando a achar uma ofensa pessoal o fato de Andrew recusar toda bebida que ela lhe oferece.

– Ainda estou com aquela dor de cabeça – diz ele, soando tenso quando ela se levanta pela terceira vez para sair à caça de algo que possa ser do agrado dele. – Deve ser o fuso.

Aperto seu joelho debaixo da mesa, e na mesma hora ele cobre minha mão com a sua para mantê-la ali.

– Se esse for forte demais pra você, tem um merlot na...

– Deixa o cara em paz – diz Christian, espetando uma cenoura com o garfo. – Parece até que ele entrou pra alguma seita.

– Ele deu a volta ao mundo pra estar aqui, e só quero garantir que...

– Você só quer garantir que a sua comida vai ficar fria, e foi você quem passou o dia inteiro na cozinha. – Christian pega a taça que ela acabou de pôr na frente de Andrew e despeja o conteúdo na sua. – Pronto, problema resolvido.

Colleen ergue as duas mãos como quem diz "tá, eu desisto" e ignora o comentário de Hannah de que ela bem que gostaria de uma provinha do vinho.

Os dois irmãos cruzam olhares por cima da mesa, numa conversa silenciosa que parece fazer Andrew relaxar, já que parte da tensão nos seus ombros se esvai. O único sinal que recebo é o aperto que ele dá na minha mão.

– Na verdade, eu queria contar uma coisa pra vocês – diz ele, e os olhos de todos se voltam na nossa direção.

Toda essa atenção o faz hesitar, o que não me surpreende, porque ele tinha comentado comigo que não planejava contar para a família. Mas, antes de ele conseguir dizer mais alguma coisa, Hannah deixa escapar um pequeno ruído e sua boca se escancara enquanto ela não desgruda os olhos de nós.

– Para!

– O quê? – pergunta Andrew, sem entender.

– *Para!* – repete ela. – Vocês vão casar?

– *Como é que é?* – guincha Colleen enquanto eu quase morro de consternação.

– A gente não vai casar – diz Andrew depressa, mas Hannah, já extasiada, sequer escuta.

– Ai, meu Deus, vocês com certeza vão casar!

– Não, a gente...

– Meus parabéns – diz Christian bem alto, e sorri ironicamente quando Andrew o fulmina com os olhos. – Que notícia maravilhosa.

– Christian...

– Cadê a aliança?

– Não tem aliança nenhuma. A gente não vai... *Mãe*, para com isso. Hannah, a gente não vai casar!

Hannah solta minha mão esquerda, onde estava procurando um anel de brilhante.

– Bom, você devia ter dito alguma coisa.

– Quer que eu anuncie toda vez que eu não for casar com alguém?

– *Não*, mas...

– O que você queria dizer, Andrew?

Quem interrompe é Liam, e graças a Deus ele faz isso, porque meu coração está batendo tão depressa que estou começando a ficar tonta. Fico mais calma quando a mesa torna a ficar em silêncio, e incentivo Andrew com um meneio de cabeça quando ele olha de relance para mim.

– É que... – Ele respira fundo, e desgruda os olhos dos meus para poder encarar a família. – É que eu parei de beber – diz ele. – Estou sóbrio. Não só no Natal nem no mês de janeiro, mas... pra sempre, se eu conseguir.

Silêncio.

Christian é o único que não parece estarrecido, como se já desconfiasse, e por isso é o primeiro a falar.

– Que ótimo, Andrew – diz ele, extraordinariamente sério. – Meus parabéns.

Liam e Mairead se manifestam logo depois com palavras de apoio parecidas, mas Colleen apenas sorri para o filho com cara de quem não entendeu.

– Mas você não tem problemas com bebida.

– Tenho, sim, mãe – diz Andrew. – Ou pelo menos tinha.

– Mas você não é...

– Não tem por que se explicar, filho – atalha Sean em voz baixa. – Não é da conta de ninguém, só da sua. Estou muito orgulhoso de você.

– Valeu, pai – murmura Andrew, enquanto Hannah se inclina por trás de mim para lhe dar um sorriso de incentivo.

– Sua pele vai ficar *incrível*.

– Qual o problema com a minha pele?

– É meio sem viço – diz ela num tom solene, e Andrew revira os olhos.

Colleen, porém, continua parecendo abalada, e seus olhos se movem pela mesa como se ela não soubesse para onde olhar. Sinto a perna de Andrew se tensionar sob a minha mão quando ela se levanta.

– Bom – diz ela abruptamente, e, antes que alguém consiga impedi-la, pega de cima da mesa duas garrafas ainda com vinho dentro.

– Ei! – reclama Christian quando ela retira a taça da sua mão.

– Apoiem seu irmão – dispara ela, levando as garrafas e a taça até o aparador antes de voltar para pegar outras.

– Eu estou apoiando! Estou fazendo a tentação desaparecer!

– Não tem necessidade disso – diz Andrew quando Sean entrega a própria taça a Colleen.

– É claro que tem – resmunga ela. – Você sentado aqui, sofrendo, enquanto a gente fica exibindo tudo isso na sua frente. Molly, não sei o que você deve estar pensando da gente.

– Eu...

– Nem lembro quanto vinho eu pus no molho da carne. – Ela leva a mão ao peito. – E tem conhaque no sorvete.

– Mãe, não tem problema.

– Você entrou num daqueles grupos? – pergunta ela de repente. – AAA?

– É só AA. E não, mas entrei num outro programa que...

– Seu tio Kevin descobriu que tem intolerância a glúten. Quem sabe você não conversa com ele?

– Santa mãe de Deus – resmunga Christian, baixando a cabeça até a mesa.

– Eu sei que não é a mesma coisa – diz Colleen. – Mas ele teve que abrir mão de muita coisa. Vocês sabem o quanto aquele homem gosta de pão.

– Cerveja também tem glúten – acrescenta Hannah, e Colleen faz um gesto na sua direção como quem diz "viu?".

– Eu estou bem – diz Andrew, com firmeza. – Só não contei pra vocês antes porque não queria ninguém surtando. – A frase faz Colleen pigarrear.

– Não quero ser o cara que vai impedir vocês de tomarem uma taça de vinho no jantar. É uma decisão pessoal que estou feliz por ter tomado. Estou tendo muito apoio... – Sinto um novo aperto na mão. – E acho que vou conseguir – conclui ele. – Mas queria ser sincero com vocês e abrir o jogo.

Sean assente ao mesmo tempo que Colleen torna a se sentar, ainda um pouco abalada.

– Você não comeu o molho, comeu? – pergunta ela.

– Não.

– Ótimo. Que bom.

– Está tudo bem, mãe? – pergunta Christian quando ela começa a dobrar o guardanapo até formar um quadradinho minúsculo.

– Tudo, sim.

– Quer uma taça de vinho?

– Sim, acho que eu vou... *Não* – corrige ela com uma cara horrorizada enquanto Christian começa a rir.

Andrew sorri enquanto Colleen fulmina Christian com um olhar, e Hannah então começa a listar todas as celebridades que conhece e que pararam de beber. Sean pede licença da mesa e volta trazendo uma garrafa de água com gás à qual Colleen rapidamente acrescenta algumas rodelas de limão.

E então eles seguem em frente.

Não sei se passei a estar mais sintonizada com ele nesses últimos dias, ou se ele realmente está mais aliviado, mas é como se um peso tivesse sido retirado dos ombros de Andrew. E, embora ele precise passar vários minutos convencendo a mãe a colocar mais conhaque na sobremesa, tudo vale a pena quando as luzes são apagadas e eles flambam o prato. O doce é acompanhado por sorvete, e uma outra sobremesa é trazida por Liam, que diz ter comprado um bolo quando a família foi de férias a Milão em novembro.

– É um panetone – declara ele, e começa a fatiá-lo.

Andrew e eu nos viramos um para o outro ao mesmo tempo, e ele abre um sorriso tão largo que eu começo a rir, para grande incompreensão do restante da mesa.

Depois do jantar, Liam e família vão embora para casa, e os Fitzpatricks restantes (e eu) vão para a sala de estar, onde o pai de Andrew acendeu a lareira.

– Hora do filme – explica Andrew enquanto nos acomodamos no sofá.

É um sofá daqueles que fazem a gente afundar, velho, gasto e do qual é impossível sair. Assim que me sento, caio para cima de Andrew. Nenhum de nós dois se importa muito com isso, e ele logo passa um braço em volta dos meus ombros, como se estivesse com medo de eu me afastar.

– Vamos ver o quê? – pergunto.

– Quem sempre escolhe é o meu pai. É o único dia do ano em que ele fica encarregado da TV.

Assim que ele termina de falar, Hannah começa a bater no colo, imitando um rufar de tambores, ao mesmo tempo que Sean se levanta, atraindo todos os olhares.

– Sem pressão – diz Christian, com uma voz arrastada, largado no chão com as costas apoiadas no sofá.

Agora todo mundo está usando algum tipo de gorro natalino, inclusive eu. E, embora há uma semana eu nem sequer me imaginasse com um troço desses na cabeça, acabo adorando o aspecto ridículo que todos têm.

Em pé na frente da lareira, Sean pigarreia enquanto ergue uma caixinha de DVD toda caindo aos pedaços.

– *O campo dos sonhos* é um...

A família inteira grunhe à minha volta, interrompendo-o.

– A gente já viu esse ano passado – reclama Hannah. – Mãe!

Colleen dá de ombros enquanto pega um pouco mais de chocolate. Agora que o jantar terminou ela está bem mais relaxada, e parece pronta para enfim se acomodar e curtir a noite. A cada poucos minutos, reparo nela nos observando e sorrindo, como se não conseguisse acreditar que os seus filhos estão por perto, como se nada nunca a tivesse deixado mais feliz.

Sean segue falando corajosamente.

– Um filme clássico sobre família e...

– Pelo menos não é *Apocalypse Now* – resmunga Christian.

– Por que a gente não vê *Sintonia de amor*? – sugere Hannah, num tom esperançoso.

Andrew não diz nada, fica só olhando ao redor com um sorrisinho nos lábios enquanto brinca com uma mecha do meu cabelo.

– Deixa a Molly decidir – sugere Colleen após mais um minuto de discussão. – A convidada é ela.

– Ahn... – faço simplesmente.

Tento me endireitar ao lado de Andrew enquanto todo mundo se vira para mim, mas ele não se mexe, e seu braço me mantém colada ao seu corpo.

Hannah me encara com um ar de súplica.

– Eu bem que gosto de *Campo dos sonhos* – acrescento.

Sean fica radiante e Hannah me vaia, mas apesar dos resmungos todos ficam calados durante o filme. Hannah passa metade do tempo no celular, até que Christian o arranca da mão dela e o guarda no bolso. Os dois começam a se bicar, mas aí Colleen os separa e os manda guardar os celulares na gaveta da cozinha pelo restante da noite.

Quando o filme termina, Colleen muda para a TV, para assistir à segunda metade de *A noviça rebelde*. Quando *isso* termina já é quase meia-noite, e o dia de Natal está oficialmente concluído. Os pais de Andrew são os primeiros a irem dormir, e depois de mais dez minutos Christian se espreguiça exageradamente enquanto cruza olhares com Andrew.

– Bom – diz ele, bocejando. – Estou um caco. A gente se vê de manhã.

Ele encara Hannah com um olhar decidido, se levanta do chão e se encaminha para a escada.

Hannah só sai do lugar depois que ele volta à sala e dá um beliscão na orelha dela, seguido de um puxão forte.

– *Ai*. Tá bom!

Ela o enxota e sai da sala atrás dele, resmungando um boa-noite.

E assim ficamos a sós outra vez. Levanto a cabeça e vejo Andrew me encarando. Ele fica bonito assim, banhado pela claridade das luzinhas de Natal, cansado porém satisfeito, enroscando uma mecha do meu cabelo no dedo.

– Está com sono? – pergunta.

– Ainda não – respondo, sincera. – Sua família é bem legal.

– Estou feliz por eles terem te conhecido. Quer seu presente de Natal agora?

– *Quero*.

Ele ri enquanto me empurra para longe e vai se ajoelhar junto à árvore. Ainda tem alguns presentes embrulhados embaixo dela, destinados aos vários parentes mais afastados que vão passar pela casa ao longo dos dias seguintes, segundo Andrew. Não presto muita atenção até ele voltar ao sofá com um objeto redondo envolto em papel de seda roxo.

– Fecha os olhos – diz, e eu fecho.

Um segundo depois, ele larga o embrulho nas minhas mãos. O peso do presente me pega de surpresa, e eu o desembrulho depressa ao mesmo tempo que ele volta a se sentar ao meu lado.

É um globo de neve.

Mas não do tipo vagabundo que se vê nas lojinhas de presentes dos aeroportos, que você mais provavelmente vai largar perdido por aí do que guardar. Esse é grande como um peso de papel, a base feita de uma madeira escura que enche minha mão inteira. Lá dentro não tem um boneco de neve nem uma casa em miniatura, mas sim um avião suspenso no céu noturno, com as janelinhas pintadas de um amarelo cálido.

– É a gente? – pergunto, sem tirar os olhos do globo.

– É a gente.

Viro-o nas mãos com toda a delicadeza, correndo os dedos pelo vidro.

– Eu não tenho nenhum enfeite de Natal.

– Imaginei. Achei que esse você não fosse achar ruim.

– Achar ruim? – Preciso forçar as palavras a saírem, de tão emocionada que estou. – Andrew, eu amei.

Ele dá de ombros e fica me observando examinar o presente.

– É pra sacudir – lembra ele.

Faço isso, inclinando o globo até os flocos de neve flutuarem, até o avião estar voando numa noite de inverno. Me inclino para a frente para vê-lo melhor na luz, e nesse momento a mão de Andrew começa a traçar lentos círculos nas minhas costas. É como se ele não conseguisse ficar com as mãos longe de mim. E eu não quero mesmo que fique. Acho que nunca me senti tão à vontade com uma pessoa quanto estou agora. A exaustão que venho sentindo nas últimas semanas, a ansiedade, o nervosismo e as noites sem dormir pensando no que deveria fazer da vida, tudo isso evaporou, me proporcionando um tipo de clareza que eu nunca tive.

– Lembra quando eu disse que queria te contar tudo? – pergunto, sem tirar os olhos do avião.

A mão dele para de se mover, e sorrio ao imaginar que os pensamentos dele devem ter acabado de seguir por algum caminho bem dramático, embora eu não saiba qual.

– Lembro... – diz ele devagar.

– Pode deixar que eu não tenho nenhum filho não reconhecido por aí.

– Pensei que você pudesse ser agente da CIA.

– Fico lisonjeada. – Pouso o globo na mesa de centro com todo o cuidado e endireito as costas da melhor maneira que consigo, girando o corpo para ficar de frente para ele. – Eu menti pra você antes. Quando disse que não sabia o que faria se não fosse mais advogada.

– Eu sabia que você estava mentindo. Eu te disse que era mentira.

– Tá, bom... Agora estou voltando atrás na mentira.

Ele apenas aguarda.

– Eu gosto de comida – continuo, afirmando o óbvio. Sempre gostei. Meu maior prazer na vida é comer, e comer bem. Descobrir restaurantes novos, experimentar novos sabores. Já apresentei aos meus amigos alguns dos meus pratos preferidos da mesma forma que muita gente compartilha seus filmes favoritos, observando com atenção o rosto deles para ter certeza de que eles estão reagindo de todas as formas adequadas. – Não sou boa o suficiente pra cozinhar profissionalmente. Eu tenho essa consciência, e também não acho que queira fazer isso. Mas... – Deixo a frase em suspenso, e Andrew afasta delicadamente a mão do meu cabelo. Eu não tinha sequer percebido que ele estava brincando com os fios. – Eu tive uma ideia, sim – admito.

Ele sorri quando fico em silêncio.

– Esse suspense todo está me matando, Moll.

E tudo de repente parece uma grande idiotice. Não sei por que estou dando tanta importância a isso, nem por que estou com tanto medo de contar. Talvez porque nunca tenha contado para ninguém. É só um daqueles pequenos sonhos que temos na cabeça, tipo casar com o integrante de alguma boy band ou ganhar na loteria. Só que, como Andrew está prestes a descobrir, o meu não é nem de longe tão glamouroso.

– Eu algum dia já te disse que quando era pequena queria ser guia de turismo?

Ele passa alguns instantes me observando, como se estivesse tentando avaliar se estou brincando ou não.

– Não – responde, por fim.

– Bom, eu queria. Queria ser uma daquelas pessoas que ficam em pé na frente do ônibus de turismo e guiam um grupo de pessoas pela rua usando uma capa de chuva espalhafatosa e balançando um guarda-chuva da mesma cor acima da cabeça. Meu pai ama passeios assim. Sempre levava a mim e a Zoe pra fazer esses programas. Eu sempre achei divertido.

– E é isso que você quer fazer agora? – pergunta ele, curioso. – Em Chicago?

– Não exatamente. Eu quero ser uma guia gastronômica. Levar as pessoas pra passear pela cidade e mostrar todos os restaurantes e barracas de comida, não só os que estão nos guias de turismo ou os instagramáveis. Quero mostrar os lugares *de verdade*. Que ninguém conhece.

– Então por que não faz isso?

– Porque a vida não é um filme. Porque ainda tenho oito meses de contrato de um apartamento caro, e empréstimos estudantis que vou passar a vida pagando. Porque eu moro nos Estados Unidos, então preciso pagar plano de saúde. Porque gasto uma fortuna por ano pra pintar o cabelo.

– Você pinta o cabelo?

– É claro que eu pinto o cabelo. Você acha que estas luzes são naturais?

Ele parece não entender.

– Tipo, as partes mais claras? Isso não é o seu cabelo?

– Eu pinto o cabelo – digo. – Pinto o cabelo e pago a mensalidade das minhas aulas de yoga bikram, e gosto de umas sessões de massagem quando estou a fim. Ou seja: eu preciso de dinheiro pra pagar essas coisas.

– Ou casar com alguém rico.

– Ou roubar.

– Ou isso – concorda ele.

– Foi só uma ideia. Nem sei qual seria o primeiro passo. Provavelmente levaria anos, e talvez não dê dinheiro nenhum, e...

Deixo a frase em suspenso, repetindo as mesmas coisas que venho dizendo a mim mesma há semanas. Naqueles momentos no meio da noite em que não consigo dormir, e acordo tão ansiosa e preocupada que às vezes parece que não estou conseguindo respirar. Comecei a fazer umas pesquisas, mas nunca me permiti pensar muito no assunto. Os contras sempre superavam os prós. O preço do fracasso era sempre alto demais.

– Você parece estar pensando muito no que pode dar errado em vez de focar no que pode dar certo – diz Andrew com delicadeza.

– Estou só tentando ser realista.

– Eu sei que está, mas eu já fiz várias refeições ruins na vida, Molly, e nenhuma delas foi por recomendação sua. Existe um motivo pra todo mundo te perguntar aonde ir quando quer comer alguma coisa boa de verdade. E existe um motivo pra você sempre ter a resposta. Então, e se não for um fracasso? E se você for boa nisso, e a coisa deslanchar, e você ganhar dinheiro suficiente pra tudo que precisa e passar o resto dos seus dias fazendo o que ama?

– Eu...

Ele franze a testa quando não digo mais nada.

– Você passou mesmo as últimas semanas tentando saber que carreira alternativa poderia ter quando estava com essa ideia no fundo da mente? Não pensou que talvez seu coração seja tão contra qualquer outro caminho porque você sabe exatamente o que quer desde o início?

– Não.

– Mas e aí? – Ele me encara bem de frente, inteiramente disposto a debater comigo.

Detesto quando ele fica todo sério e é sensato.

– Eu tomei sorvete demais pra ter uma conversa séria sobre isso.

– Que desculpa esfarrapada.

– É verdade – protesto. – Estou cansada.

– Você está com medo.

– E daí? – rebato. – Não tem nada de mais em estar com medo.

– Não, não tem – concorda ele. – Contanto que você não fique com medo pra sempre. – Quando olho para o outro lado, ele puxa delicadamente meu queixo e me obriga a olhar para ele. – Você pode pedir ajuda. Não precisa sair na rua um belo dia e começar. Vai ter gente com você. *Eu* posso te ajudar. Mas você tem que pedir. Tem que tentar. E eu preferiria que você tentasse a te ver infeliz, Molly. Por mais que você esteja com medo.

Não sei como reagir a isso. Não sei como fazer qualquer outra coisa que não seja simplesmente ficar olhando para ele. Não entendo como Andrew sempre sabe o que dizer. Como sempre sabe me alegrar e me acalmar, como se me entendesse melhor do que eu mesma.

Sinto os dedos formigarem com a já conhecida vontade de tocar nele, de estar o mais perto possível, e mudo um pouco de posição, puxando as pernas para cima do sofá.

– Tem um notebook na outra sala – continua ele, dessa vez sem saber o rumo que meus pensamentos tomaram. – Quer me mostrar o que você tem...

– A gente conversa sobre isso de manhã.

– Não estou dizendo que você precisa tomar uma decisão agora; quero só ver o que você...

– Andrew. – Eu passo uma das pernas ao seu redor e sento em seu colo de frente para ele. Ele segura minha cintura com as duas mãos, me mantendo firme ao mesmo tempo que a surpresa e em seguida a excitação, surgem no seu olhar. – A gente conversa sobre isso de manhã – repito, pronunciando cada palavra de modo lento e preciso enquanto abaixo a cabeça e encosto a boca na sua.

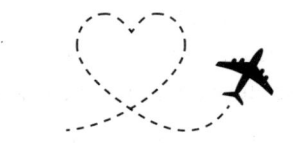

Capítulo 26

Estou oficialmente obcecada por beijar Andrew Fitzpatrick.

Tem gente que corre. Tem gente que faz bolo. Tem gente que pinta bonequinhos em miniatura ou restaura peças de mobília para vender cinco vezes mais caras. É saudável ter um hobby. E agora eu tenho o meu.

– Então é isso – murmura ele quando finalmente me afasto para recuperar o fôlego. – Vou trazer você todo ano pra passar o Natal aqui.

Sorrio e passo as pontas dos dedos pelo contorno do seu nariz. Fico me perguntando como resisti e consegui passar todos esses anos longe dele. Sinto um aperto no peito ao pensar no tempo perdido, mas logo deixo isso pra lá. Fico feliz por termos tido a oportunidade de ser amigos primeiro, por agora poder me entregar a ele por inteiro, sem me preocupar com as partes de mim que ele talvez rejeite. Andrew já me viu nos meus piores momentos: cansada, estressada, zangada, aos prantos. Ele viu tudo, e ainda assim parece querer tudo. Me querer por inteiro.

– Você tinha ciúme dos meus ex? – pergunto, antes de conseguir me conter.

Andrew dá um sorriso malicioso.

– Você quer que eu tenha?

– Talvez.

Ele não responde na hora, parecendo refletir sobre o que vai dizer.

– Ciúme propriamente dito, não. Eu ficava feliz quando eles te faziam feliz – diz ele depois de algum tempo. – E irracionalmente bravo quando te deixavam infeliz. Talvez eu seja meio protetor em relação a você.

Dou de ombros, tentando não parecer tão satisfeita quanto me sinto com essa afirmação. Ele não se deixa enganar por um segundo sequer.

– Gostou de ouvir isso, né?

– Não sei do que você está falando.

– Ah, não?

– Não, eu sou muito saudável emocionalmente e... – Solto um ganido e rio quando ele me empurra, me fazendo deitar no sofá.

– Você mente supermal – diz ele, inclinando-se por cima de mim.

Viro o rosto no último segundo, ainda aos risos, mas ele não parece se importar, e seus lábios tocam meu pescoço como se esse fosse o seu alvo desde o início.

Ele afunda o rosto ali, primeiro com delicadeza, depois com força suficiente para fazer meus batimentos dispararem.

Empurro seus ombros, querendo um beijo de verdade, mas ele não muda de posição, e se concentra no trecho de pele macia onde meu pescoço encontra o ombro antes de traçar um caminho até bem debaixo da minha orelha. Ele afasta meus cabelos para trás, e os fios escorregam por entre seus dedos enquanto ele dá início a uma deliciosa sucção que me deixa tonta.

– Vai me deixar com um chupão? – pergunto, e me contorço quando ele suga com mais força antes de me soltar.

– Não – mente ele, soando satisfeito.

Faço uma cara feia quando ele se afasta, mas sem muita convicção, então me levanto para beijá-lo direito. Dessa vez ele deixa, e sua boca se inclina por cima da minha enquanto ele emite um gemido baixo que na mesma hora se torna meu barulho preferido da vida. E, quando ele pressiona o quadril contra o meu, solto um arquejo tão alto que fico surpresa de não acordar ninguém.

Pensar na família dele faz com que eu me afaste e levante do sofá com as pernas bambas. Andrew pisca para mim, ligeiramente atordoado, e por alguns segundos parece decepcionado, talvez um pouco nervoso até, como se achasse que fomos longe demais. Mas então eu estendo a mão numa pergunta silenciosa, lembrando do que ele disse. Que nós vamos lidar com as coisas à medida que elas forem acontecendo. Que vamos fazer o que parecer certo. E isso, aqui e agora, parece certo. Quando ele me dá a mão e me segue para fora da sala, eu sei disso com toda a certeza do mundo.

Seguro uma risadinha quando tentamos subir a escada o mais silenciosamente que conseguimos. Passa um pouco de uma da manhã, e não há luz debaixo de nenhuma das portas pelas quais passamos. A casa está profundamente adormecida, mas eu nunca estive mais acordada.

Eu me viro para Andrew assim que entramos no quarto, mas ele se afasta e vai até o aquecedor debaixo da janela, todo decidido.

– Graças a Deus – diz, encostando a mão no aparelho. – O meu pai disse que ia consertar depois de...

– Andrew.

– Tá. Foi mal.

Ele pula por cima da cama para voltar até mim, um movimento bem mais gracioso do que deveria ser, e fica parado na minha frente.

– Foi mal – repete, sussurrando. – Você tem certeza?

– Tenho. E você?

– Tenho certeza. Muita, muita certeza. – Ele dá um passo na minha direção, eliminando a distância entre nós. – Mas parece estranho – começa ele a filosofar. – A gente se entregar assim depois de tanto tempo. É como se eu tivesse passado um tempão escondendo isso de nós dois. E agora... simplesmente não estou mais escondendo.

– Escondendo o quê? – pergunto, sem saber o que pensar enquanto os dedos dele circundam meus pulsos e os seguram delicadamente.

– O quanto eu pensei neste momento. – Engulo em seco enquanto sua boca se aproxima da minha orelha, e suas palavras mal passam de um sussurro. – Quer que eu te diga? – pergunta ele. – O quanto eu te quero?

Encolho um pouco os ombros, ou ao menos penso encolher, pois meu corpo não parece mais entender o que meu cérebro está lhe dizendo.

– O que você quer, Moll? – pergunta Andrew quando fico simplesmente parada.

– Eu quero...

– O quê?

Tudo. A palavra entala na minha garganta, sufocada por essa compreensão. Eu quero tudo com ele. Quero tanto que é quase insuportável.

– Um beijo – digo em vez disso, tentando me concentrar enquanto ele me segura um pouco mais forte.

Andrew assente e captura meus lábios com perfeição, só que isso ainda não é suficiente. Não é *nem de longe* suficiente.

O beijo é suave. Doce. É... simplesmente uma provocação.

Grudada a ele, eu me contorço, precisando de mais, e quando me afasto ele solta meus pulsos para que eu possa levar as mãos até seu peito e segurá-lo pelo suéter.

– Você – digo. – Eu quero você. Inteiro.

O olhar dele se incendeia, como se estivesse alimentado pelo mesmo fogo que sinto percorrer meu corpo.

– Eu já sou seu, Moll. Já sou seu há anos.

– Então para de me provocar – balbucio, e o seguro pela nuca para puxá-lo até mim.

O beijo agora é mais forte, mais seguro, e nossas bocas se movem numa sincronia perfeita, como se já tivessem feito isso um milhão de vezes. Andrew desce a mão até minha cintura, desabotoa minha calça e a desce pelo meu quadril. Não paramos de nos beijar enquanto a calça cai até meus tornozelos. Eu me desvencilho dela e a chuto para o lado. Meu suéter é o próximo – ergo os braços quando Andrew o segura pela barra e o puxa por cima da minha cabeça. Seus movimentos agora estão um pouco nervosos. A cada peça de roupa ficamos mais frenéticos, e ele me acompanha nesse nosso striptease nada elegante até que estamos nos agarrando só com a roupa de baixo, ainda colados no mesmo lugar, encostados na porta.

Ele nos guia na direção da cama, e sinto a cabeça girar, esquecendo de sentir vergonha dos barulhos que estou fazendo, da celulite na coxa e das estrias no quadril. São coisas em que eu normalmente penso na primeira vez com alguém novo, só que Andrew não é novo. E, mesmo se fosse, eu estaria ocupada demais tentando devorá-lo inteirinho para me importar com tudo isso. Porque, por mais que eu tente, não é o suficiente. Quero que ele me toque por toda parte, quero senti-lo por toda parte. Quero dez horas de beijos e preliminares. Quero Andrew dentro de mim agora.

E ele parece se sentir da mesma forma, subindo e descendo as mãos pelo meu corpo como se não soubesse onde focar. Quando não está beijando minha boca, está no meu queixo, no meu pescoço, passando a língua entre os meus seios e depois tornando a subir, e me dando uma mordida forte o suficiente para eu quase sentir dor, uma pontada de prazer que sei que vai deixar outra marca. E eu quero que deixe. Quero provas dessa noite, desse momento, para quando acordar de manhã me lembrar exatamente do que aconteceu.

– O sutiã – balbucia ele no meu ouvido, e assinto freneticamente enquanto levo as mãos até as costas para abrir o fecho.

– Você tem...

– Tenho – diz ele, quase mergulhando em direção à mala.

Tento não ficar secando sua bunda coberta pela cueca boxer preta, então lembro que posso olhar o quanto quiser. Quando ele volta, com uma expressão vitoriosa, ergo uma das sobrancelhas ao ver a tira de pacotinhos metalizados na sua mão.

– Será que eu quero saber por que você trouxe camisinhas pra passar o Natal na casa da sua família?

– Isso se chama saúde sexual, Moll. E eu tenho uma ex-namorada no vilarejo que...

– Sem graça – disparo, me jogando em cima dele.

Ele ri quando caímos na cama e eu sento com as pernas abertas em cima dele, rasgando com todo o cuidado um pacote enquanto ele fita meu colo nu, antes de se concentrar no pingente no meu pescoço, o presente que ele me deu. Ele o puxa suavemente e o posiciona na cavidade do meu pescoço, depois ergue o tronco e deposita ali o mais suave dos beijos.

Nossa roupa de baixo é a última coisa a sair, e sai depressa. No instante seguinte estou colocando a camisinha nele, e então de repente nós trocamos de lugar, e com movimentos seguros e precisos ele me puxa para baixo de si.

– Tudo bem? – pergunta, e assinto, segurando seu rosto para beijá-lo outra vez.

Ele só me deixa lhe dar um beijo rápido, então se afasta e roça o nariz pela linha do meu maxilar antes de começar a descer. Levo alguns segundos para entender que ele não vai subir de novo.

– Andrew?

Ele apenas emite um zumbido rente à minha pele, e sua língua traça um círculo em volta do meu umbigo antes de continuar descendo.

– Você não precisa...

Cala essa boca, Molly. Minha cabeça cai em cima do travesseiro e meus dedos se cravam nos lençóis enquanto ele abre minhas pernas delicadamente.

O primeiro contato da sua língua me faz fechar os olhos com força. O segundo me faz contrair as coxas, mas Andrew não parece se importar. Pelo contrário: isso parece incentivá-lo, e ele me segura pelo quadril e me mantém o mais parada que consegue enquanto eu me contorço. O cara sabe seguir instruções, devo dizer, e vai seguindo cada movimento do meu corpo conforme silenciosamente lhe indico aonde ir e do que eu preciso, até me conhecer melhor do que eu mesma. Até não precisar de mais nenhum sinal. E quando uma das suas mãos solta o meu quadril para reforçar os trabalhos, eu não consigo mais me segurar. O prazer percorre meu corpo inteiro, quase insuportável de tão delicioso.

Só consigo ficar ali deitada, com a respiração entrecortada, enquanto ele espera minha respiração voltar ao normal antes de tornar a subir me lambendo até chegar à boca.

– Tá, bom trabalho – digo, dando um tapinha na lateral do seu rosto. – Boa noite, então.

Ele dá um sorriso malicioso e fica me encarando antes de me beijar. Levo as mãos às suas costas e exploro à vontade. A liberdade repentina de fazer isso me deixa inebriada, e ele incentiva meu entusiasmo me beijando com mais força, reagindo a tudo que eu faço. Andrew estremece quando corro os dedos pelas laterais da sua barriga, geme quando puxo seus cabelos. Fico fascinada por cada movimento seu, por cada som que sai dele, por cada músculo que se contrai sob meu toque.

Sinto-o quente e duro encostado em mim, e embora estejamos os dois suados, não reclamo quando ele nos faz entrar debaixo das cobertas, as pesadas dobras da colcha por cima dos nossos corpos fazendo com que eu sinta que estamos ainda mais próximos.

Ele se acomoda melhor em cima de mim, testando o próprio peso e como nossos corpos se encaixam. Tão conhecido, mas mesmo assim novo. E eu sei que isso que está acontecendo não tem mais volta. Não é uma coisa de uma noite só.

Não é um erro.

Como posso alguma vez ter pensado que seria um erro?

Estou tão pronta para Andrew agora que não há qualquer hesitação quando ele entra em mim, e um gemido me escapa quando nossos olhares se cruzam. Uma expressão quase de dor toma conta do rosto de Andrew quando me ouve gemer, e então ele me beija com uma determinação renovada, um beijo ardente e desesperado. Os braços dele tremem como se ele estivesse lutando para se controlar, e quando ele recua um pouco a lenta fricção faz minhas terminações nervosas dispararem.

Ele me beija como nunca fui beijada. Como se tivesse esperado a vida inteira por isso.

Ou quem sabe apenas dez anos.

Seguro-o com mais força ao pensar nisso, puxando-o para dentro de mim até nossos corpos ficarem totalmente colados um no outro. E é assim que eu quero que seja.

Eu amo esse homem. Amo, amo, amo esse homem, e tudo que consigo pensar é em como ele também deve me amar. Deve, sim. Porque ele me quis. Me quis ao seu lado. Talvez muito antes de eu querê-lo. E estou muito feliz por ter parado debaixo daquele visco, muito feliz pelo fato de o destino finalmente ter enjoado de esperar, mesmo que eu ainda não tenha tido a coragem de dizer isso a Andrew.

Mas talvez eu não precise dizer. Minhas mãos conseguem comunicar o que minhas palavras não podem. Então eu o toco. Toco, acaricio, e deixo meus beijos falarem por si. E quando ele coloca minhas mãos acima da minha cabeça e entrelaça os dedos nos meus, tento me lembrar se algum dia já me senti assim antes, se algum dia já senti *tanto assim*. Nesse momento, ele dá uma mordidinha no meu lábio inferior e baixa a cabeça para encostar a boca logo acima do meu coração, e eu não consigo lembrar de mais nada.

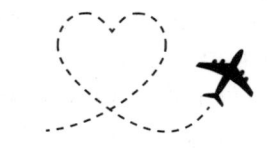

Capítulo 27

UM ANO ATRÁS

Voo 9, Chicago

– Não consigo lembrar onde foi que... Não, eu com certeza deixei em cima da mesa dela. Bom, se não estiver lá alguém mudou de lugar. Não sei quem foi! Se soubesse a gente não estaria nessa situação.

– Molly.

Ergo um dedo, recorrendo ao meu último resquício de paciência para garantir que na manhã seguinte ainda estarei empregada.

– Liga pra Lauren e checa com ela – peço. – E não conta pro Carlton... E daí que ela foi passar o Natal com a família, eu também estou indo!

– *Molly.*

– Estou no telefone – sibilo, olhando na direção de Andrew.

Ele me fulmina com o olhar, parecendo tão irritado e cansado quanto eu.

– Bom, a menos que você queira que eu só peça um copo d'água pra você, vai ter que desligar – diz ele.

Só então reparo na garçonete de aspecto exausto em pé ao nosso lado.

Ai, merda. Tá.

– Te ligo de volta daqui a cinco minutos – digo, e desligo encarando Andrew com firmeza antes de correr os olhos pelo cardápio, já sabendo o que eu quero.

– Fritas com queijo – peço. – Obrigada.

– Desculpe, as fritas acabaram.

É claro que acabaram.

– Um club sandwich então.

A garçonete faz uma careta. O seu uniforme está manchado de ketchup, e seus cabelos escuros escapolem do coque malfeito.

– Nosso menu sanduíche encerrou às...

– Então pode escolher – interrompo, devolvendo-lhe o cardápio. – Me surpreenda.

– Nossa sopa do dia é...

– Sim. Ótimo. Vou querer isso.

Ela balbucia mais um pedido de desculpa, gira nos calcanhares e vai imediatamente atender o grupo na mesa ao lado.

– Sério? – pergunta Andrew quando ela sai do raio de alcance da nossa voz. – Ela ainda é praticamente uma criança.

– Vou deixar uma boa gorjeta – resmungo, deixando a cabeça cair nas mãos.

Massageio as têmporas para tentar aliviar a enxaqueca que está se formando. Sei que estou sendo péssima, mas não estou conseguindo não ser. O trabalho é um pesadelo interminável que o feriado só piora, nosso voo está com cinco horas de atraso, e agora pelo visto acabamos de esperar meia hora para pedir uma comida que eles sequer têm.

– Não é culpa dela – continua Andrew, e sou obrigada a conter uma cara feia, mantendo a cabeça baixa para ele não ver meu rosto. – Que foi? – pergunta ele quando não falo mais nada. – Não vai nem mais falar comigo, é isso?

Ah, pelo amor de...

– O que você quer que eu diga? – disparo, me empertigando tão depressa que fico tonta. – Porque, pelo visto, não importa o que eu fizer, você simplesmente vai levar a mal com esse seu humor horroroso de hoje.

– *Meu* humor horroroso? Foi você que passou a última hora no celular.

– Sim, Andrew, por causa de *trabalho*. Eu tenho um emprego. As coisas não param simplesmente quando eu me ausento do escritório.

– Que tal um emprego que te deixe em paz por algumas horas pra gente poder se falar?

– Algumas horas? A esta altura a gente vai passar a noite inteira aqui!

– Ahn... com licença?

– *O que foi?* – Fazemos a pergunta ao mesmo tempo, num tom ríspido, e ao nos virarmos damos com a garçonete parada na nossa frente, apavorada.

– Eu sinto muito *mesmo* – começa ela, no exato instante em que meu celular vibra em cima da mesa. – Mas a sopa...

Andrew continua olhando para mim como se eu fosse a pior pessoa do mundo, e estou começando a me sentir assim também; a pressão do trabalho nas últimas semanas me transformou em alguém que eu mal reconheço.

– Nós *com certeza* temos a salada caesar de frango – continua a garota, e é a esperança entusiasmada do seu tom que finalmente me faz perder o controle.

As lágrimas brotam no mesmo instante, e depois que começam não há como fazê-las parar.

– Eu sinto muito – diz ela com um arquejo, enquanto Andrew resmunga um palavrão e desliza para fora do assento. – Nós temos espaguete também... Vai levar mais tempo, mas...

– Salada está bom – digo, mal conseguindo pôr as palavras para fora. – Está perfeito, obrigada.

Ela dá um meneio de cabeça apavorado. Andrew se ajoelha ao meu lado e pousa uma das mãos no meu braço com hesitação enquanto todo mundo à nossa volta desvia educadamente o olhar.

– Desculpa – digo, com a voz trêmula. – Estou cansada de verdade.

– Eu sei. Eu também. Desculpa ter sido ríspido.

– Sou *eu* quem peço desculpas por ter sido ríspida. Droga. Minha maquiagem.

– Deixa isso pra lá.

– Deixa de ser *insensível*. – Puxo um papel do porta-guardanapo e o encosto de leve debaixo dos olhos. Meu celular não para de tocar, mas nós dois o ignoramos. – Eu só queria umas batatas com queijo.

– Eu sei. A gente pode tentar em outro lugar. Ou eu posso roubar do prato daquele cara ali.

Ele diz isso num tom tão sério que solto uma risada pelo nariz, o que não é indicado quando se está chorando, mas funciona para fechar minha torneira, e as lágrimas somem com a mesma rapidez com que surgiram.

– Afe. – Levo o guardanapo ao nariz e assoo de leve. – Desculpa pelo lance do trabalho.

– Não precisa se desculpar. Eu sei que você...

– Não. – Eu o interrompo. – Eu estou sendo grossa. No mês passado anunciaram cortes, então tá todo mundo se virando uns contra os outros numa luta de vida ou morte, e eu estou... – Dou um suspiro e afundo na cadeira. – Não sei quando foi a última vez que eu dormi a noite inteira.

– Tem algo que eu possa fazer?

Sinto um nó na garganta ao ouvir isso, e sou lembrada mais uma vez por que todo ano largo tudo para viajar para a Irlanda com esse homem. Ele não diz "Talvez você não devesse trabalhar tanto", nem "Segura a onda, Molly". Só pergunta como pode me ajudar. Mesmo depois de eu ter passado as duas últimas horas o ignorando, essa é a única coisa que ele quer saber.

– Fingir que eu estou sendo uma ótima companhia – digo. – E me dizer se o meu rímel tá todo borrado.

– Esses pontinhos espalhados pela sua cara inteira são rímel ou...

Faço uma careta, mas ele apenas sorri, e então, para minha surpresa, esfrega o polegar na minha bochecha para limpar. É um gesto estranhamente íntimo, a pele áspera e quente em contato com a minha, e fico imóvel com a sensação, sem entender minha reação. Ele ainda limpa mais uma vez, agora mais devagar, e seu sorriso se transforma numa testa franzida.

– Molly...

Meu celular toca e ele se afasta com um gesto brusco, baixando a mão como se eu o tivesse queimado. Antes que eu consiga detê-lo, ele meneia a cabeça para mim num gesto de incentivo e volta para o próprio assento.

– Melhor você atender – diz.

Mas que se dane.

Silencio o maldito aparelho e o enfio na bolsa.

– Até onde eles sabem, eu estou no avião – digo. – Sou toda sua.

Algo se agita no seu olhar quando digo isso, mas o que quer que ele fosse dizer se perde quando a garçonete volta, a essa altura visivelmente suada.

– Então, quando eu disse salada caesar *de frango*...

AGORA

Meu sono é entrecortado. Ou eu acordo, ou então Andrew acorda, e toda vez que isso acontece um de nós dois estende a mão para o outro. Em algum momento da noite nós transamos de novo, dessa vez de uma forma mais lenta e cuidadosa, mas não menos perfeita. Quando ele me leva àquele ponto exato, preciso enterrar o rosto no travesseiro para abafar os barulhos que não consigo conter.

Só então o sono realmente vem, e quando acordo de novo vejo no meu celular que passa um pouco das sete. Andrew está completamente apagado ao meu lado, com a cabeça virada na minha direção, e passo alguns minutos simplesmente deitada, me acostumando com a penumbra, me acostumando com... bom, com *isso*.

Eu poderia me acostumar com isso.

Ir para a cama com ele, acordar com ele, e repetir várias e várias vezes até deixar de ser um momento único. Até virar uma coisa habitual.

Não no mau sentido, mas no sentido de confortável. De saber que ele vai estar presente. Como sempre esteve.

Checo as últimas mensagens no grupo da família e rolo a tela por fotos intermináveis de todo mundo com o bebê no colo. Zoe deve voltar para casa hoje e eu também, e, embora esteja louca para ver minha irmã e meus pais, uma parte de mim está arrasada ao pensar em passar nem que sejam poucos dias longe de Andrew. Isso me faz querer acordá-lo para podermos aproveitar ao máximo cada minuto que ainda nos resta, mas é claro que não faço isso. Acabo fazendo o de sempre: passo vários minutos no escuro encarando o celular e dando like nos stories de todo mundo no Instagram.

Acabo de mandar uma atualização ligeiramente longa demais para Gabriela quando fico com vontade de ir ao banheiro, e uso essa desculpa para sair da cama. Preciso de algumas manobras cuidadosas, mas pelo visto a exaustão finalmente bateu em Andrew, e ele não se mexe nem um milímetro quando saio do quarto.

Uso o banheiro depressa, e estou novamente em frente à porta do quarto quando sinto minha barriga se contrair com uma sensação matinal conhecida.

Não é nenhuma surpresa. Eu sempre adorei café da manhã (tá, sempre adorei todas as refeições), e, apesar de ter passado a maior parte do dia de ontem me empanturrando de comida, hábitos são hábitos. Ajeito o roupão direitinho em volta da cintura para o caso de esbarrar com alguém na minha excursão, sigo direto pela porta do quarto e desço de fininho a mesma escada que subimos depressa poucas horas atrás.

Vou tateando pela casa escura até chegar à cozinha, onde demoro um pouco para encontrar o interruptor. Levando ao pé da letra as palavras de Colleen de que posso me servir à vontade, pego uma fatia de pão na bancada. Não me dou nem ao trabalho de tostar. Simplesmente me recosto na bancada e vou rasgando um pedaço após outro e enfiando na boca o mais rápido que consigo. Adoraria um café, mas não vejo uma cafeteira em lugar nenhum, e ontem de manhã percebi que todo mundo estava tomando chá. Com certeza tem algum café solúvel por aqui, mas acho que fuçar os armários é um passo excessivo na escala da hospedagem.

Além do mais, deve haver algum lugar no vilarejo onde eu possa conseguir minha dose de cafeína. Ainda não combinei horário nenhum com o Andrew, mas com certeza vamos conseguir...

Dou um pulo ao escutar uma tosse em algum lugar, e enfio o restante do pão na boca para o caso de Andrew ter acordado e descido atrás de mim silenciosamente. Quando presto atenção, porém, percebo que o barulho está vindo de fora, da varanda atrás da casa.

Curiosa, sacudo as migalhas dentro da pia e espicho a cabeça pela porta.

Christian está em pé lá fora, de calça de moletom e suéter de capuz, com um cigarro aceso equilibrado entre os lábios e uma expressão culpada no rosto. A culpa desaparece assim que ele me vê.

– Achei que fosse a mamãe – diz, aliviado demais para um homem adulto de quase 30 anos.

– Desculpa.

– Não está conseguindo dormir?

Balanço a cabeça e abraço meu próprio corpo ao mesmo tempo que olho ao redor. Dois passarinhos saltitam pelo chão congelado perto de nós, como se estivessem testando a própria coragem. Está frio, mas não insuportável, e avanço um pouco mais pela varanda.

– Tudo bem se eu...

Ele dá de ombros quando faço um gesto em direção à varanda, então vou me postar junto à parede do outro lado da porta.

– Acordou cedo – comento.

– Vou voltar pra Londres daqui a uma hora, mais ou menos. Meu chefe é um babaca e quer todo mundo no escritório amanhã.

Entendo bem.

– O que você faz?

– Sou corretor de imóveis.

– Você gosta?

– Não. – Ele sorri com ironia. – Mas paga as contas. Bom, mais ou menos.

Ele dá mais uma tragada, virando a cabeça de modo a não soprar fumaça na minha direção. Segue-se um silêncio constrangedor, ou pelo menos eu fico constrangida. Christian parece totalmente à vontade simplesmente me observando. Será que é por isso que as pessoas fumam? Para terem o que fazer com as mãos?

– Então – diz ele, depois que eu passo uns trinta segundos tentando desesperadamente pensar em outro assunto. – Você e o Andrew estão...

– Noivos?

Isso o faz rir.

– Sinto muito por aquela situação no jantar – diz ele, não soando nem um pouco sincero. – A Hannah é romântica.

– E você?

– Eu sou só o irmão mais novo. – Ele suspende o capuz e se encolhe por causa do frio. – Mas vocês agora estão juntos, é isso?

– É meio novidade.

– Terminar o ano com uma novidade não é ruim – diz ele num tom mais gentil. – Embora ele sempre tenha tido um timing péssimo.

Apenas sorrio, meio sem entender.

– Você já sabe o que vai fazer? – pergunta ele.

– Em relação a...

– Ficar nos Estados Unidos, voltar pra Dublin?

– Ah. Não tenho planos de voltar a morar na Irlanda. Chicago já é minha casa há algum tempo.

– Que bom – diz ele. – Mas tem o lance da distância, né? Isso sempre me pareceu difícil.

– Como assim?

– Bom, claro que pode não dar certo – emenda ele, e eu fico paralisada, sentindo meu café da manhã improvisado se revirar no estômago. Christian confunde meu silêncio com irritação e emenda depressa: – Vai ficar tudo bem. – Um sorriso rápido. – O Andrew já encontrou um apartamento? Ele nunca leva a sério quando eu digo que é difícil alugar em Dublin. Acho que ele tem certeza de que vai voltar e simplesmente encontrar alguma coisa.

Junto os cabelos num coque malfeito, e minhas mãos agora suadas se movem automaticamente enquanto ajeito várias vezes os fios soltos para trás.

– Tenho certeza que ele vai encontrar alguma coisa – digo.

As palavras soam incertas, como se ditas por outra pessoa.

– Mas não a tempo. Quando é mesmo que ele começa no emprego novo? Em março?

Março? *Março?*

– Não lembro.

– Quem sabe você não dá uma força pra ele olhar aqueles imóveis que eu encaminhei? Ele vai precisar preencher fichas só pra conseguir visitar. E diz pra ele não vir atrás de mim chorando quando...

Ambos nos retraímos quando a porta se abre, e Christian instintivamente esconde o cigarro atrás das costas. Andrew sai para a varanda e avalia a cena antes de olhar de forma acusadora na direção do irmão.

– O que você tá fazendo aqui?

Christian dá de ombros.

– Dando em cima da sua namorada.

– Bom, que tal dar em cima dela lá dentro? De preferência ao lado do aquecedor? – Andrew acena para eu entrar, e eu o sigo anestesiada. – E apaga isso antes que a mamãe veja – diz ele para Christian. – Quantos anos você tem? Quinze?

Christian entra um segundo depois, esfregando as mãos uma na outra enquanto Andrew acende mais luzes.

– Estão dizendo que vai nevar hoje – diz, olhando pela janela.

– Estão sempre dizendo isso – atalha Andrew. – Acho que, se nevar, deve ser nas montanhas.

Ele olha depressa na minha direção e franze a testa, tira o suéter e me entrega. Visto a peça automaticamente, só para ter alguma coisa a fazer que não seja olhar para ele.

Ele vai voltar definitivamente para a Irlanda? E não me contou?

– Vou terminar de fazer a mala – diz Christian. – Fica tranquila, Molly.

Sem esperar uma resposta, ele some escada acima.

– Está tudo bem? – pergunta Andrew quando ficamos a sós.

– Está.

– Tem certeza?

– *Tenho.*

Dou a volta na bancada, desejando que ele não tivesse aparecido e que eu pudesse ter perguntado a Christian que história é essa.

Andrew apenas abre um sorriso para mim.

– O que eu devo pensar depois de acordar e encontrar a cama vazia?

– Desculpa. Levantei pra fazer xixi, aí fiquei com fome.

– Tá com fome? Quer comer o quê? A minha mãe geralmente compra aqueles pacotes pequenininhos de cereais sortidos pra beliscar. Sempre rio dela, mas agora estou desejando aquilo com todas as minhas forças.

Ele começa a vasculhar os armários e vai tirando vários itens de café da manhã. Enquanto faz isso, lembro dele sentado em frente ao bar do aeroporto, logo antes de o nosso voo ser cancelado.

Posso falar com você um instantinho?

Naquele momento eu estava tão preocupada com o que estava acontecendo que não dei ouvidos. Será que ele ia me contar naquela hora? Será que tinha sido por isso que ele tinha sugerido passar o Natal em Chicago, mesmo que isso significasse não estar com a família? Porque seria a última vez que poderia passar o Natal lá?

– Quer um café? – Andrew põe duas canecas em cima da bancada e retoma sua busca. – Aqui ninguém toma, só eu, então sempre trago meu próprio estoque.

Quando não digo nada, ele olha para mim com várias miniembalagens de cereal na mão.

– Tem certeza que tá tudo bem?

Eu me inclino para a frente sobre a ilha da cozinha, com os braços engolidos pelas mangas largas do suéter dele e os pés escorregando dentro das pantufas de pelúcia que Hannah me emprestou.

– O Christian falou...

Andrew franze as sobrancelhas quando eu não continuo, e ele olha com uma cara feia na direção da escada.

– O que foi que o Christian falou?

– Ele acha que você vai voltar pra cá. Que arranjou um emprego aqui. Que está procurando um apartamento.

Silêncio.

Falei como se fosse uma piada, como se fosse impossível, de um jeito "nossa, mas como o Christian é engraçado, né?". Mas Andrew apenas coloca os cereais na bancada, e com o semblante fechado separa um pacotinho de flocos de arroz.

Ah, droga, não.

– Molly...

– Você não pode estar falando sério.

– Não é o que parece.

– Ah, não? Você não vai se mudar pra cá?

– Não.

Ah. Tá, agora realmente não estou entendendo.

– Mas o Christian falou...

– Eu sei. Ele... eu tinha um plano. Quando a Marissa e eu terminamos, comecei a reavaliar as coisas. Minha vida lá em Chicago. Minha sobriedade. Achei que talvez eu precisasse de um recomeço.

– Aqui na Irlanda?

– Estou ciente da ironia.

– Mas você não vai se mudar pra cá – repito, tentando entender direito o que está acontecendo.

– Eu mudei de ideia.

Ele mudou de ideia. E pela primeira vez desde que chegamos aqui, sinto uma leve apreensão.

– Quando?

Ele hesita, como se soubesse que, ao apagar um incêndio, talvez tenha começado outro.

– Mudou de ideia quando? – insisto.

– Faz diferença?

– *Faz*. Porque pelo visto, até três dias atrás, fazia *meses* que você estava planejando se mudar pra cá. E agora... não está mais? Por quê? Por causa de um beijo?

– Não é só isso e você sabe.

– Mas se a gente não tivesse se beijado o plano ainda seria esse, né? – Começo a sentir um certo mal-estar. Voltar para a família, para os amigos, para uma vida nova, e jogar tudo isso fora por minha causa? – Você arrumou um emprego novo?

– Eu ainda não aceitei. Nem vou aceitar.

Ele agora está tenso, sem um pingo do bom humor de antes. Se eu não estivesse tão brava, sentiria culpa. Não acredito que ele não me contou.

– Moll, por favor, não é na...

– *Não diz* que não é nada de mais – disparo. – Eu sei que você acha que não é, mas é. Você mesmo dizia que ficava triste por estar perdendo o crescimento da Hannah. E seus sobrinhos te amam, seus pais te amam, e você ama a Irlanda, eu sei que ama.

A animação no rosto dele quando caminhamos por Dublin, a calma que o dominou quando chegamos ao alto do morro ontem de manhã. Eu nunca o tinha visto assim. Ele disse que precisava de um recomeço, e agora vai trocar tudo por algo que acabamos de começar? Que mal exploramos? Todos os relacionamentos longos que eu tive terminaram porque a pessoa me trocou por outra coisa ou por outra pessoa. Então como vai ser se eu der tudo a esse homem e daqui a três meses ele mudar de ideia e perceber que tomou a decisão errada?

– A gente ainda não sabe o que tá acontecendo – digo, tentando fazê-lo entender.

Basta olhar para o seu rosto para ver que ele não entende. Pelo contrário: parece uma fera.

– Eu não sei o que está acontecendo? Sério?

– A gente nem...

– Voo número um – interrompe ele, deixando de lado o saquinho de flocos de arroz e pegando o de flocos de arroz com chocolate. – Quando você nem me conhecia e tentou me proteger. Literalmente roubou meu celular pra evitar que eu fosse magoado. Voo número dois: eu passei o tempo inteiro olhando fixamente para a parte de trás da sua cabeça, esperando você se virar. Sei que você achou que eu estivesse bravo, mas não, eu estava com vergonha. Queria conversar com você, mas pela primeira vez na vida não sabia como. Voo número três: nosso primeiro voo de verdade. A viagem pra mim nunca tinha passado tão rápido. Eu ia te chamar pra sair, mas você disse que estava namorando.

– Andrew...

– Voo número quatro. – Ele passa para os flocos de milho. – Quando a gente ficou bêbado de champanhe e passou a viagem inteira conversando. Acho que nunca me diverti tanto na vida. Voo número cinco: você comprou aquele suéter pra mim. Passei uma semana sem colocar pra lavar porque tinha o seu cheiro. Passei semanas levando aquele guia gastronômico antigo de um lado pra outro, em dúvida se deveria te dar ou não, e a sua cara quando você abriu... Eu nunca tinha ficado tão feliz por ver alguém sorrir. Voo número seis: quando te vi se despedindo do seu namorado. Você não queria saber se eu tenho ciúme dos seus namorados, Molly? Na época eu achava que era porque não queria que você namorasse um babaca, mas ver vocês dois juntos foi tipo uma facada no meu coração. Eu estava com outra pessoa na época, e o simples fato de ficar lá parado olhando pra você fez eu me sentir um traidor.

Ele espera que eu o interrompa outra vez, mas não faço nada. Apenas o encaro, sentindo-me ridiculamente prestes a irromper em lágrimas.

– Eu menti quando disse que já tinha pensado em te beijar uma vez – continua ele. – O voo número sete foi a segunda vez que eu pensei nisso. Não sei por quê. Nada de especial aconteceu. Eu só subi a escada rolante e você estava sentada perto do portão de embarque, e eu tive a sensação de já ter chegado em casa. Detestei me despedir dessa vez. Detestei, mas não entendi por quê. No voo número oito você basicamente estava morrendo de tão menstruada. Pegou no sono encostada no meu ombro, e eu poderia ter empurrado você pra longe, mas não empurrei. Fiquei com o braço dormente, mas não me mexi porque estava gostando de você encostada em mim, e queria cuidar de você. Às vezes eu acho que nasci pra fazer isso. O voo número nove foi quando teve aquele atraso e você começou a chorar porque não tinha mais batata frita com queijo no restaurante. Tenho certeza de que teria vendido todos os meus pertences só pra te conseguir aquela batata frita, e foi por um triz que eu não te falei o que estava sentindo. Foi por um triz, mas você estava tão exausta que eu não quis te estressar mais ainda. Quando voltei pra Chicago depois do Natal, você já tinha conhecido o Brandon, e eu tinha chegado tarde demais.

Então ele dá a volta na mesa, e só para quando dou um passo para trás e esbarro no fogão.

– Eu ia te contar da mudança pra cá. Juro que ia. Mas não agora. Porque o que eu mais queria era que você me desse um motivo pra ficar em Chicago. Eu ia dar em cima de você, ver qual era, quem sabe te chamar pra sair oficialmente, mas você estava tão ocupada com o trabalho, e aí veio a tempestade e... – Ele balança a cabeça, agora quase de cara feia para mim. – Aí veio a tempestade, e você fez de tudo pra que eu estivesse aqui no Natal, porque sabia que era isso que me faria feliz. Então, Molly, voo número dez. Voo número dez, em que você me beijou debaixo do visco e se tornou a única garota com quem eu já quis realmente ficar. Não vem me dizer que eu não sei o que está acontecendo. Não vem me dizer que eu não sei o que eu quero.

Meu coração está batendo com tanta força que eu juro que dá até para escutar. Com certeza dá para sentir. Umas pancadas doloridas na minha caixa torácica, como se ele estivesse tentando pular do peito e ir ao encontro do coração de Andrew. Tudo que eu quero é abraçá-lo, tocar nele, mas fico onde estou, e as repercussões do que ele disse me assustam mais do que qualquer coisa já me assustou na vida. Porque dar esse salto é fácil. Largar o emprego, se apaixonar. Querer é a parte fácil. O problema é tudo que vem depois. E pensar que Andrew pode estar cometendo o maior erro da sua vida por minha causa basta para fazer meu sangue gelar.

– Nós dois concordamos em começar *devagar* – digo, assim que consigo voltar a falar. – Essa não é uma decisão que se toma no início de um relacionamento.

– E se eu me mudar pra cá a gente não vai conseguir nem começar. É isso que você quer?

– O que eu *quero* é...

Ambos ficamos apreensivos quando a escada range. Cruzo os braços, meio que imaginando que Christian vá voltar e fazer alguma piadinha, mas quem aparece é Hannah, descalça e de pijama de flanela.

Andrew sorri, e parte da tensão se esvai.

– Oi, bela adormecida – diz ele com certa leveza na voz, embora sem tirar os olhos de mim.

– Que horas são? – indaga Hannah, parecendo mais uma menina de 10 anos do que uma adolescente ao esfregar os olhos e semicerrá-los para a cozinha um pouco escura.

– Sete e meia.

– Quê? – Ela soa horrorizada. – O que vocês estão fazendo acordados?

– Nosso relógio biológico está meio doido. – Ele sacode os cereais. – Além disso, cereais sortidos.

Hannah não parece convencida, e seus olhos semicerrados se alternam entre nós dois.

– Vocês estão brigando?

– Não.

– Estão com cara de que estão brigando. Vocês parecem estar...

– Hannah, volta pra cama – interrompe Andrew, mas ela só lhe lança um olhar enquanto vai até a pia.

– Vou pegar uma água primeiro – resmunga ela. – Eu tenho o direito de beber água. Eu moro aqui.

Andrew a encara com aquele olhar de "eu vou te matar", um clássico entre irmãos, mas Hannah o ignora e, ao sair, me olha de relance.

Dou-lhe um breve sorriso, que deve ter parecido tão tenso quanto eu me sinto, porque ela franze a testa mais ainda enquanto sai da cozinha. Segue-se uma pausa comprida, durante a qual ela claramente tenta ouvir da escada, depois os degraus tornam a ranger quando ela desiste e se afasta.

Andrew aguarda alguns instantes, então se vira para mim e espalma as duas mãos na bancada.

– Eu quero ir ver minha irmã – digo, bem na hora em que ele vai voltar a falar.

– Molly...

– Depois a gente conversa – retruco. – Depois a gente senta que nem dois adultos e conversa. Mas agora eu não estou conseguindo... Agora não estou conseguindo *pensar*.

Eu sabia. Sabia que assim que o Natal passasse alguma coisa iria acontecer. A magia seria interrompida. Só não sabia que quem iria interrompê-la seria eu.

Andrew comprime os lábios um contra o outro, obviamente contrariado.

– Eu posso pegar o carro da minha mãe emprestado e te levar.

– Eu posso ir com o Christian.

– Não vai nem deixar eu...

– Não é por causa disso. – Dou um suspiro. – Faz sentido, não faz? Ele está indo pra lá de qualquer maneira. Só quero que você pense no assunto por alguns dias. Passa um tempo com a sua família, com os seus amigos daqui. Muita coisa aconteceu em poucos dias, e pelo visto nós dois estamos precisando de espaço, só pra respirar mesmo.

– Eu não estou precisando de espaço nenhum.

– Bom... – Fico encarando-o, impotente. – Eu estou.

Minhas palavras têm um tom definitivo que eu não pretendia que tivessem, mas que Andrew ouve muito bem. Ele se empertiga e engole em seco.

– Melhor eu te fazer um café, então – diz, virando as costas para mim.

Como não sei o que responder, não digo absolutamente nada, e permaneço ali por mais um segundo constrangedor antes de voltar a subir a escada, cabisbaixa. No final do corredor tem uma porta aberta, e lá dentro está Christian, sentado na beirada da cama desfeita, parecendo concentrado enquanto tenta tirar do invólucro plástico um par de fones de ouvido. Ele não ergue os olhos quando bato.

– Oi?

– Me dá uma carona de volta pra Dublin?

Ele só interrompe brevemente o que está fazendo quando me olha de relance.

– Acho que o Andrew estava pretendendo...

– Faz mais sentido, né? Pra poupar gasolina.

Ele franze a testa.

– Tudo bem com a sua irmã?

– Tudo – respondo, tentando soar animada. – Só quero voltar e ficar com ela.

– Sem problema – diz ele, devagar. – Só que eu vou sair daqui a uma hora.

Dou de ombros e me afasto antes que ele possa mudar de ideia.

– Não tenho nada pra arrumar mesmo.

Já estou pronta quando Andrew torna a subir a escada com meu café. Nenhum de nós dois diz nada, e logo o restante da família está reunido para se despedir. Colleen está chateada por seu filho mais novo estar indo embora, mas finge que não está, e o cobre de atenção antes de sumir cozinha adentro após a despedida final.

Sean e Hannah continuam lá fora, e Hannah está com a expressão mais desanimada que já vi desde que cheguei, fitando Christian com um olhar contrariado, como se ele estivesse indo embora apenas para estragar o dia dela. Fico ali até Colleen reaparecer e empurrar para os meus braços três potes empilhados de sobras de comida, além de uma outra vela de presente para minha mãe e um cordeirinho de crochê para Zoe.

– Volta pra visitar a gente – diz ela, mais uma ordem do que um pedido.

Andrew aguarda até o último segundo possível para me abraçar como sempre faz. Por um segundo penso que vai me dar um beijo, mas ele me solta com um sorriso que sei que é fingido.

– Me liga quando chegar – pede, e assinto, já sentindo a distância entre nós.

Apesar do tempo frio, ele fica do lado de fora enquanto Christian começa a se afastar da casa. Mantenho a cabeça virada para trás na sua direção, e fico olhando para ele até o último segundo antes de ele sumir de vista.

Capítulo 28

O trajeto de volta é estranho. Como passei a maior parte da vinda dormindo, não tinha percebido quanto a gente tinha adentrado o interior, e fico impressionada com a facilidade que Christian tem para percorrer as estradas sinuosas e sem sinalização. É um milagre ele não se perder, principalmente no escuro. Já estamos no carro há mais de meia hora quando o sol começa a nascer.

Eu também tinha achado que Christian fosse do tipo calado, mas para minha surpresa ele se mostra bem... tagarela. Não só isso, mas o cara não consegue ficar sentado quieto. Assim que saímos da fazenda, ligou o rádio numa estação de sucessos qualquer e começou a resmungar sobre os raros motoristas pelos quais passamos. Ficou mexendo na calefação, chupou uma bala de menta e me ofereceu uma. Ficou batucando no volante com os dedos, e me interrogou sobre a vida em Chicago do mesmo jeito que Zoe fez com Andrew no caminho até a casa dos meus pais.

Uma vez na autoestrada, ele começou a se acalmar, e fiquei me perguntando até que ponto era verdade o que ele disse sobre o chefe querê-lo de volta no escritório. Se para ele, ao contrário de Andrew, ir passar o Natal com a família seria mais uma obrigação do que um presente. Obrigação que ele não se importa de cumprir, mas que fica aliviado quando termina.

É só quando já estamos nos aproximando de Dublin que ele menciona o que aconteceu de manhã.

– Ele te deixou assustada?

– Ahn?

Eu estava distraída olhando para o celular, pensando se Andrew iria me mandar uma mensagem.

– Meu irmão – diz Christian, mostrando o dedo do meio para alguém que nos dá uma fechada abrupta. – Eu nunca imaginei que ele fosse do tipo intenso, mas as pessoas mudam.

– Intenso? – pergunto. – Sério?

– Que foi?

– O intenso é *você*.

– Ah, sou?

Isso parece deixá-lo surpreso.

E imagino que não seja difícil entender por quê. Relembro a primeira vez que ouvi falar dele, naquele primeiro voo com Andrew, quando ele fez aquela pegadinha do cartão de aniversário só para constranger o irmão.

– Foi a família? – pergunta ele. – Não segurou o rojão de um Natal com os Fitzpatricks?

– Sua família é maravilhosa.

– Então o que houve? – Seu tom é direto, como se não tivéssemos nos conhecido apenas ontem. – Não ache que eu não reparei no abraço super-constrangedor que você deu nele. Ou no fato de você estar fingindo que não tem nada de mais em ter vindo de carona comigo.

– É mais econômico.

– É suspeito pra cac... *Ei!* – Ele buzina com vontade quando alguém diminui a velocidade bruscamente na nossa frente para tentar não perder a saída. – Placa de Kerry. Só podia ser.

Torno a olhar para o celular.

– É que... – retoma Christian, e eu suspiro. – Pelo jeito que o Andrew falava de você ao longo dos anos, eu sabia que vocês eram próximos. Nunca o vi tão cheio de dedos com uma garota antes. Eu teria dito pra ele sair dessa se ele não sorrisse toda vez que você entrava no recinto. – Christian olha para mim bem a tempo de me ver corar. – Mas acho que isso não é da minha conta.

– Não mesmo.

– Pois é. – Uma pausa. – Só que meio que é, sim.

– Quê?

– Meio que é da minha conta, sim – diz ele. – Porque ele é meu irmão, e eu amo aquele idiota, e quando fui dormir ele estava feliz e quando acordei não estava mais, então qual foi? Por que você tá indo embora tão cedo?

– Não posso voltar para ficar com a minha irmã que acabou de ter neném?

– O Andrew teria te levado com todo o prazer. Por que vocês brigaram?

– A gente não brigou. Teve um mal-entendido, e agora a gente só precisa de espaço pra entender a situação.

– Que mal-entendido vocês podem ter ti... – Ele estreita os olhos quando começa a entender. – Ele não te contou que ia voltar pra Irlanda, né?

– Não com todas as palavras.

– Quer dizer que eu fiquei ali te fazendo surtar e você simplesmente mentiu e fingiu que já sabia?

– Eu estava tentando preservar a minha dignidade.

– Você é boa nisso. – Ele suspira. – Que merda. Desculpa. Achei que ele tivesse te contado.

– É, bom, eu também achei que ele poderia ter me contado.

Christian faz uma careta, alternando a atenção entre mim e a estrada.

– Tá certo, então – diz, e pelo tom da sua voz dá para perceber que está tentando desanuviar o clima. – E o que você acha de namorar à distância?

Pigarreio e cubro o celular com a mão. Não sei se eu deveria falar sobre isso, mas sinto que ele não vai largar o osso.

– Não faz diferença. O Andrew disse que decidiu ficar em Chicago.

– Como é que é? Desde quando?

Eu me sinto um pouco validada ao ouvir o espanto na sua voz.

– Desde agora, eu acho. Por minha causa.

– Ahn. Entendi. – Uma profusão de expressões cruza o semblante de Christian enquanto ele assimila essa pequena atualização. – E isso não te agrada? – pergunta, por fim.

– Não é que não... É que é uma coisa importante – respondo. – Uma baita decisão. O fato de ele decidir ficar só porque é lá que eu moro... é um pouco demais.

– E você acha que você não tem tanta importância assim, é isso?

– Não foi o que eu falei.

– Então qual é o problema? – Sua testa está franzida, como se ele estivesse tentando entender. – Você tem medo de ele mudar de ideia?

– Não é algo tão improvável assim. As coisas aconteceram depressa demais. Em geral a gente conhece um cara, rola um clima, e aí a gente passa um tempo se conhecendo melhor. Pra ver se dá certo. Assim fica parecendo que a gente avançou a passo de lesma durante dez anos e de repente, *pá*.

– Pá? Alguém pisou na lesma?

– Não, a lesma... Não, eu quis dizer que agora está indo rápido demais.

Ele me olha sem entender.

– Tá.

Tento de novo.

– O que eu estou querendo dizer é que a gente passou os últimos três dias tentando chegar aqui pra encontrar vocês. E ver a família toda junta... Ele ama vocês. Ama este lugar. Ele sempre diz isso. E agora vai jogar isso fora por minha causa e pronto?

– Agora eu acho que você está se valorizando *demais* – diz ele. – É um equilíbrio complicado, nisso você tem razão.

– Christian...

– Ele gosta de Chicago – interrompe ele. – Passou a vida adulta inteira lá, igualzinho a você. E se mudou pra lá antes mesmo de saber que você existia, assim como você. Tenho certeza de que sentar do seu lado num avião uma vez por ano era empolgante, mas também tenho o palpite de que não foi por causa disso que ele ficou em Chicago. Ele tem uma vida lá. Tem amigos, lembranças, tem aquela cachorrinha lá do colega de apartamento dele de quem ele não para de mandar foto no grupo da família. Pra deixar bem claro: a opção mais fácil é ele ficar. Quanto à sua estranha analogia da lesma... – Ele crava os olhos na estrada, exasperado. – Tá, se vocês tivessem acabado de se conhecer três dias atrás, tudo bem, mas não é isso. Você conhece o cara há dez anos. E eu acho que ele passou esses dez anos meio apaixonado por você, só foi burro demais pra perceber. Por que alguém no lugar dele ia querer ir devagar? Eu não ia.

– Ter um relacionamento amoroso não é a mesma coisa que ter uma amizade. Isso poderia acabar com a nossa amizade.

– E daí?! – exclama ele. – Arruma outro amigo! O que mais você pode fazer? Fingir que vocês não se conhecem? Inventar uma série de tarefas pra ele provar que tem certeza do que está fazendo?

– Não, eu...

– Porque pelo visto você está com tanto medo de perder o Andrew que não vai nem tentar ter uma coisa melhor, e se eu soubesse que aquele papo com você hoje mais cedo te faria pirar desse jeito eu não teria dito nada. Teria ficado na minha, dado em cima de você pra fazer raiva nele, e antes de sair teria roubado dinheiro da carteira dele.

Começo a piscar rapidamente.

– Dado em cima de mim?

– Eu venho ameaçando dar em cima de você há anos – diz ele com um sorriso maroto. – Porque sabia que isso mexeria com o Andrew. Porque *você* mexe com o Andrew. Vou te dizer uma coisa, Molly: ele é a fim de você há muito tempo. E com você foi a mesma coisa.

Será? Sinto as mãos suadas, e meu cérebro faz o que vem fazendo desde o beijo debaixo do visco: começa a repassar cada um dos instantes em que Andrew e eu poderíamos ter sido mais do que amigos.

– Tá – retoma Christian quando eu não digo nada. – Essa parte não tenho como afirmar, eu não sei se com você foi a mesma coisa. Eu mal te conheço. Mas pro Andrew...

– Só que foi – interrompo. – Pra mim foi a mesma coisa.

Christian começa a menear a cabeça, então vê meu rosto.

– Você está... – Ele se interrompe, horrorizado. – Está chorando?

– Não – minto, pressionando as mãos nas bochechas.

– Ah, pronto. O Andrew vai me matar se você contar pra ele que eu te fiz chorar.

– Não foi você – explico. – Isso acontece direto.

– O que não melhora em nada a situação.

– É que eu estou percebendo que fui uma idiota. – Enxugo uma lágrima, depois outra, e pisco para ter certeza de que não vai mais escorrer nenhuma. – Acho que te pedir pra dar meia-volta seria demais, né?

– Pra eu fazer isso você teria que dar uns bons soluços.

Mas ele me olha como se estivesse com medo de eu fazer exatamente isso.

– Eu acho que estou apaixonada pelo seu irmão. E acho que preciso dar um jeito no que aconteceu hoje de manhã.

– Que bom pra ele, e sim, precisa mesmo, mas tem uma cerveja me esperando no aeroporto e eu não vou dar meia-volta.

– Eu sou capaz até de te subornar.

Ele ri.

– E eu sou capaz até de aceitar.

– Estou só dizendo que já fiz isso antes. Eu sou muito boa em subornar pessoas.

– Vou te deixar na casa da sua família – diz ele. – Depois vou dar o fora daqui. Dá um tempo pra vocês dois, fica com seu sobrinho, com a sua família, depois liga pra ele. O Andrew vai entender que você precisa desse espaço.

– Ou então...

– Não vai rolar – diz ele, e torno a afundar no banco.

Mas Christian tem razão, eu sei.

– Você é bem bom em dar conselhos amorosos – digo. – Quer dizer, pra um homem, pelo menos.

– É, bom... É sempre mais fácil quando é sobre os outros, né?

Ele então inclina a cabeça e espia as espessas nuvens cinzentas pelo para-brisa com uma expressão quase saudosa.

– Quem diria – balbucia. – E com um dia de atraso, só.

Olho na mesma direção que ele, mas levo alguns instantes para entender do que ele está falando. Primeiro penso que as gotículas na janela são chuva, depois concluo que não.

– Está nevando – digo, sem conseguir esconder a surpresa.

– Provavelmente vai derreter na hora – diz Christian, num eco às palavras de Andrew.

Só que não derrete. A neve fica.

Fica e continua a cair, e quando chegamos a Dublin está realmente nevando com força.

O trânsito para ao chegarmos ao centro da cidade, principalmente porque a nevasca deixou todo mundo afoito. Todos os habitantes de Dublin parecem estar na rua, crianças e adultos, seja brincando ou simplesmente parados com um sorrisão encantado estampado no rosto enquanto a cidade ganha seu Natal branco. Começo a ficar com medo de atrasar Christian, mas ele desconsidera minha preocupação.

Indico o caminho da minha rua e ele me deixa em casa. Coloco as quentinhas que Colleen me deu no hall e ele se despede de mim com um aceno. Nesse momento, uma porta mais à frente se abre e minha irmã aparece segurando um moisés. Ela sorri assim que me vê, então vem na minha direção olhando para o carro enquanto Christian passa.

– Quem é esse gato?

– O irmão mais novo do Andrew.

– Sua tarad...

– Deixa de ser nojenta – resmungo, já sabendo o que ela vai dizer.

– O que tem de nojento? Estou é impressionada.

– Para com isso. Você deveria estar andando?

– Por acaso você é minha mãe? Se eu sou capaz de parir um ser humano, sou capaz de andar até a casa da vizinha e mostrá-lo pra ela.

Ela suspende o moisés e dou uma espiada lá dentro.

Meu sobrinho está caído de sono, quase completamente coberto por várias mantas de cores vivas.

– Como foi o Natal no campo? – pergunta ela enquanto cutuco os pezinhos dele.

– Depois eu te conto – digo, forçando um sorriso. – Vamos entrar. Quero passar o que ainda resta do Natal com vocês.

– Desde quando?

– Desde agora.

Meu tom incisivo a detém, e ela olha distraidamente para trás de mim.

– Aconteceu alguma coisa?

– Não.

– Molly...

– Eu vou resolver.

– Isso quer dizer o quê?

– Quer dizer que agora vamos entrar. Preciso ligar pro Andrew.

– Eu acho que não vai precisar.

Ela meneia a cabeça na direção da rua e, ao me virar, vejo um carro se aproximando, com os limpadores de para-brisa na velocidade máxima.

Não reconheço o carro, mas quando ele chega mais perto reconheço o homem sentado atrás do volante.

Me dar espaço, até parece.

Andrew se aproxima com cuidado, os olhos cravados em mim enquanto encosta em frente à casa. Nesse momento, me dou conta de que ele não está sozinho. Hannah salta com um pulo do banco do carona, e praticamente quica na calçada assim que o irmão para o carro.

– Ela insistiu pra vir junto – explica Andrew enquanto fecha a porta. – E agora está apertada pra fazer xixi.

– Nisso eu posso ajudar – decreta Zoe, indicando a casa para Hannah com um gesto.

A garota me lança um sorriso animado enquanto passa correndo.

– Gostei do seu cabelo – diz Zoe para ela.

– Gostei do seu bebê.

– Obrigada.

Zoe me lança um olhar significativo enquanto as duas entram. Torno a me virar para Andrew, agora em pé junto ao carro, rígido e com as mãos nos bolsos.

– Você veio atrás de mim? – pergunto, embora esteja evidente.

– Não ia vir, mas aí não aguentei. A Hannah ficou insistindo pra eu esperar a véspera de Ano-novo, porque seria mais romântico, mas imaginei que a essa altura você já tivesse ido embora.

Assinto e cruzo os braços.

– Eu ia...

– Eu queria...

Ele interrompe a própria interrupção e passa a mão na cabeça.

À nossa volta a neve continua a cair, cobrindo a rua inteira. Não estamos nem de longe sozinhos. Várias portas estão abertas na vizinhança, e pessoas esticam as mãos para fora desconfiadas, ou ficam simplesmente paradas olhando. Crianças encapotadas correm de um lado para outro da rua, gritando de felicidade toda vez que uma delas escorrega e cai. Alguém já começou a fazer um boneco de neve na casa ao lado.

– Eu sei que você não quer meter os pés pelas mãos em relação à gente – diz Andrew, atraindo minha atenção de volta para si. – Sei que está com medo de eu desistir de você. Mas eu não vou mentir e dizer que não vou ficar em Chicago por sua causa. Porque eu vou, sim. É por *você*, Molly. Não quero namorar à distância. E não quero ser só seu amigo. Foi-se o tempo em que eu achei que fosse conseguir. Não dá mais. Não quero passar meses sem te ver e depois te encontrar pra um almoço rápido. Não quero ficar me perguntando onde você está. Com certeza não quero conhecer seus namorados. Eu quero você, quero *nós dois*, e acho que a gente poderia fazer dar certo.

– Andrew...

– Eu te amo. – Ele respira fundo após dizer essas palavras, como se tivesse dito todo o resto correndo só para chegar a elas. – Estou *apaixonado* por você, e sinto muito ter levado tanto tempo pra entender isso. Sinto muito ter perdido tantos anos tentando encontrar outra pessoa, quando a única pessoa que eu queria era você.

Ouço um suave *oooooinnnn* de Hannah atrás de mim, e então a voz baixinha da minha irmã mandando-a voltar para dentro de casa. Ignoro as duas. Ignoro tudo exceto o homem na minha frente.

– Eu acho que não ia aguentar te perder – reconheço por fim. – Acho que por isso foi mais fácil te manter como amigo durante esses anos todos. Por isso eu sequer me permiti pensar em você como qualquer outra coisa. Porque se eu pensasse e você fosse embora...

– Eu não vou a lugar nenhum.

– Eu sei – digo depressa. – Agora eu sei disso, mas é que... Você tinha razão quando disse que eu só pensava em tudo que poderia dar errado. Nem sei quando comecei com isso. Não sei quando comecei a negar a mim mesma o que eu quero, mas é algo que eu vivo fazendo. E não quero mais ser essa pessoa. – Ergo os olhos para ele, abrindo meu coração como nunca fiz na vida. – Eu quero que você fique em Chicago comigo. Quero que a gente fique junto, e quero te beijar o tempo todo. Não quero esperar, nem ir devagar, nem começar do começo. Eu também quero você. Também quero *a gente.*

Seus olhos vasculham meu rosto, como se ele estivesse procurando alguma pista de que não estou sendo sincera, mas seja lá o que ele encontra parece satisfazê-lo, porque ele dá um passo cauteloso na minha direção.

– O tempo todo, é?

Minha risada sai feito um soluço.

– Temos muitos anos pra recuperar.

– Então é melhor a gente começar logo a correr atrás do tempo perdido.

E é isso que ele faz, inclinando a cabeça para encostar os lábios nos meus com a mesma delicadeza que senti debaixo do visco.

– Estou apaixonada por você – digo, porque preciso que ele ouça isso. Que entenda aquilo que eu mesma, súbita e avassaladoramente, entendi. – De um jeito extremamente não platônico, tipo "não me deixa nunca mais".

– Não vou deixar – murmura ele. Seu olhar se abranda quando ele limpa um floco de neve do meu rosto. – Pelo tempo que você quiser.

Para sempre.

Porque no fundo da minha alma eu sei que vai haver apenas ele. Desde sempre houve apenas ele.

– Você deve estar com frio – murmura Andrew depois que ficamos nos olhando por alguns instantes como dois adolescentes apaixonados.

– Eu estou bem.

Ele faz uma careta.

– Tá, isso foi só um comentário machista. Quem está com frio sou eu.

Sorrio maliciosamente e estendo a mão para segurar a dele, mas ele não se dá por satisfeito e me puxa com firmeza, o braço envolvendo minha cintura. Penso em todas as vezes que ele já fez isso e que nenhum de nós dois achou nada de mais. Sempre foi natural nos tocarmos, ficar o mais perto possível um do outro. Só mais um sinal de que esse sempre foi o nosso destino.

Entramos em casa, e a mudança de temperatura me dá vontade de espirrar. Andrew tira meu cachecol e meu casaco úmidos, e me olha de cima a baixo enquanto estremeço, avaliando se estou inteira.

Ouço minha mãe recebendo Hannah na cozinha, e de relance vejo meu pai na sala, ninando o neto adormecido no colo com uma expressão que acho que nunca vi nele. Andrew pendura meu casaco bem na hora em que Zoe desce a escada vestida com um suéter felpudo gigantesco. Ela para ao nos ver, e baixa os olhos para nossas mãos entrelaçadas.

Seus lábios estremecem.

– Ah, oi – diz ela num tom casual. – Que bom te ver de novo, Andrew.

– Como você está?

– Ótima – responde Zoe, mas está olhando para mim. – Está nevando à beça lá fora – diz após alguns instantes. – Não dou vinte e quatro horas para deixarmos de achar uma maravilha e começarmos a reclamar. Você vai ficar?

– Só um pouco – responde Andrew num tom igualmente ameno enquanto aperta meus dedos com mais força.

Zoe assente.

– Então vou pôr a chaleira no fogo – diz simplesmente, e sem mais uma palavra ela vira as costas e entra na cozinha.

– Bem-vinda, Molly.

Olho para a esquerda e vejo meu pai parado no vão da porta, ainda ninando o neto.

– Oi, pai!

– A gente ainda não abriu os presentes – continua ele. – Bom, sua irmã abriu os dela semana passada, porque sua mãe deu uma air fryer e ela quis experimentar.

– Vocês me esperaram?

– É claro que esperamos. – Meu pai parece surpreso. – Não é Natal sem você aqui, né? – Ele olha para Andrew. – Aposto que a sua mãe ficou feliz em ter você de volta.

– Ficou, sim – responde Andrew. – Graças a essa aqui.

– Seu braço vai ficar dormente – comento, mas meu pai apenas sorri de leve, a atenção novamente voltada para o neto no colo, então se vira na direção do sofá.

– Ele é só uma coisinha de nada – diz ele ao se acomodar em meio às almofadas. – Leve feito uma pluma. Vem até aqui quando tiver um tempinho – emenda ele. – Pra eu poder dar oi direito.

Andrew sorri para mim antes de tirar o casaco úmido e pendurar ao lado do meu.

– Andrew? – chama Zoe da cozinha. – Seu chá é com leite?

– Só um pingo – responde ele, como se já tivesse estado ali mil vezes.

Ouço Hannah pedir dois torrões de açúcar antes de aceitar educadamente uma segunda fatia de bolo da minha mãe.

– Está tudo bem? – pergunta ele baixinho, e assinto.

– Quer que eu deixe a sua mãe encantada?

– Quero ver você tentar.

Um brilho conhecido surge no seu olhar.

– Isso é um desafio, Molly?

– Você promete demais, na minha opinião.

– Sempre tão competitiva... – retruca ele com um suspiro, levando a mão ao bolso do casaco. – Felizmente pra mim, eu tenho uma arma secreta.

Eu quase gargalho.

– Isso daí é...

– Geleia de Natal caseira vinda diretamente do coração da Irlanda? – Ele segura o vidro fora do meu alcance e me empurra para a frente. – Pensou que eu fosse vir te cortejar com as mãos abanando? Sra. Kinsella – chama Andrew, entrando na cozinha quentinha. – Desculpe aparecer sem avisar. Minha mãe mandou uma besteirinha por mim.

Eu me instalo à mesa enquanto Andrew faz exatamente o que prometeu e na mesma hora atende ao pedido da minha mãe e anota a receita de família para dar a ela.

Zoe pousa uma caneca de chá na minha frente com uma cara de quem exige saber nos mínimos detalhes tudo o que aconteceu, minuto a minuto. Em seguida vai ao encontro do meu pai e do bebê e desaparece. Hannah come mais uma garfada de bolo ao mesmo tempo que desliza o celular na minha direção para me mostrar o vestido que está fazendo. Tento prestar atenção, mas é difícil com minha mãe rindo e Andrew olhando toda hora na minha direção, como para se certificar de que eu ainda estou aqui. Difícil querer estar em outro lugar quando seus cabelos estão molhados por causa da neve e sua pele corada pelo calor de dentro da casa. Quando, a cada vez que cruza olhares comigo, ele abre aquele seu sorriso incomparável, mais brilhante que nunca. E quase chega a ser ridículo o meu coração quase explodir de felicidade pela simples presença de Andrew. O quanto me sinto grata por ele ter conseguido chegar em casa. O quanto é maravilhoso fazer algo tão simples quanto sentar numa cozinha quentinha no Natal, cercada por pessoas que eu amo, enquanto lá fora a neve rodopia como em uma valsa.

Epílogo

UM ANO DEPOIS

Chicago, Aeroporto de O'Hare

– Isso foi um erro.

– O panetone?

– *Não* – digo, bufando. Se bem que... – Olho para Andrew, subitamente nervosa. – Por quê? Você acha que a gente deveria ter escolhido o *tiramisù*? Porque...

– É brincadeira – interrompe ele com calma. – Uma brincadeira cruel, pela qual vou passar o resto do dia tentando me redimir.

– Andrew.

– Vou fazer panetonitência.

– Para – aviso, mas ele já está sorrindo, felicíssimo com o próprio trocadilho.

– Para de se estressar – diz ele. – Você planejou tudo em cada detalhe. Vai dar tudo certo.

– Planejei minuto a minuto e a gente já está atrasado.

– E desde quando você não deixa margem pra atrasos? – Ele me dá um encontrão de leve, e torno a olhar para ele. – Para de fulminar o painel com os olhos.

– Eu não estou *fulminando* o painel com os olhos. Estou *olhando* pro painel. E...

Ele abaixa meu gorro até cobrir meus olhos para me fazer calar a boca, e quando torno a erguê-lo Andrew já está se abaixando para me beijar através dos fios soltos de cabelo, agora colados no meu rosto.

E eu deixo, porque sou uma pessoa legal.

E porque gosto muito, *muito* quando ele faz isso.

A agitação do aeroporto desaparece ao meu redor e eu relaxo junto a ele, puxando a ponta do seu cachecol para mantê-lo exatamente onde quero.

Ele ainda está sorrindo ao se afastar, e me olha de cima com uma expressão quase convencida.

– Acho que nunca vou me cansar disso.

– De beijar sua namorada? – brinco. – Tomara que não.

– Na verdade, de poder fazer tudo que eu quiser.

Dou uma bufada, mas no fundo concordo com ele. Foi surpreendentemente fácil ficarmos juntos no último ano, nos integrando de maneira quase orgânica à vida um do outro. O que me leva a questionar se foi por isso que não tentamos nada antes. Porque, depois de nos permitirmos ter um ao outro por completo, não haveria mais volta.

Meu celular vibra dentro do meu bolso, e resmungo um "até que enfim" enquanto o pego. Ninguém está respondendo às minhas mensagens, o que *realmente* não está contribuindo com meus níveis de estresse no momento. Mas o que chegou foi um e-mail, não uma mensagem de texto.

– É a Zoe? – pergunta Andrew.

– Não – respondo, ainda lendo o texto. Tenho melhorado muito, e nem guincho mais ao receber um e-mail desses. – Mais uma reserva. Meu passeio de réveillon lotou.

– Olha ela! – Andrew se aproxima para ler o e-mail junto comigo. – Meus parabéns.

– Tem certeza que ainda quer ir nesse?

Andrew já participou dezenas de vezes dos meus passeios. No começo eu pedia a ele que fosse para aumentar o número de participantes. Depois ele continuou indo mesmo com o movimento maior, e acabou confessando que me ver animada, fazendo o que eu amava, o deixava com muito... Bom, você entendeu.

– Claro – diz ele. – Se você agora não for me expulsar.

– Nunca – retruco, e sorrio enquanto ele deposita um beijo na minha têmpora.

Um mês depois da nossa viagem quase desastrosa para a Irlanda, no ano passado, Andrew foi morar comigo. Fui eu que o convidei, usando a desculpa de que precisaria de ajuda com o aluguel, o que era verdade, mas o principal motivo é que era o momento certo. Já estávamos nos vendo quase diariamente e ele estava dormindo na minha casa quase todas as noites. Já tinha até avisado aos colegas de apartamento que se mudaria, então aquilo fazia sentido.

Um mês depois, comecei a cumprir meu aviso prévio. Fiquei apavorada, *mais* do que apavorada. Tinha certeza de que estava cometendo o pior erro da minha vida, e passei cerca de uma semana dizendo isso para Andrew a cada minuto do dia. Mas nós estávamos levando aquilo a sério. Eu tinha economias e um plano. Tive ajuda de Andrew e também de Gabriela, que mais do que cumpriu a promessa de me apoiar.

Fiz um curso curto ministrado por um guia de turismo da cidade, e arrumei um emprego de iniciante numa empresa grande. Passava os dias debaixo da chuva fria, ficando responsável pelos primeiros horários do dia, os da noite e os que ninguém queria, segurando bem alto meu enorme guarda-chuva amarelo enquanto guiava as pessoas pela minha cidade do coração.

No tempo livre, gastei boa parte das minhas economias acrescentando itens à minha lista de pontos gastronômicos. Com a ajuda de Andrew e dos amigos, inventei passeios temáticos de chocolate e de frutos do mar, passeios halal, kosher, veganos. Passeios para agradar a todas as papilas gustativas existentes. E no começo de maio, no início da alta temporada turística, eu dei meu salto.

Assim, a Passeios Gastronômicos da Molly nasceu.

A redução de salário foi... difícil. Às vezes as pessoas não apareciam, e eu passava horas esperando e tinha que tirar a semana das minhas economias. Mas também havia dias em que tudo saía perfeito. As pessoas davam gorjeta. Restaurantes começaram a entrar em contato comigo, pessoas começaram a me recomendar.

Eu ainda estava aprendendo, ainda estava crescendo. Se o verão seguinte acabasse bem, talvez eu estivesse ganhando o suficiente para contratar mais uma pessoa. Mas eu estava tentando não pensar muito à frente – tinha aprendido que isso só servia para me estressar. Atravessaria os seis meses seguintes, depois quem sabe um ano, e depois quem sabe dois.

Mas primeiro precisava passar pelo Natal.

– Continuo achando que isso foi um erro – digo, sentindo novamente um frio na barriga ao pensar nos próximos dias, embora a coisa toda tivesse sido ideia minha. – Não dou 24 horas pra gente começar a se matar.

– Eu nem cogitaria passar o feriado de outro jeito. – Mas ele deve perceber que meu pânico não vai embora, porque suspira e leva a mão à mochila. – Então tá. Eu ia esperar ter uma plateia pra te dar isso – diz ele, me entregando um retângulo embrulhado em papel marrom. – Mas acho que você precisa ser lembrada disso agora.

– Lembrada de quê? O que é isso?

– O seu presente. O que você acha que é?

– Eu posso abrir agora?

– Não – dispara ele. – Só te entreguei agora pra você ficar segurando meio sem-graça até...

Ignoro-o e desfaço o laço. Tínhamos prometido só dar presentes pequenos um para o outro este ano, e o dele estava guardado no fundo do armário de casa (um vidro miniatura do meu molho Tabasco preferido, porque ele não parava de roubar o meu).

– Tomara que seja uma carta explicando por que você vive usando meu xampu caro apesar de ter o seu.

– Ele deixa meu cabelo com brilho. – Andrew dá de ombros. – E tem o seu cheiro.

– Que coisa mais bizarra.

– Ah, para. Você adora.

Dou o melhor de mim para fazer cara feia enquanto abro o embrulho, mas não consigo mantê-la. Principalmente ao ver o que é o presente.

É um porta-retratos, o que não chega a ser exatamente uma surpresa. A surpresa é a fotografia que está nele. Não é uma foto de Andrew, e sim...

– É a minha primeira avaliação – digo, reconhecendo-a na hora.

Já conheço o texto inteiro de cor, de tantas vezes que o li. Um educado e alegre cinco estrelas de uma universitária brasileira em visita a Chicago. Fazia uma semana que eu tinha começado os passeios sozinha, e tinha passado a noite inteira checando as atualizações com o coração na boca.

Ainda me lembro do instante em que a avaliação entrou. Eram altas horas da madrugada, e eu tinha acordado atormentada pela ansiedade, como acontecia com frequência naquela época. Quando vi o alerta no celular, quase vomitei. Quando comecei a ler, acordei Andrew para ele poder confirmar que aquilo era real. Houve algumas lágrimas de felicidade, seguidas por panquecas, e depois eu encaminhei a avaliação para todo mundo que conhecia. Foi uma manhã divertida.

– Amei, obrigada.

Levanto para lhe dar um beijo no rosto.

– Estou muito orgulhoso de você, Moll, como sempre. Mesmo você tendo comprado o panetone e não o *tiramisù*.

– Para.

– Eu provavelmente devia ter avisado que minha mãe *odeia* panetone.

– Odeia nada! Ela...

– Molly!

Ambos nos viramos quando meu nome ecoa pelo saguão de chegadas. A última leva de passageiros começou a sair a conta-gotas pelas portas, e entre eles está Hannah. Agora ela está com os cabelos tingidos de rosa-choque, presos num rabo de cavalo alto que fica quicando enquanto ela corre na nossa direção.

Meu plano natalino incrível e idiota está prestes a começar.

Cheguei a pensar que Andrew fosse rir na minha cara quando eu sugerisse convidarmos a família dele e a minha para virem nos visitar em Chicago, mas ele na mesma hora se entusiasmou com a ideia. Por mais legal que fosse a nossa pequena tradição, não queríamos passar o feriado separados, e acho que ainda estávamos com uma certa síndrome de estresse pós-traumático por causa do ano passado. Para minha surpresa ainda maior, as duas famílias disseram sim na hora, embora o irmão de Andrew, Liam, vá ficar na Irlanda com as crianças e passar o Natal com a família da mulher.

Eu realmente não sabia como todo mundo iria caber na nossa casa. Nossos pais iam ficar num hotel, mas Christian e Hannah, *mais* Zoe e o bebê, iam ficar no nosso apartamento, onde também faríamos a ceia de Natal. Ao longo dos últimos dias, enquanto Andrew e eu preparávamos tudo, minha determinação inicial tinha se transformado num pânico absoluto. Mas agora ele está começando a se dissipar enquanto Hannah me abraça com o sorriso mais largo do mundo.

– Que bom te ver! – guincha ela, e eu sorrio e retribuo o abraço.

– E o seu irmão – diz Andrew ao nosso lado. – Que também está aqui.

– Eu gosto mais da Molly – diz Hannah me apertando.

Quando ela me solta para abraçar Andrew, eu me viro para as portas bem a tempo de ver o restante da família dele aparecer. Da dele e da minha. Meu pai e Sean estão profundamente entretidos numa conversa, e Christian está imprensado entre nossas mães com cara de quem está começando a ficar sem paciência enquanto elas fofocam à sua volta.

Zoe aparece segundos depois, empurrando um carrinho vazio com uma das mãos e segurando meu sobrinho no colo com a outra.

O bebê Tiernan olha para o aeroporto em volta com uma espécie de neutralidade apática que se transforma em incompreensão e mau humor quando minha irmã abaixa a cabeça e aponta para mim ao mesmo tempo que sussurra no seu ouvido.

– É a tia Molly! – ouço-a dizer enquanto se aproxima de nós. – Você lembra da tia Molly? A tia... É, ele não está nem aí.

Sorrio e dou um beijo na cabeça do bebê.

– Eu conquisto ele.

– Não sei, não. Ele no momento só está curtindo animais falantes. E colheres. Ele estranhamente curte passar o dia inteiro segurando colheres. Tomara que isso queira dizer que ele é um gênio.

Ela o entrega a Hannah, que nem pisca quando ele começa na mesma hora a brincar com seus cabelos, e torna a se virar para me dar um abraço.

– Já se arrependeu dessa ideia, né?

– Completamente.

– Eu vou te ajudar – cochicha ela no meu ouvido antes de enfiar alguma coisa nas minhas mãos. – Feliz Natal. Só abre quando estiver sozinha – acrescenta enquanto encaro meu presente. – O cheiro é... não muito bom.

– É um queijo?

– Não – responde ela com um sorriso maroto.

Faço uma careta ao guardar o presente na bolsa logo antes de olhar direito para meus pais.

– Zoe?

– Hmmm?

– Que diabo é isso que a mamãe tá usando?

– Achei que valia a pena fazer um esforço este ano – anuncia minha mãe ao nos alcançar. Ela está um pouco corada, provavelmente por causa do suéter extragrande e vermelho-vivo que está usando. Na frente, em letras maiúsculas, está escrito *Vovó Noel*. – Seu pai e eu quisemos marcar a ocasião.

– Então por que ele não está usando um também?

– Porque ele se dá o respeito – resmunga Zoe, ignorando o olhar que nossa mãe lhe lança.

– A moça da loja disse que a ideia de um suéter de Natal é ser feio mesmo – informa minha mãe num tom preocupado, e dou-lhe um sorriso reconfortante.

– Seu suéter não é feio.

– É um pouco feio – diz Zoe.

– Eu achei que ficou ótimo – afirma Andrew para minha mãe, juntando-se a nós. – E é exatamente da mesma cor do que eu comprei pra Molly e pra mim, então vamos estar todos combinando.

Eu me viro para ele num rompante.

– Como é que é?

– Presente em duas partes – diz ele num tom agradável. – Já que você gostou tanto disso no ano passado.

– Tá de brincadeira.

– Será?

– Acho melhor se adiantar – diz Zoe, tirando o cabelo de Hannah da mão de Tiernan e tornando a pegá-lo no colo. – Eu vou precisar de um doce. Se você está obrigando a gente a comemorar o Natal, isso quer dizer que eu vou comer doce.

– A gente não vai usar o mesmo suéter – digo a Andrew.

– Veremos.

– Molly! – exclama Zoe. – Vamos logo. Anda. Por favor.

Lanço um último olhar de alerta em direção ao homem que amo antes de me virar para nosso grupo. Todos estão me encarando com um ar de expectativa.

Ai, meu Deus.

De repente, não consigo me lembrar direito por que achei que fosse conseguir dou conta de uma façanha dessas. Duas famílias muito diferentes, que esperam dois Natais muito diferentes? E um *bebê*, ainda por cima? Quer dizer, isso claramente é um erro. Um erro grande e caro que...

Andrew me segura pela mão e aperta com força.

– Respira – diz baixinho.

Nós temos trabalhado essa questão toda do pessimismo. O progresso é lento.

– Todo mundo e todas as malas presentes – diz Colleen com delicadeza quando fico parada em silêncio. – Foi uma ideia maravilhosa, Molly.

– Mas no ano que vem eu sugiro Tenerife – intervém Christian, dando uma olhada no clima congelante de Chicago lá fora.

– Preparada? – indaga Andrew.

Assinto e forço um sorriso enquanto encaro todo mundo.

– Coloquem seus gorros e cachecóis – anuncio, fazendo um gesto para indicar a saída. – Fiquem todos juntos, e nada de se afastar do grupo. Se precisarem ir ao banheiro o momento é agora, e o mais importante de tudo... – Ergo os olhos para Andrew. – Olho vivo para o visco – concluo, ignorando seu sorriso.

Preciso ignorar, caso contrário simplesmente vou começar a beijá-lo, e nós nunca vamos sair daqui.

Ele passa um braço pela minha cintura enquanto conduzimos nossa grande família para fora do aeroporto.

– A minha mãe tem razão – diz. – Foi uma ideia excelente.

E foi. E é.

Só preciso olhar para o homem caminhando ao meu lado para lembrar que, mesmo que as coisas não corram exatamente como planejado, o destino sempre acaba fazendo tudo dar certo no final.

Uma carta de Catherine

Caro leitor,

Muito obrigada por ter lido *Com o coração nas nuvens*! Se quiser receber atualizações sobre meus mais recentes lançamentos, você pode assinar minha newsletter através do link abaixo. Seu endereço de e-mail jamais será compartilhado, e você pode cancelar a inscrição a qualquer momento. E ouvi dizer também que coisas muito boas vão acontecer na sua vida. Vale a pena tentar, não?

www.bookouture.com/catherine-walsh

Eu amo o Natal. *Amo*. Quando criança, era porque essa época tinha uma magia que não existia em nenhuma outra época do ano. Natal significava comida, presentes e ser levada para visitar diversos núcleos da família de modo a aproveitar a tal comida e os tais presentes. Conforme fui ficando mais velha, significava folga no trabalho. Significava encontrar amigos em pubs decorados com luzinhas e calçar botas muito legais.

E, é claro, o mais importante de tudo: significava estar com pessoas que eu amo.

Assim como muita gente, passei alguns anos morando longe da minha cidade por causa do trabalho, e ir passar o Natal em casa se tornou muito importante para mim naquela época. Houve anos em que eu mal tive como arcar com as passagens aéreas, mas, assim como para Andrew, era muito importante para mim.

Embora minha família fosse a primeira a dizer que nós na verdade não comemorávamos o Natal, a ideia de não passá-lo com meus entes queridos era impensável. Os dias que antecediam a viagem também eram repletos de expectativa e, apesar de eu não ser a rainha da pontualidade, adorava chegar ao aeroporto e ver todo mundo animado para encontrar amigos e parentes.

A ideia deste livro vem dessa época da minha vida, e das conversas que tive com desconhecidos durante os voos que nos levavam para a casa da nossa família nessas frias noites de dezembro.

Espero que você tenha adorado *Com o coração nas nuvens* e vou ficar muito grata se puder escrever uma avaliação. Vou amar saber o que você achou, e isso faz uma diferença enorme para ajudar novos leitores a descobrir os meus livros.

Além disso, eu adoro me comunicar com meus leitores: você pode entrar em contato pelo meu site ou pelas minhas redes sociais.

Tudo de bom!

Catherine

Agradecimentos

Muita gente me ajudou de maneiras grandes e pequenas enquanto eu estava escrevendo este livro. Com certeza vou esquecer de mencionar algumas dessas pessoas, e MIL DESCULPAS, mas as que não esqueci seguem abaixo.

Meu maior agradecimento vai para todos os blogueiros que elogiaram *One Night Only* e *The Rebound*. Seu apoio e seu amor fizeram essas histórias chegarem a muitos novos leitores, e serei eternamente grata pelas suas críticas, postagens, seus e-mails, e pela sua maravilhosidade em geral. Vocês me fizeram seguir em frente todas as vezes que fiquei acordada até mais tarde escrevendo, e em todos os momentos nos quais pensei que poderia simplesmente desistir. Uma das coisas que mais quero é um dia conhecer todos vocês pessoalmente para poder agradecer. E que de preferência isso aconteça em algum tipo de iate, com um bolo de vários andares todo confeitado.

Dedico este livro a Áine O'Connell, que tem sido uma tábua de salvação para mim desde que nos conhecemos e que, apesar de não ter tempo nem para si mesma, sempre arruma tempo para mim.

A Dra. Siobhan Morissey me ajudou com todas as perguntas relacionadas a aviação, incluindo, mas não limitadas a: "O que acontece se houver uma tempestade?" e "Como funcionam os aviões?". Poulomi Choudhury sempre me dá força e ainda por cima me recomendou uma impressora que funciona de verdade, e por isso terá para sempre o meu amor.

Donna MacKay me comprou bolo, depois fez um desvio de uma hora para me devolver pelo correio a bolsa que eu meio que acidentalmente perdi em Edimburgo. Tilda McDonald está sempre disponível para dar conselhos profissionais, e até hoje não cobrou comissão.

Bex Dash me deixou usar o nome da sua cadela e fez um ensaio de fotos dos meus livros em Nova York E em Nápoles. Jeanne-Claire Morley organizou por WhatsApp o itinerário de Molly em Paris. Cornelia Conneff ajudou uma garota da cidade sem noção nenhuma com todas as perguntas relacionadas a fazendas. Lucy Baxter responde a toda mensagem com um apoio inabalável, e Rachel Helsdown continua sendo a primeira e mais animada leitora de cada projeto meu.

Amor aos montes para minhas editoras, Celine Kelly e Isobel Akenhead, por terem ajudado a dar forma a este livro. Isobel, muito obrigada pela sua paixão e por acreditar nessas histórias. Que bom que eu cheguei até você! Obrigada também a todo o time da Bookouture, e a todo mundo que deu tão duro para libertar este livro no mundo.

Como sempre, o segundo maior agradecimento vai para mim mesma, que mais uma vez escrevi um livro inteirinho sem sequer ter tido um colapso nervoso por causa disso.

Ainda.

Parte do seu mundo
Abby Jimenez

Depois de fazer uma aposta e conhecer uma cabrita de pijama, o mundo aparentemente perfeito de Alexis Montgomery virou de cabeça para baixo. A causa: Daniel Grant, um carpinteiro sexy dez anos mais jovem que ela – o completo oposto da sofisticada mulher da cidade grande. Ainda assim, a química entre eles é inegável.

Parte de uma família rica de renomados cirurgiões, Alexis não está interessada em glória e fama. Ela está feliz com sua profissão de médica socorrista e não deseja perpetuar o legado dos pais. E, a cada minuto que passa com Daniel em sua cidadezinha, ela descobre o que realmente importa.

Porém, deixar que o relacionamento deles se torne algo mais do que apenas uma aventura significaria dar as costas para sua família e abandonar a oportunidade de ajudar milhares de pessoas.

Permitir que Daniel faça parte de seu mundo é impossível, mas ela também não quer desistir da felicidade que encontrou nos braços dele. Com tantas diferenças entre eles, como Alexis pode escolher entre seus dois universos?

Para sempre seu
Abby Jimenez

A Dra. Briana Ortiz é uma mulher forte, mas está muito cansada. Ela acabou de se divorciar, seu irmão precisa de um transplante de rim... e sabe a promoção no trabalho que ela estava esperando? Pelo jeito, é o novato intrometido quem vai conseguir o cargo.

Jacob Maddox sabe que já ganhou a antipatia de Briana. Por isso, decide se explicar de forma incomum: numa carta escrita com caneta-tinteiro e papel especial. Bem, parece que, no fim das contas, ele não é tão ruim assim.

Briana começa a trocar cartas com Jacob e passa a conhecer melhor o médico caladão que prefere uma vida sossegada a grandes eventos sociais. De repente, eles estão almoçando juntos e debatendo as vantagens de se ganhar um pônei e percebem que têm muito em comum, desde o encanto pela natureza até o gosto por histórias bizarras de hospital.

Quando Jacob decide dar a Briana o melhor presente imaginável, ela se pergunta como poderá resistir a esse simpático médico... especialmente quando ele pede um favor que ela não pode recusar.

O pequeno café de Copenhague
Julie Caplin

Em Londres, a assessora de imprensa Kate Sinclair tem tudo que sempre achou que quisesse: sucesso, glamour e um namorado irresistível.

Até que esse namorado a apunhala pelas costas e consegue a promoção profissional com que ela tanto sonhava. Com o coração partido e questionando tudo, Kate decide aproveitar uma oportunidade de trabalho para se afastar do ex.

Quando topa ciceronear um grupo de jornalistas e influenciadores pela linda Copenhague para atender ao pedido de um cliente importante, Kate não imagina os desafios que terá que enfrentar para conciliar tantos egos e exigências.

Ao mesmo tempo, enquanto conhece a capital do "país mais feliz do mundo", ela descobre as maravilhas da vida à moda dinamarquesa. Do costume de acender velas até os vikings simpáticos, altos e charmosos, passando pela experiência de comer o próprio peso em doces, a cidade ensina Kate a apreciar o significado das pequenas coisas. Agora só depende dela retomar as rédeas do próprio caminho e seguir em direção a seu final feliz.

A pequena padaria do Brooklyn
Julie Caplin

A vida da jovem Sophie Bennings parece bem encaminhada. Ainda que falte um pouco de paixão, ela tem um emprego fixo como editora de gastronomia em Londres e aguarda pacientemente um pedido de casamento do namorado.

Quando, em vez de um anel de noivado, a surpresa que a aguarda é uma traição seguida de uma separação traumática, Sophie decide aceitar uma proposta inesperada de trabalho do outro lado do Atlântico.

Ao chegar a Nova York, um relacionamento amoroso é a última coisa em sua mente. Até que ela é apresentada ao colunista Todd McLennan, que é delicioso e tentador como os cupcakes da linda padaria abaixo de seu prédio, no bairro do Brooklyn. E de quem ela sabe que é melhor manter distância, para seu próprio bem.

Mas conforme os dois se tornam mais íntimos, fica claro que a paixão pela comida não é o único interesse que eles têm em comum. Será que enfim, na cidade que nunca dorme, Sophie vai viver o amor com que sempre sonhou?

A pequena livraria dos sonhos
Jenny Colgan

Nina Redmond é uma bibliotecária que passa os dias unindo alegremente livros e pessoas – ela sempre sabe as histórias ideais para cada leitor. Mas, quando a biblioteca pública em que trabalha fecha as portas, Nina não tem ideia do que fazer.

Então, um anúncio de classificados chama sua atenção: uma van que ela pode transformar em uma livraria volante, para dirigir pela Escócia e, com o poder da literatura, transformar vidas em cada lugar por que passar.

Usando toda a sua coragem e suas economias, Nina larga tudo e vai começar do zero em um vilarejo nas Terras Altas. Ali ela descobre um mundo de aventura, magia e romance, e o lugar aos poucos vai se tornando o seu lar.

Um local onde, talvez, ela possa escrever seu próprio final feliz.

De olho em você
Amy Lea

Crystal Chen é uma influenciadora digital que tem o corpo fora do padrão e construiu a carreira lutando contra os estereótipos do mundo fitness. Após o fim do seu último namoro, ela está sem nenhuma paciência para os homens e seu único refúgio passa a ser a academia – seu templo de autoestima e positividade.

Até que Scott Ritchie se matricula no mesmo lugar. Já no primeiro dia, o bombeiro sarado que exala arrogância – e gostosura – comete um pecado imperdoável: invade o aparelho preferido de Crystal antes que ela termine de usar e conquista sua antipatia imediata.

Dia após dia, enquanto esses inimigos mortais e ultracompetitivos disputam o território da academia, as faíscas de desejo entre eles se multiplicam. Mesmo assim, a última coisa que eles esperam é se encontrar fora de seu campo de batalha diário e constatar que têm mais em comum do que achavam.

Ao descobrir que dentro daquele peito musculoso bate um coração sensível, Crystal decide baixar a guarda. Mas antes de poder vivenciar plenamente essa paixão, ela precisa passar pelo teste de força mais importante de sua vida: enfrentar o preconceito e superar todos os obstáculos para continuar divulgando sua mensagem de amor-próprio.

Operação paixão
Carlie Walker

Já faz tempo que Sydney Swift não visita a família, e pretende continuar assim. Como uma das melhores agentes da CIA, ela passou os últimos três anos fingindo ser outra pessoa – tudo para evitar ser ela mesma.

Mas ao ser contatada por uma investigadora do FBI e informada de que sua irmã mais nova, Calla, está noiva de Johnny Jones, o herdeiro de uma dinastia do crime organizado, Sydney é obrigada a mudar os planos.

De uma hora para outra, ela se torna a peça-chave para que o FBI consiga se infiltrar na família Jones e deter seu mais ambicioso roubo, programado para a noite de Natal. Tudo isso enquanto tenta restabelecer os laços com a avó e a irmã e lidar com a sensação de que está traindo a confiança delas.

E quando ela precisa seduzir Nick, o charmoso guarda-costas de Johnny, os limites entre o trabalho e a vida pessoal ficam mais confusos ainda.

Agora Sydney precisará tomar decisões difíceis – que definitivamente não fizeram parte do seu treinamento.

Só mais uma comédia romântica
Katelyn Doyle

Molly Marks é roteirista de comédias românticas. É por isso que sabe que o amor é uma fraude. Só cometeu o erro de se apaixonar uma vez, no ensino médio, por seu namorado Seth, em quem deu um perdido na véspera da formatura, quinze anos atrás.

Já Seth Rubenstein acredita com todas as forças no amor, apesar de ganhar a vida como um dos mais bem-sucedidos advogados especializados em divórcio de Chicago.

Ele sabe que sua alma gêmea está vagando por aí, e está há anos procurando-a em uma série de encontros horríveis e relacionamentos precipitados. Até agora, ninguém chegou aos pés de Molly, a primeira garota que partiu seu coração.

No reencontro de quinze anos da escola, Molly e Seth são forçados a sentar juntos e acabam na cama.

No dia seguinte, decidem fazer uma aposta: prever o destino de cinco casais antes do próximo reencontro, cinco anos depois. Quem acertar mais vence. E o perdedor será obrigado a reconhecer que quem entende de relacionamentos é o outro. A pegadinha? O quinto casal são eles dois.

Molly garante a Seth que eles são uma história fadada ao fracasso. Seth promete que ela vai se apaixonar perdidamente por ele. Molly acha que ele está delirando. Ele tem cinco anos para provar que ela está errada.

Os sonhadores
Laura Hankin

Em 2004, a série de TV Os sonhadores tinha tudo: um elenco de jovens aparentemente inocentes cantando com toda a emoção, índices de audiência astronômicos e uma química invejável entre os protagonistas, que inflamava fóruns de fanfic pela internet. Até que, durante a transmissão ao vivo do episódio final da segunda temporada, tudo ruiu.

Após o desastre que levou ao cancelamento da atração, os quatro protagonistas seguiram caminhos muito diferentes. Kat se tornou advogada. Liana virou o estereótipo da esposa entediada de atleta. Noah, o garoto de ouro, foi o único que saiu ileso e pronto para estourar em Hollywood apesar de tudo. E Summer se transformou no maior exemplo dos danos causados pela fama adolescente.

Agora, 13 anos depois, os fãs imploram por um reencontro com o final que nunca tiveram. E os quatro têm motivações muito pessoais para voltar: a busca por perdão, ou por vingança, ou por uma segunda chance com o primeiro amor.

Enquanto eles aos poucos redescobrem a magia da série original, segredos antigos ameaçam ressurgir – inclusive a verdade por trás de sua queda.

Para saber mais sobre os títulos e autores da Editora Arqueiro,
visite o nosso site e siga as nossas redes sociais.
Além de informações sobre os próximos lançamentos,
você terá acesso a conteúdos exclusivos
e poderá participar de promoções e sorteios.

editoraarqueiro.com.br